W0409629

MIMI

Sébastien Marnier

Mimi

roman

Fayard

Agent : Nickie Athanassi (Mon agent et compagnie)

Couverture : Cheeri.
Photographie : D. R.

ISBN : 978-2-213-66589-4
© Librairie Arthème, Fayard, 2011.

1

Maintenant, on est au quatorzième étage, on voit toute la ville et quand on monte sur un tabouret, on aperçoit la tour Eiffel de la fenêtre de la cuisine. Maman m'a dit que cette cité s'appelle les 4 000 parce qu'il y a 4 000 logements. L'appartement est beaucoup plus grand que celui d'avant, les jumeaux ont leur propre chambre, je suis plus qu'avec Guillaume. Quand on était tous les quatre, c'était trop chiant. Guillaume, il m'énerve aussi, mais moins que les jumeaux. Maman dit que c'est normal qu'on s'entende bien puisqu'on a qu'un an d'écart. Les plus méchants, c'est Laurent et Marc, les grands. Ils arrêtent pas de nous chercher, ils veulent tout le temps nous foutre des baffes. Eux, ils sont dégoûtés d'avoir déménagé, je comprends pas pourquoi. Ça fait que deux semaines qu'on est là, y'a encore des cartons partout dans le salon. Papa arrête pas de gueuler parce qu'il retrouve jamais ses affaires. Le seul truc qui me fout les boules, c'est que je dois aller dans une nouvelle école en septembre, je vais connaître personne. L'autre truc que je déteste, c'est le couloir de la mort, y'a toujours pas d'ampoule, alors il fait trop noir la nuit, avec Guillaume on l'a appelé comme ça, le couloir de la mort.

Ça fait au moins dix fois que je vais voir l'heure sur l'horloge de la cuisine, j'ai l'impression que les aiguilles n'avancent pas. Maman a dit que ça commencerait vers 19 h 30, il n'est que 18 h 12, c'est long, je m'ennuie. On dirait que le temps s'est arrêté. Ils sont bizarres les gens à klaxonner tout le temps, ça me fait sursauter à chaque fois.

– Tu joues avec moi ?
– Laisse-moi tranquille.
– Allez, joue avec moi, je m'ennuie.
– Non, tu vois pas que je fais une prière, là !
– Tu pries ?
– Oui.
– Ça sert à quoi ?
– Comme ça, on va gagner.
– Je peux prier aussi ?
– T'es trop petit.
– Moi aussi je veux prier.
– Mais t'es chiant !
– Montre-moi comment on prie ! Moi aussi je veux qu'on gagne.

Il me pousse, il m'énerve, j'aurais pu me faire mal, je lui donne un coup de poing.

– Maman ! Jean-Pierre, il veut pas me laisser tranquille !
– Jean-Pierre, laisse ton frère tranquille !
– Guillaume veut pas me montrer comment il prie !
– Quoi ?
– T'es qu'un cafteur !
– Qui est-ce qui prie ?
– C'est Guillaume.
– Pourquoi tu pries ?
– Pour qu'on gagne.
– Qui est-ce qui t'a donné cette idée ?
– Je sais pas moi.
– Tu me dis !
– Je le connais pas, c'est un monsieur dans l'ascenseur.

– Tu le dis pas à ton père, sinon, il va gueuler.
– Pourquoi il va gueuler ?
– Jean-Pierre, tu dis pas gueuler, c'est pas poli.
– Maman, on peut avoir des frites ?
– Tu sens pas l'odeur de la friteuse ?
– Non ! Super ! On va manger des frites ! On va manger des frites !
– Jean-Pierre, ta gueule.

*

Maman nous appelle. Avec Guillaume, on sort de la chambre. Les jumeaux sortent de leur chambre, Marc et Laurent sortent de leur chambre, on court tous. Si Maman nous appelle, c'est que c'est important. Papa est déjà rentré. Il a fini plus tôt, c'est génial. Ça sent bon les frites, je suis trop content.
– C'est quoi, Papa ?
– Deux minutes !
– Allez, Papa, c'est quoi ce sac ?
– Vous la fermez sinon y'aura rien à voir.
Je fais comme les autres, j'attends. J'ai envie de pleurer, mais je montre rien. Papa retire ses chaussures, il enfile ses chaussons, il prend le sac, il s'assoit dans le canapé. On le regarde tous. Les jumeaux se disputent.
– Tenez, c'est pour vous !
– C'est quoi ?
– Putain, deux minutes !
– Laisse-le, Guillaume !
Papa sort de son sac des vestes de survêt bleues. Waouh, des vestes de survêt Adidas de l'équipe de France !

*

Avec Guillaume, on a enfilé nos vestes, on est trop fiers. On se fait des passes dans le couloir de la mort. Il me vole le ballon, on court partout dans l'appartement, on rigole.

Papa nous dit de la fermer, on s'en fout, on court même dans la cuisine. Papa et Maman discutent.

– Vous jouez pas dans la cuisine ! Y'a la friteuse, dégagez !

– C'est dangereux !

Papa est énervé. On se tire.

On se tient tranquilles, on s'allonge sur le canapé, on attend. On va être champions du monde, c'est sûr, on peut pas perdre, Platini, c'est le plus fort du monde.

– Dégagez, les petits.

– Nous aussi, on a le droit d'être sur le canapé.

– Tu vires je te dis.

– C'est pas juste.

– Maman, Laurent, il veut pas qu'on reste sur le canapé !

– Je vais trop te frapper toi !

– Laurent, tu arrêtes d'emmerder tes frangins !

Il veut nous frapper, il est super énervé. Avec Guillaume, ça nous fait rire, on se tire. Marc me fait un croche-patte dans le couloir de la mort. Je tombe, je me fais hyper mal.

– Maman, Marc il a fait tomber Jean-Pierre ! Il saigne.

– Mais c'est pas vrai, vous êtes pénibles !

Je saigne du nez, j'ai super mal. Maman rapplique.

– Marc, tu vas dans ta chambre !

– Mais c'est eux !

– C'est pas une raison pour faire saigner ton frère.

Maman me nettoie et me met un coton dans le nez, j'aime pas, ça fait un petit bruit à chaque fois que je respire.

*

Ça va commencer. Je suis trop énervé. Ma veste de survêt Adidas est recouverte de taches de sang. Les autres se moquent de moi. Papa aussi a enfilé une veste de l'équipe de France. Le match va commencer dans pas longtemps.

Maman apporte les frites et le jambon, quand on mange sur la table basse du salon, ça veut dire que c'est la fête.

Dehors on entend de plus en plus de voitures qui klaxonnent. Je vais voir à la fenêtre, y'a même des gens avec des drapeaux français. C'est génial, on entend des pétards. Maman sursaute, elle aime pas du tout les pétards. Tout le monde attend ce match, Maman a dit qu'ils ont fermé les magasins plus tôt. On connaît personne dans cette nouvelle cité, mais on aime tous le foot, je suis trop content, j'ai envie de sauter partout.

– Jean-Pierre, tu arrêtes tout de suite de sauter partout.

Je me rassois, les jumeaux ont pris ma place.

– Maman, les jumeaux, ils m'ont pris…

– Tu vas la fermer oui ou merde ! C'est pas possible !

– Mais c'est eux !

Je m'assois par terre, je suis énervé, je suis le seul par terre, je m'en fous, je suis plus près de la télé comme ça. Ça va bientôt commencer.

On est le 8 juillet 1982, je m'appelle Jean-Pierre Birène, j'ai 5 ans et c'est le plus beau jour de ma vie.

*

– Non, plus à gauche.

– Ça va, là ?

– Non, c'est tout brouillé.

– Plus à gauche encore.

– C'est bon, on voit bien là.

Ça va commencer. Je caresse Dick qui est allongé par terre. Mon gros chien, t'es gentil toi, t'es pas comme mes frères, ils font que m'embêter, toi t'es gentil, je te tire les poils et tu dis rien.

– Putain mais Jean-Pierre, tu vas nous faire chier toute la soirée ! T'arrêtes avec ce chien.

– Je fais rien, je le caresse.

– Tu lui arraches les poils.

– T'étonne pas si un jour il veut te bouffer.

Il disait rien, je lui tire plus les poils, je le caresse. J'ai hâte que ça commence. Platini va marquer, j'en suis sûr, comment il priait Guillaume tout à l'heure ? Je ferme les yeux, je dis à Jésus que je veux que l'équipe de France gagne et aille en finale, tu m'écoutes, petit Jésus, je veux qu'on gagne, tu me réponds ou pas ?

– Marc, tu me donnes le Coca.

– Marc, sers ton frère, il va encore en foutre partout sinon.

C'est chiant d'être le plus petit. Marc veut pas me servir, il fait gicler le Coca partout.

– Mais fais attention, putain, t'es handicapé ou quoi ?

– Nettoie ça, Marc.

– J'en ai plein ma veste maintenant.

– Regarde, moi j'ai du sang.

Il me fixe et il me fait signe que je suis mort. J'en ai marre, ça commence quand ? Je retourne voir à la fenêtre. Y'a plus personne dehors, tout le monde est rentré pour regarder le match.

*

– Maman, regarde, c'est Platini ! Regarde, il est trop fort, c'est lui mon préféré.

– Jean-Pierre, tu la fermes.

Dehors, on entend plein de cris, ça fait un peu peur, mais c'est trop bien. Y'en a qui tapent dans les tuyaux, ça fait encore plus peur. On dirait que tout va s'écrouler. Dick aboie.

– Vas-y, mets le chien dans le couloir, sinon, il va nous gonfler toute la soirée.

On crie tous dès que Platini a le ballon, Papa arrête pas de bouger sur le canapé, il est dedans. Avant il faisait du foot lui aussi, mais maintenant il a plus le temps, le week-end il est trop fatigué. Toute la semaine il conduit son camion, des fois, il roule même jusqu'en Italie. Maman aime pas le foot, mais ce soir elle regarde avec nous, tout le monde est dedans, c'est rare qu'on soit tous comme ça. On mange les frites avec les doigts. Moi je trouve que les Français sont les meilleurs, ils jouent super bien.

– Ils font quoi là, ils jouent comme des brèles !

Moi je trouve pas.

– On va gagner, Maman ?

– Ça vient juste de commencer.

On peut pas perdre, c'est pas possible.

– Breitner joue super bien.

Ettori loupe son coup franc.

– Putain !

– Quels enculés, ces Chleuhs !

– Parle pas comme ça devant les garçons.

– Me fais pas chier maintenant.

– Putain 1-0.

Ils ont marqué, c'est horrible. J'ose plus regarder la télé, je mets ma tête dans ma veste Adidas. La cité hurle. Platini a le ballon, je ressors ma tête. Dick a réussi à s'échapper, il revient s'allonger à côté de moi, il est beau ce chien, tu veux une frite, Dick, c'est bon, hein, c'est bon les frites, c'est trop marrant quand il se lèche le museau.

– Arrête, c'est pas pour les chiens. Dick, casse-toi.

Dick aboie encore, Papa lui balance son chausson dans la gueule, Dick va s'allonger dans l'entrée. Papa est très fort. Maman dit qu'il sait bien dresser les animaux.

– Ils jouent mieux, là.

– Ils jouent bien, les Français, Papa ?

– Coup franc !

Giresse, tête de Platini.

– Il le tient, là !

– Faute !

– Quoi ?

– Hein ?

– Attends, y'a faute, là ! Y'A FAUTE !

L'arbitre siffle. L'autre tient Rocheteau par la taille, il est fou lui ou quoi ?

– Peno ! Peno !

Penalty, c'est Platini qui tire, j'ose pas regarder.

– BUUUUUUUUUUUUUUUUUUUUUTTTTTT TTTTTTTTTTTTT !

Je vais voir à la fenêtre, les gens sortent la tête de chez eux, ils se mettent à crier, ils tapent sur des casseroles et sur les rambardes des fenêtres. Tous les murs de la tour se mettent à trembler. Dick arrête plus d'aboyer.

– Monte pas sur le canapé !

– Y'a but, chérie ! 1-1 !

– Je sais, j'ai vu ! Mais c'est pas toi qui fais le ménage.

C'est ma première Coupe du monde, la dernière j'avais un an, je m'en souviens pas. Là c'est long, il se passe rien, je m'ennuie un peu, c'est long, un match de foot. C'est la mi-temps. Il reste quarante-cinq minutes pour gagner. Je veux encore du Coca, je me sers tout seul, je fais bien attention à pas en mettre à côté, sinon je vais me faire disputer, Marc me pousse exprès, ça coule partout.

– Jean-Pierre, t'es débile ou quoi ?

– C'est Marc, il m'a poussé !

– Qu'est-ce que je t'ai dit tout à l'heure, tu te sers pas tout seul !

– Mais c'est lui, j'en ai marre.

Je vais bouder dans ma chambre, c'est vraiment pas juste. Je reviens vite, je m'ennuie trop, je veux rien louper, si je loupais un but, ce serait horrible.

– L'autre là, le Schumacher, il est super agressif.

– Faut se méfier de l'arbitre, ils font plein de fautes et il ne siffle jamais.

Maman arrive avec des glaces. C'est la fête. Je lui fais des bisous, elle est trop gentille.

C'est long, la mi-temps, je m'ennuie, moi aussi je veux faire footballeur plus tard, je veux être le nouveau Platini.

Papa et Laurent refont la première mi-temps, ils pensent qu'on va gagner, moi je les crois, je suis bien, il fait bon, je mange mon esquimau au chocolat, Laurent ouvre une bière, Maman n'est pas contente, elle trouve qu'à 14 ans c'est trop jeune.

– Laisse-le.

Maman retourne dans la cuisine. J'ai du mal à respirer, je retire mon coton.

Papa est sûr qu'on va gagner.

– BUUUUUUUUUUTTTTTTTTTTTTTTTTT TTTTTTTTTTTTT !

– C'est qui qui a marqué, Papa, j'ai rien vu !

– Rocheteau !

– C'est qui ?

Il est pas aussi fort que Platini.

– Non, y'a pas faute !

– Non !

– Je te dis, ils l'ont acheté, l'arbitre !

– Putain !

Ils annulent le but, je savais pas qu'on pouvait faire ça, pourquoi ils ont pas annulé celui des Chleuhs alors ?

Maintenant c'est vraiment long, je m'ennuie, je joue avec Dick, je le regarde, je l'appelle, il dresse les oreilles, il cherche, moi je fais comme si je l'avais pas appelé, il comprend rien, c'est trop marrant, je le rappelle encore une fois.

– Tu arrêtes !

Papa est prêt à me lancer son autre chausson. Je me tais. Un Français se tord la cheville, il quitte le stade.

– Ils ont la guigne ou quoi ?

Ils le remplacent par Battiston, je le connais pas. Papa pense que c'est un super joueur.

Ça joue vite, Papa remue tout le temps sur le canapé, les jumeaux disent rien pour une fois, ils sont dans le match, je regarde à nouveau, ça a l'air important. Battiston tire, ça passe pas.

– Merde !

L'autre gardien lui fonce dessus.

– Faute !

– Y'A FAUTE !

– Putain, y'a faute là !

Battiston est par terre, il bouge plus, je me rapproche de la télé, il respire plus, c'est le premier mort que je vois en vrai, ça me fait bizarre. Ça a l'air super grave, toute la cité se met à siffler et à crier. Je comprends pas tout, mais c'est grave. L'Allemand a tué Battiston. Je crie aussi. Marc fait un doigt d'honneur à la télévision. Moi aussi.

– Tu vas finir la soirée dans ta chambre.

– Mais Marc il fait pareil !

– Marc, arrête de donner des mauvaises idées à ton frère.

Marc me fait signe que je suis mort. Laurent me fait un bras d'honneur.

À chaque fois que l'Allemand est à la télé, toute la cité se met à siffler. Moi aussi du coup.

*

– Ils jouent comme des dieux.

– C'est le plus beau match que j'aie jamais vu.

– Allez ! Marquez, bordel.

Y'a plus de but. Après les quatre-vingt-dix minutes, y'a les prolongations. C'est super long.

Il faut qu'il se passe quelque chose.

– BUT !

– Trésor, t'es un dieu !

– 2-1.

Dehors tout le monde crie, je crois que c'est ce que je préfère, moi aussi je crie à la fenêtre.

– ENCORE UN BUT !

– 3-1

– Giresse !

– T'as vu la passe de Platini !

– 3-1, c'est bon, on va en finale !

– On va y aller, je te jure, on va le niquer, ce Schumacher !

Giresse court partout, il est trop content, Maman l'aime bien Giresse.

– Attends, mais c'est un truc de dingue, on va en finale !

Pour ma première Coupe du monde, j'ai bien fait de prier.

– Je te jure, l'arbitre, je vais lui faire bouffer son short, il voit rien !

– Mais putain y a faute là !!!

– Ils l'ont payé, les Allemands, ou quoi ?

– Attends, c'est trop truqué, leur match !

– Et voilà, putain, ils nous foutent un but dans la gueule ! Ils jouent n'importe comment, c'est plus facile. Moi aussi, je vais pas respecter les règles, tu vas voir la branlée que je vais leur foutre ! Putain !

Papa donne un énorme coup sur la table. On sursaute tous.

– Calme-toi.

Encore un but. On est maudits. Ça finit jamais. Il doit y avoir des tirs au but.

– Y'a jamais eu de tirs au but dans un match de Coupe du monde.

– Y'a jamais eu un arbitre aussi pourri.

Quand Bossis loupe son tir au but, on comprend qu'on a perdu. Papa met sa tête dans sa veste Adidas comme je faisais tout à l'heure. L'autre marque. Les autres gagnent. C'est horrible.

Papa prend une bouteille et la balance contre le mur. Toute la bière gicle sur le mur. Maman crie. Il est fou ou quoi ?

– Dégagez, je veux plus vous voir dans mes pattes ! DÉGAGEZ !

Papa est très malheureux.

– Écoutez votre père. Allez dans vos chambres.

– Papa, pourquoi on peut pas rester ?

Papa me vise avec une autre bouteille, heureusement il me loupe. Maman me prend par le bras et attrape Guillaume. Elle nous emmène en courant dans notre chambre. On monte dans nos lits. Papa fait une crise. Maman ferme la lumière. On n'ose plus bouger. On écoute. Dehors la cité hurle et siffle encore plus fort que tout à l'heure. On entend une vitre qui se casse et une alarme de voiture qui se met à sonner. Dans la pièce à côté, Papa gueule comme jamais. Il défonce la table basse et balance des trucs contre les murs. Maman essaye de le calmer. Avec Guillaume on dit rien. Papa met des baffes à Maman. Elle crie encore plus. Pauvre Maman. Je pleure, mais je le dis pas à Guillaume. Je sais qu'il pleure aussi. On a perdu et Papa est fou ce soir. C'est la pire soirée de ma vie. Papa sort de l'appartement en claquant la porte et une étagère tombe du mur. Tout redevient calme chez nous. On écoute. Maman renifle. Elle doit pleurer. Elle pleure, c'est sûr. Papa est terrible quand il est comme ça. On ne peut pas le calmer, il faut se cacher et, si un jour il tuait maman, on devrait vivre avec lui. Je pleure un peu plus. Battiston est mort et on a perdu. J'ai 5 ans, c'est la pire soirée de toute l'histoire du monde.

– Il est parti où, papa ?

– Je sais pas.

– Maman, elle est morte ?

– Non.

– T'es sûr ?

Guillaume descend du lit superposé. On ouvre doucement la porte. On traverse le couloir de la mort, on voit maman dans la salle de bain. Elle saigne.

– Retournez dans votre chambre, vous deux !

2

Je veux pas y aller. Je sais pas comment elle est, l'école, je l'ai jamais vue. C'est grand, c'est petit, je sais pas, je vais connaître personne. C'est chiant que Guillaume soit passé en primaire.

Maman m'a dit que ça allait bien se passer.

*

Je suis content que Wladimir et Mohamed soient là, on va bien s'amuser, je vois pas pourquoi j'avais si peur. Aïssa, ma maîtresse, est trop jolie, dès qu'elle lève les bras, elle fait plein de bruits avec ses bracelets, je vois que Wladimir est super amoureux d'elle.

J'ai de la chance d'être leur copain, on s'est bien amusés cet été dans la cour de la cité.

*

J'ai faim, je m'ennuie, j'ai envie de courir.

– Jean-Pierre, tu as envie de faire pipi ?

– Non.

– Arrête de gigoter alors.

J'avais pas vu que je gigotais, mais j'ai envie de jouer avec Wladimir et Mohamed, j'aime pas rester assis, c'est long, j'ai faim.

– Entrez !

C'est qui ? Une dame toute frisée entre dans la classe, elle s'excuse d'être en retard, elle a eu un problème de voiture. Aïssa lui dit que c'est pas grave.

– Entre, Barthélémy.

C'est qui ? Il est bizarre, cet enfant. Il a des longs cheveux blonds, des lunettes et une cravate, la honte, il a une cravate ! Tous les autres enfants sourient et lui disent bonjour. Y'a que moi qui le connais pas. Tout le monde l'aime bien ce Barthélémy, drôle de nom, j'ai jamais entendu ça. Il s'assoit juste devant moi.

Tous les autres :

– Ça va, Barthélémy ?

– Tu vas bien, Barthélémy ?

– C'est ta maman, Barthélémy ?

– Tu es bronzé, tu es parti où en vacances, Barthélémy ?

– Au Burkina Faso avec mes parents.

– C'est quoi ?

– C'est un grand pays en Afrique !

– Madame, Barthélémy, il est allé en Afrique.

– C'est vrai, Barthélémy ? Où est-ce que tu es allé ?

– Au Burkina Faso.

– C'est vrai, tu veux nous en parler ? Viens devant et raconte-nous un peu ce voyage. Ce n'est pas banal, d'aller là-bas pour un petit garçon.

Il a été en Afrique avec ses parents alors qu'il a 5 ans comme moi. Je comprends pas pourquoi il a une cravate.

*

– Maman, c'est vrai qu'en Afrique il fait 75° ?

– Pourquoi tu dis ça ?

– Y'a un enfant de ma classe qui est allé en Afrique et il dit qu'il faisait 75°.

– C'est pas possible, il serait mort avec 75°.

– Pourquoi il dit ça alors ?

– Je ne sais pas, pour faire son intéressant peut-être.

– C'est un menteur ?

– Ses parents l'ont emmené en Afrique, alors qu'il a 5 ans ?

– Oui.

– Il est africain ?

– Non, il a des grands cheveux blonds.

– C'est bizarre d'emmener ses enfants en Afrique si jeune, c'est dangereux.

– Il s'est même assis sur un crocodile.

– Tu diras à ton copain qu'il ment un peu trop.

– C'est pas mon copain. Arrête, Guillaume, Maman, Guillaume il arrête pas de faire des grimaces dans ton dos.

– Tu fais pas des grimaces derrière mon dos, Guillaume, j'aime pas ça.

– Mais c'est pas vrai, c'est Jean-Pierre, il ment.

– Vous me fatiguez tous les deux.

– On peut aller jouer dans la cour ?

– Non, je ressors pas, je suis fatiguée.

– On peut regarder la télé alors.

– Oui, mais pas fort.

– Super, tu viens, Guillaume !

– Jean-Pierre, tu finis ton yaourt ici, je veux pas retrouver le pot qui traîne dans la salle à manger.

Je mange le plus vite possible.

*

Papa rentre, il est super fatigué, il enlève ses chaussures et enfile ses chaussons, il nous vire du canapé, il veut regarder la télé.

– Papa, y'a un garçon dans ma classe, il est allé en Afrique cet été.
– Il est africain ?
– Non, il est blond.
– C'est débile.
– Pourquoi c'est débile ?
– Y'a déjà des Africains partout ici, je vois pas pourquoi ils ont envie d'en voir encore plus.
– Tu sais, en plus il porte une cravate.
– Il est bizarre, ton copain.
– C'est pas mon copain.

*

On refait la finale dans la cour de récréation. Moi je suis Platini. Mohamed est content de faire Schumacher, il adore jouer les méchants, on rigole, il va embêter des filles, il est trop marrant, il fait semblant de me tabasser. On saute partout, on crie, on s'amuse bien. Barthélémy est assis tout en haut de la cage à écureuils.

– Tu veux pas venir jouer avec nous, Barthélémy ?
– Non, je reste là.
– Pourquoi tu veux pas jouer ?
– Non, je te dis.

Il joue pas au foot avec nous, il est en haut et il chante comme à la télé. Il prend sa main pour faire un micro, n'importe quoi. Les autres l'aiment bien, mais moi il m'énerve un peu. Il me parle jamais. Je monte en haut de la cage à écureuils.

– Barthélémy, pourquoi tu joues pas avec nous.
– Laisse-moi tranquille.
– Tu veux pas jouer au foot ?
– Non, j'aime pas le foot.

Je savais pas qu'on pouvait pas aimer le foot, c'est bizarre.

– Pourquoi t'aimes pas le foot ?
– Je sais pas, j'aime pas, c'est tout.
– Pourquoi tu portes une cravate ? C'est pas pour les enfants, les cravates.
– Moi j'aime bien.
– C'est ta maman qui te met une cravate ?
– Non, c'est moi.
– Tu aimes bien ?
– C'était à mon papi, mais il est mort l'année dernière, alors c'est ma mamie qui me l'a donnée.

Barthélémy fait le cochon pendu. Moi je descends, je reste pas avec lui, il est trop bizarre. Il se tient par les pieds, il retire les mains.

Il tombe.

Sa tête se cogne contre tous les barreaux.

Bam
Bam
Bam
BAM

Il tombe par terre. Il se cogne très fort contre le sol, je dis rien, je sais pas quoi dire, lui non plus il dit rien, on dirait qu'il est mort.

– Barthélémy, il est mort !

Tous les enfants crient, ils entourent Barthélémy. Aïssa et d'autres maîtresses arrivent en courant, elles hurlent, elles soulèvent la tête de Barthélémy, il ne bouge pas, il ne dit rien, c'est la première fois que je vois un mort en vrai. Ça me fait tout bizarre.

– C'est toi qui l'as fait tomber, Jean-Pierre ?

– Non, c'est pas moi, madame !
– Comment il est tombé ?
– Il est tombé tout seul, il se suspendait par les pieds !

Barthélémy a du sang qui coule de la tête.

3

Comment je kiffe de pouvoir faire enfin un tour en bagnole tout seul. Je suis tranquille avec la musique à fond, les vitres ouvertes, la Laguna est quand même vachement confortable. Je suis là, trop cool, je longe la mer, il fait super beau, avec les vitres ouvertes, y'a tout le vent qui entre dans la bagnole, y'a trop de soleil, je suis obligé de mettre mes Ray Ban, la classe, ça me fait tellement kiffer de revoir la mer, la mer c'est mortel, je pouvais pas rester quinze jours ici sans la voir. Il est ouf, ce chantier naval, j'ai jamais vu un truc aussi énorme que tous ces bateaux. Ça fait un boucan d'enfer, ces machines.

BAM

BAM

BAM

*

Y'a du monde partout, ça me gave. Le week-end, c'est blindé. Ces familles avec leurs gamins qui gueulent parce qu'ils ont trop chaud, parce que l'eau est trop froide et toutes leurs conneries. Moi j'ai envie de calme, j'ai la tête à l'envers. Je veux une place tranquille où je vais pouvoir foutre mon cul, prendre le soleil, pioncer. Loin de ces connards, fonctionnaires de mes couilles. Moi j'ai pas de gamins à m'occuper. Pas de femme. Y'a des mégots partout, ils sont dégueulasses, les gens. Je trouve un coin. Pénard. Juste une vieille et un vieux, à poil. C'est le coin naturiste ou quoi ? Si c'est ça, y'a pas des masses de naturistes par ici. Moi je me fous pas à poil, c'est pas mon truc. Les autres font ce qu'ils veulent, mais moi, je montre pas ma queue comme ça. Pas comme Kader en cinquième qui se branlait et qui jutait sur le piano de la naine, putain, je sais plus comment elle s'appelait, mais elle était grave. La prof de musique, elle jouait du piano et on la voyait plus. Genre 1 m 10, elle peut même pas faire Space Mountain, c'est interdit au moins de 1 m 30. Du coup, Kader s'astiquait derrière elle. Putain, il avait pas peur, si la dirlo était rentrée à ce moment, ah ouais c'est ça, je m'en souviens, elle s'appelait Lillipute, Lillipute la lilliputienne. Je défais ma serviette sur un coin de sable, faut que je la change, elle est super crade, y'a plein de fils qui dépassent. J'en ai qu'une pour la plage. Qu'est-ce qu'ils me veulent, les vieux ? Ils me regardent, ils attendent que je me foute à poil ou quoi, ils ont trop envie de me mater. Ça fait longtemps qu'elle a pas vu une belle queue qui sait bander, la vieille, c'est sûr. La touche du mec. La peau bien flasque, grosses couilles quand même. Super grosses, j'avais pas remarqué. On m'a expliqué que plus tu vieillis, plus tes couilles grossissent. Lui, c'est énorme, il doit être super vieux alors. Elle, c'est atroce. Les seins qui pendent, grosse cicatrice sur le bide, genre césarienne, même pas capable d'expulser ses marmots toute seule. Ils me matent, c'est ouf. Ils croient quoi, que je vais me foutre à poil ici, t'es verte mamie, t'aurais trop voulu la mater, pas de bol. Je retire même pas mon fute. Juste le tee-shirt. Putain, j'ai tellement grossi. Faut que je fasse du sport. J'ai la brioche de papa, à 33 ans, ça va pas. Les vioques me matent toujours, putain, ils me gonflent. Y'a un autre mec là-bas, ils peuvent pas se branler en le regardant ? Ils me font chier, je peux pas rester tranquille. Elle a l'air pas mal, la meuf qui nage. Je vois pas bien, mais elle a l'air pas mal gaulée. Il est où, mon briquet, merde, je ne le trouve pas. Ah ça y est. Trop bon. Ça fait du bien cette clope au soleil. Elle est à poil aussi, celle-là. Elle a des super gros nibards, franchement pour venir ici nager à poil toute seule, faut vraiment être une grosse salope. Elle veut trop se la jouer. Regarde-la, elle caresse ses nichons, la pute, elle me mate ou quoi ? Trop poilue de la chatte, mais je la boufferais bien. Elle me file la gaule. Je commence à bander dans mon slip de bain. Je me dessape, trop envie d'aller dans l'eau. Il fait super chaud. Le sable est dégueulasse. Ils sont crados, les mecs ! Elle n'est pas si chaude. Putain, maintenant que j'y suis, j'y vais. Elle me nargue, l'autre, avec ses loches. Elle me regarde, elle veut quoi ? Va nager, vas-y, casse-toi, barre-toi. Elle me regarde toujours, c'est une chaude. Elle se remet à nager, elle plonge, elle me montre son cul, genre elle écarte les jambes juste avant de disparaître sous l'eau pour que je mate bien sa chatte. OK, je vois le genre, j'ai compris, je nage et je vais m'occuper de toi, beauté. Ça va être ta fête. Je suis sûr que les deux vieux sont en train de me mater. Je sais pas ce qu'ils ont dans la tête, mais y'a pas moyen, je fais pas dans la vieille peau, moi. J'ai une de ces triques sous le slibard, ça me fait une putain de bosse. Je me retourne pour que les vieux voient bien l'ombre de ma tige sous le maillot. J'hallucine, comme ils matent. Il va pas se mettre à gauler le vieux quand même ! Je replonge. Putain comme je kiffe d'être dans l'eau. Je crois que tout le monde aime bien ça, c'est un truc, genre t'es dans le ventre de ta mère ou un truc comme ça. Au début t'es saisi mais après t'as l'impression que c'est là que t'es le mieux. T'as tout ton corps qui se déplie. Je fais deux longueurs et je m'occupe de la petite pute. Je nage. Je nage super bien, je fais le crawl ou la brasse, mais je trouve que la brasse ça fait pédé. Le crawl, je ne sais pas, ça fait plus sportif, genre athlète de compétition. Je reviens, elle est toujours là, l'autre. Elle me mate, elle en peut plus là.

Bonne cochonne. Je suis sûre qu'elle se doigte sous l'eau, elle fait sa discrète mais je suis sûr. Normalement, l'eau, ça fait débander, mais là, y'a pas moyen, je trique grave. Je la vois déjà me pépon et la prendre dans ses mains. Limite j'ai envie de juter dans l'eau avec ses conneries. Je m'approche doucement. C'est ça, fais ta timide, fais style tu m'as pas vu. Je comprends, les filles et leur éternel genre de pas y toucher. C'est relou. Toujours là, à se faire désirer, alors que deux minutes avant elle me montre sa grosse touffe pour m'aguicher. Laisse tomber mon gars, oublie-la deux minutes, retourne sur ta serviette et c'est elle qui viendra te manger la queue. J'attends deux minutes, histoire de débander un peu. Les vieux me matent, ils ont de la suite dans les idées ceux-là. Plus c'est vieux, plus c'est vicieux. Ils ont trop envie de me la sucer, c'est hallucinant. Genre aucune dignité, ils sont là à baver. Tu peux te brosser pépé. Tu la verras pas. Tu pourras en rêver quand tu tringleras mémé, mais là, y'a pas moyen.

Je m'essuie pas, je kiffe de sécher au soleil. Je suis tranquille sur ma serviette, je ferme les yeux. Il fait chaud. Je kiffe les petites bosses du sable dans mon dos, c'est comme si t'avais un massage gratos. Je fais un tas sous la nuque avec mes épaules. Un oreiller moelleux, trop cool. J'ai envie de dormir.

– C'est une zone naturiste ici, monsieur.

Elle m'a fait flipper la vieille. J'ouvre les yeux et je la vois au-dessus de moi, contre-plongée sur sa vieille touffe et sur ses nichons flasques, le cauchemar. Trop exhib la vieille. Elle m'a fait flipper.

– Et alors ?

– C'est interdit aux textiles ici !

– J'en ai rien à foutre moi, tu fais ce que tu veux. Moi aussi. Alors retourne voir pépé.

Pas contente, la vieille, elle se met à gueuler, genre j'ai pas de respect, que je suis un petit voyeur, que je dois laisser tranquille la jeune demoiselle, elle parle de la fille aux gros seins, j'ai eu peur qu'elle parle d'elle ! Elle me gonfle. Je me lève, je fais deux têtes de plus qu'elle, je vois sa tronche, d'un seul coup, elle se dit qu'elle a peut-être fait une connerie de me chercher.

– Allez un peu plus loin là, derrière le rocher, c'est la fin de la zone naturiste.

– Je m'en tape, je suis bien ici.

– Les types comme vous, on en a vu plein !

– N'importe quoi ! Tu crois que ça me fait bander de te voir à poil, tu crois trop au père Noël, toi !

Le vieux rapplique avec ses grosses burnes, quand il marche, ça tape sur ses cuisses. Le truc de ouf. Il me saoule aussi, lui ! La fille aux gros nichons me regarde, remballe ses affaires et se casse. Je regarde les vieux, je leur dis que je me casse aussi. Ils sont contents, ils ont gagné. C'est surtout que j'en ai plus rien à foutre de rester là.

*

Je la suis, elle a remis un petit tee-shirt et un mini-shorty de bain qui lui rentre bien dans la raie du cul. Je suis derrière elle, ça c'est du roulage de cul ! Elle m'aguiche et moi je la suis. J'ai la trique. Ça me fait penser aux mecs qui cherchent de l'eau avec un bâton, moi je fais pareil avec ma queue et je trouve du petit cul et de la chatte… En tout cas, là, la pêche est bonne. Elle regagne le parking, mine de rien, comme si elle ne voyait pas que je suis derrière. Elle roule. Elle grimpe le sentier, elle manque de se casser la gueule avec ses tongs, elle fait un « ouille » de chatte. Ça me donne un avant-goût. Ça va miauler dans pas longtemps. Ce qu'elle va prendre. Elle se retourne, elle fait sa surprise. C'est ça oui, tu vois pas que je te suis depuis tout à l'heure.

– Vous voulez quoi ?

– Rien, moi je ne veux rien !

– Laissez-moi tranquille.

C'est ça, fais-toi désirer. Moi je les connais les meufs comme toi. Ça se fait désirer mais ça pense qu'à se faire briser la chatte. Elle est marrante, elle fait sa petite prude, genre je suis toute choquée, elle accélère le pas pour rouler encore plus du cul. Fais gaffe poulette, tu vas vraiment finir par te marave par terre. Tombe pas, tu vas t'esquinter tes petites chevilles, et tes petits genoux. Elle se retourne sans cesse. T'as peur ma belle, mais je vais pas te faire de mal, je vais te donner ce que tu veux, t'inquiète. Dès qu'on sera dans la voiture, tu vas miauler. Je sais que tu préférerais que je t'éclate dans la nature, mais je suis pas chaud, si jamais la vieille exhib et pépé grosses couilles rappliquent, ça risquerait de me faire débander illico. Non, sois patiente, t'es tombée sur le gros lot. Tu vas voir ma tige, elle est bonne, et mon jus, tu vas te régaler, même moi je l'ai goûté.

– Je vous préviens, j'appelle les flics si vous vous approchez.

Elle est dingue, elle ! Elle joue à quoi ? Ça va vite me gonfler ton petit jeu. Si tu veux que je te baise, tu le dis, pas besoin de tous ces scénarios à la con, on dirait un pauvre film de seins d'M6. Lâche-toi, un bon porno, c'est dix mille fois mieux !

Elle se met à courir. Trop chelou la meuf ! Elle commence à me gaver. Tu chauffes pas un mec pour le laisser la queue à la main. Tu me fais bander, tu me montres ta chatte, ton cul et tes nibards, et tu veux que je reste tranquille, y'a un truc que je comprends pas là ! Je la suis, je m'en fous, elle me laisse pas comme ça. Mon bâton t'a trouvée, je te fais ta fête, je rigole pas. Elle court carrément, elle rejoint sa bagnole. Bagnole rose de bonne petite pute du Sud. Je la vois bien jouer les lolitas dans sa Clio, elle mate les mecs en léchant un cône vanille, regard de vicieuse. Le trip je joue à la gamine de 16 ans alors que j'en ai dix de plus, ça m'excite qu'à moitié. Sa Clio est garée à côté de la mienne, ma belle Laguna, ça doit la faire triper le côté vitres teintées. Tu vas pouvoir jouer la star. Monte dans ma limousine, bébé. Elle me nargue, elle fait semblant de se casser, y'a personne d'autre sur le parking. Juste une Lada, ça doit être la caisse des vioques. Je m'approche d'elle, elle fait chauffer le moteur. Moi aussi, bébé, tu me chauffes. Si tu savais à quel point. Elle me regarde, genre regard craintif face à la bête qui approche.

– Laissez-moi !

Mais oui, je te lèche, bébé, je vais te bouffer toute crue. J'ouvre la portière, tu pousses encore un petit cri. Miam, ça va miauler.

– Vous êtes dingue !

Dingue de toi, tu m'étonnes, tes nichons, ça m'a fait monter tu peux même pas imaginer. Je te prends par la main, je t'agrippe, tu te fais désirer. Viens là, bébé.

Je la fais monter dans la Laguna, je la jette sur le siège, elle pousse des petits cris.

– Aïe !

4

C'est la première fois qu'on voit la mer. Avec Wladimir et Mohamed, on court partout sur la plage, j'adore sentir le sable sous mes pieds quand ça s'enfonce, c'est super dur de courir, ça ralentit, ça fait mal aux jambes mais en même temps ça masse, ça chatouille, on court partout, en plus y'a personne, il pleut, alors les gens se sont tous abrités dans des cafés ou sont remontés dans le bus. C'est la première fois que je vois la mer, je m'en fous de la pluie, je vais pas rester dans le car, c'est débile, c'est la seule journée à la mer. Avec Wladimir, on pousse Mohamed, il crie, on le pousse un peu plus, il tombe, trop rigolo, il est trempé, moi je retire mon tee-shirt et je me jette dans la mer, elle est froide quand même, on saute dans les vagues, Wladimir me poursuit, je cours encore plus vite, je tombe, j'ai la tête sous l'eau, ça fait bizarre, mais j'ai pas peur, Wladimir me rattrape, avec Mohamed ils me remettent la tête sous l'eau super longtemps, j'ai pas d'air, je respire plus, je vais me noyer, j'arrive quand même à leur foutre un coup de pied et ils me lâchent, je fais pareil avec Wladimir, il hurle sous l'eau, on l'entend presque pas, en plus y'a une grosse vague qui nous tombe dessus, c'est comme quand Laurent me fout une singlette dans le dos, ça fait super mal, ils doivent être dégoûtés en fait de pas être venus, les autres, ils voulaient pas, c'est bizarre, même les jumeaux. Guillaume est un peu plus loin, il creuse des trous dans le sable, il nous appelle, il a trouvé des trucs, on court vers lui, il fait froid, j'ai du mal à respirer tellement je suis essoufflé, c'est pas grave, on court vers Guillaume, il nous montre des coquillages tout en long comme je sais pas quoi d'ailleurs, y'en a plein, on va les garder pour Maman, Wladimir et Mohamed prennent Guillaume par surprise et le jettent à l'eau, il crie. Il pleut de plus en plus, Guillaume nous poursuit.

– Venez vous abriter, il pleut trop pour rester dehors !

On l'écoute pas le type, on s'en fout, on court toujours et on se prend des grosses vagues dans la figure, je marche sur un coquillage, je saigne du pied, mais je continue de courir, Maman et Papa auraient dû venir aussi, c'est dommage, ils restent toujours dans la cité.

– Vous écoutez quand je dis quelque chose. Vous rentrez, vous allez attraper la crève.

– Mais on joue, monsieur !

– Vous reviendrez quand ça s'arrêtera de pleuvoir.

– C'est pas juste monsieur !

– C'est dangereux, les vagues, vous voyez quand le drapeau est orange, ça veut dire que c'est dangereux.

– Ils vont le changer quand le drapeau, monsieur ?

– Tout à l'heure, venez.

– C'est pas juste.

– Mon père, il avait dit que c'était des connards, les mecs du Secours Populaire.

Maintenant on est obligés de rester dans le café avec les autres, on s'ennuie. Les animateurs du Secours Populaire nous apportent des sac en plastique avec des trucs à manger, y'a que des trucs que j'aime, c'est trop génial, des chips, un sandwich avec du pâté, une Vache-qui-rit, y'a que la pomme que je mange pas, j'aime pas les fruits. On a envie de jouer, pourquoi on peut pas retourner sur la plage, il pleut presque plus.

– On peut y retourner, monsieur.

– Vous ne bougez pas.

– Mais il pleut presque plus !

– Vous écoutez ce qu'on dit ou pas ?

– C'est chiant !

– Eh oh, bonhomme, tu me parles mieux, sinon tu vas rester là tout l'après-midi.

Je vais le dire à Papa qu'on paye pour aller à la mer et qu'on a pas le droit d'y aller, c'est pas normal. Papa, il va trop s'énerver.

– Mais y'a rien à faire ici !

– Vous commencez à me les briser !

– T'es chiant !

Mohamed se prend une de ces baffes ! Il pleure pas, mais il est super énervé, on se calme, on reste assis à table, on dit plus rien, c'est tout pourri comme journée à la mer. On a envie de rentrer.

*

On est punis dans le car. On est super énervés. On s'ennuie, alors on fait les gogols, Guillaume escalade un siège et monte sur le truc qui tient les bagages, il rampe, nous aussi on monte, on se cache et on ferme les petits rideaux, on est dans notre cabane, personne ne peut nous voir, je suis juste derrière Wladimir, on se ferme la bouche tellement on rigole, mais faut pas qu'on nous entende, Wladimir essaye de me faire rire, il pète dans mon nez, il est horrible, on rigole tous.

– Vous descendez, là-dedans !

On se tait tout de suite. Merde.

Une autre fille du Secours Populaire ouvre les rideaux, elle n'est pas contente. Nous, on rigole encore plus.

5

On s'ennuie tout le reste de l'été, Maman veut pas qu'on descende sans elle, et quand elle descend, on a le droit de jouer nulle part.

– Vous ne jouez pas là, c'est plein de merdes de chien.
– Sortez de là, c'est là que la voisine fait pisser son épagneul, c'est dégueulasse.
– Restez par là, je veux vous voir.

On peut jamais s'amuser. Ni dehors ni dedans. C'est trop chiant. On part pas de la cité, j'ai demandé pourquoi, Papa m'a répondu qu'ils avaient pas les sous. Pourquoi on n'a pas de sous. Elle a qu'à travailler, Maman. Elle est chiante, elle préfère nous surveiller toute la journée.

6

À la rentrée, Barthélémy arrive tout bronzé, ses cheveux ont poussé, il est encore plus blond. Tout le monde lui demande où il est parti cet été.

– Je suis parti en Guadeloupe avec mes parents.

– En Guadeloupe ?

– Mais c'est où ?

– Très loin, on avait dix heures d'avion.

– Quoi, dix heures ? C'est pas possible ! T'as fais le tour du monde.

Il m'énerve un peu avec ses voyages. Même les filles trouvent qu'il a trop de la chance. Il a vu des iguanes.

– C'est quoi ?

– C'est des gros lézards qui mangent des hommes.

– N'importe quoi.

– T'as trop de chance, Barthélémy.

– Et toi, Jean-Pierre, tu es parti ?

– Non, je suis resté à la cité. Je suis allé juste un jour à la mer avec Wladimir et Mohamed.

– C'était bien ?

– Super. Wladimir, il m'a pété dans la figure.

– N'importe quoi !

– Vous êtes dégoûtants.

– Ouais, on est dégoûtants !

Je cours vers Barthélémy pour lui péter dessus. Il bouge même pas, il est dans les nuages, il chante. N'importe quoi, il m'énerve, il veut jamais jouer avec nous.

– Barthélémy, tu portes pas de cravate ?

Il répond pas à Wladimir. Il chante et il s'en va en dansant, il est trop bizarre. Il aime pas le foot et il nous aime pas non plus.

– Avec tes cheveux, tu ressembles à une fille.

Il répond pas, il danse dans la cour en chantant. J'avais pas remarqué, mais Wladimir a raison, Barthélémy ressemble à une fille. Une petite fille blonde qui chante et qui danse. C'est pour ça qu'il aime pas le foot.

– Maman, elle dit que c'est une chochotte.

– Elle connaît Barthélémy ?

– On l'a croisé une fois au marché, il était avec sa mère et il traversait les rues en sautant à cloche-pied.

– C'est vrai ?

– N'importe quoi !

– C'est trop une fille.

*

La maîtresse m'a dit d'aller me mettre devant le mur, les mains sur la tête. C'est chiant la grande école, j'avais rien fait en plus, c'est pas moi qui ai envoyé le stylo sur Barthélémy, je suis super énervé, j'ai envie de le frapper, moi ça fait trop longtemps que je suis là. Je me retourne, sinon je m'ennuie trop, Mohamed se penche pour me faire des grimaces, il balance une boulette de papier sur la tête de Barthélémy, je rigole.

– Madame, Mohamed m'envoie des boulettes de papier !

– Mohamed, tu vas au coin avec Jean-Pierre.

– Mais c'est pas moi, madame, je vous jure.

– Pourquoi Barthélémy inventerait ça ?

– C'est pas juste, pourquoi vous le croyez, lui, et pas moi ?

– Arrête de tout discuter, je t'ai demandé d'aller au coin, tu vas au coin.

– Barthélémy, je te jure, je vais te frapper !

– Mohamed, tu arrêtes, tu vas au coin et tu n'embêtes plus Barthélémy.

Mohamed vient à côté de moi, je vais moins m'ennuyer. Il me fait des grimaces, moi aussi du coup.

– Mohamed et Jean-Pierre, vous vous séparez et vous vous mettez chacun à un coin de la classe. Si je vous entends encore rire une seule fois, j'appelle vos parents.

On se tait.

*

Barthélémy chante dans la cour, il reste tout seul, il est bizarre.

7

Maman m'accompagne chez Barthélémy. Il est super sympa de nous inviter à son anniversaire. Surtout qu'on n'est pas vraiment copains. Maman sonne à la porte. C'est pas très loin de la cité, la mère de Barthélémy nous ouvre, elle est très gentille tout de suite, on entre, c'est une grande maison, pas du tout comme chez nous. Maman est timide, je la connais. La mère de Barthélémy lui prend son manteau, mais Maman ne veut pas rester, elle viendra me chercher tout à l'heure, elle m'embrasse, je cours dans la maison. Il y a au moins trente enfants, tout le monde est déguisé avec des draps, des serviettes, des chapeaux, je savais pas que c'était une fête déguisée. Je vois Wladimir. Il m'entraîne vers le jardin, c'est génial, super grand, y'a des enfants qui dansent sur de la musique.

– Salut Barthélémy !
– Vous êtes venus !
– Oui.
– Elle est grande ta maison.
– Oui, mes parents l'ont achetée.
– C'est cher, une maison.
– Ils doivent la payer jusqu'à l'an 2000.

– C'est vrai ?
– Oui, c'est vrai, je ne mens jamais.
– C'est pas possible de jamais mentir.
– C'est déjà un mensonge de dire ça.
– Non, c'est pas vrai, je ne mens jamais.
– T'es un garçon ?
– Bah oui !
– Tu vois que tu mens !
Mort de rire.
– Vous êtes pas sympas, je vous invite chez moi et vous vous moquez de moi.
– On se moque pas de toi.
– On se moque pas de toi, on trouve juste que tu as des cheveux de fille.
– Moi, j'aime bien.
– Pourquoi ?
– Ma maman, elle aime bien.
– Elle a les mêmes cheveux que toi.

*

Le père de Barthélémy monte le son de la musique. Tout le monde danse maintenant. Moi j'aime pas trop, alors je fais n'importe quoi, Wladimir fait comme moi, on rigole trop, on fait les zinzins, on se cogne à tout le monde.

– Eh oh, là, on se calme, c'est une piste de danse, pas un ring de boxe.

On s'en fout, on danse comme si on était débiles, on ferme les yeux, on tourne comme des toupies, on fait pas attention aux autres, c'est trop marrant.

– Tu as entendu ce que je t'ai dit, tu arrêtes de faire ça, tu vas blesser quelqu'un.

J'écoute pas. Je tourne comme un fou, je vais de plus en plus vite, ça tourne, ça tourne, c'est comme si j'étais une tornade.

– Tu arrêtes, je t'ai dit.

Le père de Barthélémy me prend par le bras et me fait asseoir sur un fauteuil.

– Je veux danser, moi aussi.

– Tu ne danses pas, là, tu fais l'andouille.

– S'il vous plaît, monsieur.

– Regarde, tu es en nage, calme-toi deux minutes.

Je reste calme, je regarde les autres, ils dansent tous, même Wladimir danse avec des filles. Barthélémy fait que commander, il fait toujours son chef, je comprends pas, à l'école il veut jamais jouer avec personne, chez lui il veut être le chef. Ils font tous les mêmes gestes, c'est nul. Il y a des livres partout, des millions, j'ai jamais vu autant de livres dans une maison. Y'a beaucoup de disques, moi aussi j'ai envie d'aller danser avec les autres, mais le papa de Barthélémy reste à côté de moi.

– Monsieur, elle est où, la télé ?

– Nous n'avons pas de télé.

– Quoi ?

– On n'a pas de télé.

– Pourquoi ?

– On n'aime pas la télé.

Je savais même pas que c'était possible de pas aimer la télé.

– Tu es calmé ?

– Oui !

– Vas-y, va danser, mais tu danses, tu fais pas l'imbécile ?

– Oui.

*

– Wladimir, tu sais, Barthélémy, il a pas de télé !

– C'est pas vrai.

– Je te jure, c'est son père qui me l'a dit.

– Barthélémy, vous avez pas de télé ?
– Non, on n'aime pas ça.
– Mais vous faites quoi le soir, alors ?
– Ça dépend.
– Quoi ?
– On écoute de la musique ou on fait des jeux.
– C'est vrai ?
– Bah oui, la télé, ça rend les gens bêtes.

Moi j'adore la télé, Papa et Maman la regardent tout le temps.

– Je préfère lire.
– Tu lis tout seul ?
– Oui, et des fois mes parents me racontent des histoires aussi.
– Et tu t'ennuies pas ?
– Non.

Là, je comprends pas.

8

Papa regarde la télé, Maman fait la vaisselle, on est samedi, il fait super beau dehors.

– Maman, on peut aller jouer en bas ?

– Vous attendez deux minutes que j'aie fini la vaisselle.

– Tu nous rejoins !

– Non, vous m'attendez !

– Mais, Maman, allez !

– Y'a pas de mais. Si vous continuez, on ne sort pas du tout.

– D'accord.

– On ne restera pas longtemps, j'ai plein de trucs à faire.

– D'accord.

C'est l'été et on reste dedans, on s'ennuie avec Guillaume. Les jumeaux sont chez un copain, Marc et Laurent ont le droit de sortir, c'est chiant d'être toujours les plus petits.

– C'est quand la mer, Maman ?

– Le week-end prochain.

– C'est dans combien de jours ?

– Tu comptes.

– On est quel jour ?

– On est mercredi.
– C'est dans trois jours alors.
– Non, c'est pas ce week-end-là, c'est la semaine prochaine.
– C'est trop long.
– Qu'est-ce qu'on va faire en attendant ?
– On va aller un peu au parc.
– C'est nul, le parc.
– On n'a que ça.
– Allez, tu viens, Maman.
– Je n'ai pas fini. Si vous demandez encore une fois, on reste là.

9

C'est chiant, c'est les mêmes animateurs du Secours Populaire que la dernière fois. Ils vont encore nous emmerder.

– Vous allez être plus calmes que l'année dernière, hein ?

– Oui, monsieur.

– Sinon, vous restez dans le car toute la journée.

– Monsieur, on va avoir encore les chips et la Vache-qui-rit ou pas ?

– Oui, mais c'est à midi, ça.

– Génial, j'adore les chips !

On se met à crier tous les trois, mais l'animateur nous regarde méchamment. On se tait, on veut pas rester dans le car, on veut aller dans l'eau et se faire taper par les vagues.

*

C'est vraiment pas juste, il faisait super beau chez nous et maintenant il pleut. On doit encore attendre que ça s'arrête pour aller sur la plage, les adultes sont pas contents, nous on s'ennuie, on fait plein de bruit avec nos jus de fruits, on fait des bulles avec les pailles, et quand on a fini, on fait des bombes en tapant dessus, les gens sursautent tout le temps. On souffle sur la vitrine du café pour faire de la buée. On fait des dessins avec nos doigts. Wladimir dessine un gros zizi, il est trop marrant. À côté de nous, y'a deux barbus qui arrêtent pas de parler politique. Je les regarde, on dirait des jumeaux. Ils sont énormes avec de grosses barbes, j'arrête pas des les regarder, je leur fais des grimaces, ils me voient pas, dès qu'ils se retournent, j'arrête, trop marrant, ils font peur, je comprends pas pourquoi ils se caressent les mains sous la table. C'est trop bizarre.

– Wladimir, regarde les deux à côté.

– Quoi ?

– Ils se caressent les mains.

– Ah bon ?

On les regarde. Ils sont trop bizarres, ils parlent de politique en se caressant les mains sous la table, c'est quoi ça ?

– J'en ai déjà vu, c'est des pédés.

– C'est quoi, des pédés, Wladimir ?

– C'est des hommes qui font l'amour.

Les barbus nous ont entendus, ils arrêtent de se caresser les mains. Ils nous regardent, ils ont l'air super gênés. Ils payent et ils s'en vont. Nous, on les regarde partir. On se met à rire, c'est trop drôle.

– Ils font l'amour ?

– Oui, c'est ça, des pédés.

– C'est dégueu.

– T'imagines comment ils s'embrassent avec leur barbe ?

– Ça doit les piquer !

– C'est trop horrible !

– C'est dégueu.

Des hommes qui font l'amour, je savais même pas que ça existait.

10

Guillaume est dans son lit, moi je suis au-dessus, j'arrive pas à dormir.

– Guillaume ?

– Quoi ?

– Tu sais ce que c'est des pédés ?

– Non.

– C'est des hommes qui font l'amour avec des hommes.

– N'importe quoi.

– Je te jure.

– C'est dégueu.

– Ouais !

– C'est les filles qui font l'amour avec des hommes, c'est pas possible !

– Si, je te jure, on en a vu à la mer aujourd'hui.

– Ça existe pas !

– Ils se faisaient des câlins avec les mains.

– C'est pas vrai !

– Si, je te jure, ils avaient des grosses barbes en plus.

– Les pédés, ils sont barbus ?

– Ouais.

11

J'ai pas envie de retourner à l'école. Il va y avoir Barthélémy et j'ai pas envie de le voir, il m'énerve.

– Maman, c'est quoi un pédé ?

– Qui c'est qui t'a dit ça ?

– Mohamed, il m'a dit que les deux barbus qui étaient à la mer avec nous, ils étaient pédés.

– Qui c'est qui est pédé ici ?

– Laurent, tu commences pas, qu'est-ce que tu fous encore là, tu es en retard.

– C'est toi, Jean-Pierre, qui es pédé ?

– Arrête, n'importe quoi !

– Pourquoi tu veux savoir alors ?

– C'est pour savoir, c'est tout, arrête de m'emmerder.

– Jean-Pierre, tu ne parles pas comme ça ou je te fous une claque !

– Jean-Pierre, il est pédé.

– Jean-Pierre, il est pédé ?

– C'est pas vrai. Les jumeaux, on vous parle pas à vous.

– Je veux pas d'un frère pédé.

– Je suis pas pédé, c'est juste pour savoir.

– Les pédés, ils s'enculent.

– Marc, arrête ça tout de suite !

– Ils s'enculent avec leur zizi.
– C'est quoi enculer ?
– Vous sortez tous de cette cuisine, vous me rendez folle !
– Jean-Pierre, il se fait enculer !
– N'importe quoi !
– Vas-y, calme-toi, Jean-Pierre, me frappe pas ou je t'en colle une.
– Maman, ils arrêtent pas de dire que je suis pédé.
– Marc, arrête d'emmerder ton frère, il est 7 heures du matin et vous me faites déjà tourner en bourrique, c'est pas possible, les jumeaux et Laurent, vous bougez, vous êtes en retard, Jean-Pierre et Guillaume, vous allez à la salle de bain vous laver, Laurent, tu dis pas de gros mots devant les petits.
– Regarde Maman, elle est toute rouge, elle veut pas dire ce que c'est qu'un pédé.
– Bon, vous la fermez là-dedans !
– Papa, les autres, ils m'embêtent tout le temps.
– Vous me faites chier, je commence tard aujourd'hui, alors vous la fermez.
– Ils t'ont réveillé ?
– Comment tu veux que je dorme avec tout ce bordel ?
– Papa, Jean-Pierre, il est pédé !
– N'importe quoi, je vais te taper !
– Dis-leur de se calmer, ils ne m'écoutent pas.
– Bon, vous écoutez votre mère un peu !
– Maman veut pas nous dire c'est quoi des pédés.
– Mais pourquoi vous parlez de ça ?
– C'est Jean-Pierre qui veut savoir !
– Non, c'est pas vrai.
– Il dit qu'il y avait deux barbus au voyage à la mer.
– C'est vrai, Jean-Pierre ?
– Oui, c'est Mohamed qui m'a dit que c'était des pédés.
– Ils étaient comme ça ?

Mort de rire, on rigole tous, Papa fait la femme, c'est trop marrant.

– Ils parlaient comme ça ? Et ils avaient la main comme ça ? Ils remuaient du cul comme ça ?

– Non…

– Ils avaient des plumes dans le cul ?

– Non, ils avaient des barbes.

– Des barbes ? Moi je suis pédé, j'ai pas de barbe, j'ai plutôt des longs cheveux blonds, je mets des robes, j'adore les plumes.

Mort de rire.

– Arrête, j'aime pas quand tu fais ça.

– Mais si, t'aimes bien quand je fais ma tata, hein Maman, elle aime bien quand Papa il fait la folle, hou là là !

– C'est des filles, les pédés ?

– Les pédés, ils ont pas de bite.

– Laurent, tu dis pas ça devant les petits !

– Mais c'est vrai, les pédés, ils sont toujours en robe, Papa il a raison, c'est pas des femmes, mais c'est pas des hommes non plus !

– Oh oui, mon petit chou, tu sais que t'es mignon, toi, tu veux pas faire frotti-frotta avec Papa !

Mort de rire !

– Arrête !

– Quoi ?

– Ils sont pas tous comme ça non plus.

– Quoi, t'en connais, toi, des fiottes !

– Non…

– Alors, tu vois bien à la télé ! Les pédés, ils parlent tous comme ça, ils ont la voix haut perchée, ils ont plein de manières !

– Ceux du café, ils étaient barbus et ils étaient pas comme ça.

– Bon, Jean-Pierre, on va pas passer la journée là-dessus. Les pédés, c'est des malades.

– C'est vrai Maman, ils sont malades ?

– Si ton père le dit !

– Quoi, t'es pas d'accord ?

– Je ne sais pas.
– Tu trouves ça normal de se mettre des trucs dans le trou de balle ?

Mort de rire !

– Ils se mettent des trucs dans le trou de balle, t'as vu, Jean-Pierre !
– C'est dégueulasse !
– Moi j'adore me prendre des bites dans le trou de balle.
– T'es con !
– Tu me parles pas comme ça, toi !
– Laisse-moi, me touche pas !
– Tu me dis pas que je suis con devant les gamins ! Tu ne dis plus jamais ça !

On sait que c'est le moment de partir.

– Arrête, tu me fais mal !
– Tu te prends pour qui ? Tu préférerais que je sois une grosse pédale.
– Arrête, s'il te plaît.
– Si tu redis ça encore une fois devant les mômes, je t'en colle une.
– Calme-toi.
– Je me calme si je veux !
– Arrête !
– Tu me fais chier, on rigole avec les gamins et toi tu me traites de con, t'es pas une grosse conne, toi ?
– Lâche-moi.

On est dans l'entrée, on s'habille vite fait, je me lave pas, je veux pas rester là.

– Lâche-moi, tu me fais mal !

Papa donne une grosse claque à Maman.

12

Avec Wladimir et Mohamed, on regarde Barthélémy jouer à l'élastique avec trois filles de la classe. Il joue avec les filles, il joue à un jeu de filles, il a des cheveux de fille, Barthélémy est une fille, Barthélémy est un pédé.

– T'es pédé, Barthélémy ?
– C'est quoi ?
– Fais pas semblant.
– On sait tous ce que c'est.
– Non, moi je ne sais pas.
– Tu sais pas alors que t'en es un.
– N'importe quoi.
– C'est quoi, pédé ?
– Les pédés, ils ont tous des longs cheveux blonds comme toi.
– Les pédés, ils jouent avec les filles comme toi.
– Les pédés, c'est des filles.
– Je suis pas une fille.
– On dirait.
– N'importe quoi.
– Tu recommences pas à jouer, on te parle.
– Laissez-moi tranquille.
– Arrête !

– Je ne vous entends pas, j'ai des écouteurs du futur dans les oreilles et j'écoute de la musique.
– N'importe quoi, t'as rien.
– Ils sont invisibles.
– Il dit n'importe quoi.
– T'écoutes quoi alors ?
– Je te le dirai pas.
Il se met à chanter, il nous écoute pas. Il joue à l'élastique avec ses écouteurs invisibles, il m'énerve, j'ai envie de le frapper.
– Pourquoi tu joues jamais avec les garçons ?
– Réponds, Barthélémy !
Il répond pas, il chante. Je lui donne une grosse claque. Ça fait du bien. Il a mal, il pleure, il saigne du nez, merde.

*

Avec Wladimir et Mohamed, on est cachés dans un coin de la cour. On sait qu'on va se faire engueuler, j'ai fait saigner Barthélémy. Si j'avais fait saigner Guillaume ou les jumeaux, je me serais fait tuer par Papa. Là, on se cache, on attend.
– C'est lui aussi, il m'énerve, il m'aime pas.
– C'est vrai, il veut jamais jouer avec nous.
– Il est chiant.
– Il est pédé.
– C'est chiant, les pédés.
– Tu crois que tous les pédés sont comme ça ?
– J'en sais rien, on croyait que tous les pédés étaient barbus.

Barthélémy revient dans la cour. Il a un coton dans le nez. Il dit rien. Il retourne jouer à l'élastique avec les filles. Elles lui font des bisous. Elles sont toutes amoureuses de lui.
– Les filles sont amoureuses des pédés.
– C'est débile.

Barthélémy et les filles jouent à l'élastique. Il a rien dit. Je le fais saigner et il dit rien, je comprends pas.

– Il a rien dit.
– Il est bizarre.
– C'est la preuve.
– De quoi ?
– Qu'il est pédé.
– Ah.

13

Marc, Laurent et les jumeaux sont jamais allés à la cantine, mais moi et Guillaume, oui. C'est pas juste. Heureusement que je suis avec Wladimir et Mohamed, on se marre trop. C'est chiant parce qu'il faut pas non plus faire trop de bruit, sinon les dames de la cantine nous engueulent. Après, les maîtres et les maîtresses arrivent et on se fait punir. Ça, j'aime pas, on doit rester debout les mains sur la tête et en l'air. On est avec Barthélémy le pédé et Virginie, une autre fille de la classe. Je l'aime bien, elle est marrante, c'est la seule fille qui joue au foot avec nous. Le truc que je comprends pas, c'est qu'elle nous aime bien et qu'en même temps elle est copine avec Barthélémy, c'est pas normal. Nous, on lui parle plus, on aime pas trop les filles, mais on n'aime pas du tout les pédés.

– Virginie, tu veux pas être l'amoureuse de Jean-Pierre, il est amoureux de toi.

– Arrête, Mohamed, c'est même pas vrai.

– Si, c'est vrai, la dernière fois t'as dit que tu voulais faire l'amour avec elle.

Je le frappe direct. Il a pas le droit de dire ça, c'est pas vrai. Virginie est toute rouge.

– Jean-Pierre, tu vas au coin, les mains sur la tête.
– C'est pas moi, madame, c'est lui !
– Jean-Pierre, tu vas au coin tout de suite !
– C'est pas juste.

*

Je reste là, les mains sur la tête, j'en ai marre.
– Madame, je peux aller me rasseoir ?
– Tu es calmé ?
– Oui !
– Tu vas te rasseoir tranquillement et tu ne fais pas grincer ta chaise par terre, tu la lèves, d'accord ?
– Oui.
Les autres rigolent trop, même Barthélémy rigole.
– Qu'est-ce que vous avez dit sur moi ?
– Rien.
– Jean-Pierre, qu'est-ce que je viens de te dire ? Ne fais pas grincer ta chaise !
J'en ai marre. Les dames de la cantine nous apportent à manger. Trop dégueu, c'est de la cervelle, on n'aime pas ça. Tout le monde se met à crier, personne aime ça, la cervelle. On se bouche le nez. On fait tous semblant de vomir. Sauf Virginie. Elle adore ça la cervelle. Elle est bizarre elle. Barthélémy n'aime pas non plus, rien qu'à la voir dans son assiette, il a des haut-le-cœur. Pour une fois, je pense comme lui. Virginie se régale, n'importe quoi.

– Jean-Pierre, tu veux pas embrasser Virginie ?
– N'importe quoi, toi.
– J'ai pas envie de l'embrasser, moi.
– Pourquoi tu l'aimes pas ?
– Je l'aime pas, c'est tout.
– Pourquoi tu l'aimes pas, Virginie ?
– Elle aime la cervelle, elle est dégueu !
– Pourquoi t'aimes bien la cervelle, Virginie ?

– J'aime bien, c'est tout. Barthélémy, tu me donnes la tienne ?

La dégueu, elle prend la cervelle de Barthélémy et elle se fait un sandwich avec, elle croque dedans, y'a du jus qui gicle partout, on est dégoûtés et en même temps on peut pas s'arrêter de rigoler. Wladimir prend sa cervelle et la balance dans l'assiette de Virginie. Ça éclabousse sa robe et la chemise de Barthélémy. Il se met à pleurer. Il prend sa tête dans ses mains, c'est débile, les garçons qui pleurent.

– Le pédé, il pleure !

– Vous avez sali ma chemise, je vais me faire tuer !

Les dames de la cantine nous prennent par le bras, Wladimir, Mohamed et moi, et nous tirent vers le coin.

– Le pédé, il pleure !

– Tu arrêtes, Jean-Pierre !

Barthélémy pleure de plus en plus. On va au coin. Dès que la dame a le dos tourné, Mohamed prend la cervelle d'une autre fille et l'envoie en l'air. Elle s'écrase par terre. Tout le monde est dégoûté, sauf d'autres garçons plus grands qui font comme nous, ils font voler plein de cervelles. Comment on rigole trop fort, je vais faire pipi dans mon slip, je peux même plus rester debout, y'a des cervelles qui volent dans tous les coins, les maîtres et les maîtresses peuvent rien faire, ni les dames de la cantine, tout le monde est dégueu, pour une fois y'a pas que nous, trop drôle, moi je crie, Mohamed court partout, c'est comme si c'était un match de foot, on refait la finale, je suis Platini, Mohamed refait Schumacher, alors il fait le méchant et il tire dans une cervelle qui s'écrase contre un mur. On crie tous BUUUUTTTT, mort de rire, des filles pleurent, sauf Virginie. Elle envoie une cervelle dans notre direction, elle s'éclate au-dessus de nous, elle fait un gros splosh sur le mur et après elle tombe par terre, on dirait vraiment que c'est des cervelles d'enfants. On entend un sifflet, ça veut dire qu'on est tous punis, on doit se taire, on doit tous mettre les mains sur la tête. C'est trop chiant.

– Mains sur la tête, en l'air, sur la tête, en l'air, sur la tête, en l'air…

*

J'entends Wladimir qui demande à Virginie pourquoi elle ne veut pas faire l'amour avec moi. J'ai envie de le frapper, mais Virginie lui répond qu'elle est amoureuse de Barthélémy. Là, je ne comprends plus. Pourquoi elle est amoureuse d'un pédé ?

14

Maintenant je suis assez grand pour aller à l'école tout seul. Je traverse la cité à pied, j'ai un nouveau cartable, Maman a dit que le mien était trop dégueu, l'un des jumeaux l'avait déjà utilisé avant moi. Maman voulait que je mette un jean, mais j'ai pas voulu, je préfère mon jogging. Cette année, on est en CM2, alors on est les plus grands, après c'est le collège.

J'arrive, y'a encore des échafaudages, elle est même pas finie, la nouvelle école, l'ancienne a brûlé, alors ils en ont reconstruit une nouvelle. Ça change vachement, elle est super moderne, rien à voir avec l'ancienne qui était toute pourrie. Il fait beau, c'est cool. Il a plu tout l'été, on n'a pas bougé, même pas une journée à la mer, Papa et Maman disent qu'on est trop grands pour y aller, je vois pas le rapport, mais bon, heureusement, comme on n'est plus des bébés, maintenant on a le droit de sortir jouer dans la cour avec les autres enfants, on a joué tout le temps au foot, je suis trop bon maintenant, je sais même pas pourquoi elle a brûlé, l'autre école. J'espère qu'avec Mohamed et Wladimir on va être encore dans la même classe. Sinon, je vais me faire chier.

Il y a tous les enfants devant la porte de l'école, les parents sont pas contents, l'école est pas finie, c'est n'importe quoi. Y'a plein de petits qui pleurent, ils veulent pas y aller, ils veulent pas lâcher leurs parents, la honte, moi je suis grand maintenant, après c'est le collège, là on sera les plus petits, faut en profiter cette année. Je vois pas mes copains. J'espère qu'ils vont venir. Tout le monde rentre, ils ont mis une grande horloge électronique à l'extérieur, ils croient qu'on sera jamais en retard avec ça, il est 8 h 15, on a encore un quart d'heure, qu'est-ce qu'ils foutent, je veux pas rentrer sans eux.

– Salut !
– Salut Jean-Pierre !
– Je savais pas si vous alliez venir.
– On n'a pas le choix.
– Ouais.
– T'as vu, l'école est même pas finie.
– C'est naze.
– On y va ?
– T'es pressé Jean-Pierre ou quoi ?
– Les autres sont tous rentrés.
– On a le temps, il reste dix minutes.
– Venez, je vous montre un truc.
– Tu fumes, Wladimir ?
– Moi aussi je fume Jean-Pierre, tu fumes pas toi ?
– Si.
– T'en veux une ?
– Ouais !
– C'est cool.

Je fume, c'est dégueu, mais je dis rien, je fume. Mohamed et Wladimir fument déjà depuis combien de temps, je les ai vus tout l'été, ils fumaient pas, ils ont appris quand ? Peut-être qu'ils pouvaient pas fumer dans la cité, sinon ils se seraient fait tuer par leur parents. Je tousse pas, mais j'ai vachement envie de tousser.

– J'ai appris à parler anglais !
– C'est vrai ?
– Tu sais dire quoi ?
– Je sais dire *of course* !
– Ça veut dire quoi ?
– Ça veut dire « bien sûr » !
Wladimir fume et en plus il sait parler anglais.
– T'es sûr ?
– *Of course* !
Mort de rire.
– Tu sais dire quoi d'autre ?
– Je sais dire *How are you* ?
– Et ça, ça veut dire quoi ?
– C'est « Comment ça va ? ».
– Comment tu dis ?
– *How are you ?*
– C'est bizarre comme langue.
– Comment tu as appris tout ça ?
– C'est mon oncle qui m'a appris, il chante, il fait des chansons en anglais.
– C'est cool.
– *How are you ?*
– *Fine, thanks.*
– Tu sais dire trop de trucs.
– *Yes !*
– C'est cool de fumer.
– Ouais.
On est des grands, on fume et en plus on sait parler anglais, c'est trop cool, je me sens bien, je sais pas pourquoi, mais je crois qu'on va passer une bonne année dans cette nouvelle école. Wladimir a beaucoup changé. Il a grandi. Moi je suis encore petit, Mohamed aussi.

Une alarme incendie se met à sonner super fort. On éteint nos cigarettes tout de suite.
– C'est quoi ça ?
– C'est pour les pompiers ou quoi ?

– Tu crois qu'ils ont vu qu'on fumait ?
Une dame sort de l'école et vient vers nous.
– C'est l'heure de rentrer, les garçons.
– C'était quoi ça, madame ?
– Y'a le feu ?
– Cette école-là, elle va brûler aussi ?
– Trop marrant, on va plus avoir d'école du tout.
– Ce n'est pas une alarme, c'est la sonnerie.
– C'est la sonnerie, ça, madame ?
– Oui.
– C'est débile, on dirait une alarme incendie.
– C'est n'importe quoi.
– Bon, venez maintenant, le directeur va parler.
– On arrive, madame, on attend encore quelqu'un.
– T'attends qui, Wladimir ?
– Personne, c'était juste pour qu'elle nous laisse tranquilles !
– T'es trop fort.
– On fume une autre cigarette.
– Ouais, maintenant qu'on sait que c'est pas une alarme.

J'ai envie de vomir. Mohamed sort un walkman de sa poche, la chance, moi j'en ai même pas, il met les écouteurs sur ses oreilles et commence à danser, il est dingue, pourquoi il fait ça, c'est bizarre de danser comme ça tout seul, il fait plein de mouvements, il danse super bien, on dirait qu'il est tout désarticulé, il saute partout, il a l'air débile.
– C'est génial.
– Ouais, c'est génial.
– C'est du smurf.
– C'est quoi ?
– C'est comme ça que dansent les Américains.
Wladimir imite Mohamed, il fait n'importe quoi, trop marrant. Moi aussi, j'essaye, je fais n'importe quoi, trop marrant.

– Vous fumez ?

– Ah, salut Barthélémy !

Encore lui, j'y pensais plus à ce pédé. Ces cheveux sont encore plus longs et plus blonds que d'habitude.

– Vous faites quoi ?

– C'est du smurf, tu connais pas.

– C'est pas pour les pédés comme toi.

– Mohamed, s'il te plaît, arrête, vous voulez pas qu'on fasse la paix ?

– Coupe-toi les cheveux alors.

– Moi j'aime bien mes cheveux.

– Tu vois que t'es bizarre.

– C'est parce que j'ai les cheveux longs que vous vous moquez de moi ?

– Y'a pas que ça !

– Pourquoi tu joues jamais avec nous, tu restes qu'avec les filles, t'es pas une fille.

– Vous vous moquez toujours de moi.

– T'es trop un bébé en fait.

– Tu sais même pas parler anglais !

– Et alors ?

– Nous, si.

– C'est même pas vrai.

– *Of course !*

– C'est même pas de l'anglais, ça, tu dis n'importe quoi.

– Bon, maintenant, vous rentrez, les garçons, sinon je préviens vos parents !

Barthélémy court vers l'entrée.

15

La cour de la nouvelle école est toute pourrie, y'a même pas d'arbres, y'a des échafaudages, les parents sont super énervés, ils ont mis une estrade au milieu, je comprends pas ce qui se passe, les parents regardent tous vers l'estrade.

Le directeur monte sur la scène, c'est le même que celui de l'ancienne école, il parle longtemps, c'est trop chiant.

– Tu crois qu'on va avoir une récréation avant d'aller en classe ?

– Bah, ouais, ils peuvent pas nous empêcher de jouer pendant la récréation.

– Sinon c'est nul.

– Comme vous pouvez le constater, le chantier a pris un certain retard, nous nous efforçons BLA BLA BLA. Certaines salles ne sont pas encore prêtes. Les cours auront donc lieu dans des préfabriqués BLA BLA BLA.

Je comprends pas ce qu'il raconte, mais je vois que les parents sont super énervés.

– Quelle organisation de merde.

– Ils peuvent pas laisser les gamins dans des préfas.

– Bande de trouducs.

– Je ne laisse pas mon môme dans un préfa.

– Et lui, c'est qui ?

– Je vous présente un nouvel instituteur.

– Il les prennent au berceau ou quoi ?
– C'est qui ce gamin ?
– Monsieur Lévy a vécu à New York ces cinq dernières années, il a décidé de venir rejoindre notre équipe pédagogique.
– Qu'est-ce que c'est que ça ?
– Il est biquet, le nouveau prof.
– Il fait pas cours habillé comme ça, j'espère.
– Lévy, c'est encore un juif ça ?

J'arrive pas à croire que c'est un prof, on dirait qu'il a 20 ans. Il porte des Nike Air trop puissantes, je veux les mêmes, les filles le trouvent beau gosse. Il est plus jeune que les autres maîtres, c'est tout, pas de quoi nous saouler. Il a l'air cool. C'est vrai.

*

Nouvelle école, nouveau prof – je suis avec Lévy – et nouvelle salle – je suis dans un préfa évidemment –, ce qui ne change pas c'est mes potes Wladimir et Mohamed. Et Barthélémy. Y'a quand même des nouveaux, des Chinois et des Cambodgiens, l'école est dans un quartier où y'a que des Asiatiques.

Lévy est super cool, il veut qu'on le tutoie, il a pas 20 ans mais 28, il s'assoit sur son bureau et même des fois sur nos tables. Je suis à côté de Marielle, une nouvelle fille que je connais pas, blonde, mignonne, de grandes boucles d'oreilles, elle me parle pas, elle regarde Lévy, y'a que ça qui l'intéresse, elle est complètement amoureuse de lui. Moi, je la trouve super jolie. Mais c'est Lévy qu'elle aime. Tant pis pour elle. Je ne sais pas ce qu'elle a, elle se met à respirer hyper fort, elle trouve plus sa respiration, on dirait qu'elle est en train de mourir, ça me fait flipper, Lévy lui demande ce qui se passe, elle fait une crise d'asthme. Elle dégueule un truc ignoble, genre slim vert sur la table, j'en ai plein mon cahier, horrible. Lévy lui fait un petit câlin pour la calmer, elle est contente, elle a eu ce qu'elle voulait.

*

– Est-ce que vous parlez anglais ?

– *Of course*.

Les autres regardent Wladimir. Il parle anglais.

– Tu parles anglais, Wladimir ?

– J'ai appris cet été.

– C'est bien.

– D'autres savent dire quelque chose en anglais ?

J'ose :

– *Of course*.

Les autres rigolent.

– C'est bien, Jean-Pierre ! Mais tu sais dire autre chose ? *Of course*, Wladimir l'a déjà dit.

Je sais pas dire autre chose, je dis rien, la honte. Wladimir sort tout ce qu'il connaît, il est trop fort. Je suis dégoûté. Les autres sont émerveillés, Wladimir est trop fort.

– On va parler un peu anglais cette année. C'est une langue que vous devez maîtriser le plus tôt possible. Vous savez pourquoi ?

– Non.

– Et toi ?

– C'est trop cool, l'anglais, c'est tout !

– Pourquoi c'est trop cool ?

– Je sais pas, c'est la langue qu'on parle aux États-Unis.

– Et c'est bien, les États-Unis ?

– Ouais !

– Vous savez, j'ai vécu cinq ans à New York, je connais bien les États-Unis.

– Pourquoi vous viviez là-bas, monsieur ?

– Parce que j'étais marié.

– Vous n'êtes plus marié ?

– Non.

– Elle est restée là-bas, votre femme, monsieur ?

– Je ne suis pas là pour vous raconter ma vie personnelle et je vous ai demandé de me tutoyer.

– Monsieur, tu as une nouvelle femme ?

Tout le monde rigole. C'est trop bizarre de le tutoyer.

– L'anglais est la langue la plus parlée dans le monde. C'est une langue universelle. Vous aurez besoin de maîtriser l'anglais pour travailler plus tard.

– Pourquoi, monsieur ?

– Quand vous voyagerez, vous réussirez à vous faire comprendre partout dans le monde avec l'anglais.

– On voyage pas, nous.

– Comment ça ?

– On voyage pas, on reste toujours là.

– Explique-moi, Jean-Pierre.

– Je sais pas. Je suis jamais parti à l'étranger, moi. Le seul endroit où je suis allé, c'est à la mer.

– Où est-ce que tu es allé ?

– J'en sais rien, c'était avec le Secours Populaire.

– Et les autres ? Qui est déjà parti à l'étranger ?

Y'en a que deux qui lèvent le doigt. Mohamed et Barthélémy.

– Mohamed, où est-ce que tu es allé ?

– Je suis allé au Maroc, monsieur.

– Tu as de la famille là-bas ?

– Ouais.

– Tu es allé où ?

– Figuig.

– C'est où ?

– Dans le Sud. Près de l'Algérie.

– Tu aimes bien aller là-bas ?

– Ouais ! C'est génial, c'est mon pays !

– Et toi, Barthélémy, tu es allé où ?

– Il est allé partout, lui !

– Laissez-le répondre.

– Je suis allé en Algérie, en Guadeloupe, en URSS, en Hongrie, au Burkina Faso et puis en Belgique aussi.

– Il a trop de la chance, lui.

– Il est même pas allé aux États-Unis. C'est nul.

– Tu as visité beaucoup de pays, Barthélémy, c'est rare pour un enfant de ton âge.

– C'est mes parents qui m'emmènent.

– C'est super. Quel pays tu as préféré ?

– Mes parents, ils trouvent que l'URSS, c'est très intéressant.

– Je ne te demande pas ce que pensent tes parents, mais toi.

– Moi, j'ai préféré le Burkina.

– Pourquoi ?

– Avec tous les animaux.

– Vous connaissez la capitale du Burkina Faso.

– Moi je sais, monsieur.

– Non, pas toi Barthélémy, tu y es allé.

– On sait pas, monsieur, on sait même pas où c'est, le Burkina.

– La capitale, c'est, vas-y, dis-leur, Barthélémy, alors.

– C'est Ouagadougou !

– Voilà, c'est ça.

Comment on rigole, c'est quoi ce nom débile, Ouaga-quoi ? Doudou ? Ouagadoudou, c'est pas vrai, pourquoi ils ont appelé leur ville comme ça, nous, la capitale, c'est Paris, c'est plus facile.

– Ouagagougoute !

Mort de rire !

– C'est bien, Wladimir, tu as réussi à faire rire tes camarades, c'est bien. C'est important d'avoir de l'humour. On fera des blagues tous les jours, des jeux de mots si vous voulez. D'accord ?

– On sait pas faire ça, monsieur !

– Vous passez votre temps à faire ça.

– Ah bon ?

– Vous passez votre temps à vous charrier, vous avez un vrai sens de la répartie, on l'utilisera un jour, on fera même une rédaction comme ça.

Il est bizarre, ce Lévy, il fait pas du tout les mêmes cours que les autres maîtres.

– Monsieur !

– Oui, Barthélémy ?

– J'ai oublié, je suis allé en Espagne aussi.

– D'accord, Barthélémy. Tu as la médaille du plus grand voyageur de cette classe. Tu as pris des photos pendant ces voyages ?

– Ma maman a pris plein de diapositives.

– Je te demande si toi, tu as pris des photos ?

– Oui.

– Ce qui serait chouette, c'est qu'on fasse des affiches avec tes photos de voyage pour décorer un peu la salle, c'est tristounet, non, qu'est-ce que vous en pensez ?

– Oui, monsieur !

– Marielle, elle fait une crise d'asthme !

– Merde. Respire, Marielle, respire.

Je planque mon cahier direct et je me barre tout de suite. Elle nous refait le coup du slim dégueu. Lévy lui fait un câlin. C'est trop abusé ce qu'elle invente, Marielle, pour que Lévy lui fasse un câlin.

16

Je m'en fous, de la Révolution française. Tout le monde dort sur son livre d'histoire, personne ne parle, moi j'ai envie d'aller dans la cour pour jouer au foot. Lévy se fait chier aussi, il tourne en rond dans la classe, il regarde sa montre.

– Jean-Pierre, travaille, reste pas la tête dans la lune comme ça.

– Mais j'ai fini, monsieur !

– C'est vrai, tu vas pouvoir venir au tableau alors.

– Attendez, je relis.

Lévy installe un électrophone, c'est bizarre, qu'est-ce qu'il fabrique, plus personne ne lit, on le regarde tous. Il branche les baffles et puis il met un disque. Trop fort, je reconnais direct, *Bad* de Michael Jackson. Avec Wladimir et Mohamed, on se regarde, on comprend pas pourquoi il fait ça, mais on est trop contents, Jackson, c'est trop notre chanteur préféré.

*

Daniel Lévy est vraiment super cool ! Il écoute Michael Jackson, il a 28 ans, il a vécu à New York et maintenant il s'est mis dans la tête de nous apprendre à jouer au baseball. J'adore le gant en cuir pour rattraper la balle qui fait super mal vu qu'elle est en bois. Avec Wladimir et Mohamed, on a trop envie d'avoir la batte, on l'impression de faire un peu les voyous, genre on va tous vous casser la tête. Daniel Lévy nous dit de faire attention et d'essayer chacun notre tour. C'est Marielle qui commence avec la batte, Mohamed lui lance la balle, elle voit rien, elle fait n'importe quoi, on rigole trop, elle fait un tour sur elle-même et la balle est déjà super loin derrière elle.

– Arrêtez de vous moquer de Marielle !

– Elle est nulle, Daniel !

– Tu vas voir si elle est nulle, vas-y, Marielle, concentre-toi ! Tu vas y arriver, tu tapes bien fort.

Mohamed lance la balle encore une fois. Marielle y arrive toujours pas. Du coup elle fait une crise d'asthme. On va pas s'ennuyer avec elle cette année.

– Tiens, Jean-Pierre, accompagne Marielle à l'infirmerie.

– Pourquoi moi ? Je veux jouer !

– Mais tu joueras après, accompagne-la, je te dis.

Je la prends par le bras comme une petite mémé et je te dis pas comment je la fais marcher vite, j'ai trop pas envie de louper la partie, moi aussi je veux taper avec la batte. Je la balance à l'infirmerie et je me casse direct, je cours dans tous les couloirs.

– Ne courez pas dans les couloirs !

J'arrive dans la cour. C'est Mohamed qui tape. Direct dans le mille ! La balle va super loin. Limite, elle sort de l'école. Je cours pour la rattraper. Mohamed court comme un dingue entre les bases. Il est trop fort. On crie tous, c'est trop cool ce jeu.

– Tu ne veux pas jouer, Barthélémy ?

– Si.

– Pourquoi est-ce que tu restes dans ton coin alors ?

– Je ne sais pas.

– Viens. Essaye avec la batte à ton tour.
– Non, je ne vais pas y arriver.
– Pourquoi ?
– J'ai peur de me faire mal avec la balle.
– Oh la chochotte, monsieur.
– Wladimir, tu la fermes ! Je discute avec Barthélémy.
– Mais c'est vrai, c'est toujours comme ça avec lui, il veut jamais jouer avec nous, c'est comme ça depuis la maternelle.
– C'est vrai, Barthélémy ?
– Non, c'est pas vrai, c'est eux qui ne veulent pas que je joue.
– Le menteur.
– T'es trop un menteur, Barthélémy !
– C'est toi qui restes toujours dans ton coin, là !
– Il préfère chanter ou jouer avec les filles.
– C'est pas vrai.
– T'es trop une fille !
– Vous arrêtez maintenant, sinon je vous punis tous les trois.
– Mais c'est lui, nous, on a rien fait !
– C'est pas juste, Daniel !
– Barthélémy, viens essayer, je veux que tu le fasses, ça fait partie du cours, c'est comme si c'était un contrôle.
– Mes parents trouvent que le sport ne devrait pas être obligatoire à l'école.
– Eh bien tes parents ont tort ! C'est très important, le sport.
– C'est pas vrai.

Il va pleurer.

Il se retient. Sunaye tire la balle. Barthélémy réussit à taper dedans. Super fort. Elle sort presque de la cour. Il réalise même pas qu'il a réussi, tout le monde lui dit qu'il doit courir le plus vite possible vers les bases, il part dans le mauvais sens, on lui dit d'aller dans l'autre sens, qu'est-ce qu'il est nul Barthélémy en sport, il est bon dans toutes les autres matières, mais en sport, laisse tomber. Il court comme un dingue, il tombe, il pleure direct.

Daniel Lévy l'emmène à l'infirmerie, Barthélémy s'est bien ouvert la jambe, il saigne vachement. Et son pantalon est tout déchiré. Il va se faire tuer par ses parents.

17

L'école est toujours pas finie, ça fait cinq mois qu'on est dans la classe préfa. On se les gèle. Tout le monde éternue, Marielle ne vient plus, elle est trop malade. Daniel est de mauvaise humeur, il nous rend des devoirs, j'ai envie qu'on aille jouer au base-ball après la récréation, je suis devenu l'un des meilleurs, avec Wladimir on assure. J'ai envie de taper dans la balle pour faire un boulet de canon. Sauf que c'est pas encore l'heure et que Daniel nous rend les dictées et que j'ai 5. Daniel est super énervé. Il dit que j'écoute rien, que je suis pas assez concentré. J'aime pas l'orthographe, je trouve que ça sert à rien. Mohamed est plus nul que moi, il a 1. Barthélémy a 10. Comme d'hab. Daniel lui dit qu'il est vraiment un bon élève. Il pense qu'il ira loin, je sais pas ce que ça veut dire. Aller loin. Jusqu'où ? Dans quel pays. Avec Mohamed, on rigole. La culotte de Sunaye dépasse de son pantalon.

– Vous commencez à m'emmerder, tous les deux.

– On n'a rien fait, nous.

– Vous n'en branlez pas une !

– C'est pas vrai.

– Arrête de me répondre Jean-Pierre.

– Mais c'est pas juste.

– Je ne t'engueulerais pas si tu bossais un peu. Tu penses que tu vas faire quoi dans la vie si tu ne travailles pas ?

– Je sais pas.

– Tu as envie de faire quoi ? Dis-moi, quel métier tu voudrais faire ?

– Je sais pas.

– Eh bien va dans le couloir, tu auras tout le temps d'y réfléchir.

– Mais c'est pas juste.

– Tu te tais !

Je me retrouve dans le couloir, il se passe rien, je vais avoir un mot pour mes parents et Papa va encore dire que Lévy est un connard. Je m'ennuie trop. À l'autre bout du préfa, y'a un autre garçon qui est puni, je le connais pas, c'est un petit, il doit être en CE1, moi en CE1 j'étais jamais puni comme ça, il abuse le petit, moi c'est juste que Lévy m'aime pas.

*

On fait même plus de base-ball, il fait trop froid, n'importe quoi, on pourrait jouer même s'il neigeait. J'en ai marre. Barthélémy joue à la tapette sur l'escalier avec Mounia. Il gagne tout le temps. Avant de jouer, je le vois, il mouille sa main pour que ça colle.

– Mounia, Barthélémy, il triche !

– C'est même pas vrai !

– C'est pour ça que tu gagnes tout le temps !

– N'importe quoi, je gagne parce que je suis fort.

– Rends-lui ses brillantes.

– Rends-moi mes brillantes, Barthélémy, si tu triches !

– Mais je triche pas Mounia, tu m'as vu tricher ?

– Pourquoi il dit que tu triches alors !

– Si, il fait mouillette !

Barthélémy recommence à jouer à la tapette. Avant de taper, il remet toujours ses longs cheveux derrière les oreilles, il m'énerve quand il fait ça, il a trop des manières de fille. Qu'est-ce qu'il lui veut Abdel ? Il joue pas à la tapette le gros, il vient juste faire chier Barthélémy, je suis sûr, je l'ai déjà vu lui foutre une claque, moi je lui parle pas à Abdel, Maman veut pas. Toute sa famille est dingue et son grand frère vole dans les magasins, je lui parle pas, ça tombe bien, je l'aime pas. C'est lui le plus grand de l'école, c'est normal il a redoublé deux fois. Il a de la moustache, il a trop de la chance, nous avec les garçons on aimerait bien en avoir aussi et puis se raser. Abdel, il doit se raser tous les matins. Il est super méchant en plus, je sais pas pourquoi, il pue, c'est horrible. Papa dit que les Arabes sentent fort. Y'a même une dame de la cantine qui lui a dit un jour, Abdel, tu prends des bains ? Genre tu schlingues trop ! On avait rigolé avec Mohamed, mais on avait rien dit, sinon on se serait pris une bonne baffe, et une baffe avec ses grosses mains, laisse tomber, ça doit faire mal, je m'ennuie c'est horrible, pourquoi les garçons sont encore dans la classe avec Lévy, ils doivent finir leur travail, trop les boules, on peut même pas jouer tous les trois, qu'est-ce qu'il va lui faire Abdel, comment il lui attrape le col, il lui donne une de ces baffes, Mounia court dans l'escalier, elle a peur, ça sent la baston, Barthélémy va se faire cogner grave, les copains sont même pas là pour voir ça, c'est hallucinant, en fait y'a personne qui l'aime Barthélémy, il énerve tout le monde, c'est trop un riche, il a trop de thune et en plus il aime personne, moi je sais qu'il me déteste, le salaud. À son anniversaire, il croyait qu'il pouvait faire son chef avec moi, il avait trop pris la confiance quand il était chez lui, mais là, devant Abdel, il fait moins le malin. Comment il le tape Abdel, mortel, Barthélémy tombe dans l'escalier. Sa tête cogne contre toutes les marches.

BAM

BAM
BAM

Abdel va se faire tuer. On court tous vers Barthélémy. Il dit rien, il se relève. Lévy arrive direct, normal, c'est son chouchou, comment il va se faire tuer Abdel, moi j'ai tout vu, il l'a poussé direct, je dis rien.

– Qu'est-ce qu'il s'est passé, Barthélémy ?

– Je suis tombé.

– Tu as mal ?

– Non, ça va.

Le menteur, comment il doit avoir trop mal.

– Tu viens avec moi à l'infirmerie.

– D'accord.

– Quelqu'un t'a poussé ?

– Non, j'ai glissé.

– Allez viens. Bonhomme, tu as dû voir trente-six chandelles quand même.

Il dit rien.

*

– Je comprends pas pourquoi il a rien dit.

– Il est trop con ce mec.

– Moi, si je lui avais fait ça, je me serais fait tuer.

– Il a rien dit sinon Abdel lui aurait défoncé la gueule.

– Tu crois ?

– Bah ouais. T'aurais envie de t'en prendre une par Abdel, toi ?

– Non, t'as vu les mains qu'il a !

– Il pue, c'est atroce.

– Il doit trop avoir des slips pleins de merde !

– T'es dégueu !

– Bah si c'est vrai, il pue la merde !

– Il se chie dans le froc !

– C'est vrai qu'il est dégueu.

– Il a trop une grosse moustache.

– Il se rase pas, c'est pour ça qu'il a une moustache, moi je me rase, c'est pour ça que j'en ai pas.

– Moi aussi je me rase.

– Moi aussi.

18

Barthélémy lève toujours le doigt pour poser des questions à Lévy. Il l'appelle Daniel, il le tutoie, on dirait qu'ils sont copains. Ça m'énerve. Il est toujours poli, il dit jamais de gros mots, il a toujours tout bon, il est le meilleur élève, il est au premier rang, Lévy l'adore, Sunaye est amoureuse de lui, il est super fort au base-ball, presque mieux que nous, il dessine bien, il sait jouer du piano, il lit des livres, les photos de ses voyages sont affichées sur les murs de la classe, je vais trop le frapper un jour, ça monte en moi mais un truc de fou, Mohamed et Wladimir peuvent plus le sentir non plus.

Daniel veut qu'il nous parle d'un film qu'il est allé voir. Barthélémy sort des fiches de son cartable.

– J'ai vu un film tchécoslovaque, *Rinou l'enfant des bois*.

– C'est quoi ce pauvre film !

– Jean-Pierre, tu la boucles !

– C'est quoi l'histoire ?

– C'est Rinou, un garçon qui vit dans un petit village et qui perd ses parents. Il doit rejoindre la ville pour manger. Et après, il doit travailler, alors qu'il n'a que 11 ans.

– Trop pourri.

– Pourquoi tu dis ça, Jean-Pierre ?

– C'est pour les nuls ce film.

– Tu l'as vu ?

– Je vois pas ça moi.

– Tu as tort, c'est très beau et en plus ça montre bien comment les adultes veulent faire travailler les enfants sans les payer.

– Moi je voudrais bien travailler, comme ça je pourrais m'acheter tout ce que je veux.

– Il doit travailler à la mine, tu crois que c'est drôle de travailler à la mine ?

– Ça existe même plus les mines.

– Bien sûr que ça existe ! Hein, Daniel, que ça existe ?

– Oui, ça existe et même en France.

– Ce qui est important, c'est qu'en France on n'a pas le droit de faire travailler les enfants.

– C'est nul !

– Jean-Pierre, tu achèterais quoi si tu travaillais ?

– Des Nike.

– Tu veux travailler pour acheter des Nike ?

– Ouais.

– Tu serais pas plus heureux si tu avais des Nike !

– Arrête de me parler Barthélémy !

– Eh ! Jean-Pierre, pourquoi tu es agressif avec Barthélémy, vous échangez des idées, c'est bien, tu peux lui répondre sans t'énerver.

– Il m'énerve à voir des films tous les jours !

– C'est un festival, ça ne dure que dix jours.

– J'ai pas d'argent pour aller au cinéma.

– N'importe quoi ! C'est gratuit le festival du film pour enfants !

– C'est gratuit ? N'importe quoi.

– Si, Jean-Pierre, le festival est gratuit, pourquoi Barthélémy te mentirait. Vous pourriez tous y aller.

– Ma mère, elle veut pas.

– Moi je m'en fous de ces films, ça a l'air trop chiant.

– Et toi, Barthélémy, tu aimes voir tous ces films ?

– Oui, parce que c'est des films pour enfants, mais c'est aussi politique.
– Trop chiant.
– Jean-Pierre, tu la fermes !
– Barthélémy, explique au reste de la classe ce que tu fais.
– Je vois tous les films du festival et un journaliste du journal municipal me pose des questions pour savoir ce que j'en pense. Après, il y aura un article sur moi.
– C'est quoi comme journal ?
– Vous pouvez le trouver en bas dans le hall de l'école.
– Tu nous le montreras, Barthélémy.
– Oui.
– T'es trop un bouffon Barthélémy.
– Jean-Pierre, tu sors !

Je me retrouve dans le couloir. Comme d'hab.

19

On joue au foot dans la cour de la cité. Ça fait du bien de se défouler un peu. Maintenant on s'appelle Wlad, Momo et JP. C'est nos nouveaux surnoms. Les flics débarquent avec Laurent. Il a déconné, il a fait des tags. Moi je trouve ça cool. Papa et Maman beaucoup moins.

*

Avec Guillaume, on est dans notre chambre. On entend que Papa et Laurent se disputent. On sort juste notre tête pour voir ce qui se passe. Papa est super énervé contre Laurent, il lui dit qu'il fait honte à la famille, toute la cité a vu les flics débarquer. Laurent a 18 ans. Il se casse.

*

Je me suis enlevé une grosse crotte de nez et je veux la foutre sur la tête de Guillaume, on court partout, on rigole trop, il trouve que je suis dégueu, mort de rire, on court partout.

– Arrêtez !

– C'est Jean-Pierre, il veut me coller une crotte de nez !

– Jean-Pierre, arrête, c'est dégueulasse.

– C'est pas vrai, c'est lui qui a commencé.

– Vous me faites chier !

Maman fond en larmes. On pensait pas que ça allait faire ça. On s'arrête. Guillaume la regarde, on sait pas quoi dire. J'en profite pour lui coller ma crotte de nez sur le bras.

– Putain, Jean-Pierre, t'es chiant !

Maman pleure encore plus. J'entend les pas de Papa, je sais que ça va tomber, pas le temps de courir dans la chambre, ça me fait peur d'un coup, je sais qu'elle va tomber, à la limite c'est pire que de pas savoir, je me prépare au choc.

Bam

Bam

Merde, il me loupe pas. Maman pleure encore plus, ça me rend triste, elle met sa tête dans ses mains, j'ai pas le temps de lui faire un bisou, Papa m'attrape par le bras et me traîne jusqu'à la chambre, on dirait que mon bras se déboîte, il me fait valdinguer sur le lit superposé.

– T'arrêtes d'emmerder ton monde !

– J'ai rien fait !

– Putain !

Il m'en recolle une, il me tire par le pied quand je me cache sous les draps, il veut que je le regarde, que je le regarde droit dans les yeux, je le fais pas, j'ai trop peur, il me tire par la jambe, là je sens un truc que j'ai pas l'habitude, je sens le vide, je m'écrase par terre, ça me fait super mal au bras, il est tout tordu, je chiale jamais, mais là je peux pas faire autrement.

20

J'ai mal, mais je suis fier, tout le monde regarde mon plâtre. Je leur dis que je suis tombé en jouant au foot.

– Tu dois le garder combien de temps ?

– Six semaines.

– Tu vas pas pouvoir faire de sport ?

– Non.

J'avais pas pensé à ça. Lévy s'approche à son tour.

– Qu'est-ce que t'as foutu encore ?

– C'est pas ma faute.

– Comment tu vas faire pour écrire ?

J'avais pas pensé à ça. Papa m'a cassé le bras droit.

*

Wlad et Momo me font des dessins dessus. Wlad dessine une bite.

– Merde, Wlad, t'es con, ils vont me tuer mes parents !

Il dessine deux yeux dans les couilles et fait comme si la bite était un nez, il dessine une bouche en dessous.

– Bon, vous arrêtez vos conneries tous les trois ! J'ai quelque chose d'important à vous dire, cette année, nous allons faire un grand spectacle avec toutes les écoles de la ville.

– Ce sera où, Daniel ? Dans la cour ?
– Non, on sera trop nombreux. Ce sera au stade.
– Au stade, c'est pas vrai !
– Si, et vous allez devoir jouer devant 3 000 personnes.
– C'est qui ?
– Tous les parents des enfants.
– Moi, les miens, ils viendront pas.
– Les miens non plus.
– Ils s'en foutent de la fête des prix.
– Cette année, ce sera très différent. On va vraiment faire un vrai spectacle. On va faire une comédie musicale sur la Révolution française. Vous allez tous chanter.
– Je chante pas moi.
– Si, tu vas chanter et danser.
– Non.
– Ça compte pour les notes.
– C'est pas juste, je sais pas chanter moi.
– Eh bien tu vas apprendre.
– Barthélémy, tu vas faire Louis XVI, tu veux bien ?
– Oui, d'accord.

*

C'est la mamie de Barthélémy qui fait tous les costumes. Wlad, Momo et moi, on doit porter des pantalons en or et des collants en dessous. La honte. On veut pas le faire, mais on est obligés. Il commence à nous saouler Lévy.

*

Il a bien les boules Lévy. Barthélémy ne peut pas faire le spectacle, il a l'appendicite. C'est Wlad qui le remplace. Il est dégoûté. Il doit porter une perruque blanche. C'est Marielle qui fait Marie-Antoinette. Wlad doit l'embrasser à un moment et il a peur qu'elle lui dégueule son slim.

*

Lévy nous demande d'écrire un mot à Barthélémy. Je trouve ça injuste. Quand moi je me casse le bras, tout le monde m'engueule, quand Barthélémy a l'appendicite, tout le monde doit lui écrire un mot. Wlad dit que c'est un fils de pute. Moi je sais pas quoi écrire, alors j'écris Amuse-toi bien à la clinique.

*

Le spectacle est tout pourri. Y'a trop de monde. Un journaliste nous prend tous en photo.

*

Barthélémy rentre à l'école, tout le monde lui demande comment il va. Il frime, il nous montre son billet pour le concert de Michael Jackson au Parc des Princes, il dit que c'était génial d'y aller avec Lévy, moi je vois que le billet coûte 168 francs, il m'énerve trop et pourquoi il va voir un concert avec Lévy, c'est pas normal, Lévy, il est amoureux de lui ou quoi, putain ça me gonfle, ils couchent ensemble ou quoi, fils de pute, Michael Jackson, c'est mon chanteur préféré, c'est moi qui aurais dû y aller, Momo pense que Lévy couche avec la mère de Barthélémy. Je veux le billet, je lui pique, Barthélémy me court après, il veut que je lui rende, lui il a vu le concert, je peux au moins avoir le billet, c'est trop dégueulasse, je le veux, il le veut, je le déchire en deux, il se met à pleurer, je lui rends pas.

21

– Papa, pourquoi Barthélémy il dit que les Américains sont des dictateurs ?
– Il a dit ça ?
– Oui.
– Il est con ce gamin.
– C'est le meilleur de la classe, il a toujours 10.
– Ça veut rien dire ça.
– Pourquoi il dit ça ?
– Il répète ce que ses parents lui disent.
– Pourquoi ses parents trouvent que les Américains sont des dictateurs ?
– C'est des communistes.
– C'est quoi ?
– Des dingues.
Maman arrive.
– Pourquoi tu dis que c'est des communistes ?
– Son père vend *L'Huma* sur le marché.
– C'est pas vrai ?
– Si.
– C'est quoi *L'Huma*, Maman ?
– C'est un journal pour les communistes.
– Mais c'est quoi ?

– C'est des tarés qui veulent qu'on soit tous comme en URSS.

– C'est quoi ?

– Tu me gonfles.

– T'énerve pas, explique-lui.

– Si les cocos arrivaient au pouvoir, y'aurait plus de marques, plus de Nike, plus d'Adidas, plus de Reebok.

– C'est pas vrai ?

– On porterait tous des trucs moches gris et marron.

– C'est nul !

Je déteste les communistes.

22

Je vais y arriver, vas-y mon gars, pédale, pense pas que t'as mal, j'ai pas mal, j'ai plus de souffle, je m'en bats, je vais y arriver, je te promets, je vais y arriver, pédale, sa mère la pute, cette côte, je dois y arriver, aujourd'hui je dois y arriver, je lâche pas l'affaire, je te jure, pour toi Maman je le fais, je vais le faire avec ton vélo, c'est pour toi que je suis là, je regarde pas autour, juste la route, je vais à fond, pense à respirer mon gars, flanche pas, t'as déjà fait plus qu'hier, va te faire enculer connard, me klaxonne pas, ouais c'est ça, fonce, casse-toi avec ta pouffe qui sort sa main pour me faire un coucou, viens me pomper si tu veux m'encourager, foutez-moi la paix, ils font chier tous ces cons à me klaxonner, ils ont jamais vu de cycliste de leur vie ou quoi, mais ouais, c'est ça, vas-y, fonce Fangio avec ta Picasso là, voiture de bourrin, connards, pédale mon gars, pense pas que t'as mal, j'ai pas mal aux mollets, putain je crois que je suis trop gros pour faire ça, je transpire, y'a pas de cyclistes gros, ils sont tous taillés comme des pédés, y'a pas de gros lards comme moi, je m'en fous, j'ai fait plus qu'hier, tu peux pas craquer maintenant mec, t'es trop fort, putain, j'en ai rien à foutre, cette côte je vais me l'avaler, je m'en fous, ça monte de plus en plus, putain j'ai un point de côté, merde, pas ça, respire bien, cherche pas ton souffle, respire normalement, merde, ça me fait hyper mal, j'ai un de ces points sous les côtes, je transpire, je suis trop gros pour faire ça, pourquoi je fais ça, je suis en train de canner, j'ai plus de souffle, c'est pas vrai, je vais pas y arriver, il me reste encore combien de kilomètres, je te promets, je vais pas y arriver, je vais au moins jusqu'au prochain virage, si j'y arrive, je continue jusqu'au prochain, putain j'ai une crampe, merde, aïe, putain, j'ai le mollet qui me lance, merde.

Respire mon gars, respire bien, mon cœur va à dix mille, je vais faire une crise cardiaque. Ça me lance dans la poitrine, ça peut pas arriver que le cœur sorte de la poitrine ? C'est quoi un infarctus, c'est le cœur qui va trop vite et qui explose ou c'est le cœur qui bat de moins en moins vite jusqu'à plus rien ? Là il me sort de la poitrine, faut que je maigrisse si je veux y arriver. Sans ça, laisse tomber. J'ai des petits points blancs plein les yeux, comme si je perdais la vue. Je caresse l'herbe, elle est douce comme le sexe de cette petite pute que j'ai baisée sur la plage. Oh c'était bon, sa poitrine était toute douce, elle était mignonne. Elle avait un beau sourire. Et puis son petit shorty qui lui rentrait dans les fesses quand elle marchait. Demain je recommence, faut que j'y arrive, il est joli ce papillon, il a plein de couleurs, comment ils font, ceux qui font le Tour de France ? Ils se dopent, c'est pas possible autrement, moi aussi, si je prenais des trucs, j'y arriverais, tout ça pour gagner de la thune. C'est à cause de tous ces mecs que le sport c'est devenu de la merde. Tu peux plus battre un record, c'est impossible. Un mec pourra jamais courir un cent mètres en quatre secondes, c'est pas possible. Sauf les Chinois, ils sont prêts à tout, je m'en fous, demain je recommence. Faut que tous les jours je fasse mieux, je vais avoir des mollets je te raconte pas, c'est peut-être ça qui va me faire maigrir en même temps. Ouais ouais, c'est ça, klaxonne toi aussi. Les mecs, ils sont vraiment débiles. Quoi, tu regardes quoi, connard. Mais non je ne suis pas mort, je me repose, je fais un somme, essaye toi de te le faire le mont Ventoux, je rigolerais, tu fais pas un dixième de ce que je viens de m'enquiller là.

– Vous êtes sûr que tout va bien.

– C'est bon, ça va merci, je me repose.

Va te faire mettre, pédé.

Il me tourne autour ce papillon, il veut quoi ? Il veut me baiser ou quoi ?

*

– Vous êtes dingue !

Dingue de toi, tu m'étonnes, tes nichons, ça m'a fait monter tu peux même pas imaginer. Je te prends par la main, je t'agrippe, tu te fais désirer. Viens là, bébé.

Je la fais monter dans la Laguna, je la jette sur le siège, elle pousse des petits cris.

– Aïe !

Ouais, c'est bon. Chiale pas beauté, je sais, c'est trop bon. Moi aussi ça m'arrive de chialer tellement c'est bon. Je te déchire ton petit shorty. Miam. Putain, t'es bien velue ma belle. J'aime bien ça, en fait j'ai jamais aimé les petites chattes épilées. Le ticket de métro, c'est tellement ado. Là, ça fait femme. C'est épais, c'est doux comme quand tu touches de l'herbe. T'appuies et tu sens les brindilles qui se plient sous ta paume. Là c'est pareil. Les beaux poils bruns qui se plient sous ma paume et qui se collent aux lèvres humides. Miam. Tu gueules déjà, prends ton temps bébé, monte pas trop vite. Tu cries, putain la vache, ça t'excite ! Mais ferme-la, au bout d'un moment ça me casse les oreilles. Le côté truie qu'on égorge, ça va deux minutes. Tu la fermes je te dis, sinon les vioques vont rappliquer. T'as quand même pas envie de baiser avec eux ? Je te le dis tout de suite, je ne suis pas partageur, surtout pas avec des vieux machins comme ça !

Pas du tout mon trip. Ferme-la putain ! Tu me casses les oreilles. Tu chiales, faudrait savoir ce que tu veux. Tu me fais marrer, tu me chauffes, et là, tu mouines, t'as plus envie, fallait y penser avant bébé. Ta gueule ! Ça me déconcentre. Tu arrêtes ça ou je t'en fous une ! Ferme-la ! Tu l'as pas volée, celle-là. Si tu savais les beignes que mon père nous foutait, moi à côté c'est de la gnognote. Allez, chiale, je m'en fous, je continue, je caresse tes loches. T'as les tétons qui pointent. Miam. Je les bouffe, ça te fait miauler, ça ! Oui, c'est bon ! Je retire mon slip de bain, y'a déjà une bonne tache de mouille, t'as vu, tu me fais mouiller ! Bouffe-la, vas-y, bouffe, lèche ma mouille ! Elle est trop bonne, moi aussi je l'ai déjà goûtée. Vas-y, bébé, bouffe. Ça t'étouffe, je sais, elle est grosse, faut que tu détendes tes mâchoires, je te sens trop crispée là, vas-y, détends-toi. Pompe bien, fais des va-et-vient, tranquille, on n'est pas aux pièces. Tu fais n'importe quoi.

23

Comment je me fais chier dans ce cours, c'est horrible. Elle parle tout le temps cette prof, et puis je sais pas, mais la grammaire, moi, je m'en fous grave, tu crois que mes parents, ils en ont besoin de la grammaire, ils en ont rien à foutre, ça sert à rien, alors j'écoute plus, et depuis que j'écoute plus, c'est moins chiant, bien chiant quand même parce que je pourrais faire plein d'autres trucs. Je suis juste à côté de la fenêtre, je regarde la cour.

J'aime bien le collège. C'est un super vieux bâtiment, la cour est toute défoncée, le sol se barre de partout, y'a même de l'herbe qui pousse par-dessus, on dirait qu'y'a eu un tremblement de terre. Les bancs aussi sont tout pourris, les chiottes sont dégueu, ils puent la merde mais des fois on est bien obligés d'y aller. Wlad et Momo sont toujours dans ma classe, c'est trop cool.

Kader est marrant, il parle tout le temps de cul, comment il nous fait trop rigoler, il est ouf, dès qu'il dit un truc, tu peux être sûr que c'est un truc de cul. Là, il fait des dessins sur son cahier, il dit rien mais je suis sûr que, dès que ça va sonner, il va se lever en disant un truc dégueu, j'en étais sûr il dessine une grosse bite sur son cahier, si la prof le chope, il va se faire tuer. Dans les nouveaux que j'aime bien aussi, y'a Karl et Childéric. Karl est dans un club et son équipe est championne du 93. Tous les autres mecs sinon, c'est que des Chinois, ils sont relous, en plus j'aime pas leur tête, Papa dit que faut pas faire confiance aux Chinois, je me souviens qu'il m'avait dit un jour qu'ils mangeaient des chiens, si un jour y'a un Chinetoque qui s'approche de Dick pour le manger, je te jure, je le tue.

J'avais peur d'avoir plein de profs, mais maintenant je m'en fous, c'est ça qui est marrant, on change de classe, avec Wlad et Momo on fait tout le temps semblant de se perdre, on fait genre on retrouve pas la salle et comme ça on peut fumer les clopes que Wlad rapporte.

Putain c'est long et ce débile de Barthélémy, toujours au premier rang, toujours concentré, il m'énerve, lui aussi un jour je vais le buter, il m'énerve tellement, c'est un truc, je sais pas, ses manières, son visage, ses cheveux, un jour je vais lui foutre une de ces baffes, il va pas comprendre. Putain ça sonne, comme c'était long. On se lève tous.

– Faut trop que j'aille me branler dans les chiottes, Magali, tu viens avec moi ?

Mort de rire, j'en étais sûr qu'il allait dire un truc de cul, Kader, il est trop cool ce mec.

*

C'est la pause, faut plus dire récréation mais pause. Barthélémy discute avec Mammouth, sa nouvelle super copine, elle est immonde, elle fait au moins deux cents kilos, trop laide avec des cheveux hyper frisés, ils discutent tout le temps, ils se marrent, c'est la première fois que Barthélémy a une vraie copine, ils se quittent plus. Un pédé et une grosse vache, mort de rire, c'est trop les poubelles du collège. Personne d'autre leur parle, ou juste pour les faire chier.

Kader sort des chiottes en se remettant la bite en place, mort de rire, il frime genre c'est un beau gosse, il drague toutes les filles, il est pas timide, je sais pas pourquoi il fait ça, à mon avis, c'est qu'il a trop envie d'avoir une meuf et qu'il essaye avec toutes les filles pour que y'en ait au moins une qui lui dise oui.

– Sunaye, tu me suces ?

– Dans tes rêves Kader !

– Comment elle te répond Kader !

– Elle dit ça mais en vrai elle pense qu'à me sucer !

– T'es grave toi !

– Tu me la sucerais bien !

– Dégage Kader.

– Sinon, Sunaye, je te promets, elle va te couper les couilles, tu vas pas comprendre, alors tu la lâches mec !

– C'est bon, on déconne, t'énerve pas comme ça, c'est bon là !

– C'est toi qui viens nous faire chier là !

– Pourquoi tu me regardes comme ça Barthélémy ?

– Je te regarde pas.

– Si, tu me regardes ! Et toi aussi Mammouth, tu me regardes !

– Il est débile, laisse tomber.

– Mammouth, tu dis pas que je suis débile.

– Tu m'appelles pas Mammouth !

– Pourquoi, tu ressembles bien à un mammouth.

– Et toi tu ressembles à un mongolien.

Comment elle lui parle, Mammouth, elle va trop s'en prendre une. Le surveillant, il flippe de Kader autant que Barthélémy, alors il dit rien.

– Kader, tu arrêtes tout de suite et tu vas en perm, sinon je te colle deux heures.

– Ouais. Mammouth, je te promets, tu ouvres encore la bouche, je te déchire.

– Mongolien.

– Putain je vais te cogner… c'est quoi, ces pin's Barthélémy ?

– Qu'est-ce que ça peut te faire ?

– Je te demande, c'est tout.

– C'est Lénine.

– C'est quoi ça, Lénine ?

– Tu connais pas, laisse tomber.

– Mais j'y crois pas, comment ils ont trop pris la confiance les deux-là, vous cherchez les coups ou quoi ? Barthélémy, t'as vu ta touche, c'est quoi ça ? Putain, tu mets des bretelles avec des pin's dessus, mais c'est pas le cirque Zavatta ici, tu t'es trop pris pour un clown !

– Moi j'aime bien.

Kader, il en a marre là, je le connais, il peut pas supporter que Barthélémy lui réponde, Mammouth encore il veut bien, mais Barthélémy, il peut pas. Il lui fout un bon coup de pression, il lui prend le col de sa chemise et il le soulève du sol. Barthélémy crie comme un bébé. Mammouth fout un coup de pied à Kader, qui se retient aux bretelles de Barthélémy, elles s'arrachent et là y'a juste la pince qui lui claque dans l'œil. Kader, il tombe par terre, il se tient l'œil, ça doit faire trop mal.

– Bien fait pour toi mongolien.

*

Kader va avoir un œil à moitié fermé toute sa vie, c'est trop laid, il dit qu'il veut buter Mammouth et Barthélémy. Déjà que personne les aimait, là c'est fini, plus personne leur adresse la parole ou seulement si c'est pour se foutre de leur gueule. Eux, ils font genre ils s'en foutent. Barthélémy, il doit flipper de Kader autant que de ce gros qui l'avait fait tomber dans les escaliers, je sais plus du tout comment il s'appelait ce gros-là, il puait c'était atroce, pourquoi il est pas au collège, on le voit plus, c'est bizarre. Barthélémy, il doit flipper grave des plus forts que lui, sinon il l'aurait dit à Lévy que c'était l'autre crado qui l'avait fait tomber. Il flippe, mais là, vu qu'il est toujours fourré avec Mammouth, il fait genre rien ne m'atteint, je suis plus fort que vous, je vous emmerde, mais moi je crois pas, ils se pissent dessus tous les deux. Regarde-les ces deux bouffons, ils se sont bien trouvés tu me diras, ils se quittent plus, ils pensent qu'à lire et à travailler, c'est pas des enfants normaux.

– Tu lis quoi Barthélémy ?

– Ça te regarde pas !

– Attends, je te demande ça gentiment et toi t'as vu comment tu me réponds.

– Laisse-le Jean-Pierre.

– Je te parle pas à toi la grosse.

– Tu ne me parles pas comme ça.

– Je fais ce que je veux, on est en démocratie.

– Ouah, tu as appris un nouveau mot, c'est bien, tu enrichis ton vocabulaire.

– Tu te crois trop fort Barthélémy, ça le fait pas avec moi, je te connais depuis trop longtemps, je sais que t'as peur en vrai.

– J'ai peur de rien.

Je lève juste la main et il se recroqueville direct.

– C'est ça, bouffon, t'as peur.

– Laisse-le Jean-Pierre.

– Mais oui, laisse-moi tranquille, je ne te parle pas, tu ne me parles pas, pourquoi tu viens toujours m'embêter ?

– Je veux juste savoir ce que tu lis.

– Tu t'en fous, tu sais pas lire.

– Si, je sais lire.

– Arrête, en classe, tu ne sais pas lire une phrase sans buter sur un mot.

– C'est moi qui vais te buter.

Comment il me parle ce pédé, je lui chope son livre direct, il a pas le temps de griller ma feinte, la tête qu'il fait. Son livre, je le fous direct à la poubelle, bien fait pour sa gueule. Lui, il fait genre rien ne l'énerve, il marche doucement vers la poubelle, il reprend son livre, il se rassoit et il lit. Je lève la main, il se recroqueville, mais là, je le claque en vrai, ça fait du bien.

– T'es un grand malade, toi.

– Ta gueule Mammouth.

– Vas-y, Barthélémy, viens te battre, si t'as peur de rien, viens te battre.

– Je ne me bats jamais, moi.

– Pourquoi tu te bats jamais ?

– Parce que c'est nul de ce battre, il n'y a que les débiles comme toi qui se battent.

– Viens là je te dis.

Je lui en colle une autre, il tombe par terre, c'est trop bon, je vois les autres qui rappliquent, en deux secondes ils forment un cercle autour de nous, je suis au milieu, ils gueulent tous mon nom.

– Vas-y JP, fous-lui sa raclée à ce pédé.

Barthélémy sort du cercle et va se rasseoir. Tout le monde se met à le siffler, putain c'est bon, ils m'encouragent, c'est trop cool, je lui en colle une, bien fort sur la tête, il s'écroule par terre. Il se met à chialer. Tout le monde se fout de sa gueule.

– Il pleure comme une fille.

– C'est trop un pédé.

– Tu veux quoi Mammouth, tu veux que je t'en colle une aussi ?

– Non, c'est bon, oublie-moi.

Elle se chie dans son froc. Kader s'avance vers Barthélémy.

– Alors, Barthélémy, tu pleures comme un bébé, faut pas pleurer, hein, MIMI !

Ça lui va trop bien comme surnom, MIMI. Je vais l'appeler comme ça tout le temps maintenant. MIMI se casse et court vers les chiottes en chialant comme une gonzesse.

– Tu l'as bien marave cette pédale !

– C'est toi qui as gagné JP.

24

J'aime bien les dimanches matin, on fait rien, on a le droit de rester en pyjama toute la journée, on dort à moitié devant la télé, personne ne parle, c'est les seuls moments où c'est calme, j'entends juste Maman qui passe l'aspirateur dans les chambres. Je caresse Dick qui est en train de devenir tout blanc, Papa dit que c'est parce que c'est un vieux pépère maintenant, c'est vrai que moi je l'ai toujours connu ce chien, il vit vachement longtemps, je le caresse, il est tout doux, il se met sous mes pieds, ça me chatouille les orteils, on dirait un tapis avec des longs poils, ça chatouille, ça me fait rigoler, et Dick il le sent, alors il se met à me lécher les pieds, ça me fait trop rire.

– Ta gueule Jean-Pierre.

Je me concentre pour pas rire, je mets ma main sur ma bouche, c'est pire, j'ai encore plus envie de rigoler.

– Aïe !

– Je t'ai dit de la fermer.

Y'a quelqu'un qui sonne à la porte. Normalement y'a jamais personne qui vient le dimanche matin.

– Jean-Pierre, va ouvrir !

J'ouvre la porte et là je flippe, c'est Mimi avec sa maman. Ils veulent quoi ? La tête qu'il fait, Mimi, on dirait qu'il a vu un monstre, sa maman me sourit.

– Tes parents sont là ?

Je réponds pas, je le sens pas bien ce truc, c'est pas normal qu'ils soient là tous les deux, qu'est-ce qu'il veut ce pédé, il vient chez moi le dimanche matin, je vais me faire tuer, il a tout raconté à sa mère, il lui a dit que j'avais gagné la baston.

– C'est qui, Jean-Pierre ?

– ...

– Bah réponds !

– Bonjour Jean-Pierre.

– Bonjour Barthélémy.

– Ah vous vous connaissez ?

– Jean-Pierre est dans ma classe.

J'entends l'aspirateur qui s'éteint, Maman arrive, ça craint, il va tout lui balancer, je suis mort.

– Madame.

– Bonjour madame.

– C'est pour quoi ?

– C'est pour *L'Humanité dimanche*.

C'est quoi ça ! Ils viennent pas pour moi, ils viennent pour leur journal ! Ils sont débiles ou quoi ?

– Chéri, c'est *L'Humanité dimanche* !

– On s'en branle !

– Excusez-moi...

– Je venais simplement vous proposer un abonnement gratuit pour six mois.

– Ah.

– C'est vraiment gratuit, il n'y a pas d'entourloupe. C'est simplement pour vous permettre de découvrir le magazine.

Je regarde Mimi, il ose pas me regarder dans les yeux, il a un sac sur l'épaule avec plein de journaux dedans, il fait ça le dimanche lui, il est pas bien dans sa tête, il vend des journaux avec sa mère.

– Cette semaine, c'est un spécial « Impôts ».

Papa déboule.

– Vous avez pas entendu, on s'en branle de votre canard de cocos.

– Si ça ne vous intéresse pas, vous pouvez me le dire gentiment.

– Eh bien je vous le dis, on s'en branle ! Vous n'avez pas honte d'être coco !

– Non, j'en suis très fière au contraire.

– Le jour où y'aura un mur ici comme à Berlin, vous serez encore fière ?

– Vous confondez tout, monsieur.

– Je confonds rien du tout, les cocos, moi je peux pas les saquer, alors votre canard j'en veux pas, même pas pour me torcher le cul avec.

Papa claque la porte super fort. Maman retourne dans les chambres. Laurent et Marc se mettent à rigoler, ils applaudissent Papa, moi aussi du coup, comment il les a jetés, mort de rire.

– La tête qu'elle a fait !

– Ils vont pas venir nous emmerder le dimanche matin ces enculés !

– Tu les connais, Jean-Pierre ?

– Oui, le petit est dans ma classe.

– C'était un garçon ?

– Oui.

– On dirait pas !

25

En cours de bio, on écoute jamais rien, le prof est débile, il quitte jamais sa blouse blanche, ça fait deux mois qu'il nous saoule avec les pelotes de réjection des chouettes et les griffes rétractables des chats, comment on s'en fout trop, à quoi ça sert de savoir ça ? Tu crois que dans la vie on va ressortir des trucs comme ça, n'importe quoi.

Là il nous regarde, il est vert, y'a tellement de bruit, personne ne l'écoute. Même Mimi et Mammouth l'écoutent pas, ils font des jeux, c'est n'importe quoi, si même eux s'en foutent, c'est que vraiment ça sert à rien.

– Aujourd'hui je vais vous parler des escargots.

Rien à foutre des escargots.

– Ils appartiennent à la famille des gastéropodes.

Putain, c'est de pire en pire, j'en ai trop marre de l'école. Papa a pas fait d'études et il travaille, comme quoi ça sert à rien.

– Les escargots ont la particularité d'être hermaphrodites.

– C'est quoi monsieur ?

– Cela veut dire que les escargots n'ont pas de sexe.

– Pourquoi ils ont pas de sexe monsieur ?

– C'est comme ça. Ils ne sont ni mâles, ni femelles.

– Ouais, c'est comme Mimi.

*

– Mimi est un escargot !
– Mimi, il a pas de sexe.
– Mimi est un hermaphrodite.
J'en ai marre qu'on parle tout le temps de Mimi. Au bout d'un moment, c'est trop chiant, en plus il répond rien, il fait comme d'hab, il nous ignore, Kader lui met des claques et Mimi dit rien, il pleure plus, on dirait qu'il sent rien.

Delphine est asiatique, elle me fait marrer, c'est un vrai garçon manqué, elle joue au foot avec nous, le truc de ouf, c'est comment elle a attrapé des seins depuis la rentrée. Maintenant elle a une poitrine énorme, je la regarde tout le temps, je sais pas pourquoi, mais j'ai trop envie de lui caresser tout le temps.

Elle discute avec ses copines, d'autres Chinoises, je la regarde, j'ai le zizi qui devient tout dur, je me touche un peu les couilles, c'est hyper agréable.

26

J'arrive pas à dormir, Guillaume grince des dents, c'est horrible, j'entends Papa qui ronfle, c'est un truc de dingo, je sais pas pourquoi, je suis pas du tout fatigué, tout le monde dort, je sais pas quoi faire, je m'ennuie, y'a juste une sirène de pompiers qui fait du bruit, mais elle est loin, c'est pas dans la cité, je sais pas quoi faire, en plus j'arrête pas de penser à Delphine et à ses gros seins. J'aimerais trop les voir, ça me refait pareil, ça devient dur, je bande, c'est ouf comme truc, je touche ma bite, elle est toute dure, je touche mes couilles, elles sont toutes dures, j'ai des poils qui poussent dessus, je me caresse la bite, merde c'est quoi ça, je me suis pissé dessus ou quoi, merde j'ai joui, j'ai plein de sperme dans ma main, putain, c'est la première fois que j'ai du sperme, c'est à cause de quoi, je sais pas, si, ça doit être les seins de Delphine, et j'en fais quoi maintenant de ce sperme, la honte, faut pas que ça touche les draps, sinon Maman va croire que j'ai pissé au lit, merde, ça colle en plus, c'est super bizarre comme matière, faut que je descende du lit, je sais pas quoi faire, et si Guillaume se réveille, il m'a jamais dit que ça lui avait déjà fait ça, c'est normal au moins, j'espère, putain merde, j'en fous plein sur mon pyjama, je descends discretos de l'échelle, je regarde partout, putain, ça me coule le long de la jambe, c'est crade, je vais jusqu'aux chiottes, y'a de la lumière sous la porte des grands, je prends quoi, je fais quoi, je prends une chaussette et puis je m'essuie avec, c'est crade, merde c'est une chaussette de Guillaume, il va me tuer, j'essuie mon sperme avec une chaussette de Guillaume, je vais me faire tuer, je suis propre, qu'est-ce que je fais de la chaussette, faut que je la cache, je la cache dans mon pyjama, maintenant je peux sortir de la chambre, je cours à la cuisine et je la jette dans le vide-ordures. Plus de preuve, nickel.

– Tu fais quoi Jean-Pierre ?
– Rien.
– Si, tu fais quoi ?
– Je voulais boire un verre d'eau.
– Pourquoi tu vas pas dans la salle de bain ?
– Je sais pas, j'ai pas pensé.
– Casse-toi, va te coucher.

Il me saoule Laurent, il se prend trop pour un grand, qu'est-ce que ça peut lui foutre, et lui il faisait quoi dans la cuisine à cette heure-là, et pourquoi y'avait de la lumière dans leur chambre, j'en ai rien à foutre moi, pourquoi il veut tout savoir, lui.

*

– Je t'ai vu, tu te branlais.
– N'importe quoi.
– Si, je t'ai vu, tu t'es essuyé dans une chaussette.
– Putain, t'es chiant Guillaume.
– Moi je jute toutes les nuits.
– Comment ça se fait ?
– Je fais des rêves pornos. Et toi, tu rêvais de quoi ?
– Rien, je me branlais pas.
– T'es con.
– Ta gueule.

– C'est bien de juter, c'est ça être un homme.
– Ah bon ?
– C'est comme ça qu'on se prépare.
– À quoi ?
– Bah, pour la première fois, quand on va faire l'amour.
– Ah bon ?
– T'es obligé de juter tout le temps, sinon, la première fois que tu vas baiser, t'en auras trop et ça va déborder dans la chatte de la fille.
– Ah bon ?
– Ouais, avant on est obligé de se faire une vidange. Comme ça, la première fois que tu vas baiser, t'auras juste ce qu'il faut dans la bite, sinon après, la fille, elle tombe enceinte direct.
– Ah bon ?
– Ouais. T'as une grosse teub ?
– Arrête, je dors.

*

Direct je me lève, je vais aux chiottes et je me branle. C'est trop bon, je jouis tout de suite. J'essuie la cuvette avec du PQ.

*

Je prends ma douche vite fait, je me branle, je jouis. J'ai du sperme dans la main, je le goûte.

27

Delphine discute avec ses copines, elle se marre et sa poitrine bouge sous son tee-shirt des New Kids on the Block. Ça me fait bander direct. Elle commence à faire une chorégraphie avec les autres Chinoises. Ses cheveux tournent dans tous les sens, quand elle lève les bras, on voit son nombril.

*

Je m'approche discretos des filles, elles me voient même pas, j'ai trop envie d'embrasser Delphine. Elle est super mignonne quand elle rigole, et là elle rigole trop.

– T'es folle, Kader, c'est un obsédé du cul.

– Moi il me dégoûte.

– Et toi, Miko, qui est-ce que tu trouves le plus mignon ?

– Personne, ils sont trop cons.

– Et toi, Delphine, y'en a dans la classe que tu aimes bien ?

J'écoute bien.

– Non. Ils sont débiles.

Merde.

– Y'a que Mimi qui est beau.

– Mais il est tellement coincé.

– Plus tard, ça sera trop un beau gosse.
– Il est con.
– Il traîne toujours avec Clara, c'est chiant.
– Les mecs l'appellent Mammouth.
– Tu crois qu'ils sortent ensemble ?
– Non, t'es guedin toi !
J'en reviens pas. Delphine et Mimi. N'importe quoi. Delphine aime les pédés, c'est trop une pute.
– Sunaye, tu me files un tampon, j'ai mes trucs.
– Ouais.
– Tu viens avec moi ?
– Ouais.

*

Je suis vert. Je comprends pas.
– Tu fais la gueule JP ?
– Non.
– On dirait que tu fais la gueule.
– Merde, je t'ai dit non.
On va au sport, on est dans le bus, j'ai pas envie d'y aller, j'ai plus envie de voir personne.

– Alors Delphine, tu veux te faire baiser par Mimi ?
Comment il sait ça, Childéric ?
– Je t'emmerde.
– Tu sais qu'il a pas de bite.
– Tu me parles plus de Mimi, c'est qu'une pédale.
Je comprends plus là. Elle aime Mimi, mais elle le traite. C'est quoi ça ?

*

Delphine a voulu embrasser Mimi, mais ce débile a refusé. Du coup, maintenant elle passe son temps à le faire chier. Pourquoi il a dit non ? Moi je lui aurais bien peloté ses nichons, à Delphine.

28

Madame Pélissier nous fait entrer dans la classe. La musique, c'est le cours où on se marre le plus. Pélissier fait 1 m 18, Mimi nous a dit que c'était une lilliputienne, alors Pélissier, on l'appelle la lilliputе. Trop marrant. Je suis assis à côté de Wlad. Mimi et Mammouth sont au premier rang, comme d'hab. Ça me fait moins marrer maintenant, mais au début, quand Pélissier se mettait à jouer au piano et qu'on ne la voyait même plus, on avait tous des barres de rire. Maintenant, on la voit plus jamais, elle flippe tellement de nous, on est tous plus grands qu'elle, qu'est-ce que tu veux qu'elle fasse, elle peut rien dire. Si elle dit quelque chose, Momo se lève et il fait trois têtes de plus qu'elle. Elle lui dit de se rasseoir, mais il reste debout, il fait semblant de lui foutre un coup de boule et elle a super peur. Au début, Pélissier, elle allait chercher le directeur, mais depuis qu'elle habite dans la cité, elle a trop peur qu'on vienne chez elle. Du coup, elle est toute tranquille. Y'a des profs qui sont plus durs à mater qu'elle. Alors elle reste derrière son piano, elle ne bouge plus du cours, elle dit rien, y'a un de ces bordels, c'est ouf, c'est pire qu'en dessin. Kader n'arrête pas de hurler des trucs dégueu. Pélissier, elle dit rien. Une fois, il lui a demandé si elle était mariée. Elle a rien répondu. Nous, on sait qu'elle est pas mariée, elle vit seule au 6e, elle a son piano et tout le monde gueule dans l'escalier quand elle joue le dimanche matin.

Elle joue du piano, elle dit rien, Kader se lève, il fait deux têtes de plus qu'elle.

– Si vous êtes pas mariée, vous pouvez bien me faire des trucs !

– Kader, retourne t'asseoir !

– Allez, madame, t'es juste à la bonne hauteur.

Elle est super énervée mais Wlad et Momo se lèvent et lui foutent un bon coup de pression. Delphine nous dit qu'elle chiale, on veut voir, on s'approche tous du piano, on passe nos têtes par-dessus et on la voit qui chiale. Ça me fait bizarre. Tous les autres rigolent, alors moi aussi je rigole. Mimi ne dit rien. Il attend. Kader le regarde.

– Madame, Mimi, il veut jouer de la flûte !

– Non, c'est pas vrai.

– Si, madame, il veut jouer.

– N'importe quoi.

Pélissier se mouche et essuie ses larmes.

– Sortez vos flûtes alors !

Kader se relève.

– Moi, c'est plutôt une trompette que j'ai, vous voulez pas me montrer comment on souffle dedans.

– Kader, j'en ai assez de tes allusions.

– Y'a pas d'allusions, madame, faut te calmer.

– Retourne t'asseoir !

Moi je dis rien, je me fais discret, j'ai oublié ma flûte. Je sais pas du tout jouer.

– Qui veut venir jouer ?

– Personne, madame !

– Moi je peux pas, madame, j'ai de l'asthme.

– Si personne ne se propose, je vous colle une heure.

– Allez, madame, c'est bon, on n'a pas envie de jouer, c'est la honte !

– Mimi, va jouer de la flûte !

– Non, je veux pas.

– Si, allez, Barthélémy, tu viens jouer.

– Non, madame, pourquoi moi ?

– Tu viens sinon tu sors de la classe.

Mimi se lève, il n'a pas le choix. Pélissier n'a pas peur de lui. C'est comme ça mon gars, tu fais pas flipper les gens. Tu vas jouer avec ta petite flûte, nous on va bien se marrer. Il joue, il est tout rouge. Pélissier le regarde. Il joue pas bien, il fait plein de canards.

– Recommence.

Il recommence. Il joue mieux. Kader nous regarde, il est mort de rire. Il mime une pipe.

– Kader, tu arrêtes maintenant !

– Mais c'est Mimi, il me fout la gaule comme ça !

– Tu sors !

– J'arrête, madame !

– Tu arrêtes sinon tu sors. Barthélémy, reviens, recommence !

Mimi recommence. Ses longs cheveux blonds tombent sur son visage. Il les place derrière l'oreille. On dirait vraiment une fille, il est super maniéré.

Derrière le piano, Kader se touche. Il nous fait mourir de rire.

Pélissier veut qu'on chante, moi je chante pas. Je sais pas chanter, putain, c'est long ce cours, il fait super beau dehors, j'ai envie d'aller faire une partie de foot. Je sais pas si je vais retourner à la mer cet été, ça fait longtemps, j'aimerais bien. Wlad fait exprès de chanter faux.

– Ceux qui ne veulent pas chanter, taisez-vous.

– On aime bien chanter, madame.

– Chante bien, alors !

– Je chante bien, madame !

Sylvain éclate de rire, je comprends pas pourquoi il rigole comme ça. On le regarde tous. Sylvain est super gêné. Kader nous regarde, il fait trop le fier, je comprends quand je vois qu'il a sorti sa bite de son survêt. Putain, il a pas peur. Sylvain se détourne, mais il regarde en même temps, il est comme tout le monde, il a envie de voir. Moi aussi je regarde, je suis pas pédé, je regarde, c'est tout. Delphine n'y croit pas.

– Tu te crois où Kader ?

– Dans ton lit !

– Tu crois trop au père Noël !

– T'as vu l'effet que tu me fais !

Delphine est morte de rire. Moi, je suis juste derrière Kader, je vois tout. Putain, elle est super grosse, Lillipute voit rien. On rigole et en même temps on se dit qu'il abuse un peu. Il a pas peur, il bande vachement. Le truc de ouf, c'est la taille de ses couilles. Tout le monde regarde, Kader le sait et ça doit l'exciter encore plus.

On regarde tous la bite de Kader parce que c'est la première fois qu'on voit ça. On se branle tous, mais moi je connais que la mienne. J'ai grillé Guillaume un jour dans la douche, mais il s'est retourné trop vite. Là, c'est la première fois, c'est pas pédé de comparer. J'ai l'impression que la mienne est plus petite. Je suis sûr que les garçons de la classe se disent tous la même chose : plus grosse ou plus petite, les filles matent bien aussi. Elle se disent : petite ou grosse. Elles ont pas d'élément de comparaison. Kader, il en a rien à foutre, il se branle devant tout le monde. Il se prend bien les couilles dans la main. Et Mimi, alors. Il écoute Lillipute qui joue toute seule. Il remarque rien ? Il se passe un truc de ouf dans la classe et il s'en rend même pas compte. Avec Mammouth, ils sont trop à l'ouest, nous on pense qu'au cul, et eux, ils s'en foutent. Eux, ce qui les intéresse, c'est de savoir qui aura la meilleure moyenne du trimestre, je sais qu'ils ont même parié de l'argent. Si elle est première, il lui donne 10 francs, si c'est elle, c'est elle qui lui donne. Putain, ils sont vraiment débiles, ils ont que ça à foutre. Kader se branle dans la classe et eux ils parlent de leur pari.

– Mimi, viens voir.

– Quoi ?

– Viens, je te dis, pose pas de questions.

Mimi ne se lève pas. Kader s'énerve.

Mimi reste à sa table mais il a remarqué, ça y est. Il a vu la bite de Kader. Il est rouge écarlate. Il dit à Mammouth de regarder. Elle en revient pas. Elle, c'est sûr qu'elle a jamais vu ça et elle en reverra jamais d'autres. Personne veut sortir avec elle, tu m'étonnes, trop moche, trop grosse. Mimi rigole. Il se remet les cheveux en arrière pour bien voir, je suis sûr qu'il bande sous son jean.

Kader se branle toujours. La mienne n'est pas si mal, presque la même taille, mais son gland est plus gros et lui n'a pas la peau qui revient dessus, moi j'ai vachement de peau. Quand elle est au repos, ça fait plein de plis. Lui, il n'a pas de peau.

– On a travaillé sur cet air-là, la semaine dernière. Barthélémy, tu peux me rappeler le titre de ce morceau.

Mimi n'écoute pas Lillipute, il est trop halluciné par la bite à Kader.

– Barthélémy !

Il écoute pas.

– Barthélémy, qu'est-ce que je viens de te demander ?

– Pardon, madame, je n'ai pas entendu.

Tout le monde rit.

– Mimi, il est hypnotisé, là !

– Tu vois, Delphine, imagine ce que ça te ferait 13 cm dans le cul !

– Vas-y, casse-toi Kader, tu me parles pas comme ça.

– Viens Delphine ! Allez !

– Connard !

Kader sourit. Il jouit. Putain, son sperme gicle sur le dos du piano. Sylvain pousse un cri, il est dégoûté, et en même temps il rit. Moi j'en reviens pas. Il a peur de rien. Le sperme coule le long du piano, c'est crade.

– Barthélémy, le titre du morceau ?

– *Pierre et le Loup*, madame.

29

Les toilettes du collège sont vraiment dégueu, ça pue et c'est toujours crade. Je comprends pas comment y en a qui peuvent chier ici, les portes ferment même pas. Je pisse, je tiens la porte avec mon pied pour que personne ne rentre. Je commence à me branler un peu, je bande beaucoup, elle est bien raide, j'appuie sur mes couilles, j'ouvre mon sac, je sors ma règle, je mesure à partir d'où, de la base, en dessous ou au-dessus, en bas ça paraît plus grand, 11 cm. Merde, j'en ai une plus petite que Kader.

30

J'ai pas du tout envie de faire mes devoirs. Guillaume est déjà dans la chambre. Il joue à la Nintendo, il est relou à jouer tout le temps, il me la prête jamais, il m'énerve.

Marc entre dans la chambre, il est en slip et en chaussons, il ressemble à Papa. C'est vraiment celui que je déteste le plus, j'espère qu'il va bientôt partir de la maison, comme Laurent.

– Pousse-toi, Guillaume, je veux jouer.

– Attends, je suis en train de gagner.

– Je veux jouer, tu recommenceras plus tard.

– T'es chiant. Maman, Marc, il veut pas me laisser finir !

– Putain, t'es obligé de faire ton bouffon, toi !

Marc s'énerve, il éteint la Nintendo. Guillaume lui saute dessus, ils se battent. Comme d'hab. Marc est vraiment un sale con !

Maman rapplique.

– Arrêtez !

– Il a éteint la console pendant que je jouais !

– C'est vrai, Marc ?

– Ça fait trois plombes qu'il joue.

– C'est pas vrai !

Maman débranche la Nintendo et l'emporte dans sa chambre, Guillaume et Marc la suivent en gueulant. J'en ai marre d'être là. Je me couche sous ma couette. J'en ai marre d'être en haut du lit superposé. Dès que je me lève, je me cogne et j'entends tout ce que disent les voisins du dessus. À côté, ils se disputent super fort. Maman hurle et se met à pleurer. Au final, je crois que Marc a récupéré la Nintendo. Guillaume entre dans la chambre, fou de rage, il se met au lit et arrête plus de gueuler.

L'appartement devient super calme, c'est rare. Papa n'est pas rentré, Maman doit pleurer dans sa chambre, les jumeaux sont encore à l'école. J'entends la chaîne du dessus, ils écoutent Renaud. J'aime bien cette chanson. « *La doudou, elle s'en fout, au mois d'août, elle met les bouts...* » Je sais pas ce que ça veut dire mais j'aime bien. Papa et Maman adorent Renaud. Maman chiale dès qu'elle entend *Mistral gagnant*. Papa aime bien la voir comme ça. Maman dit que cette chanson lui rappelle son enfance. On se moque d'elle, elle est marrante.

Y'a la chanson de Renaud, dehors y'a des chiens qui aboient. Un avion du Bourget passe au-dessus de la cité. À part ça, c'est calme. On entend aussi les chiottes d'à côté. Quand je pense à Kader, c'est ouf ce qu'il a fait chez Lillipute. Et Mimi qui pouvait pas s'empêcher de regarder. La grosse, je suis sûr que c'était la première fois qu'elle voyait ça. 13 cm, la mienne fait 2 cm en moins. Je bande un peu. Je me branle un peu. Je me rappelle la première fois que j'ai joui, c'était ouf. Je me souviens très bien, je pensais à Delphine, elle était dans la cour du collège, elle avait une toute petite jupe, elle me regardait et elle la soulevait exprès pour montrer sa chatte. Ça durait juste une seconde. Je voyais rien, juste les poils de loin, ça me faisait bander, après j'ai joui. J'en avais plein le pyjama. Y'a une autre fois, c'était encore mieux. Je voulais pas aller à l'école pour me branler et jouir. J'ai fait croire à tout le monde que j'étais malade. Maman a bien été obligée de me laisser seul pour aller faire le repassage chez les voisins. Tout seul dans l'appartement, trop cool. J'ai joui trop fort, ça m'a giclé dans les cheveux. J'ai juste eu le temps d'aller m'essuyer à la salle de bain avant que Maman rentre. C'est ça qui est chiant, on est jamais tout seul dans cet appartement. Je suis toujours obligé de me branler sous la couette quand tout le monde dort ou le matin dans la douche ou dans les toilettes, mais elles ferment pas à clef. Quand j'étais gamin avec Guillaume, on avait super peur de ce couloir, maintenant je me dis qu'heureusement que les toilettes sont tout au fond, sinon, on aurait aucun endroit pour se branler. Éteins ta musique là-haut, j'ai pas envie d'écouter *La doudou, elle s'en fout* pendant que je me branle. Je vais jouir, je sors ma chaussette de sous le matelas.

– Jean-Pierre, tu vas chercher du pain !

J'entends pas, c'est pas le moment. Putain, Maman entre dans la chambre.

– Jean-Pierre, tu peux descendre chercher du pain s'il te plaît.

– Demande à Guillaume, c'est moi qui suis descendu hier, c'est à son tour.

– Tu peux pas me rendre service comme ça, juste pour me faire plaisir, faut toujours qu'on vous supplie, j'en ai ras le bol.

– Demande à Marc.

– Non, c'est toi qui y vas ! J'ai décidé, sinon je le dis à ton père.

– Putain, c'est vraiment pas juste.

– Rien n'est juste, t'as raison ! Et puis on se couche pas à cette heure-là.

J'ai envie de chialer. Guillaume reste au lit, il fait toujours la gueule pour la Nintendo. J'enfile mes baskets et je descends. L'ascenseur pue la pisse de chien. C'est crade.

31

Je retrouve Kader, Wlad et Momo à l'arrêt de bus, ils ont renversé la grosse poubelle à bouteilles, le bordel que c'est partout.

– C'est pas vous qui avez fait ça ?
– T'es ouf toi ?
– Tu crois qu'on veut avoir des problèmes.
– En plus, c'est là que ma reum elle prend le bus.
– Ça va, mec ?
– Yep et toi ?
– Cool.
– On fait quoi ce matin, c'est hand ou basket ?
– Je crois que c'est hand.
– Après c'est Lillipute.
– Ça devrait être en option, la musique, on s'en fout, nous.
– Y'a que Mimi qui irait chez Lillipute !
– Me parle pas de ce pédé dès le matin.
– Ouais, c'est vrai, vous parlez tout le temps de lui, c'est relou !

*

Le bus arrive. Il est bondé.

– Je m'en fous, moi je rentre.

– Poussez, les mecs.

– Eh, ne poussez pas comme ça, les garçons !

– C'est bon, là ! Faut bien qu'on aille en cours !

– Y'a pas que toi qui travailles, madame !

– Je dis pas ça, mais vous pouvez faire attention, il y a une dame avec une poussette juste derrière.

– Vas-y, Jean-Pierre, monte !

– Attends, l'autre, il ferme la porte !

– Monsieur, y'a quelqu'un qui veut monter !

– Il y a un autre bus juste derrière.

– Non, Jean-Pierre, vas-y, monte !

– Bon alors on y va !

– Ta gueule, toi, on veut aller en cours, nous !

– Oui, mais moi je vais être en retard au travail !

– Et nous, si on va pas en cours, on n'en aura pas, de travail !

– Pourquoi vous faites toujours chier comme ça !

– Je t'ai pas mal parlé, alors tu me parles pas comme ça !

– Tu baisses d'un ton avec moi, ta mère, je la connais très bien !

– D'où tu me parles de ma mère !

– Tu parles pas de sa mère, tu la connais même pas

– Ferme ta gueule.

– Ta mère, elle travaille dans le même immeuble que moi !

– Vas-y, c'est bon, va te faire enculer.

– On veut juste aller en cours, tu nous parles comme de la merde.

– On se fait traiter à 8 heures du matin, j'y crois pas !

– De toute façon, tu fermes ta gueule, si tu travailles dans le même immeuble que ma mère, je vais venir et je te marave !

– Tu ne me parles pas comme ça !

– Nous agresse pas, alors !

– Bon, on peut démarrer, là ?

– Vos gueules !

– Bon, vous descendez maintenant.

– Non, on descend pas, t'es ouf ou quoi.

– Si vous ne descendez pas, j'éteins le moteur.

– OH !

Là, ils sont tous bien énervés.

– Viens, on descend, je reste pas avec tous ces bouffons.

– JP, laisse tomber, descends, on prend le prochain.

– On dira au prof qu'on est tombés sur une bande d'enculés !

– OH !

On est à peine descendus que ce connard de chauffeur se casse comme un ouf. L'autre bus est déjà là. Tu attends 25 minutes et là y'en a deux qui se pointent en même temps, c'est mal branlé leur truc. Il est presque vide.

– Putain, y'a Mimi dans le bus !

Dès qu'il nous voit, il baisse les yeux.

On monte dans le bus. Mimi fait semblant de ne pas nous voir. Il écoute son walkman. Il écoute quoi, Mimi ? Chantal Goya ?

Les gens dans le bus nous regarde, on dirait qu'ils flippent. Kader s'assoit à côté de Mimi qui fait comme si de rien n'était. Il lui retire son casque.

– Arrête !

– Vas-y, fais pas l'ingrat, Mimi, moi aussi j'ai envie d'écouter de la musique.

– C'est mon casque.

Kader met le casque sur ses oreilles. Il hallucine !

– Mimi, il écoute de l'opéra !

– Arrête !

On s'avance vers eux, on écoute tous. Mimi écoute de l'opéra pour aller en sport !

– L'opéra, c'est vraiment un truc de pédé !

– C'est pas vrai ! Mon père, il en écoute.

– Ton père, il écoute de l'opéra ?

– Le père de Mimi est un pédé aussi !
– Tel père tel fils !
– Non mais, sérieux, pourquoi t'écoutes de l'opéra, c'est pas un truc pour les jeunes, ça, c'est chiant.
– Non, c'est pas chiant. J'aime bien, moi. Vous n'êtes pas tolérants !
– Je t'emmerde, Mimi.
Moi je me rappelle que Mimi écoutait Jackson. Il était même allé au concert du Parc des Princes avec Lévy. Il écoute de l'opéra maintenant.
Kader lui arrache son casque. Mimi s'énerve.
– Tu fais quoi, là ?
– Rends-le-moi !
– Tu veux te battre ou tu agites les doigts pour sécher ton vernis à ongles ?
Mort de rire.
Mimi laisse tomber, il sait qu'il n'aura pas le dessus avec Kader. Il se cache derrière ses cheveux. Il a envie de chialer. Il serre le casque dans ses mains.
– Non, Kader, arrête, tu vas me le casser.
– Tu crois que j'en suis pas capable.
– Si, c'est bon, arrête ! Rends-le-moi.
– Tu crois que je peux pas le casser ?
Moi, je sais qu'il peut le faire. Il le serre super fort, la tige métallique se plie de plus en plus. Clac.
– Tu me l'as cassé.
– Je t'avais dit que je pouvais le faire.
Mimi est en larmes, ça y est. Une dame le regarde. Elle ne dit rien. Elle sait que Mimi est une pédale, elle aurait fait la même chose que Kader. Mimi se lève, Kader l'empêche de passer. Mimi monte sur lui, il est super énervé, je l'ai jamais vu comme ça. Il pleure.

– Qu'est-ce que je vais dire à mes parents ?

Kader lui fait un croche-patte. Mimi s'étale comme une merde dans le bus.

– Arrêtez, maintenant ça suffit !
– Vas-y, mamie, oublie-nous.
– Retourne à tes mots croisés.
– Pourquoi vous lui avez cassé son casque ?
– Ferme-la.
– Personne ne fait rien ?

Et non, mamie, personne ne bouge, personne n'est avec toi, y'a que toi, les autres, ils sont avec nous.

– C'est honteux de laisser cette petite se faire emmerder comme ça et de ne rien faire. Viens avec moi.

On se regarde ! Elle a bien dit petite ! MORT DE RIRE.

– T'as vu, Mimi ! Elle a dit que t'étais une fille !

Mimi baisse les yeux. Il est dégoûté. La crise de rire. Même mamie, elle pense que tu es une fille.
– Excuse-moi, mon petit, je suis désolée.
– Mimi est une gonzesse !
– C'est simplement, j'ai cru… avec tes cheveux…
On est arrivés au gymnase. Mimi se relève, il descend après nous. Nous, on avance. On l'entend chialer derrière nous.

*

Maurillon arrive. Encore plus bourré que d'habitude. Jogging dégueu. Il a du mal à articuler, il est super agressif.
On fait un match de hand. J'aime pas trop ça, je préfère le foot ou le basket. Mais c'est mieux que le rugby. Mimi et Mammouth discutent tout le temps. Ils en ont rien à foutre des autres.

*

On retourne au collège à pied, comme ça on sera en retard.

Mimi et Mammouth sont derrière et ils discutent, je sais pas ce qu'ils peuvent se raconter tous les deux, je comprends pas qu'ils aient encore des trucs à se dire. Moi j'ai pas envie de parler, j'ai faim. Kader et Momo sont super potes, ils délirent tout le temps, ils s'envoient des vannes, ils se frappent, ils se font des passes. Momo, c'était mon meilleur pote avant, maintenant je préfère Wlad.

Kazumiko se marre avec ses copines. En ce moment, elle me plaît bien, sauf ses lunettes, j'aime pas. Elle a de beaux seins. Elle écoute son walkman et chante super fort *Step by Step*. Trop pourrie, comme chanson. Ils ont de la chance d'avoir des walkmans. On écoute jamais de musique à la maison. Laurent a un poste, mais on peut pas y toucher. Papa déteste la radio, il arrive pas à se concentrer. Maman aime bien, elle écoute son petit poste dans la cuisine quand elle fait à manger. Elle adore Renaud et Julien Clerc. Moi, Julien Clerc, je déteste. Il a une voix de chèvre. Moi, j'écoute pas de musique. J'ai pas de disques et pas de chaîne. J'aime bien le hip-hop, mais je connais pas grand-chose. Kader et Momo connaissent tout.

Kazumiko se met à hurler.

– MIMI !

– Quoi, MIMI ?

Pourquoi elle gueule comme ça ? Je me retourne, je regarde Mimi, il ne comprend pas.

– Mimi est sur l'affiche !

On regarde. Putain, c'est pas possible. Mimi est sur une affiche. Il devient tout rouge. Mammouth est morte de rire. Mimi fait de la pub pour Carrefour, il pose devant un VTT. Comment il a l'air con.

– Tu fais de la pub, Mimi ?

– C'est ma tante, elle s'occupe des pubs pour Carrefour.

– T'as fait ça quand ?

– Il y a au moins deux mois.

– T'as été payé pour ça ?

– Oui...

– Combien ?

– Je sais pas. C'est ma mère qui s'en occupe.

– Et ta tante, elle veut pas me faire poser aussi.

– Non.

– Pourquoi ?

– Je sais qu'elle ne voudra pas.

– Vas-y, demande-lui ! Moi aussi, j'ai envie de me faire de la thune.

– Fais pas ton rat Mimi !

– Je ne sais pas.

– Tu fais du vélo, Mimi ?

– Fous-moi la paix. T'es trop chiant.

Kader est super énervé.

Il frappe Mimi. Une bonne tarte dans sa gueule.

– Je t'ai dit, tu me parles pas comme ça.

– Vous ne pouvez pas lui foutre la paix !

– Ta gueule, Mammouth ! Va faire un régime et après tu pourras me parler.

– Vous êtes vraiment cons.

– Ta gueule !

– Quand vous êtes tous ensemble, vous avez l'impression d'être invincibles, mais quand vous êtes tout seul, vous la ramenez plus.

Kader met une tarte à la grosse.

Elle commence à se battre avec lui. Elle saigne du nez. Momo et Delphine ont trop envie de la finir. Elle se casse.

Elle saigne. Mimi reste tout seul, Kader lui file une autre baffe de la mort. Un boulet de canon. Là, il dit plus rien, Mimi. Wlad prend de la terre dans le terrain vague et la lance sur l'affiche de Mimi. Delphine prend une canette de bière dans une poubelle et la balance à son tour. On jette tous des trucs sur l'affiche, en deux minutes, toute la gueule de Mimi en géant est recouverte de boue et de déchets.

Au loin, Maurillon rapplique. Il est tout bourré. Il porte un filet avec des ballons.

– Qu'est-ce que vous foutez !

– Vous avez vu, monsieur, c'est Mimi sur l'affiche.

– T'as été payé au moins pour faire ça !

– Oui, monsieur.

– Tu sais faire du vélo, toi ?

– Oui.

– C'est un sport de tapette, le vélo.

MORT DE RIRE.

32

C'est ouf, je vais pas y arriver, c'est de la merde cette côte, vas-y mec, pédale, tu peux aller plus loin, t'assures mec, bois de l'eau, faut que je boive, j'ai la gorge super sèche comme si j'allais avoir une crise d'asthme, genre tu cherches ta respiration, t'es super desséché, comme quand tu te réveilles le matin et que t'as dormi toute la nuit la bouche ouverte, je vais gerber mon slim comme cette petite conne en primaire, vas-y, me fais pas chier, je vais l'attraper cette gourde, faudrait que je trouve un truc pour l'accrocher à la taille, Marielle, c'était Marielle, cette gamine qui dégueulait sur mes cahiers, je suis jamais allé aussi haut, c'est super beau le paysage par là, j'aime bien, y'a presque plus rien, je sais qu'en haut c'est tout blanc, il m'a dit que ça ressemblait à la Lune, la Lune au sommet du mont Ventoux, je te jure, il fume des fois lui, avec ses images à la con, tout en poésie à la mords-moi-le-zob, il est grave lui, putain, c'est pas vrai, mais c'est pas vrai, je peux pas crever maintenant, putain, cet enculé de vélo, il crève maintenant alors que je suis jamais allé aussi haut !

Fils de pute, j'ai roulé sur quoi, un caillou ? Il est bien crevé le pneu quand même ! Ouais ouais, klaxonne, mec, t'as raison, si ça te fait marrer de me chambrer. La tronche de la meuf, c'est quoi cette coiffure, elle a les cheveux bleus, c'est une Schtroumpfette ou quoi ?

– Vous avez crevé ?

– Eh oui !

– Vous voulez de l'aide ?

– Non merci, ça va aller, je vais me débrouiller, mais c'est gentil de proposer !

*

Encore quatre longueurs et ça fera un kilomètre, pas mal, tu te débrouilles bien mec, tu lâches pas l'affaire. Toujours en crawl, pas en brasse, je nage super bien, avant j'arrivais pas à respirer sous l'eau, maintenant j'assure, je vais perdre mon bide, ça me muscle déjà les bras et les épaules, je le sens, j'ai super mal sous les aisselles, je savais même pas que j'avais des muscles là, c'est que c'est des nouveaux muscles, allez, avance, toi, tu me fais ralentir, bouge dans l'autre couloir si tu sais pas nager, va avec les mamans et les gamins, là c'est pour les pros, plus que trois, j'ai vachement gagné en souffle, j'assure, t'assures mec, je kiffe trop l'eau, elle est bien cette piscine avec son toit ouvrant, c'est pas la mer mais c'est déjà ça, c'est cool d'avoir ça à deux bornes de la maison, après je vais rentrer, je vais me faire un bon truc à manger, qu'est-ce que je pourrais manger, je sais pas, je boufferais bien une pizza, ça fait longtemps, je crois que depuis la pizzeria, j'en ai jamais rebouffé, putain, qu'est-ce qu'ils ont pu me faire chier là-dedans, jamais je retournerai bosser dans un truc comme ça, plutôt crever, ouais, c'est bon, j'ai pas fait exprès de te bousculer mec, j'étais dans mes pensées, je t'ai pas vu, t'as qu'à aller plus vite, ça t'arriverait pas si tu savais nager comme moi. Allez, j'arrête, ça me saoule, y'a trop de monde là, le mercredi, c'est toujours blindé. Trop envie de me mater un film où Clara se prend une bonne grosse teub dans son petit trou.

*

Ils ne peuvent pas mettre de l'eau plus chaude, elles caillent leurs douches ici ! Ah non, c'est bon, c'est long à venir. Ça fait du bien. Putain, le gros lard, c'est immonde tous les poils qu'il a sur les épaules, oh, et dans le dos, c'est atroce. C'est un homme-singe. Tu te fais pas tatouer quand t'es poilu comme ça, c'est débile, ou alors tu te rases, je sais pas, une grosse croix tatouée sur le bras, ça se fait plus depuis trente ans, son truc. Il me mate le gros poilu, il est chelou, on dirait qu'il a un œil qui dit merde à l'autre, ah ouais, c'est ça, c'est un bigleux, trop la classe le gras du bide, il doit pas choper beaucoup, poilu et bigleux, mort de rire. Il me mate quand même, il est pédé ou quoi ? Putain, y'a que des pédés dans les piscines, ils peuvent pas s'en empêcher, pour voir des mecs à moitié à poil, y'a pas de soucis, ils sont toujours là. Vicelards, putain, ça m'énerve. Moi je me mate des films de boules chez moi, je fais chier personne, les pédés, faut du réel, toujours, ça me dégoûte, regarde-le, l'autre, il est en train de baver devant moi, je suis sûr que si je me retourne, il mate direct ma teub sous le slibard, j'essaye, putain, il mate direct ma tige, elle lui fait trop envie, il a trop envie de la bouffer, putain, je te jure, il bande le gadjo, si je me savonne la teub, il va plus en pouvoir, j'essaye, je me savonne partout, je fous la main dans le slip, je savonne bien ma tige et mes burnes, dès que je la touche, ça la fait bander un peu, j'ai le gland qui sort du slip, le mec, il en peut plus, je savonne bien mes boules, je kiffe trop ça, elles sont super gonflées, le mec, il en perd pas une miette, la gueule qu'il fait, il a trop envie de me la pomper, il bande, ça y est, j'en étais sûr, encore un pédé, il se savonne, alors lui, pas de soucis, il la sort complètement, rien à foutre des autres, si y'a des gamins qui passent, rien à foutre, cet enculé, il se branle devant moi, mais attends, mec, t'as pas compris, moi je suis pas pédé, c'est toi, gars, qui te branles devant moi, pas de pudeur le type, je me rince, je bouge, je reste pas là.

33

On entre dans le CDI, c'est le cours le plus chiant, encore pire que celui de Lilliputе parce qu'on peut même pas rigoler. Collin a le sourire, je sais pas ce qu'elle a, normalement elle est super méchante, alors là ça fait bizarre. D'habitude on doit chercher des livres dans le CDI le plus vite possible, je sais pas à quoi ça sert, mais bon, je veux bien, on tape des textes sur un ordinateur, d'habitude on fait toujours ça, mais là je sais pas ce qui se passe, elle nous fait venir autour de son bureau. Je sais pas ce que raconte Kader à l'oreille de Momo, mais ça a l'air trop marrant. C'est chiant, je suis pas à côté d'eux. Ils se disent quoi, j'essaye d'entendre. Collin a une surprise, elle arrive avec un gros carton.

– Barthélémy, tu peux venir ?

Mimi se redresse, il ne comprend pas, Mammouth n'est pas revenue, il est tout seul, il se cache.

– Pourquoi moi, madame ?

– Viens, s'il te plaît.

– Mimi, il a fait une publicité, madame !

– Pour un VTT.

– Il adore pédaler.

TROP MARRANT.

– Viens, Barthélémy.

On parle que de Mimi aujourd'hui, c'est chiant.
– Tu peux ouvrir le carton.
– Pourquoi lui, madame ?
– Pourquoi c'est toujours lui à qui il arrive des trucs ?
– Taisez-vous. Vas-y, Barthélémy, ouvre.
Mimi ouvre le carton, il voit quelque chose.
– Oh !
– C'est quoi Mimi, vas-y, fais pas ton mystérieux là.
– Kader, tu sors !
– C'est pas moi madame !
– J'ai dit, tu sors.
Cette fois-ci, Kader est obligé de sortir.
Mimi fait genre il en croit pas ses yeux, il pousse même un petit cri, il sort plein de bouquins du carton.
– Je les sors tous, madame ?
– S'il te plaît.
Mimi sort au moins cent bouquins du carton. Il comprend pas, moi non plus je comprends pas.
– C'est quoi ces livres madame ?
– Barthélémy, tu peux nous expliquer ?
– Je ne sais pas madame, c'est quoi ?
– Tu es bien allé au Salon du livre de la jeunesse de Montreuil ?
– Oui…
– Tu as participé à un concours…
– Ah oui, c'est vrai !
– Tu as gagné !
– C'est pas vrai ?
– Mais si, je te le dis.
Collin fait la bise à Mimi.
– Et c'est pour Mimi les livres, madame ?
– Non, Barthélémy a participé à un concours au Salon du livre et il a gagné cent livres pour le CDI de son collège.
Mimi sourit.
– Tu vas au Salon du livre le week-end, toi ?

– C'est seulement une fois par an. Je ne me rappelais même plus que j'avais fait ce concours.

– Barthélémy, tu as le droit d'en choisir dix pour chez toi ? Tu es d'accord ?

– Oui, je veux bien.

– Et nous madame, on peut en prendre ?

– Si vous voulez les lire, vous viendrez les emprunter au CDI.

– C'est relou le CDI, madame.

– Tu n'es pas obligé de venir.

– C'est quoi comme livres madame ?

– Ce sont des livres pour les enfants, c'est une collection qui s'appelle Castor Poche.

On regarde Mimi qui prend tout son temps pour choisir ses livres, on le regarde, il m'énerve trop, putain, il peut pas aller encore plus lentement pour choisir, on va pas moisir là, il est trop content en fait, il se la pète trop, genre lui, il a gagné et pas nous, je vais te cogner Mimi. Collin est fière de lui. Je savais même pas qu'il y avait un Salon du livre pour enfants. J'aime pas lire. Les autres commencent à s'emmerder.

– On fait quoi madame, pendant que Mimi il choisit ses livres ?

– Nous allons les ranger ensemble dans les étagères et vous allez faire les étiquettes avec les cotes.

34

Lillipute est malade. On va en perm, y'a pas de surveillant, on est tranquilles. On n'a rien à faire. Delphine et Kazumiko écoutent leurs New Kids on the Block tout pourris. Ils ont toujours pas refait la salle de perm alors que y'a un bout du mur qui s'est effondré, ils ont mis des tables les unes sur les autres pour pas qu'on passe, ce coin de la salle est interdit. Collin a dessiné sur des feuilles à carreaux des panneaux de sens interdit. Mimi et Mammouth font un petit Bac, ils vont super vite, c'est un truc de ouf, Mammouth est encore plus forte que Mimi. Dix secondes après avoir dit top, elle a déjà fini. Mimi est énervé. Il a pas le temps de finir. Mammouth lui répète qu'elle a fini, mais Mimi veut tricher, il est trop mauvais joueur.

Comment on se fait chier. Kader se lève, il prend le cartable de Mimi et il le fout à la poubelle. Mimi se tait. Il va chercher son sac dans la poubelle. Kazumiko et Delphine s'approchent de Mimi, Kazumiko lui attrape les bras et Delphine lui baisse son survêtement. Le slip de Mimi vient avec. Mimi se retrouve à poil devant tout le monde.

MORTS DE RIRE.

Mimi hurle, on rigole tous. Mimi a un tout petit zizi de bébé. Il a même pas de poils ! J'en reviens pas. Kader saute partout, on a tous la preuve que Mimi n'est pas normal. Mimi se débat, il donne des coups partout, il colle même une gifle à Kazumiko en gesticulant comme un ouf. Elle saigne du nez ! Mimi se rhabille, mais Kader lui rattrape le bas du survêtement et le lui baisse à nouveau sur les chevilles. Mimi gueule comme un con, on regarde tous sa micro-bite. À l'autre bout de la salle, Wlad et Momo fouillent le sac de Mimi et trouvent des comprimés dans la poche de devant.

– C'est quoi ça, Débridat ?

– C'est la pilule !

– Mimi, il prend la pilule !

– T'as peur de tomber enceinte Mimi ?

Moi je fouille dans son carnet de santé, putain je rigole trop, l'infirmière lui a écrit « Puberté zéro ». Mimi, puberté zéro. Son zizi mesure 3 cm, ma bite fait 11. Je te nique, Mimi.

*

Wlad est assis à côté de moi. Il découpe une grosse bite dans une page de son cahier, il rigole, mais la prof le voit et lui demande de se taire. Il continue. Ça sonne, enfin, cette journée est terminée, Mimi s'en est pris plein la gueule aujourd'hui. Je comprends que ce n'est pas fini quand Wlad me dit :

– Je vais la coller dans le dos de Mimi.

Cool.

*

On suit Mimi, on est au moins dix de la classe. La bite collée dans le dos, Mimi marche super vite, il flippe sa mère. Les gens se demandent ce qu'on fait tous là. De toute façon ils peuvent rien dire, qu'est-ce que tu veux qu'ils disent, ils flippent trop en nous voyant. Ils ont peur de nous, je le vois dans leurs yeux. Ils voient dix gamins comme nous marcher en face d'eux, ils changent direct de trottoir. On fait peur, c'est la première fois que je m'en rends compte à ce point. C'est pour ça que personne nous engueule quand on fait les cons dans le bus ou dans la salle de perm. C'est cool. Moi, y'a que les cailleras qui me font flipper. Tous les renois qui sont dans la cité, ils me font flipper parce qu'ils sont super nombreux. Ils sont toujours en bande de quinze au minimum. Mais là je me rends compte que nous aussi on fait peur à des gens. Je crois qu'on s'en rend compte tous au même moment. On rigole, on a l'air trop cool tous ensemble. Kader se jette sur une dame et fait semblant de vouloir lui donner un coup de boule. Elle flippe, mais tu verrais sa tête, morte de trouille, la vieille. On continue, on se sent trop bien. Mimi marche de plus en plus vite.

– Pourquoi vous faites ça ?

– On te kiffe Mimi !

Mimi se met à courir. On court après lui. On court tous, et là, les gens, ils flippent vraiment. Quand tu vois dix gamins qui courent vers toi comme des oufs, tu flippes.

– Reviens, Mimi !

Il court, il croit qu'il va nous échapper, il est ouf lui. Kader et Momo le rattrapent direct, c'est eux qui courent le plus vite.

– Arrêtez, je vais être en retard à mon cours de musique !

– Tu veux pas jouer au foot, Mimi, faire un truc de mec !

– Allez jouer au foot au lieu de m'emmerder.

– On préfère te faire chier.

Kader l'attrape.

– Lâche-moi !

– Tais-toi Mimi !

– Lâche-moi Kader ! Je vais le dire à tout le monde, ce que vous faites, c'est dégueulasse.

– Pauvre Mimi !

– C'est du harcèlement !

Kader lui en colle une bonne dans la gueule. Mimi se retient pour pas pleurer.

– Je ne vous ai rien fait, laissez-moi tranquille.

– Arrête, on rigole bien là !

– S'il vous plaît, je vais être en retard.

Comment il nous supplie, il flippe comme jamais, je le vois dans son regard. Il est en train de paniquer. Momo lui crache un gros mollard à la gueule. C'est immonde, il coule sur le visage de Mimi. Kader et Momo lui tiennent les bras, alors il peut pas s'essuyer, le mollard coule sur sa chemise, c'est trop crade, Mimi se met à pleurer.

– Lâchez-moi, s'il vous plaît, je ne vous ai rien fait.

– Mimi, t'as pas de la thune à nous filer ?

– Non, j'ai rien, je te jure !

– Vas-y, fouille-lui dans les poches.

– J'ai rien, je vous jure !

Delphine lui fouille les poches. Il a un billet de 50 balles.

– Pourquoi tu mens, Mimi ?

– C'est pas à moi, rends-les-moi !

– Non, je les garde.

– C'est pas à moi, je te jure !

Mimi se met à pleurer vraiment.

Il est rouge, on dirait qu'il va exploser. Là, je l'ai jamais vu comme ça, il est mal, ça se voit direct, il flippe trop, comment il doit regretter d'être comme ça avec nous. Ça fait du bien de le voir pleurer, il a plus de fric, c'est nous qui avons son fric.

Mimi mord la main de Kader. Il parvient à s'enfuir. Il court de toutes ses forces. On se met tous à courir derrière lui. Kader le dépasse, il lui fait un croche-patte, Mimi s'écrase sur le sol. J'entends d'ici son menton qui cogne le sol. Il crie, il pleure.

– Reste là !

Kader lui attrape les cheveux et le tire vers une petite cour d'immeuble. Mimi hurle comme un chien, c'est trop ouf ce qui est en train de se passer, comment il flippe Mimi, ça fait tellement du bien, ça fait tellement d'années qu'il nous fait chier. Enfin ! Kader s'assoit sur lui, il peut plus bouger. Mimi hurle, mais Momo lui ferme la bouche.

– Putain, mais ferme-la !

Je me rapproche, je veux pas louper ça, j'arrache de l'herbe et je la fous dans la bouche de Mimi pour qu'il arrête de gueuler. Il bouffe l'herbe, il recrache, mais je lui en fourre encore plus. Il a trop envie de dégueuler, il respire par le nez, il arrête pas de bouger tout le temps, il comprend pas qu'il doit rester tranquille. Nous, on veut juste s'amuser un peu, mais lui, il veut jamais jouer avec nous, c'est ouf, toutes les fois où on a voulu jouer avec lui, il a pas voulu. Kader lui baisse encore une fois son survêt. On rigole trop en revoyant son petit zizi. Mimi hurle, mais l'herbe dans sa bouche lui rentre dans la gorge, il tousse, il crache, il essaye de se dégager mais il y arrive pas. Kader est trop fort. Il lui gifle le cul. Mimi, il a les fesses toutes rouges. Kazumiko fouille dans le local à poubelles juste à côté, elle trouve un balai et commence à lui balayer le visage.

– C'est crade !

Toutes les saloperies et la poussière du balai restent collées dans ses longs cheveux blonds. Là je te jure, il bouge plus, il sait que ça sert à rien. Kader arrache le balai des mains de Kazumiko, il prend le manche et l'enfonce dans le cul de Mimi. Mimi se met à hurler.

Putain, ça doit faire mal ça ! Depuis le temps que Mimi attendait ça. Un doigt, ça lui suffisait pas, un balai, c'est mieux ! Il doit être trop content.

Kader lui enfonce super fort. Il est sur Mimi et lui colle son gros paquet sur la gueule. Kader est ouf ! Il abuse. On dirait qu'il bande. Moi je bande pas. Kader, il bande. Les filles le regardent chevaucher Mimi, lui enfoncer le balai dans son trou de balle et lui coller ses couilles sur la gueule. Il sort sa queue et ses couilles et il lui écrase en vrai sur la gueule. Moi, ça me fait plus rire. Je regarde partout. Je vois une dame qui nous observe à sa fenêtre.

– Y'a une dame qui regarde, là !

Tout le monde la fixe. Momo lui fait un doigt. Faut se casser. Je sais pas pourquoi, mais Delphine rend les 50 balles à Mimi. Kader est toujours sur Mimi. On entend la sirène de police. Kader donne un dernier coup de pied à Mimi. On se casse, on court, y'a un truc pas cool qui se passe, je sais pas, mais je crois qu'on a abusé, c'est sûr, les flics viennent pour nous. On court partout dans les rues. On se sépare. J'ai jamais couru aussi vite de ma vie, si les flics racontent tout aux parents, je suis mort. On a déconné. Mimi est mort. On va se faire tuer, Papa va me tuer. Les flics nous recherchent déjà.

Je prends une autre rue, faut que je rentre chez moi le plus vite possible. La sirène se rapproche.

Putain, c'est pas les flics, c'est les pompiers !

C'est pas pour nous. Y'a le feu au-dessus de la librairie. Ils ont sorti la grande échelle. Putain j'ai eu peur, je me serais fait tuer, je me calme, je cours plus, c'est pas les flics. Je reprends ma respiration.

*

Mimi. Il fait quoi maintenant ? Il est mort ou pas ? Il est toujours dans la petite cour, le survêt baissé, l'herbe dans la bouche ? Et le balai ? Toujours dans son cul ?

Je me sens pas bien, j'ai froid, j'ai envie de dégueuler. Je remonte à la maison. L'ascenseur pue la pisse, comme d'hab. Mais maintenant je m'en fous. On a abusé. J'espère que Mimi va revenir au collège demain. Papa va me tuer. J'arrive chez moi, j'ouvre la porte. Dedans, c'est le bordel comme d'hab. Les jumeaux s'engueulent avec Maman. Elle n'a pas l'air contente. Je rentre, je pose mon blouson sur la chaise de l'entrée. C'est comme s'ils s'arrêtaient de parler. Ils me regardent tous. Guillaume a son petit sourire en coin, je le connais. Il fait toujours ça quand je vais me faire engueuler. Ça sent mauvais. Maman me regarde, elle a l'air super fatiguée. Elle a de grosses poches sous les yeux, c'est la première fois que je remarque ça. Elle est blanche. J'avais jamais remarqué qu'elle avait des cheveux blancs.

– Jean-Pierre, c'est toi ?

Ça pue, Papa me demande si c'est moi. Qu'est-ce que je dois dire ? Oui, et là je me fais buter. Non, et il m'attend encore plus longtemps et je me fais encore plus buter. Je sais pas quoi faire. Guillaume répond pour moi. Enculé.

– Oui, il vient de rentrer.

J'entends ses pas. On dirait un géant qui traverse l'appartement. Ses gros pieds dans ses chaussons qui frottent le carrelage. Papa a des pas lourds. Il arrive. Putain, ça craint pour ma gueule là. Il est là devant moi. Je sais que ça va pas. J'ai pas le temps de reculer que son énorme main tombe sur ma joue.

BAM

Putain. La vache. Je valdingue par terre.

– Ça va pas la tête ! Tu vas le tuer.

– Petit con !

– Laisse-le !

Je suis par terre. C'est sûr, il sait qu'on a buté Mimi.

– C'est pas moi !

– Tu te fous de ma gueule ou quoi ?

– Je te jure !

Il me prend par le col du survêt et me tire dans ma chambre. Mes pieds touchent même pas le sol. Il me fait voler dans la chambre.

– Tu vas encore lui casser le bras !

Maman court dans tous les sens, elle veut calmer Papa mais il a pas envie de se calmer, je le connais. Je veux crier à Maman qu'elle se taise, sinon elle va voler elle aussi. Mais je dis rien, je pense juste que, quand Papa me tire par le col, j'ai mal. Mais que ça doit être de la gnognotte par rapport à ce que Mimi a ressenti quand Kader l'a traîné dans la cour en le tirant par les cheveux. Je vais me faire buter mais pour une fois, je crois que ça serait normal. Si Mimi n'est pas mort, il va nous dénoncer, on le mérite. Si Mimi est mort, c'est la police qui va nous retrouver. Entre Papa et la police, je sais pas ce qui serait le pire. Maman court dans tous les sens. Ça énerve Papa encore plus. Elle s'en prend une. Le salaud. Un jour je te buterai Papa. T'es qu'un salaud, t'as toujours frappé Maman, elle t'a jamais répondu, t'es qu'un enculé. C'est la première fois que je m'en rends compte. C'est la première fois que je sais ça : Papa est un enculé. Maman chiale, elle sait qu'il va me buter.

Je suis sur la moquette de ma chambre. J'ai toujours mes baskets. D'habitude j'ai pas le droit d'entrer dans la chambre avec. Je vois que ça. Je vois que la terre de la cour où Mimi est dead sous la semelle de mes baskets. La terre s'étale sur la moquette. Maman va me tuer. Elle arrivera trop tard. Papa sait tout. Papa sait qu'on a tué Mimi.

Papa tient une enveloppe. Il sort mon bulletin de l'enveloppe. Il brandit le bulletin. OK. Putain, je comprends. Papa sait pas encore que Mimi est mort.

– Tu m'expliques ?

Je sais pas quoi dire. J'ai foiré, j'ai foiré, qu'est-ce que tu veux que je te raconte ? C'est rien comparé à Mimi.

– Tu dis rien ?

– Non.
– T'as vu qu'est-ce qu'ils ont mis sur ton bulletin, les profs ?
– Non, je sais pas.
– Que t'en branles pas une.
– Ils ont mis ça comme ça ?
– Joue pas à ça avec moi ! Là, regarde ! Trop bavard. N'en fout pas une. Dissipé et indiscipliné. Trop bavard. Mal élevé.
Putain, je vais les buter les profs. Si elle m'a mis une sale note Lilliputе, je la bute.
– Élève bruyant, dissipé. Aucun effort, Jean-Pierre est mal élevé. Avertissement, Jean-Pierre, il faut te ressaisir ! Moyenne : 3,5/20

3,5/20, c'est pas 0. Je pensais que ça serait pire.

– Deux fois mal élevé dans les appréciations, tu nous fous la honte. On t'a pas mal élevé avec ta mère. T'as le droit d'avoir des problèmes ou même des mauvaises notes, mais t'as pas le droit qu'on dise que t'es mal élevé. C'est la honte pour nous.
– Je suis pas mal élevé !
– Qu'est-ce que tu leur dis aux profs ?
– Rien, je dis jamais rien !
– Et mon pied, tu le veux au cul ?
– Je te jure, je dis rien en classe.
– Ils écriraient pas ça si tu disais rien !
– Il reste encore un trimestre, je vais me rattraper.
– T'as intérêt.
– Je te jure.
– T'as plus le droit de sortir.
– Non !
– Me réponds pas !
– Je vais pas rester à la maison tout le temps !
– Si !
– Je vais faire quoi ?

– Tes devoirs ! Et si t'as pas la moyenne au dernier trimestre, c'est pas un coup de pompe dans le cul que t'auras !

C'est quoi alors ? Il pense à quoi cet enculé ? Il veut me buter ? Je vais pas rester tout le temps à la maison, tu peux courir.

Maman rapplique.

– T'as la moyenne qu'en sport.

– C'est le seul truc que j'aime.

– Mais tu n'as que 10,5 ! Comment ça se fait ?

– Je sais pas moi. Le prof m'aime pas, il est tout le temps bourré !

– Ah bon ?

– Je te jure Maman, il est bourré à tous les cours.

– Je suis vraiment pas contente. T'as la plus mauvaise moyenne de la classe.

C'est pas possible. C'est vrai ? Putain. Les autres, comment ils font ? Ils foutent rien. Kader et Momo, ils ont combien ? Je suis le plus nul. Pourtant je travaille un peu. Seulement 10,5 en sport, c'est naze. Et Mimi, il a combien ? Merde, Mimi. On a abusé.

*

Impossible de dormir. J'entends Papa qui ronfle dans sa chambre, j'entends Guillaume qui grince des dents en dessous. Je pense à trop de trucs, alors je trouve pas le sommeil. Est-ce que Mimi est mort ? À cette heure-là, on nous l'aurait déjà dit. En même temps, je vois pas qui nous l'aurait dit ? J'y suis pour rien moi, les flics peuvent pas savoir que j'étais là ! Pourquoi ils viendraient me prévenir ? Si Mimi est mort et que personne n'est venu nous le dire, c'est que personne ne sait que j'étais avec lui au moment où il est mort. Kader, il est barge quand même. Il est chelou. Il bandait. Ça le faisait bander d'être sur Mimi ou quoi, il est chelou, il peut pas être pédé Kader quand même, moi quand je bande, je pense à des nichons, pas à foutre un balai dans le cul de Mimi. Il kiffait trop de coller sa bite sur la gueule de Mimi. Là, c'est chelou. Je pige pas.

*

Je dormirai pas de la nuit. Si Mimi est mort, je suis pas coupable de meurtre, mais je suis complice, c'est comme ça qu'ils disent. Je suis complice parce que j'ai regardé, j'ai presque rien fait, mais j'ai rien fait pour les empêcher de tuer Mimi. Moi je suis super d'accord pour que Mimi se prenne une leçon, ça fait des années qu'il nous gonfle avec ses grands airs de bourge, il le méritait, mais là, c'était trop, putain, si y'avait pas eu les pompiers, Kader il aurait joui sur la gueule de Mimi, je suis sûr. Kader, il kiffait, ça se voyait trop. Je sais pas comment ça va se passer au collège demain.

*

À force de grincer des dents, Guillaume, il va plus avoir de dents un jour. C'est le médecin qui l'a dit.

*

Je sais pas comment elle fait, Maman, pour supporter les ronflements de Papa, moi je crois que je prendrais l'oreiller et que je lui foutrais sur la gueule pour qu'il ronfle plus jamais. Elle a du courage Maman, je comprends pas comment elle fait pour supporter les baffes qu'il lui fout, c'est trop un salaud des fois Papa. Et si elle se barrait ? Un jour, comme ça, sans nous dire au revoir, je suis sûr qu'elle pourrait le faire, moi je le ferais. Juste pour lui foutre les boules. Et nous, on irait où ? Papa, il en branle pas une, il sait rien foutre, alors que Maman, elle, elle sait tout faire. En même temps, ça me ferait trop triste s'ils divorçaient.

*

La doudou, elle s'en fout, au mois d'août, elle met les bouts... et la suite des paroles, c'est quoi, j'en sais rien, je sais même pas ce que ça veut dire, elle met les bouts. Ça veut dire quoi ? Elle met les bouts de quoi ? La prochaine fois, faudra que j'écoute bien les paroles. Putain, c'est chiant, je vais pas dormir de la nuit. C'est long. Si papa ronflait pas, ça serait hyper silencieux, Guillaume grince plus. Pourquoi il grince plus, il est réveillé ?

– Tu dors plus Guillaume ?

Il répond pas. Il est réveillé ou il est mort ?

– T'es mort Guillaume ?

Il grince à nouveau. Ouf. Il est quelle heure ? Je sais pas. Il doit être 1 heure du mat. Je descends voir, y'a l'heure sur le magnétoscope dans le salon. Putain, 3 h 28 ! Je vais pas dormir du tout ! En plus j'ai un contrôle demain matin. Contrôle de bio. Il est tellement débile le prof. Avec ses escargots hermaphrodites. Contrôle à 8 heures du mat'. On verra si Mimi est là.

35

J'arrive au collège, pour l'instant y'a rien d'anormal. Je rentre dans la cour, rien d'anormal, il ne se passe rien, comme d'hab. La cloche retentit. Je monte, je croise Wlad dans l'escalier, il me serre la main, tout va bien, on se met en rang dans le couloir devant la salle de bio. Delphine et Kazumiko révisent leur contrôle au dernier moment, comme d'hab. Kader bouge la tête avec son casque sur les oreilles. Momo est là, il écrit des trucs dans sa main pour tricher au contrôle. Mammouth est là, elle fait rien, elle a pas besoin de réviser ni de se préparer d'antisèche, elle sait tout sur tout, elle aura 20/20 ou 19/20, elle a trop envie de battre Mimi pour remporter ses 10 francs. Mimi n'est pas là. Le prof arrive, il est déjà en blouse blanche. Il est déjà tout rouge, il doit picoler avec Maurillon. On s'assoit, je suis à côté de Momo, je sais rien pour le contrôle, j'ai rien révisé. Je vais avoir 0. Mimi n'est pas là. Le prof fait l'appel. On est tous là sauf Mimi. Merde. Il est mort. Normalement, dès qu'un prof fait l'appelle et dit Barthélémy Carette, on répond tous « présente ! » avec une voix de fille. Là, rien. Personne répond. Personne ne dit rien, mais tout le monde repense à ce qu'on a fait hier soir ! Le contrôle commence. Sans Mimi. J'arrive pas à me concentrer. Même si j'y arrivais, ça changerait rien vu que je sais rien. 0/20. C'est sûr.

*

Mimi frappe à la porte. Il est là. Vivant. Juste en retard. Tout rouge d'arriver en retard. Il remet un billet d'excuse au prof, il dit rien, Mimi est le meilleur élève. Mimi s'assoit à côté de Mammouth. Il se met au boulot direct. Il veut gagner ses 10 francs.

*

Il est revenu. Comme si de rien n'était, comme s'il ne s'était rien passé. On n'était pas dans le jardin, il a pas eu d'herbe dans la bouche, y'a pas eu le balai non plus, il a pas eu les couilles de Kader sur la gueule. Même ça, Mimi s'en branle. Il nous ignore comme avant. En fait, il nous emmerde. Il veut nous montrer que y'a rien qui l'atteint. Personne ne reparle d'hier soir. Personne ne parle à Mimi, c'est pas normal, c'est bien la preuve que y'a eu un truc de grave qui s'est passé. Normalement, Mimi se prend des vannes dans la gueule et même des claques. Là, rien. Qu'est-ce qui se passe ? Les autres regrettent ou quoi ? Ou alors ils attendent de voir si on va tous se faire punir. C'est eux qui doivent avoir raison, vaut mieux attendre.

*

On attend, mais il se passe rien. Mimi n'a rien dit à personne, il a gardé ça pour lui, il est barge. Il a kiffé ou il a déjà oublié. Attends, c'est pas normal, moi j'oublie pas. Personne lui adresse la parole. Lui, il parle avec Mammouth. Ils font que parler, ils rigolent pas, normalement ils rigolent tout le temps. Je suis sûr qu'il lui a même pas dit à elle non plus. Il a trop honte. Ou alors il s'en branle. Y'a un truc bizarre dans la classe. C'est plus pareil.

*

Une semaine se passe et rien. Rien de chez rien. C'est vraiment une ambiance qui pue. Y'a pas de crises de rire, pas d'engueulades. C'est trop calme, je me fais trop chier. On revient chez le prof de bio. Ça fait déjà une semaine.

– Qu'est-ce qui se passe ?

Personne ne dit rien.

– Pourquoi est-ce que vous êtes si calmes ?

Même le prof s'en rend compte. On va se faire griller à force d'être trop sages. C'est chelou pour une classe qui a foutu le bordel tout le reste de l'année. À force on va se faire repérer. Le prof dit rien de plus, ça se voit qu'il est étonné, mais du coup il en profite. Il a pas à élever la voix comme d'habitude. Personne ne gueule et personne veut l'enfermer dans son placard. Il est super content. Peut-être qu'il pense qu'il a réussi à nous mater. Tu parles. Là je me retiens, mais s'il nous reparle des griffes rétractables du chat, je pourrais le buter.

– Je vais donc profiter de ce divin silence pour vous rendre vos copies. Comme d'habitude, l'ensemble est très mauvais. Les notes vont de 0 à 18. Mimi baisse le regard. Il a honte de lui, il n'a pas 20.

Moi, j'ai 2/20, c'est mieux que ce que je pensais. Le prof me fait la morale, mais je suis déjà fier de moi. 2 alors que j'ai rien révisé et que j'ai fait une insomnie toute la nuit, y'a de quoi être fier.

Le prof finit toujours par les meilleures copies. Il reste Mammouth et Mimi. Comme d'hab. Qui va gagner les 10 francs ?

Je parie pour Mimi. Le prof rend sa copie à la grosse. Elle a 18. Très bon devoir. Mimi doit aussi avoir 18, alors.

– Je vais finir par Barthélémy. Tu peux m'expliquer ce qui s'est passé ?

Qu'est-ce qui s'est passé ?

Mimi ne répond rien.

– Tu me réponds, Barthélémy ?

– Je ne sais pas, monsieur.

On a tous le regard sur Mimi.

– Barthélémy, tu as toujours été un élève brillant, c'est pourquoi je ne t'ai pas noté.

– Pourquoi, monsieur, pourquoi vous notez pas Mimi ?

– Barthélémy sait qu'il n'a pas réussi son devoir. Tu le sais ?

– Oui.

– Quelque chose ne va pas ?

– Non, monsieur.

– La prochaine fois, tu devras te concentrer plus. Pour moi, c'est juste un accident.

– Oui, monsieur.

– Qu'est-ce que t'as fait Mimi ?

– Monsieur, moi aussi je veux pas être noté !

– Pourquoi y'a que Mimi qui est pas noté ?

– Il a raté, c'est tout, moi aussi j'ai raté, je veux pas être noté.

– Moi aussi, c'est un accident !

– Taisez-vous ! On reprend !

On est super vénère ! Mimi se viande sur son contrôle et il n'est pas puni. Nous, on se plante et on à 2/20 ! C'est quoi cette justice putain ! On veut pas se laisser faire ! On se met à gueuler. Le prof nous colle.

*

Mimi est un bouffon. Il lèche le cul des profs et il a jamais de mauvaises notes. Mimi n'est pas mort et il recommence à nous faire chier. L'ambiance revient, on rigole à nouveau.

36

On a un nouveau jeu. On donne des baffes à Mimi dès qu'on peut, sans se faire voir des profs ni des pions. Celui qui réussit à foutre une claque, une qui doit bien claquer, a un point. Celui qui a le plus de points par semaine gagne ! On rigole trop. C'est toujours Kazumiko qui gagne. Et une fille que j'aimais pas avant qui s'appelle Estelle. Elle parlait jamais, limite on savait pas qu'elle était dans notre classe, et maintenant c'est elle qui est la plus forte. Elle est toute petite, des lunettes, des cheveux trop moches, super frisés, elle est forte, vu qu'elle est petite, elle se faufile partout, Mimi la voit jamais arriver, et vlan, une bonne tarte dans sa gueule. Estelle a la bonne technique, ça claque à fond. Ça doit faire mal ! Mimi dit rien, comme d'hab. Il s'en fout. Même pas un jour il va rendre sa claque à quelqu'un, c'est hallucinant.

*

Dans la cour, Mimi est tout seul sur le rebord d'une fenêtre. Il lit. Je vois Estelle s'approcher trop doucement. Même moi, je la vois. Tout le monde la voit. Et vlan, une bonne claque qui pète. Mimi gueule, ça lui fait super mal. Sur le nez, ça le fait pleurer direct.

Kader arrive, il se fout de Mimi parce qu'il chiale. Il lui pique son écharpe, la fout en boule et on commence une partie de basket avec. On rigole bien. Mimi court partout pour la récupérer, il peut toujours courir, il arrivera jamais à la rattraper. Dans notre équipe, y'a toute la classe, dans la sienne, y'a que lui. Mammouth est pas là. L'écharpe finit dans la poubelle, comme d'hab. Mimi la récupère, il la secoue et il la remet autour du cou.

37

Je suis le plus mauvais de la classe, je manque de redoubler la quatrième. Heureusement, Papa a réussi à les convaincre de me laisser passer. Je ne sais pas comment il a fait, mais je sais que ça a pas mal gueulé avec le prof principal. Mimi a perdu ses 10 francs. Pire, il est devenu mauvais élève. Il a genre 11 de moyenne. C'était trop la crise de rire au début, maintenant on s'est habitués. Il se tape même les heures de rattrapage de maths avec moi le mardi soir alors que tous les autres sont rentrés chez eux. On est que quatre. Mimi est l'un des plus mauvais, il ne comprend rien en maths, il est nul. C'est hallucinant. Le prof s'énerve, il comprend pas comment un élève comme Mimi a pu perdre toute sa logique en si peu de temps. Moi, je crois que je sais pourquoi. Mais personne n'a jamais reparlé de ce jour-là. Jamais.

*

Ça nous empêche pas de rire, mais on fait moins de conneries qu'avant. Les mecs commencent à avoir leurs copines, du coup, ils restent plus pour jouer dehors. Mimi se prend toujours ses baffes. J'ai compris qu'Estelle était entrée dans la compétition parce qu'elle voulait sortir avec lui et qu'il avait refusé. Comme avec Delphine, il est vraiment débile.

*

Mimi lit un livre dans la cour. Je m'approche de lui. Il pense que je vais lui foutre une baffe, il se cache derrière son bouquin. Mort de rire. Il flippe de moi.

– Mimi, t'as pas quinze balles ?

– Non.

– Vas-y, steuplaît, fais pas ton charognard.

– Mais je les ai pas.

– J'ai plus de thunes pour m'acheter mes clopes.

– J'y peux rien.

– Parle-moi mieux steuplaît.

– Tu veux pas m'oublier un peu ?

– Non, j'aime bien te faire chier.

– Ça je sais, merci.

– T'aimes bien ça en fait, non ?

– C'est ça, ouais !

– J'en étais sûr. Bon, tu me files dix balles alors !

– Mais je les ai pas !

– T'as une boucle d'oreille !

– Oui...

– Putain, t'as fait ça quand, Mimi ?

– Samedi...

– T'as eu le droit ?

– Bah oui, je l'ai pas fait sans le dire à mon père.

– Ta gueule.

– Mais c'est toi !

– Et ta mère ? Elle a rien dit ?

– Ma mère, elle s'en fout.

– Pourquoi ?

– Elle s'est barrée ma mère.

– Avec un autre type ?

– Non...

– Je savais pas !

– Qu'est-ce que ça peut te foutre, de toute façon. À part pour me faire chier, on se parle pas.
– File-moi dix balles, Mimi !

Mimi se casse. Il me tourne le dos, j'aime pas ça. Je lui fous un gros coup de pied dans son cul. Il doit kiffer.

38

Je redouble ma troisième. Je suis le seul, j'ai trop la honte. Et surtout je vais plus connaître personne l'année prochaine. Wlad, Momo, Kader, Delphine, Kazumiko, Estelle, Mammouth et Mimi vont au lycée. Je vais me faire tuer à la maison. Ils vont tous au lycée, moi je me retape une année ici. Putain, j'ai les boules.

*

Momo fait 1 m 95, c'est un géant. Il quitte plus Kader. Ils se parlent de leurs meufs. Depuis que Wlad a baisé avec Sandrine, il parle plus que de ça. En sport, il nous montre toujours sa queue. Elle est super longue et super épaisse. Il frime trop, des fois il me saoule. Une fois, il s'est branlé sous la douche, il nous a dit qu'elle faisait 17 cm. Putain, 4 cm de plus que celle de Kader et 6 cm de plus que la mienne. Depuis, Kader la montre plus du tout. Il doit être vexé. Wlad montre pas sa bite, je l'ai jamais vue. Elle doit faire moins de 10. En même temps, on est tous rassurés avec Mimi et sa petite zézette. Il vient plus en sport, il est dispensé. Momo a baisé lui aussi. Moi pas. Toujours pas. Je flippe de jamais baiser. Je me sens pas bien en ce moment. Je me sens moche et j'ai pas confiance. Et là maintenant que je sais que je redouble, c'est le pire.

*

Il se passe plus rien. Plus personne joue au foot dans la cité, le jardin a été fermé depuis que Mouloud, un mec du douzième étage, est mort en s'accrochant au panier de basket. Le truc était tellement rouillé qu'il s'est cassé en deux et Mouloud se l'est pris dessus, juste sur sa colonne vertébrale. Maman a pleuré ce jour-là, je m'en souviens trop bien. Alors maintenant, toute la cour est fermée. On parle juste en bas, dans la cage de l'immeuble, mais on se fait bien chier. De toute façon, j'ai pas envie de parler en ce moment.

*

Je redouble et ça me prend la tête. J'ai envie de me tirer. Il paraît que Mimi ne va pas au lycée normal. Il quitte la ville. Je sais pas où il va. Putain, où il va ? Ça y est, il doit être trop content, il va plus nous voir. Fini les baffes. Fini le collège. Fini les conneries. Et moi je dois refaire une année ici, c'est trop chiant.

*

J'ai pas envie de me lever. Je sais que tous les autres ont reçu leur bulletin. Moi, il va arriver aujourd'hui et là je vais passer un mauvais moment. Papa va me buter et Maman en rajoutera une couche derrière. Je reste au lit. Ou alors j'y vais, comme ça, au moins, je serai pas à la maison quand Maman ouvrira la boîte aux lettres. Je me branle vite fait aux chiottes. J'aime toujours bien, mais c'est plus pareil. Maintenant je suis habitué. Je me lave. Depuis que Marc est parti de la maison, on se court moins après pour la salle de bain. En fait, je crois que je suis déprimé. C'est mon dernier jour de classe, après c'est les vacances. D'habitude, le dernier jour, je trouve ça toujours génial, limite c'est le seul jour de l'année où j'ai envie d'aller au collège, on sait qu'on va faire les cons, que les profs ne penseront qu'à aller boire des verres de rouge entre eux... là, je m'en fous. Je vais au collège, juste pour pas être là quand mon bulletin arrivera. C'est rare, mais j'ai envie de chialer. Je chiale sous la douche. J'arrive pas à me contrôler. Je chiale vraiment comme une fille. Si Papa me voyait, je chiale comme un pédé. Comme Mimi. Et lui, il va où ? Il change de ville, faut que je lui demande où il va.

J'enfile mes baskets.

– Maman, tu veux pas me racheter des baskets ?

– On les a achetées en janvier !

– Ouais je sais mais elles sont trouées, regarde, j'ai mon orteil qui passe dans le trou.

– Tu vas pas aller à l'école avec ça !

– J'ai rien d'autre.

– Tu demanderas à ton père.

– Ouais, tu veux pas quoi !

– Si, mais tu lui demanderas à lui !

– Il voudra jamais.

– Achète-les-moi, toi !

– J'ai pas d'argent !

– T'as jamais de thunes ! T'en as pas marre de pas bosser, on n'est plus au Moyen Âge, là !

– Oublie-moi s'il te plaît !

– Je dis ça pour toi !

– Tu manques de rien, t'as jamais manqué de rien !

– Ouais, c'est ça !

– Me parle pas comme ça, je t'ai déjà dit.

– Ouais, allez, va faire ta cuisine.

J'ai pas compris, une baffe, direct. Je l'ai pas vue venir, celle-là !

– T'es pas bien dans ta tête, toi !

– Me réponds pas ! J'ai horreur de ça !
– Tu sais pas quoi dire, alors tu me péfra comme lui, trop facile, ça.
– Parle pas en verlan, j'aime pas ça. Ça fait mal élevé.
– Allez, je me barre, tu me saoules.
– Et c'est quand que tu sais que tu passes au lycée ?
– T'inquiète, on va le savoir très vite.

Je claque la porte le plus fort possible, ça lui fout bien les boules ! Ça lui fout trop la honte par rapport aux voisins, qui disent tous qu'on est mal élevés. Connasse, putain, si je pouvais claquer la porte et jamais revenir.

L'ascenseur daube toujours autant. Avant c'était les chiens qui pissaient, maintenant c'est leurs maîtres. La dernière fois, j'ai surpris le voisin du huitième, il arrivait plus à s'arrêter. Il disait rien, il pissait. Je me suis mis sur le côté pour pas que la pisse aille sous mes baskets. Il s'excusait même pas, c'était normal. Je l'aurais buté.

Le facteur met le courrier dans les boîtes. Y'en a la moitié qui ferment plus. Des mecs ont défoncé les petites portes. Ça pue encore le cramé. Une grosse trace noire sur le mur sort de la poubelle. Ils ont encore foutu le feu, ces cons. Le facteur met des lettres dans notre boîte. Je reste pas, je me casse. Je traîne pas ici.

*

Sur le chemin, je croise que des gens qui se grouillent pour pas rater leur bus, mais on dirait qu'ils y vont tous à reculons. Tu m'étonnes ! Qui est-ce que ça éclate, d'aller faire un taf de merde pour que dalle à la fin du mois ? Je suis grave, je vois tout en noir aujourd'hui. Je suis pas comme ça normalement. Pourquoi y'a aucune fille qui s'intéresse à moi. J'ai une bonne tige de 11 cm et des bonnes couilles ! Franchement, je suis pas le plus moche. Y'a pire. Faut que je baise, faut que je rattrape les autres.

Tant que j'aurai pas baisé, j'aurai un truc pas comme les autres, je serai toujours glauque, je veux baiser, rien que d'y penser ça me fait bander. Putain, je bande sous mon survêt. Elles sont super moches les filles qui vont être dans ma classe l'année prochaine. Elles sont trop jeunes de toute façon. Putain, qu'est-ce que je vais foutre au collège aujourd'hui ? Je suis le seul à redoubler, ils vont tous me prendre pour un con. J'ai pas d'envie, je me sens hyper mou. La dernière fois que je me suis senti comme ça, c'est quand j'ai eu la grippe. Peut-être que je suis malade. Je te jure, je crois que ça me rend malade de savoir que Papa va me buter ce soir. Les tartes qu'il m'a collées pour une note pourrie, alors là j'imagine même pas pour un redoublement. Il va être vénère. Je sais pas ce que je pourrais faire comme boulot plus tard, il faut que je commence à y penser. Ça me saoule de penser à ça. Mais je veux pas me retrouver à la rue. Faut que je gagne de la thune, ça a rien à voir avec les études, faut juste connaître des gens qui te pistonnent. Je pourrais me faire pistonner par qui, tu parles, on connaît personne, Papa fait le routier depuis je sais pas combien de temps, Maman fait rien, juste des repassages pour des voisins, on a trop la loose. Je sais pas du tout ce que j'ai envie de faire. Le truc dont je suis sûr, c'est que je veux pas courir comme tous ces connards pour pas louper mon RER, c'est trop relou.

*

J'arrive au collège, les portes sont grandes ouvertes, y'a même pas de surveillants à l'entrée aujourd'hui. La cour est vide. Qu'est-ce que je fous là, putain ? Je me suis bien planté. C'est mon dernier jour avant de vivre un été pourri où Papa va me faire la misère tout le temps pour que je révise. Réviser quoi ? Il sait pas de quoi il parle, il a même pas de diplôme.

*

Maurillon propose de faire un foot dans la cour. On n'est pas beaucoup. Je connais personne. Y'a que Wlad de ma classe, mais il s'en branle du foot maintenant, il préfère rouler des pelles à sa copine. Je vois Mimi au loin, avec Mammouth. Je vais les voir.

– Y'a personne ou quoi ?

– Non.

– Vous faites quoi ?

– Rien, on parle.

– Vous parlez de quoi ?

– Ça te regarde pas !

– Putain tu me parles pas comme ça toi !

– Jusqu'au bout, tu vas nous faire chier.

– Ouais, même le dernier jour.

– On sera plus là l'année prochaine ! Tu vas drôlement te faire chier !

– Ouais, c'est ça ! Trop content de plus voir vos tronches !

– Dégage, on est en train de parler tous les deux !

– Vous parlez de quoi ?

– Laisse-nous !

– Non je reste.

– Y'a tes copains en salle de perm !

– C'est bon, ils sont avec leurs meufs !

– T'as pas une meuf, toi aussi ?

– Si, mais elle est pas là !

– Eh bien va la voir, alors !

– Tu te la racontes moins quand t'es tout seul.

– En plus il redouble, il va bien se faire chier l'année prochaine.

– T'as trop pris d'assurance Mimi, tu te la joues trop grand avec moi, tu veux que je te claque ou quoi ?

Ils se barrent. Ça va être encore pire l'année prochaine. Je pourrai même plus emmerder Mimi.

*

Je repasse par la salle de perm, ils sont limite en train de baiser. Putain, comme il lui fourre sa langue dans la gorge, ça me fait bander, ça doit être trop bon. Moi j'en ai marre de me branler dans les chiottes ou caché dans mon lit avec le catalogue des 3-Suisses de Maman. Putain, je les connais toutes par cœur. La page 259 avec la culotte transparente où on voit sa chatte. La page 271 où on voit bien les nichons. La page 272 avec sa nuisette transparente où on voit sa petite chatte presque rasée. Je kiffe bien ça, ça fait bien salope. Le top, c'est la page 289, la grande brune en porte-jarretelle et sa bouche de pute. On voit pas plus que les autres, mais elle fait tellement salope, elle a un doigt sur la bouche, genre chut. Je ferme les yeux et j'imagine que c'est ma bite à la place de son doigt. Ma bite bien confortable sur ses lèvres rouges. Ça y est, je bande.

*

À la cantine, on est trente à tout péter. Wlad et sa meuf se sont cassés au parc de la Courneuve. Je suis le seul de la classe avec Mimi et Mammouth. Ça me donne une bonne idée de comment je vais me faire chier l'année prochaine. À cette heure-là, Maman doit savoir que je redouble, je vais me faire buter. Je la connais, elle doit être super vénère, mais elle doit encore plus flipper en pensant à la réaction de Papa. Il va vraiment me buter. Ça me fait transpirer, je suis pas un peureux, mais là c'est la première fois que je flippe pour quelque chose. Et en plus, je sais que c'est un peu mérité. Je trouve ça juste dégueulasse que les autres soient passés. C'est pas moi qui ai foutu le plus de bordel cette année, c'est largement

Kader le number one. Et il passe cet enculé. Depuis le coup de Mimi, je le trouve chelou. Il est marrant mais j'ai plus confiance en lui. Je sais qu'il a une meuf, qu'il baise tous les jours mais moi je l'ai vu, je sais qu'il bandait quand il était sur Mimi. J'ai pas halluciné. Il est pédé. J'en suis sûr. Mais lui je l'emmerde pas. C'est pas bien de dire ça, mais c'est la vérité. Mimi je l'écrase, Kader, c'est lui qui m'écrase comme une merde. En plus, il m'a piqué mes meilleurs potes. Momo et Wlad, je les connaissais avant lui. Kader, il est pas honnête ce mec. Putain je suis déprimé. Je suis tout seul à table. Ils nous ont fait des hamburgers mais ils sont dégueu, les frites aussi sont dégueu. Celles de Maman sont vachement bonnes, celles-là, elles sont immondes. Je bouffe, mais je flippe, j'ai la gorge hyper sèche, ça, je sais, c'est que je flippe.

*

Je vais pisser. La cour est déserte. Putain, y'a Mimi aux urinoirs. Je m'en fous, je pisse à côté de lui, trop envie, je peux pas me retenir. Il me regarde pas, il flippe, il a trop peur que je me foute de sa petite zézette de pédale. Il entend rien, il écoute son casque, il doit encore écouter son opéra de pute. Je me fous de sa gueule.

– T'écoutes ton opéra Mimi ?

Il répond pas. Je pisse. Lui, j'entends pas qu'il pisse. Je mate vite fait sa petite teub d'escargot. Putain, il pisse pas. Il bande. L'enculé. Mimi bande, j'en reviens pas. Cet enculé bande bien, sa teub est super grosse en fait. Il a les couilles dehors, je reste discret. Il écoute sa musique. Il dit rien. Il dit rien, mais il voit bien que je le regarde, il aime ça et c'est ça qui le fait bander. Sa bite devient super grosse. Il peut pas pisser, il bande trop. Elle fait au moins 20 cm. Au moins. Il a tellement changé l'enculé. 20 cm ! 3 cm de plus que celle de Momo. 6 cm de plus que celle de Kader. 9 cm de plus que la mienne. 9 cm, à 2 cm, c'est le double de la mienne. Putain merde, je bande. Je peux pas bouger. Je sais qu'il me la regarde et ça me fait bander encore plus. Je peux plus pisser. Je mate discretos. Je mate ses yeux, il regarde pas. Putain, je bande comme un malade. Mimi a la plus grosse bite que j'aie jamais vue. C'est ouf. Pourquoi lui ? Il a des énormes couilles. Pourquoi il les sort pour pisser, c'est chelou comme truc, moi je les sors pas. Il devait déjà se branler en fait. Il attendait que j'arrive. Putain Mimi, j'y crois pas, t'es vraiment pédé. Ça te fait bander de voir que je bande. On bande tous les deux. On dit rien. J'ai la honte. Je serre fort mon gland, je fais toujours ça quand je me branle. Discrètement. Genre je dirige mon gland pour pisser, mais j'en profite pour me branler un peu. Mimi jouit, il fait pas un bruit, moi, quand je jouis, je fais toujours un soupir ou un truc de respiration, je sais pas. Lui rien. J'en reviens pas. Il est passé de petite zézette de fillette à la plus grosse bite de la classe. L'enculé, c'est toujours lui qui a le plus de chance, c'est vraiment dégueulasse. Il a joui, il se reboutonne le jean et se casse. Il dit rien, il écoute son opéra, je reste tout seul comme un con. Mimi et sa grosse bite. Putain. Toujours le même, ça me déprime encore plus. Les pédés ont les plus grosses bites ou quoi ? Peut-être, en même temps. Personne d'autre que lui est pédé et c'est lui qui a la plus grosse. J'en reviens pas. Si les autres mecs savaient ça. Peut-être que les pédés doivent avoir une plus grosse bite que les autres parce que c'est plus dur de pénétrer un trou de balle qu'une chatte. C'est plus loin. Merde je jouis. C'est bon. Je ferme les yeux deux secondes. C'est cool. Ça me dégoûte d'avoir joui avec Mimi. Cette petite pédale, j'ai trop envie de lui casser la gueule, attends, reviens, Mimi, je vais te foutre une bonne baffe, tu te branles pas en me matant, je suis pas pédé comme toi, enculé, Mimi, viens que je te tape. Je m'essuie vite fait, je sors des chiottes, je cherche Mimi, je le vois, il est tout seul dans un coin de la cour, je cours vers lui, il me regarde, il flippe, il sait qu'il va morfler cet enculé, je lui colle une bonne baffe dans sa petite gueule de pédale, je le frappe comme jamais, il se défend pas, je vois sa boucle d'oreille sur son lobe, ça m'énerve, c'est moi qui en voulais une, je lui arrache, il saigne, il gueule, il court aux chiottes, j'ai la boucle d'oreille dans la main, j'ai du sang dans la main, je me casse, je vais me faire tuer, j'ai la boucle d'oreille de Mimi, je me tire, il n'y a pas de surveillants à l'entrée, je pars, on peut se barrer quand on veut le dernier jour de l'année, c'est les vacances, ce soir je vais me faire tuer.

39

Ce qui me gêne le plus dans la salle de muscu, c'est pas l'odeur de transpiration, ça, j'en ai rien à foutre, non, le seul truc, c'est la manière dont tous les autres mecs me matent. Y'a pas une seule meuf, ou alors une maman bodybuildée, super pas bandante, genre elle te touche, elle te casse en deux, elle a des épaules qui font trois fois les miennes. Non, y'a que des mecs. Tous baraqués, tous tatoués. C'est la mode chez les pédés. Ils sont là avec leur petit short moulant et leur marcel. Ils me matent. Au début, je croyais que c'était parce que j'étais le plus gros, mais en fait non, c'est juste qu'ils ont envie de me sauter. Ils prennent des poses de cons, genre, pour que je les regarde, ils s'attendent à ce que je sois sur le cul devant leurs muscles, franchement, ils se foutent un doigt bien profond. Ils sont trop baraqués, genre Schwarzenegger avant qu'il fasse de la politique, il me mate trop, celui-là, un jour je vais lui en coller une, il me prend pour qui. Je l'ai déjà vu aux douches en train de s'astiquer avec un autre gars, une grosse tarlouze décolorée. C'est un repaire, ici. Si je pouvais changer, je le ferais. Ils sont tous derrière moi, je suis trop en train de les faire bander, comme l'autre fois où je me suis rendu compte que j'avais les couilles à l'air. J'étais en train de soulever de la fonte, normal, allongé sur le banc, je suais comme un porc, je galérais, je gueulais à moitié tellement c'était lourd, et là y'a un des mecs de la salle qui vient me dire :

– Excusez-moi, mais il faudrait mettre un slip sous votre short, ou bien mettre un body, mais là, ça ne va pas.

– Pardon ?

Il me dit tout bas :

– Vos parties dépassent de votre short.

Merde, j'avais pas remarqué, mes deux grosses boules qui s'étaient fait la malle. Trop large, mon short Adidas, j'avais pas pensé à ça. Ils ont bien dû se régaler. Mes deux bonnes burnes comme ça, elles devaient ballotter à chaque mouvement. La trique qu'ils ont dû se taper !

– Merci de me l'avoir dit, je ne m'en étais pas rendu compte.

Un type se marre, il avait tout vu, tu parles qu'il aurait bronché, trop content du spectacle, cet après-midi en direct du club, les plus belles couilles de la région se donnent en spectacle, prenez vos tickets. Elles auraient toutes payé, ces pédales. Je remballe la marchandise. Je me casse, pas la peine de rester ici. Si je vais aux douches maintenant, tu paries que y'en a la moitié qui rappliquent illico. J'essaye.

*

Qu'est-ce que je t'avais dit, j'ai pas foutu un pied dans la douche que deux types rappliquent. Je me fous à poil, j'en ai rien à foutre, je vois pas pourquoi je ne pourrais pas me doucher moi aussi, ils me sourient, ils me disent bonjour, fous-moi ta tige dans la main pendant que tu y es ! Je réponds pas, je dis pas bonjour, moi, je me douche et je me casse. Les types sont en transe. Je pense au film de Clara Morgane que je vais me mater ce soir, j'ai une demi-molle, les types, ils bavent, je te jure, ils bavent. Y'a vraiment de la lopette partout.

40

J'ai la boucle d'oreille de Mimi dans la main, je la serre fort. Y'a du sang entre mes doigts, c'est crade, j'en ai même sous les ongles. Il doit avoir super mal, Mimi. Putain, cette énorme queue, c'est ouf.

Je prends l'ascenseur, ça pue bien. Comme d'hab. Peut-être plus que d'habitude. En fait, ça pue pas la pisse, mais ça pue la merde. Putain, c'est dégueu. Y'a un journal par terre, c'est crade, y'a un mec qui a chié dans l'ascenseur. Mais ils se croient où les mecs ! On vit pas dans la savane !

J'entre. J'ose pas trop regarder. Je me fais discretos. Rien. Papa regarde la télé. Rien. Maman est dans la cuisine. Rien. Je vais dans la chambre. Rien. Guillaume joue à la Nintendo. Les jumeaux sont pas là. C'est super calme. Il ne se passe rien. Le facteur n'est pas passé ou quoi ? Si, je l'ai vu ce matin. Mon bulletin est pas arrivé ou quoi ? Il va falloir que je mente encore toute la soirée. J'aurais préféré qu'on en finisse, que je me prenne une bonne baffe et un coup de pied si Papa était vraiment énervé, là, il va falloir que je mente. J'entends Maman qui chante dans sa cuisine. *La doudou, elle s'en fout, au mois d'août, elle met les bouts.* Merde. Guillaume me dit pas bonjour, il s'en fout de ma gueule. Il pense qu'à se tirer d'ici comme tous les autres.

Je mets la boucle d'oreille de Mimi dans une boîte où je fous les pièces jaunes que je trouve par terre ou que je rends pas quand je vais chercher le pain. Un jour, avec ce fric, je me casserai aussi. Mimi va avoir une cicatrice à cause de moi. Au moins, il se souviendra de moi.

Je vais me laver les mains, je me sens crade. Le sang de Mimi coule dans l'évier. J'ai une sale tronche. J'ai l'air naze. Personne me trouve beau, j'ai des boutons mais franchement y'en a qui en ont plus que moi. Aucune fille me kiffe. Y'en a bien une qui va vouloir baiser avec moi un jour putain ! Je suis déprimé en ce moment, j'aime pas ça, ça me gave. J'aime bien rire comme mec, j'aime bien jouer au foot, j'aime bien les copains. Là j'ai plus rien. La maison, ça me gave, refaire ma troisième, ça va être mortel, je suis obligé de passer mes nerfs sur cette pute de Mimi. Et lui, où il va l'année prochaine, tiens, j'ai oublié de lui demander. Il se casse, il change de ville, il a de la chance. Comme d'hab. Il a toujours de la chance.

J'ouvre le frigo, j'ai la dalle. Maman sursaute quand elle me voit.

– T'es rentré toi ?

– Bah ouais !

Merde, ils m'ont pas entendu ou quoi ?

– Chéri, JP est rentré !

Rien.

Maman répète.

Ça craint.

Elle va voir dans le salon. Papa a son casque sur les oreilles. Il sursaute. Il m'avait pas entendu rentrer. Merde. Ils savent, ils ont eu le bulletin. C'est juste qu'ils m'avaient pas entendu. Maman avec sa radio, Papa avec son casque. Papa bondit hors de son canapé. Il arrache presque le fil de son casque. Il bondit sur moi. Je flippe. Finalement j'aurais préféré mentir encore une soirée.

– Tu te fous de notre gueule ?

– Non… quoi ?

– Il demande quoi, putain !

Maman est peut-être encore plus vénère que Papa. Son visage est tout crispé. Tout ridé. Elle va me tuer elle aussi.

– Pourquoi t'as rien dit ?

– Quoi ?

– Ça fait combien de temps que tu le sais ?

– Je sais pas. Hier, je crois.

– Et tu nous l'as pas dit ?

– Vous l'auriez bien appris…

– Putain tu te fous de notre gueule !

– Mais non.

– T'as pas honte de redoubler ?

– Je sais pas, c'est pas ma faute.

Bam.

Une première sur la gueule.

– C'est bon, ça sert à rien de me frapper !

– Mais pourquoi t'es comme ça ?

– Je sais pas !

– T'en branles jamais une !

– Tu crois que tu vas faire quoi plus tard ?

– Je sais pas. Je verrai.

Bam

Deuxième. Elle claque bien, celle-là. Elle me touche le nez, ça fait mal. Papa va pas s'arrêter là. Faut que je décampe. Maintenant. Là, il est furieux, il va me buter.

– Tu vas pas te bouger le cul un jour ?

– Je suis débile, j'y peux rien.

BAM

Troisième. Qu'est-ce qu'il faut que je réponde ? Que je suis désolé ? Que j'ai rien glandé de l'année ? Que je me sens mal dans mes baskets en ce moment ? Tu crois qu'il s'en branle de ça ! Papa, il veut juste que je lui fasse pas honte, c'est tout. Basta.

– Toi, t'as même pas été en troisième !

Mauvaise idée. Il bouge plus là. Il est super vénère. Maman le connaît par cœur, elle recule. Elle sait qu'il va frapper un grand coup. Papa prend la chaise. Maman gueule.

– Arrête !

Putain !

Il me fracasse la chaise sur la gueule. Là je tombe, après je me souviens plus.

41

– Vous êtes dingue !

Dingue de toi, tu m'étonnes, tes nichons, ça m'a fait monter tu peux même pas imaginer. Je te prends par la main, je t'agrippe, tu te fais désirer. Viens là bébé. Viens, approche-toi, tu vas adorer.

Je la fais monter dans la Laguna, je la jette sur le siège, elle pousse des petits cris.

– Aïe !

Tu t'étouffes là, t'es trop gourmande. Attends, laisse-moi faire. Je pensais que t'avais plus d'expérience que ça ! Je suis vachement déçu. T'es une des pires pompeuses que j'aie eues. Applique-toi. Mange-la bien, mange ma tige. Respire, tu vas t'étouffer. Et arrête de chialer, ça aussi, ça t'empêche de respirer. T'as du mal à avaler, c'est mignon. Je gère, t'inquiète. Je fais des bons va-et-vient. T'as des haut-le-cœur. Ça fait souvent ça, elle est tellement grosse que ça a du mal à passer. Allez bébé. Tu veux que je change, je te fous mes doigts dans ta petite fente. Bien humide, toi aussi tu mouilles ! Ah, ça, ça te fait miauler ! Putain, c'est bon. Je vais te la foutre à fond. Vas-y, respire, tu vas t'étouffer. Arrête de pleurer, putain ! C'est chiant. Concentre-toi sur ce que tu fais ! Arrête de pleurer ! Tu me cherches ! Bah ouais, mais fallait pas me chercher comme ça, si tu recommences, je t'en colle une autre. Tu veux quoi, tu préfères le cul ou la chatte ? Tu dis rien. Tu vas déguster, mais c'est comme tu veux, moi je fais comme tu me dis. Vas-y, je t'écarte bien le petit trou. Je te colle mon gros gland. Miaule bien. Ça va me faire décharger ça.

42

Je pense plus, je réfléchis plus. Je crois que je déprime carrément, c'est mortel. Je joue plus au foot. Je vois plus personne. Momo, Wlad et Kader sont au lycée Dolto, de l'autre côté de la ville. Ils ont tous leur meuf. Ils jouent plus en bas, ils ont passé l'âge, ils restent qu'avec leur meuf, ils regardent la télé, moi aussi, mais tout seul. À la maison, depuis la chaise dans la gueule, je dis plus un mot à Papa. Maman fait tout pour qu'on se reparle, mais je tiens bon. Il peut aller se faire foutre. Je fais comme Mimi : j'emmerde le reste du monde. Et ça, je sais que c'est hyper énervant. Papa a les boules, il fera pas le premier pas, jamais il me demandera un truc, comme ça, au détour d'une conversation. C'est moi qui dois faire le premier pas, et là, il peut aller se faire mettre. Maman est triste. Elle est triste de tout. Triste de voir que ses gamins se tirent les uns après les autres. Les jumeaux se sont cassés cet été, Laurent et Marc sont partis depuis trop longtemps. Avec Guillaume, on partage plus notre chambre, maintenant c'est chacun de son côté. Du coup, je me fais encore plus chier. J'ai plus la Nintendo dans la piaule. Guillaume reste enfermé dans sa chambre tout le temps. Papa a scié notre lit superposé. Chacun a eu un bout. Maman vieillit tous les jours, Papa a super mal au dos, il dit rien, il se plaint pas, il fait tout le temps le fier, il m'énerve mais je vois bien que des fois, quand il va pour se lever de son canapé, il reste québlo, il se tient les reins. Il a trop mal. Il montrera jamais qu'il est faible. Il crèvera tout seul dans son coin. Maman va se barrer un jour, c'est pas possible autrement, je comprendrais pas si elle se barrait pas. J'ai le temps de penser à tout ça pendant les repas. À chaque cuillère de soupe, on se fait un peu plus chier. Maman dit rien, elle mange doucement, elle aime pas quand c'est trop chaud, elle souffle sur la soupe avant de mettre la cuillère dans sa bouche, ça m'énerve trop, elle a l'air malade, on dirait une vieille, Papa, c'est autre chose, il veut tellement faire le grand chef qu'il nous méprise en faisant semblant de regarder sa télé, il écoute même pas, je le vois bien, il a les yeux partout sauf sur l'écran, il nous tourne le dos, mais il écoute tout ce qu'on fait pour voir si on réagit à son mépris. Compte là-dessus, connard. La chaise que tu m'as fracassée sur la gueule, je m'en souviens encore, j'ai eu deux points de suture au sourcil, il a fallu faire croire au personnel des urgences que je m'étais viandé par terre en courant comme un débile après mon frère. J'ai fait comme si c'était pas grave. Tomber en courant après son frangin, c'est rien, se faire fracasser une chaise sur la gueule par son connard de paternel, c'est autre chose. Personne doit savoir. Je mens pour pas qu'on me juge. Je pense que je fais ce que Mimi a toujours fait.

Au moment du dessert, j'ai carrément envie de tout bousiller, tellement j'ai la haine qui est montée pendant le dîner.

Y'a toujours eu un bruit de ouf dans les appartements où on a vécu. Six garçons qui gueulent, qui se battent, qui jouent, qui regardent la télé, qui se vannent, qui écoutent de la musique, qui répondent mal à Maman, qui se prennent des mandales par Papa, qui gueulent quand Maman se prend des mandales et puis les pleurs de Maman après s'être pris une grosse mandale, les aboiements du chien Dick, il me manque ce gros toutou, putain, ceux des voisins, les avions du Bourget qui font leur répétition avant le Salon aérien, les pompiers, les flics, les ambulances, les camions à poubelles, les bastons dehors, les incendies, les voisines qui se prennent des mandales par leurs mecs, les vieux qui s'engueulent pour une histoire de bruit alors qu'il y a toujours du bruit partout, les gamins qui gueulent, qui courent, les pétards du mois de juillet et du mois d'août, les coups de louches et de cuillères dans les tuyaux le soir du 31 décembre, les cris pendant les Coupes du monde, surtout celle de 82 où on s'était fait éliminer à cause de cet enculé d'arbitre, la cafetière qui explose en dessous, les pompiers pour l'inondation collective après la fuite de je sais pas quoi, les pleurs des gens quand Coluche est mort, les insultes entre les différents balcons, la chanson de Renaud, *la doudou, elle s'en fout, au mois d'août, elle met les bouts*, les moteurs des mobylettes, les pots d'échappement trafiqués qui font péter les plombs à Maman, les hurlements quand l'autre bouffon s'était fait écraser par le panier de basket, la perceuse tous les samedis matin.

Là, y'a rien.

Dehors, la cour est toujours interdite aux gamins. Plus personne laisse ses fenêtres ouvertes, y'a plus que les cailleras qui restent à zoner en bas de l'immeuble. La librairie et le supermarché sont fermés. Ils vont bientôt commencer à détruire les tours. Pour faire quoi après, personne n'en sait rien, mais ça fera un peu d'animation. Papa se tait, il regarde sa télé et, pour nous faire chier encore plus, il met le son au minimum. Il serait trop content que je lui demande de monter le son. Mais non, je dis rien. Je dirai plus jamais rien, compte pas là-dessus, enfoiré. J'en ai rien à foutre du journal de TF1.

Tout va bien. Je retape ma troisième, mes notes sont pas trop mauvaises. Je bosse un peu plus. Je veux qu'il comprenne que, depuis qu'on se parle plus, je me sens vachement mieux.

43

Guillaume part de la maison quand je suis en première. Il travaille à Auchan, rayon poissonnerie. Ça lui plaît pas, mais il dit rien, il est trop content de se barrer. Moi j'ai 17 ans, j'ai pas de meuf. J'ai pas baisé. J'ai une chambre pour moi tout seul, je parle pas à Papa. Toujours pas. Maman prend des cachets tellement elle s'emmerde, je l'ai grillée dans la cuisine une fois, je suis allé voir la boîte de comprimés dans la poubelle, c'était pour les nerfs. Trop énervée ou plus assez, j'en sais rien. Elle se ride à une vitesse de ouf. Ça me fait chier, c'est ma mère quand même. Je vais arrêter l'école, ça sert à rien. Je vais pas tenir encore une année de plus alors que je sais que j'aurai pas mon bac. Je vais arrêter. Papa sera furieux, mais il pourra rien dire, il ne me parle plus. Si je vois qu'il veut me fracasser une autre chaise, je le bute.

44

J'ai 19 ans. J'ai retapé ma première et j'ai fini ma terminale. Le bac, c'est fait, j'attends l'affichage des résultats. Si je l'ai, c'est cool, Maman sera contente. Si je l'ai pas, ça changera rien, je me casserai de la maison. C'est plus possible, moi qui étais vachement fort, je deviens mou et gros. Je fais plus rien, j'arrête pas de bouffer, je le sais, tout ça, j'arrive à me le dire, mais c'est plus fort que moi, je sais que ça peut pas durer comme ça mais j'y arrive pas, je fais rien, j'ai pas d'énergie, je kiffe rien, j'ai plus de plaisir à rien. On se marrait avec les copains avant, maintenant je suis tout seul. Momo, Wlad sont à la fac, t'imagines, qu'est-ce qu'ils foutent à la fac, ils cherchent quoi, si la fac donnait tu boulot, ça se saurait ! Ils me snobent maintenant qu'ils sont à la fac. Moi, j'ai deux ans de retard. Maman dit qu'à la fac tout le monde peut y aller. Même moi après mon bac, je pourrais y aller. Qu'est-ce qu'ils foutent, pourquoi, ils accrochent pas les résultats ? Ça me fait chier d'attendre comme ça ! Je veux trop savoir, putain, ça fait quatre ans que je m'emmerde, là je peux plus.

C'est qui elle, déjà, je la connais.
– Salut.

– Salut, ça va ?
– Tu fais quoi ?
– J'attends les résultats. C'est super relou.
– T'as passé le bac là ?
– Ouais, je sais, je suis super en retard.
– Je dis pas ça pour ça. Je m'en fous.

C'est la petite sœur de Delphine.

– Delphine, elle devient quoi ?
– Tu la vois plus ?
– Non, depuis qu'on n'est plus dans la même classe.
– Ah, mais t'es pas au courant, alors ?
– Non, quoi ?
– Elle vient d'avoir une petite fille.
– Non ?
– Si, je te jure, elle est trop mignonne.
– Mais elle est super jeune !
– Ouais. Elle a fait ça tôt. Regarde, toi, tu passes ton bac tard, c'est pareil.
– Ouais, je sais pas.
– Moi je dis chacun son rythme.
– Elle l'a eu y'a combien de temps ?
– Il y a un mois, elle est toute petite.
– Tu lui passeras le bonjour de ma part. OK ?
– Ouais, carrément.
– Et toi, tu deviens quoi ?
– Bah, tu vois, que dalle, si j'ai mon bac, je quitte mes parents, si je l'ai pas, c'est eux qui me jartent. Ça va me faire du bien de prendre le large. J'en ai ras le cul. Et toi ? Tu fais quoi ?
– Moi, je fais une école de théâtre.
– Ah ouais, tu veux faire comédienne ?
– Je sais pas. Je crois, on verra si je suis bonne ou pas. Je viens juste de commencer.
– Et tes parents, ils disent rien ?

– Non. Ils me soutiennent pas vraiment, mais ça va. Mon père veut juste que je fasse pas des films à poil.

– Les miens aussi, ils sont comme ça, tu peux faire tout ce que tu veux, mais faut pas leur faire honte.

– Ouais, tu m'étonnes.

– C'est le truc le plus important en fait.

– Quoi ?

– Leur réputation.

– Ouais…

– Non, mais c'est cool, c'est vachement bien actrice comme métier.

– On verra. Je pense pas à l'avenir.

– T'as raison, y'en a pas !

– C'est bon, tu déprimes ou quoi JP ?

– Non.

– Faut garder la foi mec, sinon tu te tires une balle. Ce qui compte quand tu vis ici, c'est de jamais perdre l'idée que le seul truc que t'as à faire, c'est de te casser.

– Tu m'étonnes.

– Pourquoi t'es chelou comme ça ? Quand t'étais dans la classe de Delph, tu te marrais bien. Qu'est-ce qui t'arrive ?

– Non, rien… c'est juste depuis qu'on n'est plus dans la même classe, je me fais chier.

– Ah, mais tu le connais, Kader ?

– Ouais !

– Mais c'est lui le mec de Delph !

– C'est lui le père de la gamine ?

– Mais ouais !

– Ils sont ensemble ?

– Ouais, ça fait deux ans au moins !

– Putain !

– Tu savais pas. Vous habitez dans la même ville et tu le sais même pas, c'est chelou ça.

– J'en reviens pas.

– T'étais amoureux de ma sœur à un moment, non ?

– N'importe quoi, vas-y, raconte pas n'importe quoi, là !
– C'est bon, t'énerve pas !
– C'est toi qu'es mytho !
– Bon allez, c'est bon, j'y vais, on discute et toi tu m'agresses, tu m'as saoulé, mec !
Elle se casse.

– C'est bon, pars pas comme ça !
– T'es un ouf toi !
– Tu l'as connu Barthélémy toi ?
– Mimi ?
– Ouais, il était dans notre classe !
– Ouais, je sais le petit blond chelou !
– Ouais. Tu sais ce qu'il est devenu ?
– Je crois qu'il était parti à Lyon, avec ses parents, mais je suis pas sûre.
– Pourquoi ils sont allés là-bas ?
– J'en sais rien, moi ! Tiens, regarde, ils affichent les notes, va voir !

Ils me saoulent à me pousser comme ça. Ils sont si pressés de savoir ? Moi j'y vais doucement, c'est pas ça qui va changer ma life.
Je cherche mon nom. Ça y est, je l'ai. Merde, je l'ai pas.
– Alors, tu l'as eu ?
– Non.
– Merde ! C'est con.
– Ouais.
– Bon, bah, bon courage JP. À plus !

45

Il faut que je tire un coup. Ça me changera les idées. Tout le reste est pourri, je vais plus à l'école, je traîne à la maison, je dors sur le canapé et je retourne dans ma chambre dès que Papa rentre. J'ai 19 ans, et j'ai toujours pas baisé. Ça commence à me travailler. Je vais quand même pas aller aux putes.

46

Dès que je l'ai vue, j'ai su que ce serait elle. Dès qu'elle m'a vu, elle a compris ce que je cherchais. Franchement, je panique grave, j'ai le cœur qui bat à deux mille, je flippe, pourtant je sais comment je dois faire, tous les copains m'ont raconté, moi je disais toujours que je savais, que je l'avais fait, mais putain, là, je suis pas fier. Je flippe de venir trop tôt, je flippe de pas trouver le trou. Elle est pas mal foutue, pas un top model, mais je vais pas me plaindre pour une première fois. Je suis pas trop regardant. Elle me caresse les cheveux.

– Tu es mignon.

– Merci.

– Tu as déjà eu des rapports ?

– *Of course.*

Elle me caresse les cheveux puis le visage, moi je bande déjà super fort, je montre rien, je fais semblant d'assurer un minimum, j'ai la chair de poule tellement ses caresses dans le cou sont bonnes, ça fait comme les guilis de Maman. Elle retire mon sweat, le col s'accroche à ma boucle d'oreille, je flippe qu'elle l'ait arrachée, je veux pas ressembler à Mimi. Ça va, tout va bien, je me calme, je dois assurer. J'ai pas envie de l'embrasser, je ne suis pas là pour ça. Je me lance, je lui caresse les seins. Ils sont énormes, ils pendent un peu, mais ils sont canon.

– Je préférerais que tu me payes avant, s'il te plaît.

– D'accord, pardon, attendez.

Elle abuse de me demander ça maintenant, ça va me faire débander, en plus je ne trouve pas le fric dans la poche de mon survêt, j'étais sûr de l'avoir foutu là. Merde. La honte. Ouf, c'est dans la poche de mon bomber. Elle sourit, elle prend le fric et le range dans une petite sacoche. Elle s'appelle Lily. Combien elle peut se faire de clients par jour, Lily ? Aucune idée, si j'ose, je lui demanderai plus tard, j'espère qu'elle se lave entre chaque mec, sinon ça me dégoûte un peu. Elle me fait allonger sur le lit, je regarde bien, c'est propre. Elle approche sa poitrine de mon visage, ses seins paraissent encore plus gros, énormes, les mamelons dépassent de sa robe noire. Super-décolletée. C'est ce qui m'a plu chez elle, son décolleté. La fente entre ses deux seins m'a tout de suite excité. Wlad m'avait parlé de la branlette espagnole, se faire branler par la poitrine d'une meuf, j'en rêvais vachement souvent. Quand j'ai mes éjacs nocturnes, c'est souvent à cause de ça. Mon sperme gicle et finit sur son visage. Il y a toujours une goutte qui finit sur ses lèvres. Lily baisse mon jogging, je bande trop fort.

– Je te plais ?

– Oui.

– Tu as envie de quoi ?

– Je ne sais pas.

– Tu as envie que je te suce ?

– Oui.

Elle baisse mon caleçon et sort ma bite. Elle la prend entre sa main. Elle me branle, c'est trop bon.

– Doucement.

– D'accord.

Faut qu'elle aille doucement sinon je vais jouir trop vite. Je paye 200 francs, je ne veux pas que ça dure cinq minutes. Elle me branle doucement. Elle fait ça bien. En même temps, c'est son métier. Papa conduit des camions, heureusement il a le permis. Elle approche sa bouche de mon gland, elle sort sa langue, elle me le lèche doucement, wouah, c'est trop bon. Moi j'ai envie de la prendre, je suis là pour ça. Je dois assurer. Je retire son soutien-gorge.

– Doucement.

– D'accord.

Je lui retire plus doucement. Ses seins sont magnifiques. Elle doit faire du 150 F, je ne sais même pas si ça existe, en tout cas, ils sont plus gros que ceux de Sabrina et de Samantha Fox. La vache, je ne pense plus à rien, je les bouffe, elle pousse un petit gémissement, ça doit vouloir dire que je fais ça bien. Ça me donne confiance, je lui mordille le téton, elle crie, ça doit vouloir dire que je fais pas ça bien, j'arrête. Je lui caresse le dos, je descends jusqu'à la fermeture Éclair de sa jupe noire. Je descends la fermeture et je baisse sa jupe. Elle porte un string, j'en avais encore jamais vu en vrai, c'est bandant. Elle se retourne, elle se met sur moi, j'ai son cul devant moi, elle continue de me sucer, je baisse son string, je lui bouffe la chatte, comme dans les films, c'est un peu crade, j'aime pas trop ça, c'est vachement acide. Elle me suce tellement bien. Elle se tourne encore une fois, elle se baisse, ouvre un petit tiroir et sort une capote. Je flippe que ça me fasse débander. Heureusement que je me suis déjà entraîné une fois, c'est pas du tout agréable comme sensation, et j'aime pas du tout l'odeur du caoutchouc.

– J'aime pas...

– Si, c'est obligé.

Elle déroule la capote le long de ma tige, elle fait ça bien, ça va, elle est plus fine que celle que j'avais enfilée la dernière fois. Elle s'approche, j'ai la bite super raide, je sais que c'est maintenant, elle écarte les lèvres de sa chatte et s'empale sur moi. C'est bizarre mais ça va, c'est pas très serré, ça glisse bien. Elle a l'habitude, maman. Elle commence à faire des va-et-vient, hmmmmmm putain, c'est trop bon. Elle fait ça super bien. Je ferme les yeux et puis je la regarde à nouveau. Sa grosse chatte poilue avale ma bite. Jusqu'au fond. Le truc qui me faire jouir tout de suite, c'est de sentir que la bite est au fond et que ses lèvres s'écrasent sur mes boules. Je pars direct. C'est ma première fois, je ne suis pas très long, elle me sourit, elle me caresse le visage.

– Encore un peu.

Elle me sourit et m'obéit. Elle reste en place, je sens ma bite qui se rétracte dans sa chatte. C'est délicieux. Elle devient toute petite. Lily se retire, j'aurais voulu rester comme ça pendant des heures. Elle retire la capote, fait un nœud et la fout à la poubelle. Je me demande combien y'a de capotes dans la poubelle. Combien elle se fait de mecs par jour. Si elle s'en fait cinq, ça fait 1 000 balles par jour. C'est pas mal, ça fait 30 000 balles par mois. Attends, c'est énorme, une pute, c'est super riche en fait. Elle gagne plus que Papa.

– Je peux vous poser une question ?

– Je t'écoute.

– Vous avez combien de… clients par jour ?

– Ça t'intéresse ?

– Non, c'est pour savoir.

– Ça dépend, il y a des jours plus creux que d'autres. Le week-end, ça monte vite.

– Combien ?

– Le samedi, je peux avoir quarante clients.

– Quarante ?

– Oui. Mais généralement c'est plutôt vingt. Oui, en moyenne, c'est ça, vingt.

Je dis plus rien, je me rhabille. Quarante clients en une seule journée. 40X20, ça fait 8 000 balles par jour. Je crois que Papa gagne ça en un mois. La bourge ! J'en reviens pas. Elle voit bien que je suis jeune, elle pourrait me faire un prix. Même pas. Elle a déjà remis son soutif. Ça va, je ne me suis pas trop mal débrouillé. Ça y est, je l'ai fait.

– Au revoir.

– Au revoir.

– À bientôt ?

– Oui.

Je reviendrai jamais. Lily, tu t'es vue, j'ai 19 ans, t'en as au moins 50, t'es trop vieille pour moi. Maintenant je veux une vraie meuf.

*

Comment elle a joui, Lily. J'ai assuré grave. Elle gueulait bien, elle pouvait pas faire autrement.

47

Myriam est là, elle m'attend. Elle a mis un collier et des boucles d'oreilles, je le remarque parce que d'habitude elle en porte pas. Elle me tape la bise. On sort pas encore ensemble, on a rendez-vous, on va se faire un ciné. Myriam a un an de plus que moi, 20 ans. Je sais qu'elle a déjà eu un mec, je le connaissais, c'était le frère de Wlad. Je les avais déjà vus se rouler des pelles à Intermarché. Ça m'avait fait marrer, ils se galochaient tellement que le vigile de l'entrée leur avait demandé d'aller ailleurs pour faire leurs trucs. Moi j'avais bien regardé. Elle me plaisait vachement, elle est toujours super jolie. Elle a de gros seins, une belle bouche. J'aime bien ses yeux aussi, on dirait qu'ils sourient tout le temps. Un autre truc que j'aime bien, c'est qu'elle sent bon. Je sais pas ce qu'elle met comme parfum, mais je kiffe, c'est vachement fort, comme du poivre. Là, elle est debout, accoudée au plan de la ville, elle fume une clope.

– Salut, ça va ?

– Super, et toi ?

– Ils m'ont saoulé chez moi, ils voulaient pas que je sorte.

– C'est vrai ?

– J'en ai super marre.
– Vous êtes beaucoup non ?
– Putain, on était tranquilles, mais tous mes frangins reviennent maintenant, c'est trop chiant, ils ont pas de taf, alors ils viennent trop squatter pour que ma mère leur fasse à bouffer.
– Que des garçons, ça doit pas être triste.
– Tu m'étonnes. Et toi, tu as des frères et sœurs ?
– Oui, on est cinq. J'ai une petite sœur qui a 6 ans, c'est l'enfer.
– Ah ouais, tu m'étonnes.
– On bouge, on reste pas là.
– On va au ciné ?

On bouge. Putain, elle me prend la main. J'en reviens pas. Sa main est super douce. Elle me la serre bien fort. Elle a peur que je me casse ou quoi ? Je vais pas me barrer, t'inquiète ! Elle est directe comme fille, ça me plaît, au pieu, ça doit être canon. On passe devant le Giga-Store, le But et le Carrefour, y'a plein de gens que je connais, ils nous regardent, ils doivent se dire que j'ai de la chance de me taper une gonzesse pareille. Moi, je lui serre la main encore plus fort, je me sens bien. Je suis pas à la maison et je suis avec un canon, je respire.
– Tu me serres trop fort, tu me fais mal.
– Excuse-moi, j'étais dans mes pensées.
– Tu penses à quoi ?
– Non, rien. C'est cool.
– C'est cool ! Vous savez dire que ça, les garçons ! Ça me fait rire.
– Ah bon. Le frère de Wlad disait ça aussi ?
– Tout le temps. Tu t'écouterais, tu dis le mot « cool » toutes les deux phrases.
– Excuse-moi.
– Non, c'est rien, j'aime bien. T'es déjà sorti avec une fille ou pas ?
– Bah, ouais.

– Ah bon ? Wlad m'a dit que non.
– C'est un mytho, Wlad.
– OK. Je te plais ?
– Ouais… je crois.
– Je sors pas avec un mec qui croit que je lui plais !
– Si, je suis sûr, excuse-moi. Ouais, bien sûr que tu me plais !
– En fait, avec tes potes, tu te la joues gros bras, mais t'es hyper timide.
– Avec les copains, c'est pas pareil. Et en plus j'ai plus de potes.
– T'es mignon.
– C'est gentil. Et toi, t'en as pas marre de la cité ?
– Comme tout le monde.
– Ton père, il est routier, c'est ça ?
– Ouais. Il bosse tout le temps.
– Ça parle vachement sur lui, tu sais ?
– Qui ?
– Je sais pas, tout le monde.
– Ils disent quoi ?
– Je sais pas, ils disent qu'il est violent.
– Non, ça va ! Je te jure. Y'a des trucs pires dans l'escalier.
– Ah, oui, c'est dans ton escalier que les totos ont été pécho dans la cave ?
– Non, c'est à côté.
– Ils me font flipper, eux, j'ose plus y aller dans la cave, moi.
– Ouais, ça craint. La dernière fois, on était descendus avec ma mère chercher un duvet à la cave et y'a un mec qui nous a sauté dessus, on a trop flippé, c'est des malades, ces mecs. Dès qu'ils sont en manque, ils peuvent faire n'importe quoi.
– Quand tu vois que les caves donnent sur la cour où il y a tous les gamins qui jouent. La gardienne fait le tour tous les matins pour ramasser les seringues qui traînent.
– Putain, ça craint.

– On va voir quoi ?
– T'aimes bien Brad Pitt ?
– Il a l'air con, mais je m'en fous.

Gros pédé blondinet. Il me fait penser à Mimi.

*

Je la regarde, elle est vraiment belle, elle arrête pas de sourire. C'est pas du genre à se laisser abattre, limite elle a l'air folle. Y'a pas de quoi sauter au plafond non plus. Tout ce boucan dans le tram, les gamins qui hurlent, les cailleras qui foutent le bordel à l'arrière, un clodo et des Roumaines qui font la manche. Je repense à l'autre jour où c'était si calme. Ça faisait tellement du bien. Putain, ça me fait chier que mon père me parle toujours pas. Il a honte de moi. Je sais pas ce que je vais faire. Je me rappelle le jour où j'ai pas eu mon brevet, la tarte que je m'étais prise, la vache, je la sens encore. En plus, je l'avais pas raté de beaucoup. Je lui avais pas parlé pendant un mois, j'avais tenu bon, ça l'avait rendu fou. Je voulais pas céder, il a aucun diplôme et il me fait la morale. Bois pas, et il boit comme un trou, fume pas, et il fume tout le temps, même des fois il bédave au balcon, qu'est-ce qu'il veut faire le mec qui sait tout, le moraliste, alors qu'il a tout raté. Il frappe Maman qui dit rien parce qu'elle a peur de s'en prendre une autre. Elle l'aime plus, elle reste parce que c'est lui qui a la thune, sans lui elle a rien, elle reste pour ça, je suis sûr. Si un jour il bosse plus, elle se casse. Et elle aura raison. Travaille plus, mais il a même pas son certificat d'études. Il est routier, il conduit son poids lourd avec ses photos de meufs à poil dans sa cabine, Maman reste à la maison tout le temps, après il me balance une chaise sur la gueule, il fait genre il a réussi, moi j'appelle pas ça réussir sa vie.

– Tu m'écoutes ?

– Oui.
– C'est l'histoire d'un flic qui traque un serial killer.
– Cool.

Je te promets, s'il m'en colle encore une, je me barre, je vais chez Wlad ou Momo, ils me laisseront pas tomber. Pourquoi ils l'ont eu, leur bac, eux ? Je me retrouve comme un con, je connais plus personne. Kader qui a un gosse. Et cette pute de Mimi qui s'est cassée à Lyon, comment il a fui, cette pédale. Y'a quoi comme études là-bas qu'il n'y a pas ici ? Lyon, il paraît que c'est super étudiant comme ville. Moi aussi, faut que je me casse. C'est cette pédale qui a eu raison, c'est le seul qui a réussi à se barrer. Qu'est-ce qu'ils ont fait du pavillon ? Ils l'ont revendu ? Je croyais qu'ils en avaient jusqu'à l'an 2000 ? Ils ont dû revendre.

– Tu m'écoutes ?
– Mais oui !
– Le truc, c'est que le serial killer tue ses victimes en fonction des sept péchés capitaux.
– Ah, OK.
– T'es pas bavard !
– Non, je sais pas, je t'écoute.

*

Le ciné est fermé. Y'a des flics partout. Interdit de rentrer. Putain, pas de film, pas de Brad Pitt, pas de serial killer, pas de péchés capitaux. On regarde cinq minutes. On demande.
– Qu'est-ce qui s'est passé ?
– Attaque à main armée, les mecs ont séquestré le patron du ciné.
– Putain !
– On n'a pas de chance, tu veux faire quoi ?
– Je sais pas, comme tu veux.

– C'est chiant, en plus j'ai pas une thune, c'est ma mère qui m'avait eu un ticket de ciné avec son comité d'entreprise.

– Elle fait quoi, ta mère ?

– Elle fait des ménages à la mairie.

– OK. Et ton père ?

– Il travaille chez Alstom à La Courneuve.

– C'est quoi ?

– Ils fabriquent des trucs pour les trains et les TGV.

– C'est quoi ? C'est à la chaîne ?

– Oui. On fait quoi alors ?

*

Elle me tient toujours la main, elle la lâche pas. On marche dans un square. On voit la cité. Je montre à Myriam notre appartement, il est facile à repérer, il est juste à côté de là où ça a cramé.

– C'est le gamin des voisins.

– Il a foutu le feu ?

– C'est un mongol, il joue toujours avec des allumettes.

– Qu'est-ce qu'il foutait avec des allumettes ?

– J'en sais rien moi.

– Et votre appartement, il n'a rien eu ?

– Non. C'était limite, mais ça puait partout. L'escalier est encore noir. Ils l'ont jamais nettoyé.

– C'était il y a combien de temps ?

– Deux ans. T'étais déjà venu ici ?

– Ouais, on vient tous les dimanches ici. Ça fait prendre l'air aux gamins.

– On dirait que tu parles des tiens.

– C'est un peu ça !

– Tu t'en occupes beaucoup ?

– Tout le temps. Mes parents sont trop crevés.

– Ils ont de la chance.

– Quoi ? D'être crevés ?

– Non… les gamins, ils ont de la chance que tu t'occupes d'eux.

– C'est gentil, ça.

– Je suis un mec sympa.

– En tout cas, tu as de très beaux yeux.

– Arrête !

– Mais si, je te jure.

– Ils ont rien d'exceptionnel.

– J'ai pas dit qu'ils étaient exceptionnels, j'ai dit qu'ils étaient très beaux.

– Tu te prends la tête avec les mots toi !

– C'est super important de bien parler, non ?

– Je sais pas, je m'en fous. Je suis pas un intello, moi.

– Moi non plus. Et moi, je te plais ?

– Oui.

– Embrasse-moi alors.

J'approche ma bouche de sa grosse bouche maquillée. C'est la première fois. C'est doux. Elle a mauvaise haleine à cause de la clope, mais je m'en fous. On s'embrasse vachement longtemps, c'est super bon. Moi je commence à bander sous mon survêt, elle le sait, elle se colle à moi, putain c'est une chaude elle. Elle se colle encore plus, elle me serre contre elle, je sens ma queue qui bande. Elle le sent.

– Je te plais bien, on dirait.

– Ouais.

– Embrasse-moi encore.

On recommence, ça me fait bander encore plus. Elle se serre davantage, elle colle ses gros nibards contre moi, elle les écrase carrément.

– Barre-toi le chien !

– Putain, tu peux pas tenir ton chien en laisse toi ?

– Viens là, Lassie !

– Ouais, rappelle-le ton chien, il était en train de nous pisser dessus.

– Viens ma belle.

– Putain, on peut jamais être tranquille ici.

– Vous êtes dans un square où il y a des enfants qui jouent, vous pourriez aller faire ça ailleurs !

– Barre-toi, mamie !

– C'est bon, arrête, Jean-Pierre.

– Barre-toi, moi aussi tu veux que je te pisse dessus, ça va te plaire ! Hein !

– Calme-toi Jean-Pierre !

– Attends, y a son chien qui nous pisse dessus pendant qu'on s'embrasse, ça va pas la tête.

Ils nous regardent tous, tous ces connards avec leurs mômes, tout le monde nous mate, putain, j'ai envie de les buter. On peut pas aller chez nous, on peut pas aller chez elle, on peut pas aller au ciné, on peut pas aller au square, on fait quoi alors, je te promets, j'en ai plein les burnes de cette ville. Y'a rien pour nous.

– Viens.

– On va où ?

– Je connais un endroit.

Je la suis. On traverse à nouveau la ville. On repasse aux mêmes endroits. Elle me lâche pas. J'ai débandé. J'avais trop envie tout à l'heure, elle m'emmène où ? Elle a l'air de savoir ce qu'elle veut. C'est une chaude. On marche super longtemps, peut-être trente minutes. Je connais même pas ce quartier de la ville, je viens jamais par là. Comment c'est la zone. Je croyais que la cité c'était le pire. Mais non.

Je savais même pas qu'il y avait un cimetière par là. Elle veut quand même pas baiser dans un cimetière ? C'est trop glauque. Non, on continue. C'est quoi cet endroit de ouf, comment ça craint. Y'a que des romanos. Y'a plein de caravanes, c'est un bordel de ouf. Ils vivent pas là-dedans quand même. Si. Le linge sèche, des gamins regardent la télé. Ils sont ouf ces gitans de vivre là. J'aime pas les gitans.

Papa et Maman non plus. À chaque fois qu'on en voit en voiture, Papa demande à ce qu'on ferme les fenêtres. Les gitans, ça vole et c'est dégueu. La voisine a dit la dernière fois que des gitans étaient venus chier sur son paillasson. Ah, ça y est, OK, je comprends. C'est ces enculés qui sont venus chier dans l'ascenseur la dernière fois. Myriam s'en fout des gitans, elle me sourit, elle m'entraîne encore plus loin. Toute la ville m'aura vu main dans la main avec un canon, trop la classe.

– Viens, c'est là.
– Où ça ?

Là. Un grand parking vide. Un truc abandonné.
– Ça fait flipper ici.
– Non, t'inquiète, je connais.
– Pourquoi, tu viens là souvent ?
– Non pas souvent, mais quand j'ai pas le choix, oui.
– Tu dois pas venir toute seule ici, ça craint, avec les gitans là-bas…
– T'inquiète, je viens jamais toute seule ici.
Je relève pas. C'est une chaude. Une salope. Je le savais. C'est pour ça que je suis là. J'ai envie de l'embrasser encore.

Le parking est désert, la lumière entre par les fenêtres cassées. Je trouve que ça fait trop repaire de toxicos. Je suis sûr que y'en a plein qui viennent se faire leur shoot ici. Obligé. Tranquille, éloigné, flippant. Le repère parfait. Elle m'embrasse.

C'est doux. Elle fourre sa langue profond. Ça me fait bander direct. Elle est forte. Elle est à fond. Elle se colle à moi. Elle me serre bien. Ma bite est tout contre sa chatte. Elle colle ses seins. Elle me chope les couilles, elle serre fort. Elle sait déjà que c'est ce que je préfère. Elle s'y connaît. C'est pour ça que je suis là. Putain, elle me baisse direct le survêt. Elle se fout à genoux. Elle me suce. Trop bon. Pas pareil qu'avec Lily. Elle est plus jeune, ses mains sont douces. Elle me suce super bien. Je ferme les yeux, elle pompe bien du gland à la base. Elle fait des trucs avec sa langue sur mon gland. Ça me fout la chair de poule. Elle serre mes couilles. Elle déboutonne son jean, elle a pas de culotte. La salope. Trop bon. Elle se tourne, elle frotte son cul sur ma bite. Elle ondule, elle joue avec ses cheveux. Putain, elle me fait tellement bander. Elle remue son cul. Elle sort une capote de son sac. J'avais même pas pensé à en prendre, moi. Elle la déroule sur ma bite. Elle me regarde, elle écarte sa chatte avec ses doigts. Je vois bien les lèvres, putain, c'est trop beau, elle prend ma queue, elle la dirige vers son trou. Je glisse dedans, c'est facile. Ça y est, je baise vraiment pour la première fois. Je m'en souviendrai toute ma vie. Au fond, c'est super chaud, c'est vachement plus serré que Lily qui devait être trop ouverte à force de se prendre des queues. Combien elle avait dit de mecs par jour, je me rappelle plus. Oh putain, c'est bon, elle fait vachement de va-et-vient. Elle sait ce qu'elle fait.

– C'est bon ?
– Ouais !
– T'aimes ça ?
– Ouais !
– Tu l'aimes ma chatte ?
– Grave.
– Elle avale bien ta queue !
– Grave.

Oh putain, je vais gicler. Je dois me retenir un peu. Mais elle fait ça tellement bien. La salope ! Elle me fait venir. Je gicle, je sais que je pousse un gros cri, mais je fais pas exprès, elle se marre, elle a dû trop aimer. Elle le dit pas, mais je le vois bien. Putain le pied. Je redescends. Elle me retire la capote et la balance dans un coin. Ça fait un espèce de splosh quand elle tombe par terre. Je remets mon fute, elle reboutonne son jean. C'est fait. J'ai envie de l'embrasser. Je l'embrasse, je la serre fort contre moi, elle se rhabille. Elle veut se casser. OK. Je la suis.

– Tu peux me filer 100 balles ?
– Je les ai pas.
– Vas-y, fais pas ton radin !
– Je fais pas mon radin. Je te dis que je les ai pas.
– Attends, tu crois que je baise avec toi pour que dalle ? T'es dingue comme mec !

48

– Maman, tu peux me filer 100 balles ?
– Pour quoi faire ?
– Je dois du fric à un copain.
– Qu'est-ce que tu magouilles encore ?
– Mais rien, je te jure.
– Tu te drogues ?
– T'es relou, merde.
– Me parle pas comme ça.
– Bon, c'est bon, oublie.
– Va bosser au lieu de faire la manche.
– Putain, ça me saoule !
– Parle pas comme ça avec moi JP.

Papa est dans la salle à manger. Avec son casque, il regarde la télé. Il a l'air tout bourré, ça me saoule.
Guillaume est encore dans ma chambre.
– Guillaume, t'as pas 100 balles à me filer.
– Tu rêves, toi !
– Je dois du fric à un copain.
– Casse-toi, c'est bon, je joue, là, tu vois pas.
– Putain, j'en ai marre de cette baraque, personne peut parler gentiment. Je me casse, ça me fait trop chier.
Je dis ça, tu parles, Maman rapplique aussitôt !
– Tu arrêtes de gueuler comme ça.

– T'inquiète, je me casse, j'en ai trop marre, vous me faites trop chier.

Maman se met à pleurer au moment où je prends mes fringues dans l'armoire. Je les fourre dans mon ancien sac de sport.

– Tu te casses pas !

– Si !

– Jean-Pierre veut partir !

Papa bouge pas, il entend rien avec son casque. Maman pleure, elle s'énerve, elle bouge partout, Guillaume s'en branle, il joue à la Nintendo.

– Je te les file tes 100 francs.

– C'est bon, j'en veux pas.

– Pourquoi tu en as besoin ?

– Je veux rien, je te dis.

Je prends des slips et des chaussettes, je prends la boîte aux pièces jaunes, des tee-shirts, un pull, mon portefeuille. Je suis presque parti.

Maman chiale. Elle sait que c'est le moment où je pars. Elle me regarde avec ses petits yeux cernés, elle me fout les boules. Je vais pas chialer, c'est moi qui me casse. Elle a des frissons. Elle me suit dans le couloir. Elle court. Elle me barre la route, elle se met devant la porte.

– Je te les donne. Attends, reste.

Je la connais. Elle flippe. Laurent est déjà parti, Marc est déjà parti, les jumeaux squattent pour bouffer et Guillaume vit ici comme dans un hôtel, elle se dit que là, moi, si je me barre, elle va rester toute seule avec lui, avec ce connard qui veut rien entendre, qui fait exprès de plus me parler depuis je sais plus combien de temps, qui veut plus rien voir, qui reste scotché devant la télé alors que je suis en train de me casser. Je vais pas le regretter cet enculé. Maman, quitte-le, barre-toi. Le laisse plus te foutre de raclées, il en vaut pas la peine. J'ai envie de lui dire tout ça mais je dis rien. Je la pousse pour ouvrir la porte, elle résiste alors je la pousse plus fort. Elle a un sanglot qui me fout les boules, je vais pas chialer, c'est moi qui pars. Je la regarde. Je réfléchis pas, je sais pas pourquoi je fais ça, je l'embrasse sur le front, c'est la première fois que je l'embrasse comme ça, elle se détend, elle sait que si je fais ça, c'est que je me casse vraiment, elle sait que ça sert plus à rien de bloquer la porte, elle sait que dans ma tête je suis déjà loin. Elle me regarde, elle me fend le cœur, je reste pas, sinon je vais chialer, j'ai trop les boules, j'ai trop la haine qui remonte d'un coup, j'ai trop la haine de réaliser que j'ai toujours pas baisé avec une fille qui ne soit pas une pute, j'ai trop les boules, ça monte, je dois me casser, je me retourne, je lance un dernier regard à Papa, il voit rien, il détourne le regard une seconde, il a l'œil noir, il me fixe, il entend tout en fait, il sait tout ce qui se passe, il veut juste pas se mêler au truc, pas intervenir, pas montrer ce qu'il ressent, enculé, t'as pas de couilles, il détourne le regard, ça veut dire qu'il m'autorise à partir. Maman fond en larmes, je pars, j'attends pas l'ascenseur, je descends à pied.

Je descends les quatorze étages à pied, j'entends les sanglots de Maman résonner plus haut. Les escaliers sont crades, y'a des tags partout, ça pue la pisse, en bas y'a plus aucune boîte aux lettres qui ferme. Des cailleras s'énervent, je trace. Je suis déjà loin. Salut les 4 000.

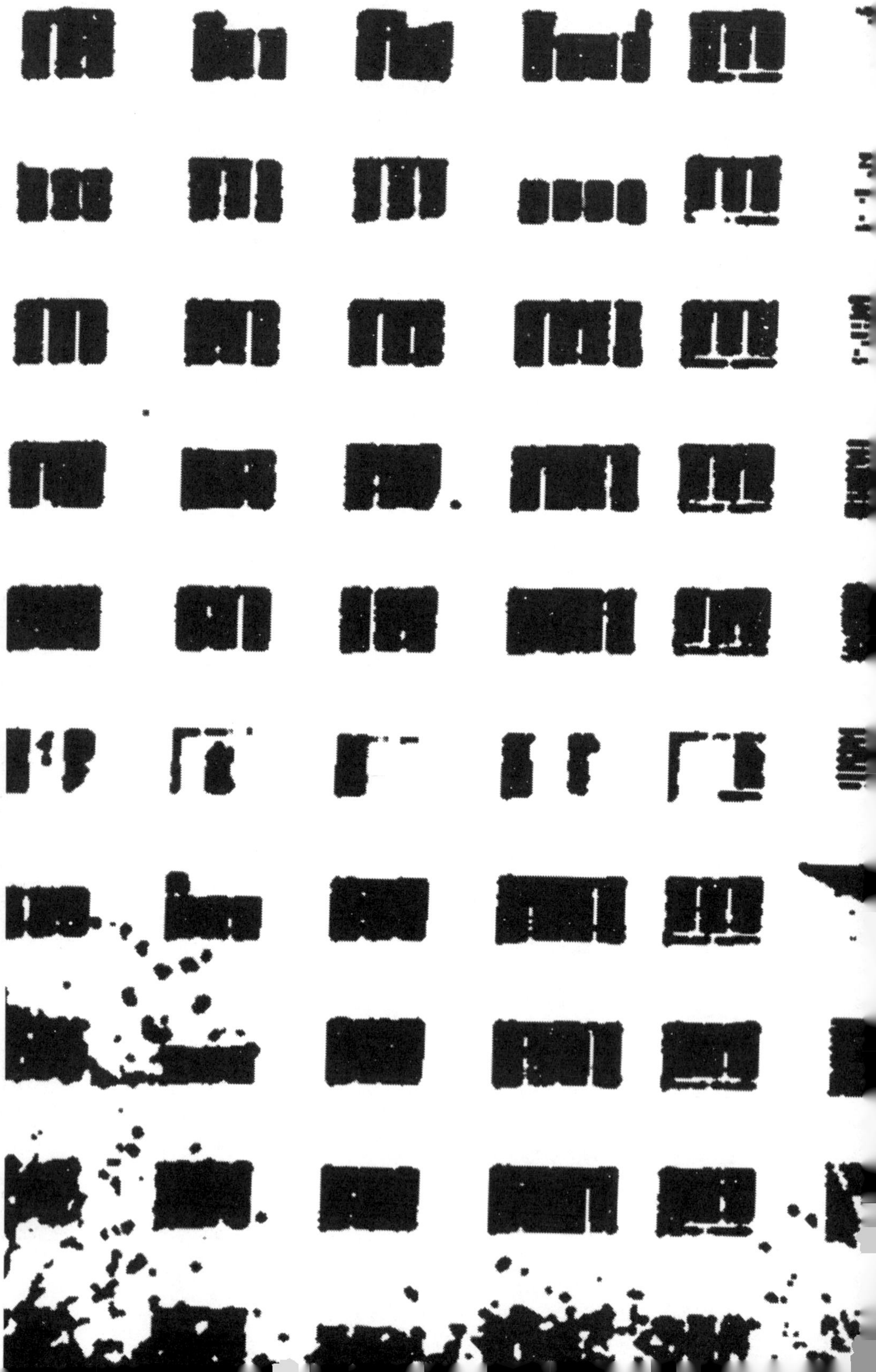

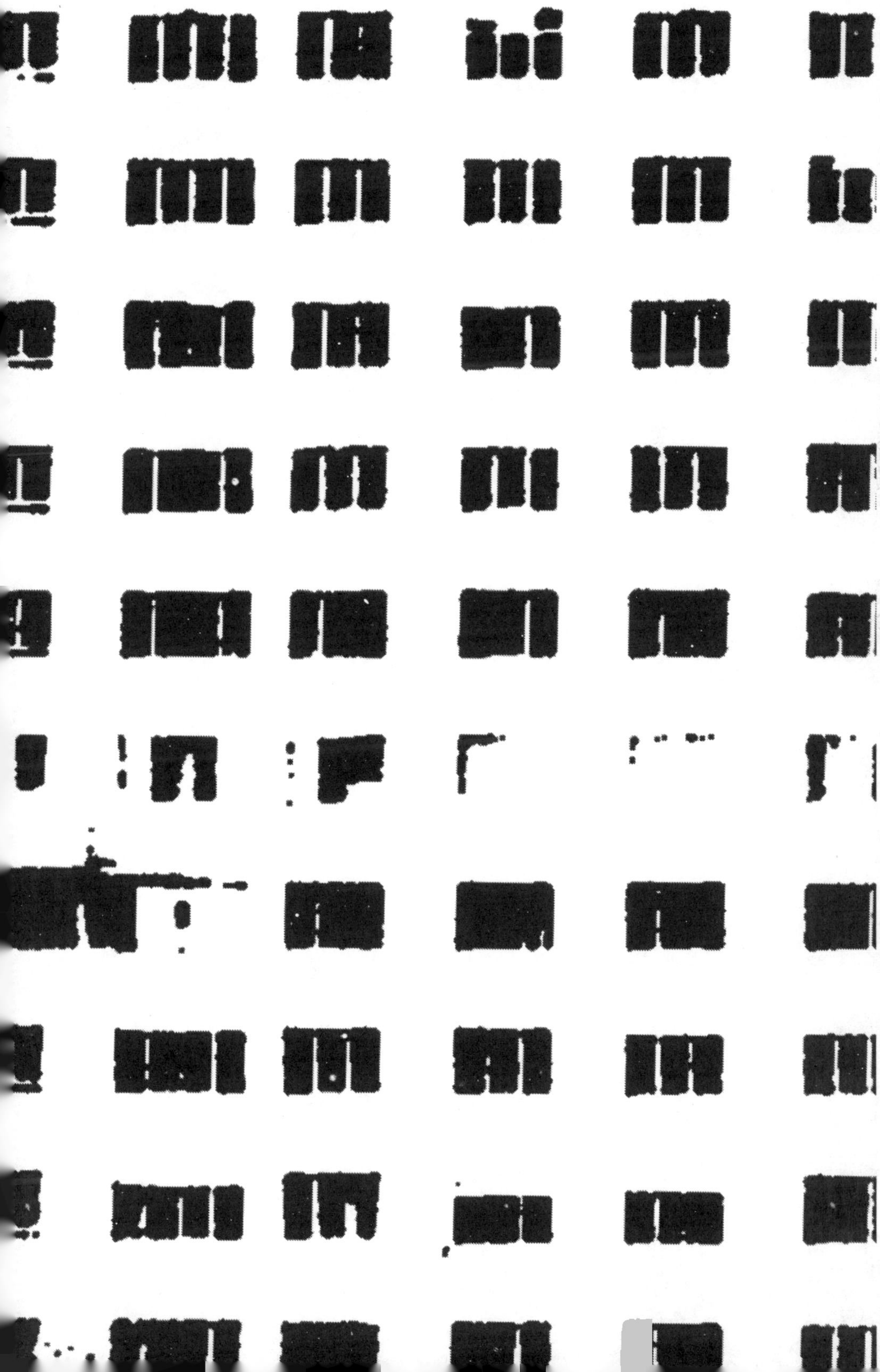

49

Faut que je pense à prendre mes billets de train demain matin. Comment ça me fait chier de remonter à La Courneuve, c'est plus ma vie maintenant là-bas, je m'en fous, c'est juste pour Papa et Maman, sinon j'y retournerais pas. Jamais. Tu m'étonnes, c'est trop pourri comme ville maintenant. Toutes ces meufs en noir, ça me fait flipper, ils nous font bien chier, ces Arabes.

– Une quatre-saisons, Jean-Pierre.

– OK.

Une quatre-saisons. D'abord la pâte, je l'étale, je fais une belle forme ronde, la sauce tomate, rien que l'odeur de la sauce, j'en peux plus, ça me donne envie de gerber. Sauce tomate bien étalée partout. Miettes de jambon, olives, artichauts, fromage, dans le four. Il fait une chaleur, j'en peux plus. Il est quelle heure ? Minuit. Putain, encore deux heures. C'est long, ce soir. Y'a personne dans le restau, c'est que des pizzas à emporter. Il fait chaud, je transpire, c'est comme ça tous les soirs. J'en ai marre, mais tellement marre, faut que je me casse. Putain, des clients qui viennent à cette heure-là, c'est relou.

– Bonsoir.

– Bonsoir.

– Vous servez encore ?

– Oui, bien sûr. J'éteins le feu à 1 h 30.

– Ah, cool.

Vas-y, va t'asseoir avec ta pouffe. Putain, comment elle est grosse, elle est atroce. T'arrives à la baiser, franchement, ça te dégoûte pas ? Moi, je pourrais pas. Elle va prendre une pizza douze fromages, je suis sûr. La plus grosse et la plus grasse, comme toi ma fille. Je retire l'autre, OK, elle est prête. C'est ça le truc qui me dégoûte le plus, les filles qui ont les jambes tellement grosses que ça frotte quand elles marchent. On dirait qu'elles ont une seule grosse jambe, comme l'autre qui a qu'un gros orteil dans *Brice de Nice*. C'est qui qui joue, déjà ? L'autre, c'est Dujardin, je l'aime bien, il est marrant. L'autre, c'est qui, déjà, je vois bien sa gueule, mais je ne me rappelle plus son nom. Cornillac, ça y est. Il était marrant là-dedans, lui. C'était bien débile comme film.

– La quatre-saisons est prête !

– OK.

J'ai super mal au dos, faut que je fasse du sport. Je fais plus rien comme sport. Avant, j'en faisais tout le temps, là, j'ai plus le temps. Je me couche à 4 heures du mat tous les soirs et le matin je dors. C'est pas une vie ça. Les pizzas, au bout d'un moment, t'en peux plus. Normalement j'ai pas le droit de bouffer les ingrédients, mais des fois t'en peux plus, tu te fais tellement chier que tu bouffes. Y'a que ça à faire. Ou alors fumer des clopes dehors, je m'en grillerais bien une.

– Malik, je peux fumer une clope dehors ?

– Attends deux minutes, j'ai deux pizzas, là !

– OK.

Ça marche bien leur pizzeria, ils doivent se faire des couilles en or quand même. Ils ont juste eu trop de bol de trouver ce restau, en plein centre-ville comme ça, place des Terreaux, juste à côté du cinéma. C'est le bon plan.

On a du monde tout le temps. Une pizza avant ou après le ciné, les gens, ils kiffent trop. Moi, je vais jamais au ciné, ça me fait chier, trop cher, tu dépenses pas 9 euros pour un film, surtout si c'est une merde, après t'as trop les boules. Faut vraiment être sûr de ton coup. Moi, j'en ai rien à foutre, je télécharge gratos, en plus, les films, je les trouve deux jours après la sortie, j'ai des enceintes de la mort, ça fait pareil que dans une salle. En plus, t'es chez toi, t'es pas avec plein de cons.

– Jean-Pierre, une Regina et une douze-fromages !
– OK.
J'en étais sûr. Toutes les grosses prennent soit une douze-fromages, soit la Terroir, avec des patates et du jambon fumé. Elle, c'était une douze-fromages, obligé, reubeu, elle bouffe pas de porc.

Sauce tomate, gruyère, reblochon, gorgonzola, camembert, brie, roquefort et chèvre. Il n'y en a que sept, pas douze, c'est un gros bobard sur la carte. Tu peux pas bouffer douze fromages différents sur une pizza, sinon tu gerbes, déjà là, la grosse, je sais pas comment elle fait. Moi, je peux pas. Il faut la faire cuire plus longtemps que les autres pour que les fromages fondent bien, genre fondue savoyarde, pour que les clients ne se rendent pas compte qu'il n'y en a que sept. Je pourrais y foutre mon jus, personne s'en rendrait compte.

Ça fait cinq ans que j'étale la pâte-sauce-tomate-jambon-gruyère, j'en ai trop marre. Faut que je me casse. Cinq ans à voir les mêmes gueules. Les mêmes blaireaux qui s'impatientent de voir leur film ou qui se plaignent après l'avoir vu. Toujours les mêmes discussions, et machin, il est génial, et elle, elle est moche. La grosse, c'est obligé, elle va dire à son mec qui se fait trop chier que Julia Roberts est refaite de partout, que Cameron Diaz a de l'acné en vrai ou que Jennifer Aniston a vraiment un gros pif. Soit trop refaite, soit pas assez, toujours les mêmes discussions. Son mec va faire semblant de l'écouter. Cameron Diaz, elle a peut-être de l'acné, mais elle a quand même une bonne bouche de suceuse. Il se dit ça lui, j'en suis sûr, il fait ouais de la tête en boulottant ses olives. S'il commence à rentrer dans la discussion, il en sort plus, faudrait qu'il argumente, parce que sa grosse, elle sera pas d'accord avec lui, c'est toujours comme ça, jamais d'accord, il faut combler le vide, jacasser, mais ferme ta gueule toi, tu t'es vue, elle a un gros pif l'autre, mais toi, regarde-toi, ton pif, ça va, mais c'est tout ce qu'il y a autour qui est trop fat. Il la regarde, il bâille discretos, il s'emmerde. Il la regarde, il se demande comment elle a pu fater autant. Rassure-moi, elle avait bien un cou quand tu l'as rencontrée. Là, je le cherche, je vois pas. Les douze fromages vont êtres digérés plus facilement.

– Malik, je peux aller fumer une clope ?
– Yes, vas-y. Tu pourras ranger après.
– OK.

Putain, ça fait du bien de prendre l'air, il fait tellement chaud près du four. Je reste dehors, je veux plus y aller, j'en grille deux, ça dure plus longtemps comme ça. La grosse me regarde, elle parle tout le temps. Elle mange sa douze-fromages en parlant, elle crache, sa bouche est tout le temps ouverte, je reconnais le roquefort, lui il se fait chier, il l'écoute pas, le pauvre mec, mais qu'est-ce que t'attends, barre-toi, reste pas là. Quand elle sera enceinte, ce sera pire, tu devras la sortir de chez toi avec un hélicoptère, barre-toi mec. Comment tu peux la baiser, franchement, comment tu peux ? Je sais pas comment tu peux. Ça m'est arrivé de baiser une moche, juste une fois, j'étais bourré, je m'en suis rendu compte après, on peut toujours, dans le feu de l'action, on se motive, on pense à autre chose, à Clara Morgane ou à Zara Whites. Y'a que comme ça que tu peux. Si tu fais pas ça, tu vois plus que les vergetures et les bourrelets qui cachent l'entrée de la chatte.

– Attends, t'as vu les lèvres qu'elle a ?

– Ça va encore, j'aime bien.

– Pourquoi elle fait ça, elle était sublime dans *Manon des sources*.

– Elle est encore bien pour son âge.

– Ouais, mais attends, si j'avais du fric, moi aussi j'aurais un coach perso, je suis sûre qu'elle fait deux heures de sport tous les matins.

Si t'avais son fric, tu ferais rien, t'aurais pas de coach, tu boufferais encore plus, c'est tout ce que tu ferais, et toi, ça fait combien de temps que t'es pas allée dans une salle de sport, regarde-toi, putain, t'as pas de cou.

– Je trouve quand même qu'elle a abusé avec ses lèvres, c'est too much. Du coup, elle a plus d'expression.

Réponds rien mec, dis oui, c'est tout, sinon elle va te gonfler avec ça toute la soirée.

– Ouais, t'as raison.

Bien joué mec, on se connaît, on fait tous pareil.

– Ah, tu vois ! Je dis pas qu'elle est moche, je dis juste que sa bouche, c'est abusé.

Putain, il a dit oui ! C'est bon, ferme-la ! Mange-la, ta pizza. Avec un peu de chance, encore une bouchée et tu clamses.

*

Le plus chiant, c'est de nettoyer le four. T'es bien crevé, t'as pas envie de ranger. Je bouffe pas, j'ai boulotté toute la soirée des miettes de jambon et des olives. Faut que je fasse gaffe, je grossis vachement. Cinq ans que je bouffe à la pizzeria six soirs par semaine, c'est obligé que je grossisse.

Ali et Malik boivent une bière au comptoir. J'en veux une moi aussi. Ali fait les comptes. Y'a grave du biffeton dans la caisse. Tout va bien, les affaires vont bien, y'a pas de soucis. Comment il se la pète, on dirait qu'il me nargue avec ses billets, si ça marche aussi bien, paye-moi plus.

– JP, tu peux venir plus tôt demain ?

– Pourquoi ?

– On a rendez-vous chez le banquier, tu peux venir pour la livraison ?

– On en a déjà eu une hier.

– Ouais, mais demain on nous livre les nouvelles chaises.

– C'est à quelle heure ?

– 10 heures.

Putain, c'est dans huit heures, allez vous faire foutre les mecs, c'est pas avec ce que vous me payez que je vais faire du rab.

– OK.

– Cool, mec.

– Tu veux rouler un spliff ?

– J'ai rien, là.

– Prends sous la caisse, y'a mon sachet de beuh.

Tu peux pas bouger ton gros cul de renoi, putain, tu veux pas que je te suce aussi ?

– Je le trouve pas.

– Si, regarde, sous le truc à billets.

– Ah, OK. Comment elle est belle !

– Direct d'Amsterdam, c'est Dadoua qui me l'a rapportée. Vas-y, roule.

C'est bon, me donne pas des ordres comme ça, je suis pas ton chien.

– T'as vu la grosse ?

– Putain !

– Ouais, j'ai vu. Faut qu'il se casse son mec.

– J'étais sûr qu'elle allait prendre une douze fromages, obligé.

– Tu m'étonnes !
– Elle aurait pu se gaver avec les profiteroles aussi !
– Elle a pas pris de dessert ?
– Non, juste un café.
– Ah ouais, ça m'étonne.
– Vas-y, roule, mec, faut que j'aille dormir après moi.

Un jour, je vais me casser les gars, vous allez pas comprendre. Vous croyez quoi, que je vais faire ça toute ma life pour 1 000 euros par moi ?

– Putain, elle déchire, cette beuh.

50

Je rentre chez moi. Je me lave les mains. Je pue la pizza, c'est horrible. Je me couche. Stéphanie dort déjà. Il est deux heures et demie du mat. Elle se lève tôt le matin. Elle embauche à 8 heures dans son cabinet médical. Elle est secrétaire. Elle a grossi elle aussi, la vache, ce qu'elle a pris. Ça fait deux ans qu'on est ensemble. Elle était bonne au début, maintenant c'est limite, je lui dis de faire gaffe et elle me répond que moi j'ai pris onze kilos depuis que je la connais. Des fois, quand je la tringle, je bloque sur la graisse de ses bras, ça ballotte sous mes coups de queue. Le matin, je me lève à 11 heures, mais là, va falloir que je me lève plus tôt, ils me font chier avec leurs chaises, qu'est-ce que j'en ai à foutre de ça. Normalement, le matin, quand je me lève, elle est déjà partie, alors je me branle devant des DVD de cul. Je bloque grave sur les films de Clara Morgane. Elle a une façon de gober les teub de ses partenaires, c'est trop bandant. Elle kiffe trop et ça se voit, c'est vraiment une bonne salope.

*

Comment elle ronfle, c'est abusé. Je suis naze, mais j'ai même pas envie de dormir.

*

La semaine prochaine, c'est mon anniversaire, 30 ans, putain, ça me fait trop bizarre, faut que j'aille voir les parents, ça fait un an que je les ai pas vus. Papa est malade. Il a bien fait le con, il a même pas profité de sa retraite. Il bossait au black, il allait à Rungis tous les matins. Des fois, il dormait dans le camion, alors il a pris un coup de froid ou un truc comme ça et il s'est bloqué le dos. Aujourd'hui, il peut presque plus bouger, avec Maman, on dirait deux vieux. La tour a été rasée, alors on les a refourgués dans un petit appartement du centre-ville, 40 m^2, ça les change. Ils peuvent plus se voir, ils font chambre à part. Je crois qu'un jour ils vont se buter. Maman est tellement contente que Papa soit immobilisé qu'elle se venge de toutes les baffes qu'il a pu lui foutre. Elle fait exprès de pas l'entendre quand il a besoin d'un truc. Elle a raison. Sans elle, il peut plus rien faire. Il doit trop avoir les boules. Pour passer le temps, ils jouent au jeu des 1 000-Bornes toute la journée. C'est à celui qui se foutra le plus de vacheries à la gueule.

*

C'est horrible comment elle ronfle. Même la nuit, elle me casse les couilles. La journée, elle est toujours là à me dire ce que je dois faire. Mets pas tes pieds là, éteins ta console, fais la vaisselle. J'en ai rien à foutre. Si elle croit que je vais me faire chier avec ce genre de trucs de pédé. J'ai jamais osé lui en coller une, mais un jour ça va tomber.

51

Comment ça pue cette ville maintenant, c'est abusé, y'a que des Arabes partout, ils sont trop crades, putain, comment ça me fait bizarre de voir que y'a plus notre immeuble, ils ont toujours pas enlevé les gravats, ils vont faire ça quand ? Je sais même pas ce qu'ils vont mettre à la place.

*

Papa est cloué à son fauteuil, en un an, je te jure, il a pris dix ans. Il est super fatigué. Il a mal dès qu'il fait un mouvement. Franchement, comment il m'a saoulé, mais là, il me fait trop de la peine. C'est quand même mon daron. Cet enculé, au moins, il pourra plus me casser de chaise sur la gueule. Bâtard, si tu savais combien de fois j'ai voulu te buter après ça. Maintenant t'es qu'un vioque qui peut plus bouger, en fait c'est ce que tu méritais. Ça fait de la peine quand même. Il est pas si vieux en plus. Maman s'active dans sa cuisine, c'est trop petit. Le truc chelou, c'est que Maman, elle, elle rajeunit. Elle est toute ridée, mais de voir Papa cloué dans son fauteuil, ça lui donne la pêche, c'est horrible comme histoire.

– Tu veux de l'aide, Maman ?
– Non, c'est bon, JP, sers du mousseux à tes frères.
– Vous en voulez ?
– Ouais, merci.
– Papa, t'en veux ?
– Ouais.

Guillaume a changé. Il a deux gamines, mais il ne les voit plus. Je sais pas ce qu'il a branlé, mais sa meuf ne veut pas. Je l'ai croisée que deux fois, mais elle avait l'air sympa. C'était une marrante. Qu'est-ce qu'il a branlé pour qu'elle le vire comme ça ? Maman m'a dit qu'il l'avait trompée avec sa sœur. Il est vraiment débile. Il a encore moins de cheveux que moi. Il est pâle. C'est quoi ce bouc qu'il s'est laissé pousser, c'est immonde. Il a l'air vraiment déprimé. Rien qu'en le regardant, il me fout les boules. Il est revenu plusieurs mois chez les parents, il dormait dans le canapé. Il en a tellement eu marre de les voir s'engueuler aux 1 000-Bornes qu'il a préféré se casser. Il squatte chez un copain à Drancy. Il cherche pas de boulot. Maman est super inquiète pour lui. Mais elle s'inquiète encore plus pour Marc. Lui, il fait carrément flipper. Il est là, à côté de Papa, en djellaba. Papa dit rien, mais vu qu'il déteste les Arabes, il doit être bien vénère. Marc se ramène en djellaba chez eux, c'est abusé. Il a la barbe et tout. Il s'est converti à l'islam. N'importe quoi. Il prie vingt-cinq fois pas jour, il nous récite des phrases entières du Coran. Le tableau, putain ! J'ai les deux frangins en face de moi, comment ça craint. Papa est dans son fauteuil, il dit rien, il souffre à chaque fois qu'il bouge le petit doigt, et Marc en djellaba à côté de lui qui récite le Coran pour nous impressionner, genre il a étudié les textes, on s'en branle mais alors d'une force, il se la pète, genre je suis devenu sage, j'ai trouvé la foi, je suis calme alors qu'on sait tous qu'il tabassait sa femme et que c'est pour ça qu'elle s'est cassée. Musulman, mon cul, il en est à sa quatrième coupe de mousseux. Les jumeaux sont pas là. Ils parlent plus à Papa ni à Maman. Je sais pas pourquoi. Maman a jamais voulu me dire, elle l'a mauvaise en tous cas. Faut pas lui parler des jumeaux. Et Laurent, lui, tout va bien. Il a sa femme, ses cinq gosses, il vivent à Lille, il a réussi à se barrer lui aussi. Il est pas là, il est chez sa belle-famille pour l'anniversaire d'une cousine je sais pas quoi. Maman dit qu'il exagère, que c'est quand même mes 30 ans, qu'il aurait pu faire un effort, tout ça pour une cousine éloignée, n'importe quoi.

Moi, je m'en fous, je m'en tape de revoir tout le monde. Si je viens, c'est juste pour voir Maman et puis Papa, c'est mon père quand même. On sait jamais, il est pas en forme. Déjà, rien que voir les deux frangins devant moi, ça me fout les boules. Faut pas se voiler la face, c'est des nazes. Moi au moins j'ai un taf, j'ai une meuf, je suis pas musulman, quand je suis parti, je suis jamais revenu pour bouffer le dimanche soir à la fin du mois parce que j'avais plus de thune, je leur ai jamais rien demandé, je fais ma vie pépère, j'appelle Maman au moins deux fois par mois, je l'écoute, je sais que ça lui fait plaisir, j'ai pas beaucoup de fric mais je m'en sors, je fais pas de conneries… pour le petit dernier, le petit merdeux qu'a pas un seul diplôme, je me suis pas si mal démerdé.

Maman éteint la lumière, elle rentre dans la pièce avec un gâteau, elle a mis trente bougies. Elle sourit trop, elle me fait un bisou. Elle m'aime trop, je suis le seul qui l'appelle deux fois par mois. Papa dit rien. Les frangins me regardent. La loose cette famille. Je souffle les trente d'un coup. Maman applaudit. Les frangins aussi. Papa n'y arrive pas. Maman sort de la pièce et revient avec un énorme paquet cadeau, j'hallucine. Juste deux mètres de long. Je sais pas du tout ce que c'est. J'en reviens pas.

– C'est quoi ?

– Bah, ouvre !

Je me lève, j'ouvre. Putain ! Un vélo ! Un VTT. Un BMX. Trop cool.

– C'est cool !

– Ça te plaît ?

– Ouais ! Merci.

– Bah, c'est tes 30 ans quand même !

Je fais la bise à Maman. Je serre la main des frangins. Papa, je sais pas ce que je dois faire. Si je lui serre la main, ça va lui faire mal, j'hésite, je sais, ça se fait pas, je me baisse, je lui embrasse le front. Il dit rien. Il me regarde pas. C'est la première fois que j'embrasse mon père. Maman a envie de chialer. Ouah ! Ce vélo, c'est trop cool. Je vais en faire, ça va me faire perdre mon bide. Je pourrai aller au taf avec. Le seul truc, c'est que je sais pas comment je vais le ramener dans le train.

– On a le droit de ramener un vélo par le train ?

– Bah oui, tu le fous entre les wagons.

– Cool. Je pourrai aller de la gare à la maison avec.

Super bon le gâteau.

– Allez, tchin !

– Tchin !

– À tes 30 ans.

– Merci.

*

Papa s'endort dans son fauteuil. Les frangins aussi. On regarde la télé. La nouvelle cité est super silencieuse, j'entends Maman qui fait sa vaisselle. Elle écoute son petit poste. *La doudou, elle s'en fout, au mois d'août, elle met les bouts.*

Papa a mal, il gémit. On dirait un petit vieux sur son lit à l'hosto. Il me fait de la peine ce connard. Je le regarde. Il me regarde, il est triste. Je lui mets un coussin entre ses reins et le fauteuil. Il est mieux comme ça. Je regarde partout. C'est pareil qu'avant mais en plus petit. Tout est là. Tous les souvenirs. Papa a gardé ses écharpes de toutes les

Coupes du monde. Marc dort, il ronfle. Guillaume est dans ses pensées. Pourquoi on rate nos vies comme ça ?

*

J'embrasse Maman. Elle me serre fort contre elle. Elle a du chagrin, c'est ouf, mais moins que quand je suis parti la première fois. Là, elle sait que je vais revenir.

– Tu me passes un petit coup de fil quand tu arrives ?

– Mais je prends le train, il peut rien m'arriver.

– Oui, mais appelle quand même.

– OK.

– Et ta copine, elle veut pas venir nous voir ?

– Si, elle veut bien, mais elle bosse tous les week-ends.

Stéphanie est secrétaire médicale. Elle taffe jamais les week-ends.

– Tu lui passeras le bonjour, alors !

– Oui, promis.

– Et tu veux pas trouver un autre travail pour me faire plaisir ?

– Pourquoi ?

– Tu travailles trop, tu as mauvaise mine.

– Mais non.

– Tu manges que des pizzas, c'est mauvais pour la santé.

– Maman, arrête.

– Je te dis pas de changer tout de suite, je te dis juste de chercher, c'est tout.

– Je verrai.

– Tu m'appelles en arrivant.

– Oui. Tu feras un bisou à Papa.

– Oui, je le laisse dormir. Il a mal, tu sais.

– Je sais.

– Je reste pour lui.

– Je sais.

Je le regarde avant de partir. Il dort dans son fauteuil. On dirait qu'il est mort. Non, il bouge. De toute façon, Maman le tuera à petit feu. C'est pour ça qu'elle reste. Il lui doit bien ça. Ma petite Maman. Mon petit Papa.

– Bon, tu viens, faut que je bouge.

Guillaume me ramène à la gare.

*

Il fume grave. Moi aussi du coup. On discute pas beaucoup. Il a l'air tellement triste. Il me regarde, il a envie de parler. Pas facile de parler entre frangins. Je lui fais un signe pour qu'il crache le morceau.

– Il fait quoi Marc, là ?

– Comment ça ?

– Avec sa djellaba.

– Ah, ça !

– Il est ouf.

– Ouais.

– Il m'a dit qu'il voulait se marier, mais que sa femme devrait être voilée.

– Il peut prendre une moche comme ça.

– T'es con.

– S'il ramène une fille voilée à la maison, Papa va faire une attaque.

– Tu m'étonnes.

– Qu'est-ce que tu veux faire !

– Je te préviens, moi, s'il fait ça, je le vois plus.

– On le voit jamais.

– C'est vrai.

– Il est trop relou avec son Coran. Il se la pète. Tu trouves pas ?

– Tu m'étonnes. Tu sais ce qu'il m'a dit la dernière fois ?

– Non.

– Il s'est circoncis tout seul.

– Tu déconnes ?

– Je te jure.

– C'est ignoble, arrête, ça me fait mal rien que d'y penser.

– Il est devenu trop grave, lui.

– Ouais.

Voilà, c'est tout. Je vois Guillaume une fois par an. C'est notre discussion de l'année.

52

Le VTT dans le train, c'est trop relou en fait. Le contrôleur me fait chier, je dois rester à côté alors que j'ai acheté un billet. Je reste sur le strapontin. C'est trop chiant. À chaque fois que les gens ouvrent la porte, faut que je retire mes pieds, comment ça me saoule.

Ça m'a fait bizarre de voir Papa comme ça. Je repense à la demi-finale de 82 et puis surtout à la Coupe du monde de 98, Papa dansait partout. En plus, on était allés voir le Stade de France plein de fois pendant la construction. Ils avaient rasé l'immeuble d'un copain pour le construire. Cette soirée de ouf quand même. Zidane, putain, ce dieu ce soir-là ! Dans la cité, on était tous descendus pour faire la teuf. Maman avait fait des frites. On était trop contents. C'est des trucs de l'enfance qu'on oublie jamais, je crois. L'odeur des frites, les cris de Papa, les cris des frangins. J'étais tout seul chez moi pour la finale de 2006, c'était moins marrant, n'empêche, putain, le coup de boule de Zidane. Materrazi, le truc de ouf, il l'avait bien cherché n'empêche.

– Excusez-moi.
– Pardon.

C'est relou d'être assis là. Moi, si Materazzi m'avait dit ça, je lui aurais fait pareil. Tu te fais pas insulter ta sœur ou ta mère comme ça sans rien faire. Comment j'ai pas envie de voir Stéphanie. Elle va vouloir savoir comment ça c'est passé, elle va vouloir que je lui raconte tout, putain, en fait elle me gave trop, j'ai pas envie de la voir. J'ai l'impression que ça fait vingt-cinq ans qu'on est ensemble.

– Excusez-moi, vous pouvez me laisser passer, s'il vous plaît.

– Ouais.

Si un jour on ressemble au couple de la pizza douze-fromages, je me tire une balle. Elle va pas devenir si grosse, si elle devient comme ça, je la quitte, c'est clair, je peux pas baiser un tas pareil. C'est elle qui sera dégoûtée, elle trouvera pas mieux de toute façon, je la baise trop bien, je me suis jamais branlé dans un train, je pourrais me branler dans les chiottes. Pourquoi pas, franchement, je peux faire ça vite. Je pourrais juter dans le lavabo. Ouais, mais j'ai le vélo. C'est relou. J'ai trop envie de me branler, là.

– Excusez-moi.

Putain, ça me saoule d'être là. Je m'en fous. Je laisse le vélo, je vais aux chiottes, ça me passera le temps. Les gens vont quand même pas chourer mon VTT.

Ça pue là-dedans. C'est crade, ils peuvent pas tirer la chasse. Je me branle vite fait. Je la sors, je bande pas. Je ferme les yeux, j'imagine. Je bande pas. Ça pue trop. J'arrive pas à bander. C'est con, je pense à Papa dans son fauteuil.

Putain, j'ai envie de chialer. Faut que je change des trucs, je peux pas rester toujours triste comme ça. Faut qu'il se passe des trucs, sinon tu te tires une balle. J'ai que 30 ans. Putain.

– Ouais, c'est bon, je sors.

Il me saoule lui, il voit pas que c'est occupé. Bon, je bande pas, laisse tomber.

Je sors. Un mec entre dans les chiottes. Je me refous sur mon strapontin de gitan. Je garde mon vélo. Putain, je me fais chier. Je regarde dehors. Il fait beau. Je ferme les yeux. Faut que je fasse le vide, je pense à rien. Je regarde à nouveau mon vélo, trop canon, elle va pas en revenir Stéphanie quand elle va me voir débarquer avec.

Le mec sort des chiottes en se remettant les couilles en place, tranquille. Il a des longs cheveux blonds comme le fils Sarkozy.

C'est Mimi.

J'en suis sûr.

C'est Mimi.

Je le vois que deux secondes, mais je suis sûr. Il retourne à sa place.

C'est Mimi.

Putain.

C'est Mimi.

Je te jure, c'est Mimi. Je le reconnais trop.

Qu'est-ce qu'il fout là putain ?

Je le regarde discretos, je vois que ses cheveux blonds et le haut de son front. Je suis sûr que c'est lui. Il se relève. Il cherche un truc dans son sac sur le porte-bagages en haut, il prend son portefeuille et revient vers moi. Il ouvre la porte. Il frotte trop son cul sur ma face. Il se casse. Il doit aller au wagon-bar. Ça me fait trop chelou de le voir putain. Et lui, il m'a reconnu ? J'ai pas l'impression. Il a vachement changé. Moi aussi. Je vais pas rester là comme un con. Je m'en branle du vélo, personne va me le chourer. Je vais voir. Je traverse un premier wagon. J'en traverse un deuxième. Le train est bondé. Putain le fric qu'ils doivent se faire et après ils sont toujours en grève, bande de bâtards de la SNCF.

J'arrive au bar. Je le vois direct, c'est lui, j'en suis sûr, c'est Mimi. Il boit une bière en lisant le magazine du TGV. Je prends un café. Trois euros, putain, les bâtards, trois euros un café, comme c'est des chiens.

– Merci.

Je me fous pas loin de Mimi, je le regarde en loucedé. Il a des longs cheveux longs ondulés, bonne coupe de tarlouze, on dirait les coupes genre des duchesses pendant la Révolution française. N'importe quoi. Il a deux bagues. Une en or, une en argent. N'importe quoi. Un petit bracelet africain en métal. La pure tarlouze.

Il a une barbe de trois jours. Il est super baraqué, grosses épaules. Chemise blanche et jean. Trop le bourge.

Qu'est-ce qu'il a musclé, putain. Il faisait pas de sport avant Mimi. Putain c'est lui, j'y crois pas. Je regarde mieux.

C'est lui.

C'est sûr.

Petite cicatrice au lobe. Je sais. C'est moi qui l'ai faite.

C'est Mimi.

Je sais pas pourquoi je pense à ça, mais je me rappelle quand Momo faisait des tags. Il disait que ce qu'il kiffait le plus, c'est quand il se baladait et qu'il tombait sur l'un des siens. Les autres ne savaient pas que c'était lui qui l'avait bombé. Lui, il savait. Ça s'effaçait pas avec le temps. Ça faisait partie du décor. C'était lui qui l'avait fait. Ça me fait pareil avec le lobe de Mimi.

Putain de Mimi. T'as bien pris des pecs quand même. Tu fais de la gonflette ou quoi ? Putain, c'est hallucinant, dès que je le vois, j'ai trop envie de le faire chier. Il a toujours cette gueule de puceau. Il plie son magazine, il me regarde, je le regarde, il se casse. Je crois qu'il m'a pas reconnu. Sinon, il m'aurait dit bonjour. Pas sûr. La dernière fois que je l'ai vu, j'avais son sang et sa boucle d'oreille dans la main. Je le suis. Il roule du cul comme une pute. Tu m'étonnes comment il roule du cul, il sait que je suis derrière, il me tient la porte, il sait qu'un mec est derrière et il roule du cul comme une salope. Il a pas changé. Salope de Mimi. Je retrouve mon strapontin, je le vois qui se rassoit. Je ne vois plus que ses cheveux. Il va jusqu'où ? Il descend à Lyon ou après ? Qu'est-ce qu'il branle ? Il fait quoi dans ce train. Ça me revient. La sœur de cette pute de Delphine m'avait pas dit que les parents de Mimi étaient partis s'installer à Lyon ? Putain, c'est ça, je m'en souviens bien maintenant. Ça fait cinq ans que je suis à Lyon et jamais je l'ai croisé. Ça fait cinq ans qu'on est dans la même ville, putain, c'est fort ça. Il me poursuit ce mec.

Putain Mimi. Je prends le train une fois dans l'année et faut que je tombe sur toi. Il enfonce son iPod dans les oreilles, il écoute quoi maintenant ? La Callas ? Stéphanie, elle adore ça aussi. Moi, ça me fout les boules. Je déteste l'opéra.

53

On arrive à Lyon. Toute la dernière partie du trajet, j'ai vu que les cheveux de Mimi et le haut de son front, rien d'autre. Il s'est jamais relevé. On arrive, je dois descendre en premier, faut pas que mon vélo gêne, sinon ça va encore gueuler. Je descends, je suis chez moi. Loin de la cité, loin de Papa dans son fauteuil, loin des 40m^2, loin de toute cette merde. Je suis à Lyon et Mimi doit pas être loin derrière moi. Je monte sur mon vélo, je fous mon sac en bandoulière, je roule super doucement. Il est où ? Juste derrière. Il me mate j'en suis sûr. En plus, comme je suis en avant sur mon guidon, je sens qu'il mate mon slip qui dépasse de mon jean. Il doit trop kiffer. Salope de Mimi. Vas-y, prends ton temps. Tu bandes trop. Comme quand tu me matais dans les chiottes du collège. T'avais tes grosses boules qui dépassaient.

Je vais super doucement. Mimi me dépasse. Il a un sac en cuir noir. Il aurait bien voulu aller encore plus doucement pour me mater plus longtemps mais ça serait devenu trop chelou, je l'aurais trop grillé après. Il marche en roulant du cul, comme dans le train. Il sait que je suis derrière. Il me mate le cul mais moi je mate pas le sien, je suis pas pédé, tu roules du cul pour rien Mimi, tu te fous bien la honte. T'as pas de slip en dessous ou quoi, t'as mis un string, t'as mis un plug, c'est ça, t'as un plug dans le cul, c'est pour ça que t'es resté assis tout le voyage, pour bien t'asseoir dessus ! Roule bien, vas-y, ça doit bien te chauffer le trou de balle ça. Je vais doucement. Il va faire quoi maintenant ? Il va où ? Il rentre comment ?

Putain, j'y crois pas. J'en reviens pas. Il claque la bise à un grand brun. Gel dans les cheveux, costard, boucle d'oreille, petites bagouzes. Mimi, ça y est, tu t'es maqué, t'assumes, t'es avec ton petit mec ! C'est bien ! Tu dois bien te faire défoncer. Attends, c'est quand même pas toi qui lui fous ! L'autre est vachement plus maniéré encore. C'est qui qui fait la femme ? Putain, je suis sûr, c'est l'autre. Mimi, je comprends pas, si c'est toi qui encules, pourquoi t'es pédé ? Tu peux le faire avec des meufs ça ! Y'en a plein qui kiffent de se faire ramoner le trou de balle. Si elles veulent pas, tu payes, t'es pas obligé de te taper ce faux 2 be 3 à deux balles. Mimi, franchement, j'hallucine, on le voyait bien quand t'étais petit, ça se voyait direct que t'étais une belle fiotte, t'imaginais pas que j'allais te tomber dessus à Lyon. Tu pensais tous nous avoir plantés, raté ! Je suis là. Faudra que je regarde, mais je suis sûr que j'ai encore ta boucle d'oreille dans ma vieille boîte à centimes. Ouais, je suis sûr que je l'ai gardée, dans la penderie, dans le carton des saloperies.

Le gars lui passe le bras au-dessus du cou, il va pas lui rouler une galoche devant tout le monde quand même ! Ça me dégoûte. J'imagine. Putain, s'ils se roulent des pelles, c'est crade. Ils doivent se bouffer le cul. Putain, le truc crade. Je te jure.

– Coucou ! Bah alors, t'es dans la lune ou quoi ?

Merde, elle est déjà là. Je suis obligé de lui dire bonjour et de l'embrasser.

– Il est génial !

– T'as vu !
– Ouais, super beau !
– Il a quinze vitesses.
– On va le mettre où ?
– Je sais pas.
– Viens, on y va, je suis au dépose-minute, je vais avoir une prune.
– OK.
J'ai pas envie de me grouiller, Mimi est là, ça fait douze ou treize ans que je l'ai pas vu. Il est avec son mec. Faut que je voie ça.
– Qu'est-ce que tu fais, tu viens ?
– Ouais, j'arrive !
Mimi et son mec sont juste devant nous. L'autre le tient toujours par le cou.
On sort de la gare. Je monte dans la voiture. Mimi et son mec sont juste à côté. Dépose-minute. Le mec conduit. C'est Mimi qui fait la femme alors.
C'est moi qui conduis, j'aime pas que Stéphanie conduise quand je suis là. Elle me fait flipper. Elle flippe au volant, c'est super contagieux. Elle me regarde tout le temps. Putain, j'aime pas qu'elle me regarde tout le temps, elle a l'air trop conne. Pourquoi elle est venue me chercher ? Je serais rentré à vélo. Vingt bornes à vélo, je les aurais faites tranquille.

Je vais doucement. Mimi est juste devant nous. 4 × 4 noir. Les pédés ont de la thune, j'avais vu un doc à la télé. Pédé = pouvoir d'achat, parce qu'ils ont pas de mômes. Et qu'ils font des métiers dans la culture ou des truc à responsabilités. Les pédés aident les pédés, alors ils se font pistonner dans toutes les boîtes. Comme les juifs. Ça se fait souvent. Les pédés se font pistonner, tu parles, ils se font pomper, oui.
– Pourquoi tu rigoles ?
– Non, rien, je pense à un truc...
– Ton père, comment ça va ?

– Bof, il bouge plus.

– Ils veulent toujours pas me rencontrer ?

– Non.

– Ils abusent !

– Je t'ai dit pourquoi. Ils croient toujours que c'est à cause de toi que je suis parti.

– Mais on se connaissait même pas !

– Je sais !

– Et même quand on aura des enfants, ils voudront pas me voir ?

– J'en sais rien, moi, commence pas à me saouler !

– C'est dingue !

– De toute façon, on va pas avoir des enfants maintenant.

– On va bien y penser un jour !

– Tu me casses la tête. Je suis à peine rentré et tu me casses les burnes.

– Toi, t'en as rien à foutre, tu veux pas voir mes parents.

– Je vois jamais les miens, je vois pas pourquoi je verrais les tiens.

– Oui, mais les tiens sont sur Paris, les miens, ils sont à trois kilomètres.

– On les croise suffisamment à Auchan.

– Tu m'énerves quand tu dis ça.

– Tu m'énerves de parler de ça maintenant.

– Mais pourquoi tu vas aussi lentement, c'est bon, double-le, son 4 × 4.

Je double pas Mimi et son mec. Je regarde, ils arrêtent pas de se marrer devant. Ils se disent quoi, putain ? Ils se marrent plus que nous en tout cas. La légende où les pédés sont vachement marrants, c'est vrai ? Non, c'est débile comme truc. C'est pas parce que tu kiffes bouffer du trou de balle que ça fait de toi un mec marrant. Ils se marrent bien en tous les cas.

– Double !

Elle me gave. Elle se rend pas compte.

Le 4 × 4 clignote. Il va tourner à droite. Putain, ils tournent là. Je connais, là. Y'a qu'un lieudit par là, ils peuvent qu'aller là. Y'a que ce lieudit au bout. OK. Je peux foncer maintenant. Mimi habite avec son mec dans un petit patelin qui s'appelle le Bourg-Neuf. Comme bourrer. Y'a pas de hasard.

– Pourquoi tu les doublais pas ?

– Mais parce que !

– Parce que quoi ?

– Je regardais leur caisse, elle était pas mal.

– Tu veux pas acheter ça ?

– Je sais pas, je regardais, c'est tout.

– Non, on n'a pas assez d'argent.

– Arrête !

– T'as pas besoin d'un truc aussi gros.

Un jour, Stéphanie, je vais te buter.

54

Elle a encore acheté des éléphants. Je les remarque direct.

– T'as encore acheté des éléphants ?

– T'as vu, ils sont mignons !

– Mais y'en a déjà partout !

– Quand je les ai vus, j'ai pas pu résister.

– T'as trouvé ça où ?

– À Confo.

– T'es allée à Confo ?

– Oui, vite fait.

– Je suis sûr que tu y es allée avec ta sœur.

– Bah, j'ai le droit quand même, t'étais bien avec tes parents, toi, ce week-end !

C'est ça. T'as tous les droits. Même de foutre 150 éléphants dans cette baraque. Y'en a déjà sur les étagères, sur le canapé, sur le lit, sur la couette, dans la cuisine, dans les chiottes, j'en peux plus de tes éléphants, je trouve ça trop moche, un jour je vais tout virer, tu vas pas comprendre.

– Tu les trouves bien ?

– Ouais.

Putain, je le vois direct, le catalogue Confo ouvert sur la table basse à la page des chambres à coucher. Je fais semblant de pas voir. Je m'assois sur le canapé.

– Tu veux faire quoi ?

– Je sais pas.

– T'as pas envie qu'on bouge ?

– Pour quoi faire ?

– Je sais pas, il fait beau, tu vas pas rester sur le canapé toute la soirée.

– On est dimanche. Y'a rien à faire.

– Il fait beau, viens, on va se promener.

– Attends, on vient d'arriver, je suis naze.

– T'es chiant.

– T'as envie d'aller où ?

– Je sais pas.

– Quand tu sauras, tu me diras.

– Mais, je sais pas, on peut aller marcher…

– Vas-y, dis-le, je te connais trop bien.

– Non, quoi ?

– Tu veux aller au centre commercial.

– Je sais pas. Pourquoi pas ?

– Ça m'énerve quand tu fais ça !

– Quoi ?

– Tu laisses le catalogue sur la table !

– N'importe quoi ! Je regardais juste les lits !

– Tu me saoules avec les lits depuis un mois.

– Faut qu'on change, t'as vu notre matelas ! On dort mal dessus.

– Moi je trouve pas, je dors très bien.

– Tu veux pas aller à Confo vite fait. Ça ferme dans deux heures.

– Non.

– T'es chiant !

– Mais tu y es allée hier !

– Je vais pas choisir le matelas toute seule.

– On n'a pas le fric pour un matelas.

– On a le fric pour rien.

– Voilà, c'est ça.

– T'es vraiment con !

Stéphanie, je vais te buter un jour. Je dis rien, je te méprise, c'est mieux. Qu'est-ce que je pourrais faire ? Tiens, j'allume la télé, ça va bien te foutre les boules, ça.

– T'allumes la télé ?

– Ouais.

– Éteins ça tout de suite.

– Non.

– Éteins la télé, je te dis.

– Je suis chez moi, j'ai encore le droit de regarder la télé !

– Je te parle et toi tu allumes la télé !

Je sais qu'elle est super vénère, là. Avec un peu de chance, elle va se casser toute seule à Confo. Ou alors elle va aller pleurer chez maman.

– Tu me fais trop chier, je me casse.

BINGO. Tranquille au moins toute la soirée.

Elle prend ses affaires, elle fait exprès de faire du bruit, de pousser des petits gémissements, elle claque ses talons sur le sol, ça m'énerve, j'augmente le son de la télé. Super vénère encore plus. J'abuse. C'est bon. Quelle conne, qu'est-ce que je fous avec elle, franchement ? Super vulgaire en plus d'être grosse. Elle me regarde, je la regarde pas, elle se fout devant la télé exprès, je la contourne, je veux pas louper ce qui se passe sur l'écran, le téléfilm d'M6 a l'air génial, je le prends en route, mais je veux pas déscotcher, casse-toi. Elle est super méga vénère. Elle va me balancer un truc à la gueule dans quelques secondes, je la connais, anticipation, hop, qu'est-ce que je disais, elle croit qu'elle va me faire mal avec son petit coussin à deux balles de chez Casa ? Barre-toi, je regarde, c'est trop bien.

– T'es vraiment trop con !

Elle éteint la télé, elle court vers la porte de sortie, elle sait que ça, ça mériterait une bonne baffe dans sa gueule, elle claque la porte, ça y est, je suis débarrassé. C'était pas si long. Je rallume pas la télé, j'en ai rien à foutre de ce pauvre téléfilm. Je regarde à la fenêtre, elle sort de l'immeuble comme une ouf, elle monte dans sa bagnole. À mon avis, c'est direct chez maman et papa qui vont encore bien dégueuler sur moi toute la soirée. Rien à foutre, s'ils savaient. Elle se barre, ça y est. Putain, tranquille.

– Barre-toi Myrtille.

Gros coup de pied. C'est ça, va chouiner toi aussi, casse-toi, je veux pas de chat, j'aime que les chiens. Je veux pas d'éléphants. Je déteste tous les trucs qui viennent de l'Afrique, j'en ai rien à foutre. Pourquoi elle kiffe tous ces trucs d'Africain alors que dès qu'elle voit un black elle flippe.

J'attends deux minutes, au cas où elle aurait la mauvaise idée de revenir. Je me grille une clope dans la cuisine, j'ai pas le droit de fumer dans le salon quand y'a pas d'invités. Y'a jamais d'invités. Je clope partout, je fais exprès, je clope allongé sur notre lit, je clope dans la salle de bain, je clope affalé dans le canapé, je clope dans la gueule de Myrtille.

*

C'est bon, je peux bouger. Je prends le vélo, je le descends dans l'ascenseur. Je l'enfourche, je pars. Je pédale. Je sais où c'est, j'en ai pour vingt minutes.

*

Je respire fort, j'ai pas encore l'habitude. J'ai pas beaucoup de souffle. Je suis trop gros. Je pédale quand même vite. C'est bon, je respire, à la maison j'étouffe, qu'est-ce que je fais avec cette grosse pouffe ? Pourquoi j'ai dit oui quand elle m'a demandé de vivre avec elle, j'avais peur de quoi ? Peur de rester tout seul, n'importe quoi, je me trouve des nanas quand je veux, je drague, moi, les meuf me draguent. J'ai trop une bonne queue, du coup elles restent pas qu'une nuit. Elles veulent toujours remettre ça. C'est ça qu'il me faut en fait, je suis sûr, je veux une meuf différente par semaine, après c'est trop, elles sont relou. Elles mettent un éléphant en bois ou Myrtille dans ton pieu avant que t'aies le temps de dire ouf. Une meuf = une semaine, j'aime bien le concept. Et quand j'ai fini de toutes les troncher, je change de ville. Comme ça, je me barre de la pizzeria, ça me plaît trop ça, c'est trop cool. Je trouve des petits boulots, si je fais que baiser, j'ai pas besoin de trop de thune. Ou alors je trouve que des meufs friquées, non, je suis pas une pute. Je me fais pas entretenir, moi.

Faut que je tourne là, c'est là que Mimi et son mec ont tourné.

Le Bourg-Neuf. Y'a pas de hasard.

*

Il va faire bientôt nuit. Je ralentis. Y'a qu'une dizaine de maisons de toute façon. Je ralentis. BINGO. Le 4 × 4. Je fais quoi maintenant. Je sais où tu vis Mimi. Grande maison. Je reprends ma respiration. Je mate. Grande maison, ancienne ferme retapée. Deux niveaux. Pédale = pouvoir d'achat = grande baraque de tarlouze. On est en plein dedans. J'attends, je regarde. Je m'avance. Je regarde discretos la boîte aux lettres. Carette. Barthélémy Carette. Je savais que c'était lui, je suis pas étonné, mais j'ai le cœur qui bat super vite. Ça m'avait fait la même sensation dans le bar du TGV. Il me reconnaissait pas, mais moi oui. Trop bon. Barthélémy Carette et G. Langlois.

Pourquoi G. ? Ils osent pas mettre son prénom. Ils ont peur que tout le monde grille qu'ils sont pédés ? Moi je le sais déjà. G. comme quoi ? Georges. Gaétan. Guy. Gérard. Gustave. Y'a plein de prénoms masculins qui commencent par G en fait. Je sais pas mais je saurai bientôt. Je peux rentrer dans le jardin. Y'a pas de porte. Je suis presque dedans mais de toute façon ça se voit pas que c'est leur jardin, y'a pas de haie. Aucune délimitation. Je contourne la grande maison. Grand jardin. Un gros marronnier. Énorme. Je fais pas de bruit. C'est super excitant. Je marche sur la pointe des pieds. Je vois de la lumière. Une grande baie vitrée. Mimi et son mec sont dans des fauteuils. Ils se marrent. Il se marrent tout le temps ces deux fiottes. Mimi est en chemise. Son mec est en tee-shirt. Ils ont dû déjà baiser. J'arrive trop tard. Tant mieux, j'aurais pas voulu voir ça. Dégueu. N'empêche, qu'est-ce qu'il doit prendre, son mec à Mimi, avec la bite qu'il a. Si c'est Mimi qui fait l'homme, l'autre, il doit morfler. Si c'est Mimi qui fait la femme, je vois pas à quoi ça sert d'avoir une aussi grosse queue. C'est là que tu vois que c'est pas normal d'être pédé. Une bite, c'est fait pour aller dans un trou. Et quand deux pédales couchent ensemble, y'en a toujours un qui a la queue dans le vide. Ou alors à trois.

Ils discutent, ils se marrent. Ils trinquent, ils prennent l'apéro. Mimi coupe des tranches de saucisson sur une planche en bois. C'est super grand à l'intérieur. Je vois pas de télé. Mimi regarde toujours pas la télé. Il a pas changé. Y'a un immense tableau, on comprend pas ce que c'est, c'est abstrait. Je vois pas comment on peut aimer ce genre de truc. Un gamin pourrait le faire. Un jour, ils ont trouvé cette merde dans un magasin, ils l'ont posée dans le salon, ils l'ont regardée, et ils se sont dit : c'est là qu'on l'accroche. L'autre a dit : c'est sa place. Putain, le couple de merde ! Ils ont dû se prendre la tête pour la fixer au mur. Après, ils l'ont regardée toute la soirée, super contents d'avoir acheté ce chef-d'œuvre. Putain, mais c'est de la merde, en plus je suis sûr que ça coûte super cher.

Une voiture se gare devant chez Mimi. Je vois pas mais j'entends. On sonne chez lui. Mimi se lève. C'est lui qui fait la femme de maison. Je vois la porte d'entrée. Une grande blonde. Mimi l'embrasse sur la bouche. Merde. C'est sa meuf. Grande blonde super gaulée. Gros nichons, taille fine. Il se tape cette meuf. Mais pourquoi elle accepte ? Elle est ouf. Ou alors c'est un trio. Ils touzent tous les trois. C'est ça. Mimi est bi. La blonde embrasse le mec de Mimi. Sur la joue. Ils sont potes. Elle retire sa veste rouge, trop bien gaulée. Elle s'assoit dans le canapé. Mimi lui serre un verre. Elle bouffe le saucisson. Elle s'allume une clope. Mimi lui cherche un cendrier. C'est lui qui fait tout, elle glande rien, elle. Grosse feignasse à gros nichons. Mimi fait la femme même avec sa meuf. Putain, il est quand même trop chelou comme type. Le trio de touzeurs du Bourg-Neuf. Le tableau de la mort. Ça donne pas envie. Elle, si, ça va. Je la bourrerais bien. Elle est canon. Longs cheveux blonds. Je vois pas hyper bien les visages, je suis loin.

Mon téléphone sonne. Merde. Je me casse, discretos mais vite. Ils ont pas entendu. C'est Stéphanie. Je réponds pas. J'en ai rien à foutre. Elle va me demander où je suis, ce que je fais. Putain, j'espère qu'elle a pas acheté un matelas. J'ai faim, je rentre.

*

Je pédale dans la nuit. La campagne française avec ces partouzeurs cachés dans leurs anciennes fermes retapées en moderne. Putain, c'est quoi ça, Mimi, il baise quand même des meufs. Pourquoi il avait dit non à Delphine et à Estelle, il est con ou quoi. Il voulait pas à l'époque. Ou alors il est avec la blonde pour se donner bonne conscience. Il fait ses courses avec elle, il va à Confo avec elle, il va chez ses parents à elle, elle va chez ses parents à lui. Ils font un joli couple sur la photo, mais, derrière, il se fait baiser par son mec. Le mec doit avoir une plus grosse bite que Mimi, sinon ça veut dire que c'est Mimi qui l'encule, mais ça j'y crois pas. Mimi se fait enculer, sûr à 100 %, mais si c'est Mimi qui a la plus grosse, ça va pas. C'est celui qui a la plus grosse qui encule. Donc son mec a une bite encore plus grosse que celle de Mimi. Donc plus de 20 cm. Putain, c'est un truc d'éléphant. Il l'a trouvée où, sa fausse meuf ? Putain, je respire fort, ça monte dans le sens du retour. Je vais crever, faut que je respire, je vais y arriver. La côte est super longue. En fait, ça monte jusqu'à chez moi. Je vais crever.

Je rentre à la maison, je suis en sueur grave.

– Casse-toi Myrtille.

L'autre, elle m'entend du coup. Elle ferme la lumière de la chambre. Elle est déjà couchée. 23 heures, elle est déjà couchée. Quelle vie de merde. Elle fait encore la gueule. Ses parents ont dû passer la soirée à lui dire que j'étais un gros con. Je prends une douche, je pue la transpi.

Je me branle. Je jute. Vite fait. Je me couche, elle fait semblant de dormir. Je le sais, normalement, quand elle dort, elle grince des dents. C'est ignoble, encore pire que Guillaume. Là, elle grince pas, donc elle dort pas. Connasse. Bouge-toi, tu prends toute la place, retourne de ton côté. Tu es déjà de ton côté, c'est juste que t'es trop grosse. Je me marre.

– Pourquoi tu ris ?

– Je ris pas, je respire.

– Tu te fous de ma gueule.

– Non.

– T'as été où ?

– Je suis allé faire du vélo.

– Où ?

– Dans la campagne.

– Où ?

Je vais prendre l'oreiller et lui étouffer la gueule. Elle va se débattre, ça va me faire flipper cinq minutes, mais après je serai tranquille.

– Tu me réponds pas ?

– J'ai envie de dormir.

– Tu m'aimes encore ?

– Oui.

Elle se colle à moi. Elle veut que je la saute.

– Je suis fatigué.

– Tu veux pas ?

– Non. Tu m'as saoulé.

– Je suis désolée.

– C'est bon.

– J'achèterai plus d'éléphants.

– OK.

Ça y est, elle grince. Je suis tranquille. Comment cette pute peut baiser avec Mimi et son mec ?

55

J'étale la sauce tomate, le fromage, les merguez, les poivrons, les cacahuètes, l'œuf dur. Pizza tropicale pour une grosse vache antillaise.

*

Je me couche. Stéphanie grince pas. Elle dort pas. Elle allume la lumière.

– Quoi ?

– Pourquoi tu te masturbes dans la douche ?

– N'importe quoi !

– Attends, me prends pas pour une conne. Y'avait plein de sperme dans le trou de la douche ce matin.

– C'est bon, me saoule pas.

– En plus, tu perds tes cheveux, ça faisait un gros truc dégueu, c'était tout bouché.

– T'as attendu que je rentre pour me dire ça.

– Pourquoi tu t'es masturbé ?

– Mais c'est bon, je fais ce que je veux.

– Après je te demande de faire l'amour et tu dis que t'es naze.

– Voilà.

– Tu préfères te masturber que de faire l'amour avec moi ?

– Voilà.

– Quel salaud !

– Je reviens du boulot, il est 3 heures, je suis naze, j'ai envie de dormir.

– Pourquoi t'es comme ça ?

– Je suis un gros con, tu me le dis tout le temps.

– T'étais pas comme ça avant.

– Si, j'ai toujours été comme ça.

– Non, je te jure.

– J'étais pareil, mais c'est toi qui voulais tellement que je sorte avec toi que tu t'es monté la tête.

– N'importe quoi.

– C'est tes parents qui ont raison, je suis un gros con.

– Ils ont jamais dit ça !

– C'est pareil.

– T'es horrible.

Elle commence à me gaver. J'ai envie de pioncer.

– Dors pas !

– Si, je dors.

– T'es qu'un salaud.

– Écoute, si je suis qu'un salaud, barre-toi, retourne chez tes parents, moi, je serai tranquille !

– T'es qu'une ordure !

Elle se rend pas compte. Ça va tomber mais un truc de malade, tu te rends pas compte comment je suis fort, je vais te foutre une baffe, tu vas pas comprendre !

– Dors pas !

– Si.

– Non, dors pas, je veux qu'on parle !

Elle me chauffe.

– JP, s'il te plaît, regarde-moi, dis-moi que tu m'aimes encore.

Je me lève, je la regarde. Je lui saute dessus. Je lui en colle une mais un truc de ouf. Je contrôle trop tout le temps, je garde tout pour moi, je reste calme, je contrôle, mais y'a un moment, faut que ça sorte. Et là, fallait que ça sorte, putain, je l'ai dégommée. Elle valdingue sur le sol, elle se met à crier, elle chiale, elle hurle, elle me casse les couilles, je lui en recolle une, je pense à Papa et Maman le soir de la demi-finale contre l'Allemagne, salaud de Schumacher, enculé, prends ça, tu me gonfles tellement avec ta voix aiguë, elle me saoule trop ta voix, je te fous une autre baffe, je le vois dans ton regard, là t'as peur, tu dis plus rien, tu sais que si je t'en colle une autre, tu vas morfler, tu flippes trop, tu comprends pas, mais je viens de te le dire, je suis un gros con et j'aime pas qu'on m'emmerde, tu flippes, tu cours partout dans la maison, tu fais quoi avec ce coussin, tu te protèges, n'importe quoi, faut que t'arrêtes, pauvre conne, tu comprends ce que je dis, tu comprends ?

– T'es dingue !

– Je veux dormir et toi tu me parles tout le temps !

– T'es un vrai dingue.

– Tous les mecs se branlent !

– Je me casse.

– Oui, c'est ça, vas-y, casse-toi !

– Je reste pas avec un mec qui me frappe.

– T'as raison !

Maman devait dire ça aussi. Mais elle est toujours restée

Elle prend ses affaires direct. Ouais, vas-y, tire-toi, s'il te plaît, reprends tes éléphants et ta grosse chatte. Je veux plus rien ici. Je veux plus rien voir qui t'appartient ! T'as compris. Putain, elle fait vraiment son sac. Si j'avais su, je l'aurais péfra plus tôt ! C'était que ça ? C'était ça, la formule magique pour que tu débarrasses le plancher ? Que je te foute trois tartes dans la gueule ? Papa a essayé, mais il y est jamais arrivé. Moi comme ça, du premier coup ? C'est pas vrai ! Je suis trop fort ! Trois baffes et elle fait ses valises. Pourquoi j'y ai pas pensé avant !

Il est 3 heures du mat'. Elle se barre. Elle oublie son chat.

– Reprends-la.

Elle me regarde avec des larmes partout sur la gueule, de la morve sur le nez, super bandante, si elle voulait que je la retienne, c'est mort.

– T'as de la morve.

Je lui fourre Myrtille dans les bras. Elle me regarde, elle est trop dèg. Elle retrouvera jamais un type comme moi, tranquille, une bonne queue bien travailleuse. Vas-y, fais ta vie, je m'en branle. Je claque la porte. Je rouvre.

– Tu viendras prendre toutes tes merdes dans la semaine.

– T'es qu'un monstre.

La pauvre réplique de film, si c'est ça être un monstre parce que je lève la main sur maman, 80 % des mecs sont des monstres. Elle, elle est comme 100 % des femmes : chieuse après la première semaine.

Je reclaque la porte. Encore plus fort.

*

Putain, je suis tout seul, c'est trop bon. Je retire mon slibard, je marche à poil dans l'appart, je lâche une caisse de folie. Ça pue, c'est immonde. Je me couche. Je vais pouvoir avoir le matelas pour moi tout seul.

56

Je me réveille tranquille, y'a du soleil partout dans la piaule. Je suis à poil sous la couette, j'ai de la place. J'allume la télé. Je regarde n'importe quoi, je zappe. J'ai la gaule du matin. Je mets un DVD. Mon préféré avec Clara Morgane. Je branche le casque sur la télé, ses petits râles dans les oreilles, je mets super fort, je ferme les yeux, j'ai l'impression qu'elle est avec moi. Pas besoin de la voir, rien que le son, ça me fait bander. Je l'entends gémir, j'entends les ploc-ploc de la tige du mec qui la ramone, je serre mes couilles à fond, j'enroule le cordon du casque autour de mes boules, je l'entends qui jouit, elle va me faire gicler, Clara, t'es trop une bombasse, t'avales trop bien, je vais te cracher sur la chatte ou sur la gueule, tu préfères quoi, une bonne éjac faciale, Clara, oui, tu l'aimes ma queue, hein, tu l'aimes, je te fais jouir comme personne, je te ramone, putain c'est bon, tu veux que je t'encule aussi, OK, pas de soucis, retourne-toi, j'enroule encore plus fort le cordon du casque, je te prends le cul, tu gueules encore plus fort, je mets le volume plus fort, putain, je vais te juter dans le cul.

Je jute.

Y'a du sperme partout sur les draps. Je kiffe trop, j'en ai foutu partout. J'étale le jus avec ma teub, trop bon. Je me recouche, je me nettoie pas, je reste comme ça. Stéphanie voulait toujours que je me lave après, là, je reste dans mon foutre, c'est le mien. C'est trop cool, je m'endors.

*

Je bouffe vite fait une pizza avant d'aller bosser.

*

Si la prochaine, c'est une quatre-saisons, je bute tout le monde.

– JP, tu me fais une quatre-saisons, steuplaît !
– OK.

57

Maintenant, c'est super chaud niveau fric. Elle m'a bien foutu dans la merde cette salope. Juste la paye pour le loyer et toutes les charges, je m'en sors plus. Cinq ans que je suis à la pizzeria et 1 100 euros net par mois. Alors qu'ils se font des couilles en or. 1 100 net pour 600 de loyer, il reste 500. Et dedans y'a l'électricité, le chauffage, l'eau, les courses. Elle a repris la grande télé du salon, il me reste que la petite de la chambre. Plus de chaîne hi-fi, plus de machine à laver, plus de canapé. La merde. La laverie, c'est ce qui me gave le plus.

Néons éclairés à mort, murs blanc, tu t'endors là-dedans en attendant que ta machine tourne, tu te réveilles, tu crois que t'es dans le tunnel et que tu vois la lumière au bout. Ça m'est arrivé trois fois de me réveiller en sursautant, la flippe de trop de lumière. C'est long. Moi j'en ai rien à foutre de voir des Chinois laver leur slip. Y'a juste la petite Daphné, une bonne salope qui nettoie ses strings et ses soutifs devant moi, je l'excite trop. La dernière fois, elle sortait ses fringues du tambour, elle se cambrait tellement que je voyais son string. J'imaginais que je la prenais en levrette sur une des grosses machines, elle jouissait, elle gueulait, putain, ses gros nichons vibraient sur les grosses machines.

Après, je me suis réveillé, la lumière au bout du tunnel, j'ai gueulé, elle m'a regardé, je suis sûr qu'elle a cru que j'avais juté en la matant. Ça aurait pu être ça, mais non. Y'a qu'elle, sinon, les sans-papiers chinois, c'est bon, ça me saoule. Faut que j'achète une machine mais j'ai pas assez. Elle m'a foutu dans la merde.

Elle fait quoi maintenant ? Depuis qu'elle est revenue récupérer ses éléphants et que je lui en ai balancé un à la gueule, elle a plus jamais rappelé. C'est là que tu réalises que c'est super simple de faire disparaître les gens qui te gonflent de ta life. Une bonne claque ou un bon coup d'éléphant en bois dans la gueule, et hop, basta. Elle a dû se retrouver un petit mec, bien chiant, elle doit me regretter, surtout au pieu. Elle gueulera plus jamais comme ça. Maman, elle est pas prête de miauler comme ça ! C'est vraiment pas la taille qui compte, c'est l'expérience. J'ai peut-être attendu longtemps, mais putain, maintenant, je suis trop un bon démonte-pneu.

58

Maintenant, je vais au taf à vélo, ça coûte moins cher que l'essence et ça me fait faire du sport, je commence à maigrir. Je fais toujours un détour par le village de Mimi. C'est pas un long détour, 4, 5 km. Ça va. Quand je vais au taf, il est 14 heures, Mimi est jamais chez lui. Le truc que je comprends pas, c'est que le 4 × 4 bouge jamais. Je comprends pas pourquoi il l'utilise pas pour aller au taf. Je sais toujours pas ce qu'il fait. Elle non plus. Finalement, le mec de Mimi vit pas avec eux. Tu parles, elle sait peut-être même pas qu'il couche avec lui, genre c'est son pote de taf et elle sait pas qu'ils se bouffent le trou tous les deux. Franchement je comprends rien à leurs histoires, je trouve ça trop malsain. À 14 heures, y'a jamais personne, mais je passe par là tous les jours quand même, on sait jamais.

*

J'arrive à la pizzeria. Toujours pareil. Sauf que maintenant je me fais chambrer parce que je fais du vélo. Les mecs, ils ont vraiment rien d'autre à foutre, niveau humour, laisse tomber. Ils m'appellent Virenque.

– Alors Virenque, ça va ?

– Ouais, c'est bon, lâche-moi.

– Tu viens au taf à l'insu de ton plein gré ?

Ils se marrent. Moi, je comprends pas pourquoi ils me disent ça, ils me disent ça tout le temps. Ça les fait marrer. Je dis rien, je les laisse, c'est un truc entre eux.

– Il est bien ton VTT.

– Tu m'étonnes qu'il est bien, c'est de la bombe, ouais !

Trop jaloux les mecs. J'étale. Sauce tomate. Douze fromages. Si la prochaine est une Regina, je bute tout le monde.

– JP, une Regina, steuplaît.

– OK.

59

14 heures, je passe devant chez Mimi. Rien. Le 4 × 4. Je regarde le courrier. Comme d'hab. Ils ont des tonnes de courrier. Je remarque un truc sur la boîte, j'en reviens pas.

R. et G. Carette.

Putain, ils se sont mariés. Ça date de ce week-end, la semaine dernière, j'aurais vu, je suis sûr. Putain, ils se sont mariés. G., c'est la meuf, c'est sûr, sinon elle aurait pas changé de nom. Même avec le pacs pour les tarlouzes, tu changes pas de nom. G. Carette. Carette comme lopette, Carette comme mauviette, Carette comme fillette.

Comment elle a pu se marier avec Mimi. Super grande blonde, des gros nichons. Ça doit être un trans. Sinon pourquoi elle épouserait Mimi. Mimi, il démonte pas les meufs.

Le 4 × 4 est là, ils sont pas en voyage de noces. Ils restent là. Moi aussi, je reste. Je suis en retard, j'en ai rien à foutre. Je veux pas aller bosser.

– Ouais c'est moi. Non, je suis malade. Je peux pas venir, je te jure. Ouais bah trouve quelqu'un d'autre. Ouais salut.

Je rentre à la maison. Mimi s'est marié. Moi non.

*

J'ai rien à bouffer, je pensais manger à la pizzeria ce soir. Je vais juste me faire un sandwich, c'est pas grave. Mimi s'est marié.

Clara se prend des bites dans tous les trous. Tout paraît plus petit sur cette télé. Je me branle tranquille. Le mec qui lui fourre la bouche a vraiment des énormes couilles. Je bloque sur ses grosses couilles qui ballottent sur les lèvres de Clara. Je sens la jute qui monte, je crache, le foutre coule sur ma queue, c'est trop bon, je laisse couler, je bouge plus, j'en ai dans la main et dans les poils, je lèche ma main, je remets le slip que je porte depuis la veille. Je sais pas pourquoi, ça m'excite de porter mon slip tout cartonné, tout raide. Peut-être que Mimi est rentré. Je voudrais bien savoir si G. Carette est bien la fille. Et si c'était le mec ? Faut que j'aille voir. Peut-être qu'on peut changer de nom avec le pacs maintenant, j'en sais rien, moi, je connais pas par cœur toutes les lois pour les pédales. C'était qui ça encore, le pacs ? Martine Aubry ou Ségo ? C'est les socialos en tous les cas. Je m'en rappelle, c'était au moment des 35 heures. Je les ai jamais faites, moi, les 35 heures, c'est que pour les fonctionnaires, ces feignasses. La Ségo, n'empêche, elle me faisait bien bander pendant la présidentielle. J'aurais jamais voté pour elle, mais des fois elle était bien bonnasse. Le côté petite maîtresse d'école, je suis sûr que c'est une chaude à la maison. Je te promets, je lui aurais bien glissé mon gros bulletin dans sa petite urne. Hein, Ségo, tu l'aimerais bien ma grosse tige ? Tu kifferais. Je te ferais miauler. Putain, ça me redonne la gaule. Une touze avec Clara et Ségo, why not. Et avec Carlita aussi. C'est elle, la plus bonne. Je trique à nouveau. Je sens ma tige qui raidit dans mon slip cartonné. C'est cool. Carlita, c'est une chaude, elle, c'est sûr. Comment je te les baiserais toutes les trois. Je sors.

*

Le vélo, comme ça, le soir, c'est ce que je kiffe le plus. Il fait bon, je croise personne. Je mets les vitesses au plus dur. Je trime mais je kiffe. Ça me travaille les cuisses et les mollets. Je suis sûr que je vais perdre mon bide comme ça. J'ai du taf, mais je vais y arriver. Je suis en short. Mon slip cartonné en dessous. Je repense à Clara. Je bande. Je sors ma queue du short. Je pédale la queue à l'air. Des fois, je vais me vider dans la forêt ou dans les champs, j'adore voir mon foutre sur l'herbe ou sur les feuilles. Je suis sûr que ça fait pousser les arbres, mon foutre, c'est comme de l'engrais. Je féconde la terre. Je marque mon territoire. Je suis chez moi partout. Je pédale, je bande, ma queue prend l'air, elle est contente. Je tourne au Bourg-Neuf. Je veux voir madame Mimi. Si c'est elle, je comprends pas. Si c'est un trans, faut que je le sache. Le 4 × 4. La Clio de madame. Et lui, qu'est-ce qu'il fout ? Je me mets en place, dans le jardin, derrière le gros marronnier, personne me voit, mais moi je vois tout. La grande baie vitrée est ouverte. Il fait super bon. Je mate. La blonde est là, petite robe super décolleté, gros nichons, elle fume une clope. Elle lit. Trop relou, il se passe rien. Je me fais chier. Il rentre tard Mimi. Putain, elle a une alliance, je la vois. C'est elle. Ou lui, j'ai toujours pas la preuve que ça soit une meuf. Ils ont dû se maquer ce week-end. Putain, Mimi devait porter une superbe robe blanche, toute en froufrous. Il devait être parfaite. Je te l'aurais montée bien haut la jarretière Mimi, je te l'aurais enroulée autour de ta grosse queue, ça t'aurait bien fait bander, t'aurais pas compris. La blonde se lève, elle se fait chier autant que moi, elle passe un coup de fil avec son portable. Elle appelle sa femme. J'entends une voiture, je vais voir discretos, je reste planqué derrière les arbres. Laguna de pédé. Je déteste cette voiture. Laguna noire. Déjà que les bagnoles françaises ça me fait pas rêver, mais alors là, laisse tomber. C'est qui ? Le mec qui conduit est super fat, grosse barbe, costume-cravate. Mimi ouvre la porte de derrière. C'est quoi ce truc. Il est collé à son portable. Il dit au revoir au mec, le mec se tire. Mimi rentre chez lui. Je crois pas ce que je suis en train de voir : Mimi a un chauffeur.

60

Mimi a un chauffeur, je suis en train d'halluciner, il fait quoi comme taf pour avoir un chauffeur ? Mimi a le même âge que moi, voire un an de moins, 29 ans et un chauffeur, c'est quoi ce bordel, il a sucé qui pour avoir un chauffeur, quand t'as un chauffeur, ça veut dire que t'es P-DG ou un truc comme ça, je vois pas autre chose. Mimi est P-DG à 29 ans.

– JP, une quatre-saisons.

– OK.

Moi je suis là, je trime comme un malade, je fais mes putains de pizzas dans ce restau pourri, comment il a fait, y'a des trucs dans la vie, c'est vraiment dégueulasse, y'en avait qu'un qui pouvait devenir P-DG, c'était Mimi, y'avait que lui qui vivait dans une maison avec un jardin. C'est vraiment des putes ces bourges, pendant que toi tu trimes comme un ouf dix heures par jour pour 1100 euros à la fin du mois, lui il a un chauffeur, ça me vénère grave, mais d'une force, Mimi, t'as toujours été un bouffon, tu changes pas avec tes longs cheveux blonds, ta baraque design, ton chauffeur, ta pute et ta fiotte, putain, c'est trop la maison du bonheur là-dedans, et ses employés à Mimi, ils savent qu'il touze avec une fiotte et un trans ? Je vais te balancer à tous tes employés, Mimi, tu vas pas comprendre, ils vont te faire une fiesta, mec, comment deux mecs peuvent se marier en France aujourd'hui, je crois que c'est pas possible, ou alors si elle s'est vraiment fait opérer, elle a changé de sexe et donc d'identité, c'est ça le truc à mon avis, elle les a bien niqués à la mairie, ils ont rien capté, alors que moi je l'ai grillé tout de suite que c'était un trans.

– Et une douze-fromages !

– OK, ça vient.

Je vais tout balancer à tes employés Mimi, et puis à tes parents aussi, tu vas pas comprendre, comment tout le monde va te tomber dessus, ça va chier, putain, comment tu vas t'en prendre plein la gueule, y'a pas de raison que ça soit toujours les mêmes qui morflent et toujours les mêmes qui profitent, comme ça, en arnaquant tout le monde. Je te jure, quand j'ai vu l'alliance sur son doigt à la pouffe, je me suis dit, putain, elle a des doigts de bonhomme, je te jure, c'est ça le truc, la pouffe, c'est un mec, Mimi baise un trans et il a un chauffeur en Laguna. Ça m'énerve. Je te jure, Mimi, tu vas en chier.

61

La Clio est déjà là, le trans doit faire la bouffe, Mimi est pas rentré, il doit pépon son chauffeur quelque part, j'attends, il se passe rien.

La Laguna arrive, Mimi sort, salue son chauffeur avec un grand sourire, ça devait être bon dans les bois, vu la tête qu'il fait, salope de Mimi, avec ton chauffeur, tu crois que tous les gens qui sont en dessous de toi sont des putes ? Les bourges croient tous ça, tout le monde doit leur obéir, le chauffeur caresse sa moustache en se regardant dans le rétro, il vérifie s'il a pas un peu de sperme dans les poils, ça la foutrait mal si sa femme découvrait ça. Mimi rentre chez lui, j'aperçois le trans, ils s'embrassent. Elle se rend compte de rien cette conne, il vient de se faire pépon par le chauffeur, et elle, elle lui roule une grosse galoche, elle cherche quoi, elle kiffe l'odeur de la bite du moustachu ou quoi ? Je remonte sur le vélo discretos, je suis ce bourrin en Laguna. Il va pas vite, je sais pas ce qu'il branle, il veut pas rentrer chez maman ou quoi, il flippe de se faire griller ou quoi ? J'ai pas de lumière à mon vélo, il me voit pas, je suis sûr de mon coup. Il branle quoi le mec, il se gare comme ça en pleine cambrousse, il fait quoi, il s'astique, il en veut encore, il en veut toujours plus, il est ouf le type, il fait quoi, il éteint les phares, il reste dans la Laguna, il sort pas, il branle quoi, je vais voir.

J'avance, je le regarde par la fenêtre, ce con, il boit une 8.6. OK. Quel fils de pute, il picole en cachette, comment j'ai horreur de ça, tu picoles, t'assumes, tu fais pas ta lavette en picolant en loucedé avant de rentrer chez maman. Il boit toute la cannette, bonne descente mec, putain d'un trait. Je m'avance vers sa vitre. Il sursaute quand il me voit. Il me regarde et me fait un signe genre so what ?

– Tout va bien ?

– Oui, c'est bon.

– J'ai eu peur en voyant votre voiture garée comme ça.

Il baisse la vitre, il fait genre tout va bien, il croit que je l'ai pas vu la bibine à la main.

– Non, tout va bien.

– Elle est super votre voiture.

– Ce n'est pas la mienne, c'est ma voiture de fonction.

– Ah OK. Bah, belle voiture de fonction.

– Vous faites du vélo la nuit sans lumière, c'est dangereux.

– Oui, je sais, j'ai un truc qui doit être pété, ça vient juste de lâcher.

– Faites attention, il suffit qu'une voiture déboule…

Et toi, avec ta 8.6 que t'as déjà finie en cachette, tu crois que c'est mieux, les mecs qui font la morale comme ça, c'est ouf, lave devant ta porte avant de me faire des remarques mec.

– Vous allez où ?

– Je retourne sur Lyon.

– Ça vous ennuierait pas de me déposer un peu plus loin ?

– Pourquoi ?

– Bah, à cause de mon phare justement, je voudrais pas rouler comme ça.

– Je peux pas mettre votre vélo dans la voiture, c'est ma voiture de fonction.

Je sais, tu l'as déjà dit connard, tellement content d'avoir une fonction que tu vas pas le répéter 150 fois.

– Je comprends.

Je sors une clope.

– C'est pas banal de voir un cycliste fumer une clope.

– Je suis plus fumeur que cycliste en fait.

– OK.

Il se marre. Je le fais marrer avec mes phrases à la con.

– Je fais du vélo juste pour faire plaisir à ma femme.

– Je comprends. Elle veut que vous perdiez la brioche.

Mais pour qui tu te prends, connard, dis-moi que je suis gros, vas-y, te gène pas, tu t'es vu ?

– Exactement.

Je faire genre complice, on se comprend mec.

– Ma femme voulait aussi que je fasse du sport pour maigrir.

– Et alors, vous en avez fait ?

– Regardez, ça se voit, non ?

Mort de rire, il s'étouffe tellement, il rigole de ses conneries. Il fait au moins 120 kilos. Je lui fais monter une côte et le mec clamse direct. Je rigole avec lui. On se comprend.

– Et alors, ça veut dire qu'elle vous a laissé tranquille ?

– Non, ça veut dire qu'elle m'a laissé tomber.

– Merde, je suis désolé.

– C'est pas grave. Je vais pas faire un régime pour une nana.

– Moi, je me force un peu.

– Ça fait longtemps que vous êtes marié ?

– Un an.

– C'est pour ça. Moi aussi, au début j'ai essayé, mais après j'avais plus le courage.

– Moi je fais juste un peu de vélo, le soir, comme… mais j'aime bien en fait, ça m'aère la tête.

– Je comprends.

– Tout le temps que je suis dehors, au moins elle m'emmerde pas.

Le mec s'étouffe en rigolant, putain, il tousse, il est dégueu, il va gerber ou quoi, j'entends toutes ses glaires au fond de sa gorge.

– Moi, c'est Michel.

– Moi, c'est Barthélémy.

– C'est vrai ?

– Quoi ?

– Vous vous appelez Barthélémy ?

– Oui, je sais, c'est pas très fréquent comme nom, j'ai eu beau me plaindre à ma mère, c'était trop tard.

Rires. Toux. Glaires.

– Non, ça me fait rire parce que je travaille pour un autre Barthélémy.

– C'est vrai ?

– Oui, le président.

– Le président ?

– Oui, le président du conseil général. Barthélémy Carette.

– Ah ! Carette, ça me dit quelque chose. Vous voulez une cigarette ?

– Merci, mais j'ai ce qu'il faut.

– Vous vous en grillez une avec moi avant de repartir ?

– Oui, si vous voulez, attendez je sors.

Putain, il sort, il est énorme. Je vois même pas comment il soulève toute cette graisse. Au moindre effort, il souffle, ça fait flipper. Il me serre la main.

– Enchanté.

On s'allume une clope. Je regarde, il a bien nettoyé sa moustache, pas de foutre de Mimi.

– Vous habitez dans le coin ?

– Oui, en remontant un peu sur Lyon.

– Vous faites du vélo la nuit, c'est pas courant. D'habitude, c'est plutôt le week-end.

– Oui, je sais, mais le week-end, j'ai pas le temps. Ma femme veut toujours faire des tas de trucs, les magasins, les courses, mais le soir c'est pas mal, il fait bon, j'aime bien.

– Vous êtes courageux.

– Si je le fais pas, elle me quitte.

– Je comprends.

– Des fois, je me dis que ce serait plus simple, mais avec le gamin, c'est pas évident.

– Quel âge ?

– 2 ans.

Je mens trop bien. Il tousse en fumant, c'est ignoble.

– Ouais, à cet âge-là, c'est pas simple.

– Non, mais c'est surtout que j'aime bien ma femme, j'ai pas envie de la perdre pour une histoire de bourrelets.

– Moi, je supportais plus ses remarques sur mon poids, alors qu'elle, elle avait pris 15 kilos depuis notre mariage.

– Aïe !

– Faut pas pousser.

– Moi je peux rien dire, c'est une petite bombe, ça vaut bien quelques sacrifices pendant une heure le soir.

– Vous faites une heure tous les soirs ?

– Non ! Ça va pas, non ! Deux fois par semaine, c'est déjà pas mal.

– Deux heures par semaine, c'est bien. Moi, vous me foutez sur votre vélo, je claque en deux secondes.

Il est lucide, il est sympa ce gros lard.

– J'ai soif.

– Vous voulez une bière ?

Je suis trop fort.

– Vous en avez ?

– Toujours une petite réserve secrète.

– Avec plaisir alors.

Il sort deux 8.6 de son sac. On trinque à cette nouvelle et belle amitié, il te la boit quasiment cul sec. Moi je fais pareil. Lui, deux 8.6 en cinq minutes, balèze.

– Et vous, vous faites quoi dans la vie ?

– Moi, je suis pizzaïolo.

Merde, le con, j'ai pas réfléchi avant.

– C'est vrai ?

– Oui. C'est dur comme métier.

– Je m'en doute. Vous faites ça où ?

Là, je réfléchis avant de mentir.

– Dans un petit village, pas loin. C'est pas un gros truc, des fois, j'ai presque rien à faire. C'est assez mort. Mais je suis bien payé, alors je reste.

– Bien payé, même si vous n'avez pas de clients, donnez-moi le numéro de votre patron, je l'appelle tout de suite.

Rires. Toux. Glaires.

– C'est chiant, des fois, de ne rien faire.

– J'imagine. Moi je bosse tout le temps.

– Je vous ai baratiné tout à l'heure, je ne sais pas du tout qui est le Barthélémy dont vous me parliez.

– Le président du conseil général ? Non, ça ne vous dit rien ?

– Je ne sais même pas ce que c'est que le conseil général.

– Vous ne votez pas ?

– Non, la politique, moi j'y crois pas.

– Vous devriez, c'est important.

Me donne pas de conseil, mec, ouvre-toi une troisième 8.6.

– Je sais, mais je ne comprends rien.

– Barthélémy est un type chouette.

Que tu pompes.

– C'est le plus jeune président de France.

– Ah oui, il a quel âge ?

– 30 ans.

– Ah ouais, d'accord, effectivement c'est jeune. Mais c'est quoi, genre un député ?

– Non, c'est le conseil général. On vote pour lui aux élections cantonales.

– OK.

– Mais, en fait, ce n'est pas Barthélémy qui a été élu, c'est l'ancien président, monsieur Simonet, qui était élu depuis quinze ans, mais il est décédé l'année dernière. Barthélémy le remplace jusqu'aux prochaines élections.

– OK. Et vous, vous êtes son chauffeur ?

– Exactement. Et entre nous, je n'ai pas perdu au change, le vieux commençait sérieusement à gagater. Lui, il est plus jeune, il est plus dynamique.

– Vous avez l'air de bien l'aimer.

– Oui, c'est un bon gars. Il aime vraiment ce qu'il fait. Il baigne dans la politique depuis qu'il est tout petit.

Je sais. Les enculés de cocos.

– C'est quel parti ?

– Parti socialiste.

– C'est la gauche ?

– Vous n'êtes vraiment pas au courant sur la politique.

– Non.

– Il est proche des gens. Les jeunes et les vieux l'aiment bien. Il est tout le temps sur le terrain.

– Ça veut dire que vous bossez tout le temps.

– Exactement.

– Il vit dans le coin ?

– Oui, là-bas, au Bourg-Neuf.

– Ah oui, je connais, il y a des chouettes maisons là-bas.

– Oui, la sienne, vous ne pouvez pas la louper, elle est blanche, avec plein de baies vitrées.

– Près du peuple, mais dans une super baraque... je vois le genre.

– Non, c'est les parents de sa femme qui ont beaucoup d'argent.

– Il est marié ?

– Oui... pas depuis longtemps, ils se sont mariés le week-end dernier.

– Ah bon ?

– Oui, j'étais invité. Tenez, regardez.

Il cherche un truc dans la voiture. Il sue, sa chemise sort de son pantalon, il se penche, il me montre la raie de son cul, il a un de ces culs, putain ! Dégueu. Il me le montre longtemps, il attend quoi, que je le bourre ou quoi ? Il me prend pour qui, putain, j'en ai marre de voir des pédés partout, c'est relou, tu crois quoi, bâtard, que je vais te bouffer le trou de balle comme tu fais à Mimi entre deux rendez-vous, mais tu me prends pour qui, putain, ces tarlouzes, ils pensent toujours qu'à ça, il vient de pomper Mimi et maintenant il veut que je l'encule, il en a jamais assez, c'est ouf !

– Tenez, regardez, c'est les photos du mariage dans le journal.

– Ah oui, OK, sa tête me dit quelque chose.

– Vous avez dû le voir sur des affiches.

– Peut-être. Sur des panneaux gris pendant les élections ?

– Oui.

Mimi pose avec sa pouffe. Elle porte une robe avec des froufrous, on dirait une grosse meringue, et lui, putain, avec son costard blanc, c'est quoi ça, il a une rose à la boutonnière, je te l'aurais foutue dans le cul moi ! Putain, c'est le troisième, je le reconnais, c'est l'autre fiotte qui était venu le chercher à la gare. Il pose à côté d'eux. Il sourit comme un gros con.

– Je le connais, lui !

– Qui ça, lui ?

– Oui, à côté de la mariée.

– C'est Jean-Luc. Jean-Luc Moreau, c'est le meilleur ami de Barthélémy, c'était son témoin.

– Jean-Luc Moreau, mais oui, je le connais. Je l'ai vu plusieurs fois à la pizzeria.

– Possible, il habite dans le coin aussi.

– Je l'aime bien, ce type, il me laisse des super pourboires à chaque fois.

– C'est possible, c'est pas le genre à attendre les fins de mois.

– Il fait quoi ?

– Pas grand-chose. Il est né où il fallait, c'est tout.

– Je vois.

– C'est la vie, on choisit pas où on naît.

– Manque de pot… moi, je suis né du mauvais côté.
– Moi aussi.
– Alors on trime.
– Eh oui.
– On en boit une dernière.
– OK.

Troisième 8.6. Michel, tu déconnes mec. Tu vas perdre ton job si tu te fais contrôler par les keufs.

Il m'a à la bonne, il me raconte sa life, je m'en branle, mais je fais semblant d'écouter. Il kiffe Mimi, on dirait qu'il a vu le pape. Eh oh, mec, c'est juste Mimi.

– Je vais y aller. Il va vraiment faire trop nuit, sans les phares, ça craint.
– C'est bon, je vais vous déposer.
– C'est vrai ?
– Oui. Faut juste qu'on fasse gaffe à pas rayer le coffre avec le vélo.
– C'est gentil, merci.

On fout le vélo dans le coffre. Je monte devant. Michel tousse et fait démarrer le moteur.
– Tu m'indiques le chemin.
– OK.

Tu me tutoies, tu te prends pour qui ?
– C'est vraiment sympa de me ramener.

On roule doucement. Il respecte bien les limitations de vitesse, y'a pas de soucis. Quelle caisse de tarlouze avec ses sièges en cuir marron. Super prétentieux. Je dis plus rien, je le regarde conduire. Il se passe rien, je lui dis juste le chemin à suivre. On a dix minutes de bagnole.
– Ça te dérange pas si je mets de la musique ?
– Non, non, vas-y.

Il se baisse, il ouvre la boîte à gants, putain, mais il me touche, cet enculé, il a son bras posé sur ma cuisse, mais il me prend pour qui, je suis pas Mimi, je te fais pas sucer ma queue comme ça, je suis pas pédé, Michel la tarlouze, tu me touches pas comme ça, et il prend bien son temps en plus cet enculé, tu veux pas me pépon pendant que t'y es, t'as la tête à dix centimètres de ma teub, tu veux la pomper, tu veux l'aspirer, putain mais tu m'as pris pour qui, enculé, je te cogne direct mec.

– T'arrêtes ça tout de suite, mec !

– Quoi ?

– T'arrêtes de me peloter !

– T'es pas bien dans tête toi !

– Je t'ai dit t'arrêtes ! Je suis pas pédé moi !

Il freine, il me regarde, il comprend pas, il a trop honte d'être pédé cette enflure. Je lui fous un bon coup de boule !

Bam.

Dans sa gueule, il est dans les vapes, je lui en colle un autre, putain, tu m'as trop cherché mec, je baise pas avec les types comme toi, je suis pas pédé, je kiffe pas les pédés !

– T'es un grand malade !

Bam.

Je lui nique sa tête contre le volant ! Il gueule, tu m'étonnes, ça doit bien faire mal, hein, tu kiffes ça !

Bam.

Une autre fois, je t'éclate la tête contre le volant, je te pète le nez, pour qui tu m'as pris, tu croyais quoi, qu'on était potes, qu'on allait se briser le cul comme ça dans la campagne, tu croyais ça, hein, tu croyais, tu bandais déjà dans ton slip, connard, je bouffe pas de cul, moi, je te le dis, tu saignes bien du nez et du front, ça te fait les pieds, connard, putain.

Bam.
Bam.

Je t'éclate bien la tête, t'es trop dans les vapes, t'as pas compris là, t'avais trop l'habitude de te faire des petites putes comme ça, je suis pas comme ça, moi, bâtard.

Bam.
BAM.
BAM.

62

Ça me saoule, la laverie. Elle pourrait pas venir laver ses strings, l'autre petite pute, là ! Je me fais trop chier avec ce connard qui lit des livres tout le temps. Il lit quoi, Fred Vargas, je connais pas ce type-là, comment c'est gros comme livre.

*

Je me rappelais même plus que j'avais gardé ça. J'ouvre le carton, y'a encore le scotch. Les photos de classe. Primaire, collège. Mimi et ses lunettes, Mimi et sa cravate, Mimi et sa cravate américaine, Mimi et ses gilets tricotés par mémé, Mimi et sa tête de bouffon, Delphine et ses gros seins, Kader et sa grosse queue, Kazumiko Momo, Wlad. La gueule que j'ai sur celle-là, tu m'étonnes que je niquais pas.

*

Mimi portait des lunettes à cette époque, je m'en souvenais plus. Il doit porter des lentilles maintenant.

63

C'est le château de Versailles ici ou quoi ? J'avance vers une vieille meuf derrière un comptoir, elle me regarde chelou.

– Bonjour.

– Bonjour, monsieur.

– Excusez-moi, je voudrais savoir pour déposer un CV.

– Vous voulez déposer un CV pour quoi monsieur ?

– Je ne sais pas...

– Ce n'est pas l'ANPE ici, vous savez.

Je vais te foutre un coup de boule, toi, tu vas pas comprendre. Encore une standardiste bac moins dix qui se la pète genre j'ai trop de pouvoir derrière mon comptoir, je vous tiens par les couilles et si vous m'obéissez pas j'appelle la sécurité.

– Je sais, mais c'est, comment on dit, une candidature comme ça, en direct.

– Une candidature spontanée, vous voulez dire, monsieur.

– Oui, c'est ça... spontanée.

– C'est pour quel service ?

– Je ne sais pas. Je suis chauffeur, je peux travailler pour tous les services.

– Vous êtes chauffeur ?

– Oui, j'ai mon permis. Vous voulez le voir ?

– Vous avez de l'expérience ?
– Bien sûr.
Elle décroche son téléphone.

– Oui, Chantal, j'ai un monsieur à l'entrée, il veut déposer un curriculum pour devenir chauffeur... Oui, c'est pour ça que je t'appelle. Bah oui. Tu as le temps ou pas ? C'est dingue. Oui... arrête... je te le fais patienter. Monsieur, allez vous asseoir là, une de mes collègues va vous recevoir dans une dizaine de minutes. Vous avez le temps ?
– Je cherche du travail.
– Asseyez-vous alors.

Elle me regarde trop chelou. Je me fous sur une chaise en plastique, j'attends. Y'a personne ici. C'est super grand et super vide. Ils ont collé des affiches partout. Je mate la vieille derrière son comptoir. Je vois juste sa choucroute qui dépasse et ses grosses lunettes, on dirait une vieille bourge coincée, elle me fait penser à la meuf dans *Madame est servie*. Maman adorait cette série, elle la regardait tous les midis. Moi je trouvais ça chiant, y'avait juste la grand-mère qui était marrante, elle pensait qu'au cul.

La vieille s'emmerde, tu m'étonnes, y'a personne ici. Ça sert à quoi, le conseil général, ils ont trop l'air de rien glander ici. Son portable sonne, la conne met son bluetooth, c'est trop débile ce truc. C'est même le truc le plus con qu'ils aient inventé. Y'avait le voisin qui en portait toujours un, mais personne l'appelait jamais, c'est juste un truc de frime. Avec ça, les gens se sentent importants, ils veulent surtout pas manquer un seul appel alors qu'ils glandent rien, elle décroche direct, elle est trop contente de se la péter, elle parle à son bluetooth, elle a bien l'air con, elle fait genre je parle doucement pour que personne n'entende mais :

1/ Y'a personne à part moi.

2/ L'entrée est tellement grande que ça résonne de partout, elle parlerait vraiment à voix basse que j'entendrais tout, la conne, elle se la pète, elle est trop contente de montrer qu'elle est importante et qu'elle a plein de coups de fil, c'est vachement important, le téléphone aujourd'hui, si t'as pas de portable, t'existes pas.

Je me fais bien chier, j'attends vachement plus que dix minutes. Deux personnes sont entrées. Seulement. Je comprends pas à quoi ça sert, le conseil général, un château de Versailles pour ça, c'est débile, c'est vraiment de la thune foutue en l'air, c'est bien un truc de socialiste, ça.

*

Une meuf vient me chercher. Une reubeue, pas mal, des longs cheveux bouclés, chemisier et gros collier, bling bling, elle a tellement de bracelets que ça fait tout le temps du bruit, ça m'énerve super vite, ce truc bling bling. Je la suis, elle roule du cul, un truc de malade, elle roule tellement du cul qu'elle le fait exprès, c'est pas possible autrement, elle me chauffe, encore une bonne chaudasse, dommage pour elle, je kiffe pas les Arabes. Putain, elle roule à fond, sous sa jupe on voit que son string qui lui rentre dans le cul. Avec Mimi comme président, ça doit être la touze partout ici.

– Asseyez-vous.
– OK.
– Vous me donnez votre CV ?
– Oui, tenez.
Elle le regarde. Je l'ai fait vite fait hier soir sur l'ordi. J'ai un peu baratiné, mais ils vérifient jamais. Je suis pas là à dire non plus que j'ai bac +10. Je suis pas ouf.
– Pourquoi vous êtes venu aujourd'hui ?
– Je ne sais pas. J'ai un ami qui m'a dit de tenter ma chance ici.

– Oui, mais pourquoi aujourd'hui ?

– Je venais en ville, c'est tout !

Elle me saoule.

– Vous êtes disponible quand ?

– Je sais pas, je suis au chômage moi…

– C'est incroyable, le hasard.

– Pourquoi ?

– Non, je pensais tout haut. En fait, pour tout vous dire, le chauffeur du président a eu un accident avant-hier.

– Ah bon ?

– Oui.

– Et il sera absent combien de temps ?

– Il ne reviendra pas, il est décédé.

– Ah bon. Merde. Je suis désolé.

Elle va pas chialer ce gros moustachu de Michel quand même.

– Il a perdu le contrôle de sa voiture, il est tombé dans un ravin.

– Merde… pardon, je voulais dire, rien, c'est triste.

– Oui, il travaillait au conseil général depuis vingt ans.

– Qu'est-ce qui s'est passé ?

– Il avait bu.

Bingo.

– Moi, je ne bois pas.

– Pardon, excusez-moi…

– Pas de soucis.

– C'est pour ça que c'est incroyable que vous veniez faire une candidature spontanée pour devenir chauffeur aujourd'hui.

– Je savais pas, je vous jure.

– Je ne dis pas ça pour ça, excusez-moi.

– Non, parce que moi, c'est un ami qui m'a donné l'idée, je savais pas.

– Vous pouvez commencer ce soir ?

– Oui.

– Le président a un banquet.

– OK.

– Il faudrait que vous reveniez cet après-midi avec des justificatifs de domicile et puis quelques papiers. Vous avez un mail ?

– Oui.

– Je vais le noter et je vous envoie les pièces à rapporter.

– OK. Alors c'est jpcouillasse82@free.fr.

– Vous pouvez me l'écrire ?

– OK.

– Revenez me voir vers 15 heures. D'accord ?

– Oui.

*

Michel s'est croûté en bagnole parce qu'il avait picolé trois 8.6. Ça doit être une faute professionnelle grave.

*

Je trouve tous les papiers qu'elle me demande. Je vais être embauché. Je vais devenir le chauffeur de Mimi. Putain, j'espère qu'il va pas me reconnaître. Il va pas me reconnaître, quand je regarde les photos de classe, même moi je me reconnais pas. Lui, il a beaucoup changé mais moi je le reconnais. Je flippe un peu quand même, j'ai mal au ventre. Putain, si ça pouvait marcher, je vais les voir direct à la pizzeria et je leur colle mon poing dans la gueule, ils vont pas comprendre, ils m'ont saoulé pendant cinq ans à mal me payer et à me faire faire des horaires de ouf, comment je vais leur en mettre plein la gueule, putain, si je leur dis que je me tire, ce soir ils vont trop être dans la merde, la tête qu'ils vont faire, mort de rire.

*

La reubeue bling bling regarde mon dossier. Je patiente pendant qu'elle fait des photocopies, elle me tourne le dos, tout ça pour que je voie son string, putain la bonne cochonne, elle se cambre bien pour récupérer les feuilles dans le trieur, elle voudrait trop que je la nique sur la photocopieuse, que je la bourre bien pendant que la machine photocopie ses gros nichons qui s'écrasent sur la vitre et sa gueule qui s'écrase sur la vitre et sa bave qui coule et mon foutre qui coule de sa bouche.

– Je vais vous demander de patienter encore un peu, monsieur Collignon va vous recevoir.
– J'ai encore un entretien ?
– Oui, mais ne vous inquiétez pas.
– Je croyais que c'était bon.

*

Le gros Collignon regarde mon dossier, moi je bande encore à moitié en pensant à la photocopieuse. Collignon est encore plus gros que Michel. Dès qu'il respire, j'ai l'impression d'entendre toutes ses artères qui se bouchent. Je voudrais bien qu'il signe les papelards avant de clamser. Il a trois bagouzes sur les boudins qui lui servent de doigts. Trois bagouzes, pourquoi pas dix pendant qu'il y est, c'est trop une grosse fiotte encore celui-là, Mimi sait bien les choisir. On m'avait déjà dit ça, non seulement les pédés se reconnaissent au premier coup d'œil, mais en plus ils s'entraident tout de suite. Mimi les sent, il les embauche, ni vu ni connu. Les juifs font pareil.

– Vous êtes né à Paris, mais vous avez vécu toute votre enfance ici ? Vos parents vivent également à Lyon ?
– Non, eux, ils sont restés à Paris.

– Mais vous êtes venu à Lyon avec qui alors ?

Merde. Enculé de tarlouze, embauche-moi. Je mens bien pourtant.

– Non, en fait mes parents sont venus à Lyon quand j'étais petit, mais maintenant ils sont retournés à Paris.

– C'est rare ça.

– Pourquoi ?

– Parce que d'habitude c'est plutôt l'inverse, les gens quittent Paris pour la province.

– Ah bon. Non, moi, ils ont fait ça. On a pas mal de famille à Paris.

– Vous êtes marié ?

– Non, je suis célibataire.

– Ça ne vous dérange pas d'avoir des horaires un peu bilboc ?

– C'est quoi ?

– Parfois, il faut commencer très tôt, des fois vous pouvez finir très tard. Et puis c'est beaucoup d'attente entre les rendez-vous.

– Ça me dérange pas.

– Vous êtes sûr ?

– Je suis au chômage, mais je suis un bosseur.

– Vous ne buvez pas ?

– Non… j'ai appris pour l'ancien chauffeur, c'est triste.

– Les nouvelles vont vite. Michel était l'un des plus anciens, c'est un choc pour nous.

– Je comprends.

– En ce qui concerne le salaire, c'est une base de 1500 euros net et des primes si vous devez travailler plus de deux week-ends par mois.

1 500 plus des primes, j'y crois pas, c'est ouf, ça va me changer, ça fait 400 euros de plus, presque 3 000 balles, c'est un truc de malade.

– Je suis embauché ?

– Vous avez une période d'essai d'un mois.

– D'accord.

– Au revoir, Jean-Pierre.

– En fait je m'appelle Jean, Pierre, c'est mon deuxième prénom.
– Pourtant, sur vos papiers…
– Ils ont fait une erreur sur ma carte d'identité.
– Ah d'accord. Très bien, je rectifierai. Bonne journée.

Trop facile.

– Quand même, vous tombez à pic, vous.

64

– Je suis désolé, les gars, mais j'ai trouvé un autre taf.

– Quoi ?

– Oui… je suis désolé.

– Tu pars quand ?

– Maintenant.

– Tu déconnes JP ?

– C'est pas ma faute, ils m'ont appelé aujourd'hui pour commencer ce soir !

– Tu vas faire quoi ?

– Je vais travailler au conseil général, comme chauffeur.

– Il devient fonctionnaire le JP !

– C'est pas fonctionnaire !

– Tu me racontes quoi mec, le conseil général, c'est l'État, c'est les fonctionnaires.

Je vais devenir un putain de fonctionnaire, comment c'est ouf, comment je vais rien glander, en plus pour 1500, plus les primes.

– Tu nous lâches comme ça mec !

– C'est pas de ma faute.

– Quoi c'est pas de ta faute, c'est bien toi qui as cherché un autre taf ?

– Ouais, mais…

– Quoi ?
– Je savais pas que ça viendrait si vite.
– Je vais trop te marave JP !
– C'est bon, j'ai le droit de changer de taf !
– Tu nous plantes pas comme ça !
– C'est qui qui va faire les pizzas ce soir ?
– Je suis désolé.
– On te donne du taf et toi tu nous lâches comme ça.
– On est des poteaux mec, non ?
– C'est pas une histoire de poteaux !
– Tu vas gagner combien à faire le chauffeur ?
– 1 500, plus des primes.
– Le bâtard !
– Eh, tu m'insultes pas comme ça !
– C'est toi, tu nous fais quoi là, tu nous plantes ?
– Tu crois que ça nous fait golri JP ?
– Tu ferais quoi à ma place ?
– Même pour la thune, je plante pas mes poteaux comme un bouffon !
– Ouais, c'est bon, laisse tomber, on va se démerder sans lui !
– Bouffon, putain, j'ai trop envie de te marave la tête !
– Tu me parles pas comme ça Ali !
– Je te parle comme je veux mec, tu fais ton fonctionnaire déjà, tu crois que je te respecte à nous lâcher comme ça, tu crois au père Noël toi !
Je vais les buter un jour.
– Vas-y casse-toi JP, je te promets, si je te croise une autre fois, je te défonce ta tête.

OK, je me casse, je me retourne pas, ils sont trop vénère, putain si vous saviez comme je m'en bats les couilles de votre pression à deux balles, tu crois que je te crains, tu crois quoi, qu'est-ce que tu vas me faire si tu me croises, je t'en colle une moi, tu vas pas comprendre, sale reubeu.

*

Ça, c'est fait.

65

Faut pas que je me plante.

Je m'appelle Jean, j'ai fait ma scolarité à Lyon et non plus à La Courneuve. J'ai mon bac. J'ai fait deux ans de fac, plus, ça serait abusé. Mes parents on un peu de thune, ils ont un appart à Paris. Je suis le nouveau chauffeur de Barthélémy Carette, président du conseil général du Rhône. Barthélémy Carette, le plus jeune président de conseil général de France. Je suis fonctionnaire. Je gagne 1 500 net plus primes par mois. La classe. Je flippe un peu mais c'est cool. Il se passe quelque chose.

*

Je nettoie vite fait le tableau de bord de la Laguna – ils doivent en avoir plein parce que l'autre elle est dans le fossé – je nettoie les sièges en cuir caramel, j'ai mis un fute noir et mon blouson, j'ai pas de costard, on m'a demandé d'en acheter un ce week-end. Maintenant, je vais avoir de la thune, je peux. Je m'assois au volant. Elle est confortable quand même cette bagnole de bourrin.

J'attends. Le président doit arriver.

Mimi arrive. Putain, faut pas qu'il me reconnaisse. Il va pas me reconnaître, même moi, je me reconnais pas.

– Bonjour.
– Bonjour monsieur.
– On m'a dit que vous étiez venu proposer une candidature spontanée ce matin.
– Oui c'est ça.
– C'est incroyable.
– On m'a expliqué, mais je vous jure, je ne savais pas, monsieur.
– Vous ne connaissiez pas Michel ?
– Non.
– C'est terrible ce qui s'est passé.
– L'alcool, c'est terrible.
– Vous êtes au courant ?
– Oui.
– Les nouvelles vont vite.
– Oui. Il avait de la famille ?
– Deux enfants. C'est pour eux que c'est le plus dur.
– Il travaillait pour vous depuis longtemps ?
– Je ne sais pas si on vous a expliqué.
– Quoi ?
– Le président est décédé l'année dernière, je le remplace jusqu'aux prochaines élections.
– C'est quand ?
– Dans quatre mois.
– Vous allez être réélu ?
– J'espère. Je touche du bois, mais je pense qu'il ne devrait pas y avoir de problème.

Il est bien sûr de lui. Moi je vote pas, je comprends rien à la politique. Il me regarde droit dans les yeux, il ne me reconnaît pas. Il frime un peu avec son costard et sa cravate jaune, c'est quoi cette cravate, putain, il doit trouver ça drôle. Je dis rien, je commence, je peux pas me permettre.

– Vous avez déjà été chauffeur ?
– Non, mais c'est ce que j'avais envie de faire.
– Vous faisiez quoi avant ?
– J'étais au chômage.
– Ah...
– Oui. Mais avant j'ai fait plusieurs boulots. Avec un bac + 2, on trouve pas grand-chose.
– C'est vrai. En tous les cas, je suis content que vous soyez là.
– Vous ne conduisez pas ?
– Non, je n'ai pas le permis.
– Pourquoi ?
– Je ne sais pas, j'ai trop attendu, alors maintenant c'est trop tard.
– C'est jamais trop tard pour ça.
– Il faut qu'on y aille, on est déjà un peu en retard.

Je dois faire quoi ? Lui ouvrir la porte ? Le laisser le faire ? Il est pas manchot, il peut le faire tout seul. Il va derrière, ça je sais, je t'ai déjà vu Mimi, je t'ai déjà vu quand je te matais derrière les arbres près de ta maison. C'est ouf qu'il se rende compte de rien, je kiffe trop cette situation. Il monte à l'arrière tout seul, tant mieux, ça m'aurait fait mal au cul de devoir lui ouvrir la porte.
– On va où ?
– J'ai l'inauguration d'une entreprise.
– Vous avez l'adresse ?
– On ne vous l'a pas donnée ?
– Non monsieur.
– D'accord. Tenez, j'ai leur carte. Vous pouvez mettre le GPS.
– Vous n'y êtes jamais allé ?
– Non, c'est leurs nouveaux locaux, je crois que la peinture n'est même pas sèche.
V'là l'humour Mimi.
– OK, on y va.

Je suis le GPS, faut traverser toute la ville. Heureusement que y'a le GPS, sinon j'aurais jamais trouvé.

– Où habitez-vous ?

– À Vaulx-en-Velin, monsieur.

– Très bien.

– Pourquoi ?

– C'est à quelques kilomètres de mon domicile. Je suis dans un petit hameau qui s'appelle le Bourg-Neuf.

– Je ne connais pas.

– Je vous donnerai l'adresse, ne vous inquiétez pas. Détendez-vous, tout va bien se passer. Je ne suis pas du genre tyran. Je veux juste que vous soyez ponctuel.

– Ça y'a pas de problème, je suis toujours à l'heure.

Il est à l'arrière, je le mate dans le rétro discretos. Il croise les jambes, il n'a pas changé. Je te reconnais bien là, mon Mimi, ça me fait plaisir de te voir. Il regarde des tas de dossiers, il passe des coups de fil avec son iPhone. Ça doit bien gagner un président comme lui. Quand tu vois la baraque, tu comprends tout de suite, putain, il m'énerve déjà, comment il parle au téléphone, il est super speed, il est trop relou. Il fait son petit chef qui a plein de rendez-vous, genre je gère la situation alors que moi je sais, je sais que c'est une petite fiotte qui chiait dans son froc dès que Kader s'approchait. Les gens avec qui il bosse, ils savent pas tout ça, un jour je vais tout leur balancer, il va pas comprendre.

Il me regarde vite fait dans le rétro, il voit que je le regarde, il me lance un sourire, il veut quoi, il veut que j'arrête la bagnole et que je vienne le baiser à l'arrière ? Je te fais déjà bander Mimi ? Hein ? Tu mouilles dans ton string sous ton costard ? Quelle fiotte à croiser les jambes comme ça, y'a que les meufs et les pédés qui croisent les jambes comme ça, ça doit bien lui serrer les couilles, ça lui aplatit bien, moi je kiffe qu'on m'appuie bien sur les boules, ça doit lui plaire aussi, il serre les jambes pour s'écraser ses grosses couilles de tarlouze.

– Tout va bien ?

– Oui monsieur.

– Vous conduisez bien.

– Merci monsieur.

– On peut aller plus vite ou pas ?

– C'est limité par là.

– D'accord.

Il reprend ses conversations au téléphone, il me sourit encore, il veut quoi putain, il me saoule avec ses grands airs de bourge. Comment je te faisais bander dans les urinoirs, tu te rappelles, je l'avais bien fait raidir ta grosse queue de 20 cm dans les chiottes de l'école, t'avais tellement eu honte que t'es jamais revenu, que tu t'es cassé sur Lyon avec tes parents pleins de fric. Tu me fous la haine rien qu'à te regarder avec tes manières et tes longs cheveux blonds, ça fait pas sérieux pour un président tes cheveux de Barbie.

66

Là, je me fais bien chier, j'attends Mimi. Son inauguration de je sais pas quoi dure des plombes, c'est hyper relou, moi j'ai rien à foutre, si c'est ça mon taf, je vais bien me faire chier. Faut que je m'habitue, c'est quand même 1 500 plus les primes par mois, je vais pas retrouver un taf comme ça tout de suite, et puis si je suis fonctionnaire, après je peux plus être viré, ça je commence à comprendre. Bonne situation. Je vais pouvoir m'acheter mon écran plat.

*

Je sors fumer une clope, je regarde vite fait à l'intérieur. Y'a plein de monde, que des mecs en costard noir et des pouffes en jupe ras la moule. Mimi serre des mains, il est bon pour ça, on dirait Chirac au Salon de l'agriculture, il serre des mains pour être élu, c'est ça la campagne électorale, je comprends, il faut se faire bien voir de tous ces nazes pour être élu, pas mal la technique, Mimi roule tellement du cul quand il marche, on dirait qu'il a un truc dans le cul, un gros gode, c'est ça, je suis sûr que c'est ça, c'est pour ça qu'il me sourit comme ça dans la voiture, il a son gode dans le cul et à chaque dos-d'âne il tripe comme jamais, je vais voir ça au retour, dos d'âne = sourire de kif de sentir le gode s'enfoncer un peu plus dans son trou, il serre des mains encore et encore, c'est naze, si tu crois que c'est comme ça que ça marche, je descends pas t'ouvrir la porte et puis quoi encore, tu rêves Mimi, tu ouvres la porte, tu montes derrière, tu t'assois, tu me souris, tu m'étonnes, ton gode vient de rentrer plus profond.

– Tout s'est bien passé ?
– Oui, merci.
– On va où ?
– Je rentre à la maison, la journée est terminée.
– Très bien monsieur.

Retour. Dos d'âne = sourire, c'est bien ce que je pensais. Putain, il doit avoir le trou super ouvert à force de le garder tout le temps son gode.

– C'est une société d'aménagement du territoire que le conseil général finance en partie, ils inauguraient leurs nouveaux locaux.

Si tu savais comment j'en ai rien à foutre.

– D'accord. Dans le GPS, je rentre Bourg-Neuf ?
– Non, ça n'est pas répertorié, c'est trop petit comme hameau.
– Je fais comment alors ?
– Je vais vous indiquer la route à prendre.
– Très bien.

On traverse Lyon, je fais semblant de ne pas savoir où je vais mais moi je sais. Je sais pour la pouffe trans, je sais pour la troisième fiotte, je sais pour le gode, je sais la bite dans le dos, je sais le balai dans le cul, je sais tout.

Je dis rien, je sais pas quoi dire.

– Vous êtes marié ?
– Non monsieur, et vous ?
– Oui, depuis la semaine dernière.
– C'est vrai ?

– Oui.

– Félicitations.

– Merci. Mais cela fait six ans que nous nous connaissons, ma femme et moi.

– Vous avez des enfants ?

– Non, pas encore. Mais avec mes nouvelles responsabilités, ce n'est plus tellement d'actualité.

– Je comprends. C'est beaucoup de boulot.

– Ce n'est pas le genre de métier où l'on doit compter ses heures.

– J'imagine. C'est des sacrifices.

– Oui et non, c'est très valorisant d'être au service de la cité.

Je préfère rien dire du tout, la cité, mon gars, t'y as jamais vécu, moi oui, je sais ce que c'est dix-neuf ans de 4000, je m'en souviens bien moi, toi, t'étais dans ton pavillon avec jardin, tu sais pas ce que c'est.

– Le conseil général, les gens ne savent pas trop à quoi ça sert, mais je peux vous dire que c'est très important, notre politique influe sur énormément de choses de la vie quotidienne des gens, les collèges, les cantines.

Me parle pas steuplaît, j'en ai rien à foutre de ton truc, moi je te ramène, je suis payé pour ça, je rentre chez moi après, je vais me faire un bon film, tranquilou, je vais bien juter en matant ma petite Clara, toi tu vas retrouver ton trans, chacun son truc Mimi, mais vas-y, ferme-la.

– C'est par là.

– Bien, monsieur.

Je sais que c'est là qu'on tourne, troisième maison à gauche, les grandes baies vitrées, le 4×4.

– C'est là.

Mimi sort de la bagnole, il me serre la main.

– Vous pouvez venir me chercher à 8 heures demain matin.

– Bien monsieur.

Je me barre, je vois dans le rétro le trans qui lui ouvre la porte. Je savais pas que j'allais garder la voiture le soir, moi. C'est un peu ma voiture alors. Cool. C'est confortable, je pensais pas. Renault, c'est pas si pourri finalement, y'a un lecteur CD et une radio. Je l'allume. Putain, le truc de ouf. *La doudou, elle s'en fout, au mois d'août, elle met les bouts*. Je kiffe trop cette chanson. Faut que j'appelle Maman pour lui dire.

67

– Allô, Maman ! Oui, c'est JP. Bien et toi ? Il est toujours comme ça, t'as l'habitude maintenant. J'ai trouvé un nouveau job. Si, je te jure. Tu m'étonnes. J'en pouvais plus des pizzas. En fait, je suis devenu le chauffeur du président du conseil général du Rhône. Si, je te jure ! Mais allez, c'est bon, je me fous pas de ta gueule, arrête ! Pourquoi je te baratinerais ? T'es chiante. Non, je vais devenir fonctionnaire. 1 500 plus des primes. C'est cool, hein ! Tu le diras à Papa ? Non, j'ai pas le temps, tu lui passes le bonjour pour moi. Je t'embrasse. Oui, je l'utilise tous les jours. J'ai perdu du bide déjà. Moi aussi. À plus.

*

J'avais encore jamais remarqué qu'on voyait la caméra dans le miroir derrière, ça doit être canon comme métier, filmer des films de boules, toute la journée, t'es avec des meufs qui se font niquer, ça doit être cool, je mets arrêt sur image, la tête qu'il fait le cameraman quand le type décharge sur la gueule de Clara, le cameraman a une grosse bosse sous le jean, tu m'étonnes, tu dois passer ta vie à triquer en faisant ça comme taf, j'imagine que je fais ça, je dis à Clara vas-y, suce-le bien, bouffe-lui la tige jusqu'aux couilles, gobe-lui les couilles, je jute vite fait ce soir, je nettoie pas, c'est mon foutre à moi.

*

J'arrive pas à dormir, je sais pas ce que je vais faire avec cette thune. À part l'écran plat, j'achèterais bien une caisse mais en même temps, si je peux garder la Laguna le week-end, j'en ai pas besoin. J'ai besoin de rien. Ah si, le truc de ouf, je vais pouvoir m'acheter une machine à laver, la laverie c'est trop chiant.

*

Je dors pas, je me rebranle, ça passe le temps, je pense à rien, je comprime mes burnes, je rejute dans les draps, je vais dormir maintenant.

68

Pile-poil 8 heures. J'attends Mimi. Il sort de chez lui, il se remet les burnes en place vite fait, le trans a dû le pépon juste avant d'aller bosser, ils pensent qu'à ça les pédés, ils baisent toujours, c'est vraiment des obsédés, il me sourit en se remettant discrètement les burnes, en même temps, s'il avait voulu être discret, il aurait fait ça discrètement, là, il fait ça devant moi, il met ses grosses couilles en place pour que je voie bien qu'il a des grosses couilles, comme si je les avais jamais vues, tes couilles, Mimi, tu te rappelles pas les urinoirs du collège, je t'avais bien fait triquer, enculé, tu l'avais bien kiffée, ma queue.

– Bonjour Jean.
– Bonjour monsieur.
– Vous pouvez m'appeler Barthélémy.
– Oui, si vous voulez.

Je peux t'appeler Mimi si tu veux.

– Nous allons au conseil général ce matin.
– D'accord.
– Vous n'êtes pas si loin de chez moi, alors ?
– Non, dix minutes.

– Parfait. Vous êtes ponctuel.
– C'est mon travail.
– Oui. Vous n'êtes pas un bavard, vous ?
– Non. Surtout le matin.
– Du mal à vous lever ?
– Je n'ai plus l'habitude. Quand on est au chômage, on se lève rarement à 6 h 30.
– Vous êtes resté longtemps au chômage ?
– Presque un an.
– C'est dur, ça.
– Oui.
– Je touche du bois, ça ne m'est encore jamais arrivé.
– Je suis content de travailler pour vous.
– Merci, c'est gentil. Vous êtes un observateur, vous. J'aime ça.
– Comment ça ?
– Vous observez tout, ça se voit.
– Je ne sais pas...
– Je vous le dis. J'aime bien les gens qui préfèrent regarder plutôt que de parler. J'appelle ça les taiseux.
– Ah bon ?
– Vous ne trouvez pas que les gens parlent souvent pour ne rien dire ?
– Si.
– Donc vous voyez ce que je veux dire.
– Peut-être. Mais c'est parce que j'ai pas grand-chose à dire.
– Vous n'avez pas des questions, des choses que vous voudriez savoir sur moi ou sur votre travail ?
– Je ne sais pas, je vous conduis, c'est pas non plus trop compliqué.
Il rit, je le fais rire.
– C'est déjà pas mal, je n'ai pas le permis.
– Je sais, vous me l'avez dit hier.
– Observateur et bonne mémoire... je vais faire attention à ce que je dis et à ce que je fais, alors !
Il rit.

– Pourquoi ?
– Non, je disais ça pour rire.
Trop mort de rire, toujours aussi naze Mimi.
– Vous avez toujours vécu ici ?
– Eh bien, vous voyez que vous avez des questions !
– C'est la seule qui m'est venue.
Il réfléchit. Il va me dire la vérité ou quoi ?
– Oui, j'ai toujours été dans le département. J'ai fait mes études à Lyon et j'ai commencé à militer très jeune.
Il ment. Je te grille trop Mimi, tu viens de La Courneuve comme moi. Quel enfoiré, il assume pas ses origines.
– Vous êtes né à Lyon ?
– Oui.
Enculé, même ça j'ai pas menti, j'ai dit que j'étais né à Paris, c'est marqué sur ma carte d'identité, je pouvais pas blouser, mais toi, tu me montreras jamais ta carte d'identité, alors tu peux mentir encore plus que moi. Enculé. Il a trop honte de sa petite vie de lopette en primaire et au collège, il a trop honte d'avoir porté une bite dans son dos, il a trop honte de tout, connard, je sais tout moi.
– Ma femme est de Lyon aussi.
J'ose.
– Elle s'appelle comment votre femme ?
– Géraldine.
G comme Géraldine. Géraldine Carette. Bon nom de trans, ça.
– Cet après-midi, c'est les obsèques de Michel, mon ancien chauffeur.
– Ah.
– Vous pourrez prendre votre après-midi, je vais rester avec sa famille.
– D'accord.
– On savait tous qu'il avait un problème d'alcool.
– Vous le saviez et vous montiez quand même en voiture avec lui ?
– Vous avez raison, c'est stupide.
– Je ne dis pas ça.

– Moi je le dis. J'aurais pu être dans la voiture avec lui le jour de l'accident.

– C'est grave de faire ça.

– Oui. Mais c'était quelqu'un de vraiment sympathique.

– Mon père est alcoolique, je sais ce que c'est.

– C'est vrai ?

– Oui. Il a frappé ma mère pendant des années.

– C'est injuste, la vie, parfois.

– Parfois oui. Maintenant on dirait un vieillard.

– C'est rare de parler de ça aussi librement.

– Ce n'est pas moi qui suis alcoolique, j'y suis pour rien.

– Oui. C'est une maladie.

– Mon père a toujours été comme ça.

– Et votre mère ?

– Elle ne dit rien. Elle doit l'aimer.

– Oui. Ce midi, je vais à la salle de sport, vous m'y déposerez.

– Vous faites du sport ?

– Deux fois par semaine. Je dois m'entretenir, et puis ça me détend.

– C'est une salle ?

– C'est rien de prétentieux, c'est un petit club de quartier. Je n'aime pas trop les chaînes.

– Y'a trop de monde.

– Oui, et puis, c'est comme d'habitude, c'est le rendement qui compte avant tout, là au moins, c'est plus familial. C'est plus cher, mais on est mieux traité, je trouve.

– Moi, j'aimerais bien mais c'est vrai que c'est cher.

– Vous pourrez venir si vous voulez, je peux vous avoir des entrées à tarif réduit ou je peux même vous inviter parfois, on a un quota d'entrées pour faire découvrir le club à d'autres personnes.

– Oui, c'est gentil, j'aimerais bien.

– Vous faites du sport, vous ?

– Je fais du vélo.

– Ah oui ?

– Oui, j'aime ça, ça me change les idées. Mes parents m'en ont offert un beau pour mes 30 ans.

– Vous savez que c'est le sport que je préfère ?

Normal, sport de tarlouze, ils avaient raison Malik et Ali à la pizzeria

– Ah bon ?

– Oui, tous les étés, je grimpe le mont Ventoux.

– Qu'est-ce que c'est ?

– Ah non, vous ne pouvez pas me dire que vous aimez le vélo et en même temps que vous ne connaissez pas le mont Ventoux.

– C'est quoi, dites-moi ?

– C'est l'épreuve mythique du Tour de France !

– Ah bon ?

– Oui, c'est une étape indispensable !

– C'est dur ?

– Oui ! J'ai mis trois étés à parvenir au sommet.

– Carrément.

– Il faut beaucoup d'entraînement. Maintenant, je ne me débrouille pas trop mal, mais quand j'ai essayé la première fois, j'ai cru que j'allais y passer. Ça monte, ça ne s'arrête jamais... on commence dans une nature assez flamboyante, vous voyez, la forêt dense, après, c'est plus sec, il y a moins de végétation, et puis, dans la troisième partie, il n'y a plus rien, tout devient désert, tout devient blanc, on se croirait sur la lune, c'est un spectacle extraordinaire. Les jours de beau temps, on a un panorama exceptionnel. Pour moi, c'est l'un des plus beaux endroits que je connaisse. Ça et les Météores en Grèce.

– Qu'est-ce que c'est ?

– C'est un endroit magique. Ce sont des énormes pitons qui sont sortis de terre, c'est très haut, je ne sais pas, peut-être 300 mètres de haut, sur chaque piton il y a des monastères.

– Ils sont habités ?

– Oui. L'instant magique, c'est lorsque le soleil se couche. Les nonnes qui vivent dans l'un des monastères se mettent à chanter, ça résonne dans toute la vallée. À ce moment, on voit des vautours planer dans le ciel et, en contrebas, on entend des meutes de chiens sauvages qui sortent de leur cachette

Ta gueule.

pour trouver de la nourriture. C'est-ce côté sauvage qui se mêle à la sagesse et à la spiritualité des nonnes qui donne des frissons. On est dans une sorte d'entre-deux. C'est vraiment extraordinaire.

– Ça a l'air beau.

– Si vous avez l'occasion un jour d'y faire un saut.

– J'y penserai. Mais je ne voyage pas beaucoup.

– J'adore les voyages.

– Je n'ai jamais voyagé. Mes parents n'ont jamais eu d'argent.

– Moi, j'ai beaucoup voyagé. Mes parents m'ont toujours trimballé partout.

Je sais, petit bourge.

– Vous avez vu beaucoup de pays ?

– Oui. À la maison, dans la cuisine, j'ai accroché un planisphère et je colle des petites gommettes sur tous les pays où je suis allé.

Putain, il me fait quoi avec ses gommettes, il est encore à la maternelle. Vélo, gommettes. Tu changes pas Mimi.

– Je n'en colle pas sur les pays où je suis simplement passé en transit, ça ne compte pas, sinon il y en aurait beaucoup plus.

– C'est quoi votre pays préféré ?

– Les USA. J'adore New York. Et puis Las Vegas, le Grand Canyon, c'est fabuleux. San Francisco, Los Angeles ! Je pourrais vivre là-bas.

– Je croyais que les communistes n'aimaient pas les Américains.

– Qui vous a dit que j'étais communiste ?

Je parle trop.

– Je ne suis pas communiste, je suis socialiste, il y a une énorme différence. Je n'ai jamais été communiste. C'est fini tout ça, ça n'a plus de raison d'être. On est passé à autre chose. Et les gens qui vous disent le contraire ne comprennent rien.

Tu te rappelles quand tu portais des pin's de Lénine sur tes bretelles ?

Son portable sonne. C'est reparti pour le show Mimi qui sait tout, qui connaît tout, qui répond bien et vite, qui ne dit jamais rien de blessant, mais qui par son ton vous met K-O, langue de bois, main de fer, gant de velours, je sais pas quoi, j'ai jamais compris cette expression.

Il note des trucs sur son iPhone, il se remet ses cheveux en arrière, tout le temps, comme ça, ses longs cheveux de Barbie, ça m'énerve, il est tellement maniéré, petit doigt en l'air, dos-d'âne = sourire, peau nickel, on dirait qu'il n'a pas de barbe en fait, ou alors tellement blonde qu'on la voit pas. Il me montre du doigt où je dois tourner tout en expliquant à quelqu'un ce qu'il aimerait dire dans un discours sur les sans-papiers. Ça a l'air super compliqué. Faut vexer personne. Putain, tout ce charabia, c'est trop de la branlette, les sans-papiers, j'en ai rien à foutre, on a déjà plus de fric, on va pas accueillir tous les mendiants de la terre, après ils vont tous venir et ils seront plus nombreux que nous.

Il change de ton au téléphone. Il est en mode privé. Je suis sûr que c'est le trans, ils ont un problème de femme de ménage, j'y crois pas. Il dit que Yasmina n'est pas bien et qu'il faut la changer. Géraldine n'a pas l'air d'accord. Mimi insiste. Et il faut passer à quatre heures par semaine. Trois, ça ne suffit plus.

69

Je ne sais pas quelle machine à laver choisir. J'y connais rien et y'en a tellement. Ça me gave. Je choisis la moins chère. C'est toujours comme ça que Maman faisait.

*

L'appartement est vraiment déprimant. Il faudra que je change bientôt. Avec mon dossier de fonctionnaire, j'aurai le droit à tout ce que je veux. Tout change en ce moment et ça fait du bien.

70

8 heures pile-poil. En trois mois, j'ai pas été en retard une seule fois. Je sais que Mimi apprécie. Quand il sort de sa maison, je sors de la Laguna. On se serre la main. Il croit qu'on devient potes. C'est juste que je veux garder mon taf. C'est de l'or en barre, ce job. Je fous rien. Le seul truc, c'est le boulot le week-end, mais sinon, laisse tomber, je glande rien. Je fais la conversation à Mimi. Je joue le mec pas contrariant. Je maîtrise super bien mon rôle.

Mimi aime :

1. Que je me confie sur ma vie de prolo, alors j'invente des tas de trucs horribles. Il a l'impression d'être à l'écoute de ceux qui souffrent, des fois il prend même des notes, pour replacer des anecdotes dans des discours. Il trouve que je suis un type super courageux, que la vie ne m'a pas fait de cadeaux, mais que je me suis accroché.

2. Que je l'écoute avec intérêt quand il me parle de ses voyages, des spécialités qu'il a goûtées en Chine ou au Burkina Faso, je fais genre le mec super étonné, je fais des ah, des oh, des c'est pas vrai, des berk quand il est trop fier d'avoir bouffé des sauterelles, mes berk le rassurent, il croit qu'il a plus de courage que moi, il se la pète trop.

3. Que je sois son gentil chauffeur un peu con à qui il apprend la vie, et ça, il surkiffe Mimi. Il me parle d'un film qu'il a vu, d'un livre qu'il a aimé, et je fais tout pour le voir dans les jours qui suivent. Les films, je les télécharge sur Internet et je lui fais croire que je les ai vus au ciné, les bouquins – ça, ça me fait vraiment trop chier –, je vais à la FNAC et je lis seulement quelque passages. Après je lui ressors, il en revient pas, il pensait que je savais même pas lire.

En plus de ça, il s'est mis en tête de me faire une culture musicale. Il me prête des CD toutes les semaines. Il me dit qu'il a plus de 3000 CD, alors ça sert à rien que je perde du fric en m'inscrivant à la discothèque. Il me fait sa sélection et il frime trop. Il me parle de chaque album, de l'histoire de l'album, de la pochette de l'album, de quand il a découvert cet album. Je l'écoute pas, je conduis. Je hoche la tête et je souris à intervalles réguliers dans le rétro.

T'as raison, Mimi, t'as raison sur tout, tu connais tout, tu sais tout, t'es le plus beau, le plus génial, le plus viril. La barre de rire.

Je sais qu'il se remet les couilles en place pour moi tous les matins en sortant de sa baraque, c'est pas un tic, c'est juste qu'il veut me chauffer en mettant ses grosses couilles sur le côté, mais si tu savais comment je m'en branle, de tes couilles Mimi, t'es vraiment une trop grosse tarlouze, j'ai envie de te dire de passer à autre chose, arrête d'imaginer qu'un jour tu vas me sauter ou que je vais te sauter, ça arrivera jamais, oublie, c'est pas la peine de me les mettre sous le nez comme ça, oublie, tu te trompes mec.

*

Il commence à stresser le Mimi, il va bientôt entrer en campagne électorale. Faut qu'il soit réélu, sinon moi je vais perdre mon taf. Je m'inscris direct sur les listes électorales.

71

Élections cantonales. Mimi se présente. Mimi gagne. J'ai même pas pu voter, j'avais oublié ma carte d'identité et j'ai eu trop la flemme d'y retourner. En même temps, tous les sondages le donnaient largement gagnant. Grosse teuf. Salle des fêtes. Les gens applaudissent Mimi. Mimi est top content. Champagne. Vieilles bourges bling-bling bourrées. Drague à deux balles. Mecs mariés bourrés. Pelotages. Pipes dans les chiottes du conseil général. La routine.

Je rencontre Jean-Yves et sa meuf, Karine. Trop cool. Vachement rigolos. Mon âge. Lui bosse au service maintenance du CG, il arrive en courant dès qu'une petite secrétaire nunuche flippe parce que son ordi vient d'afficher « fatal error » – mort de rire comment il raconte ça – et elle, elle distribue le courrier. Ça a l'air bien chiant comme ça, mais elle dit que c'est cool, que du coup elle connaît tout le monde, que tout le monde lui dit bonjour, elle prend des cafés, que pour 1400 euros par mois, c'est cool. 100 de moins que moi, j'assure. C'est eux qui viennent vers moi, ils voient que je me fais chier, je connais personne, normal, je suis toujours avec Mimi sur la route. Ils ont l'air super sympas. Ils se foutent de ma gueule.

– C'est chouette, tu as l'air de bien t'amuser.
– Je fais rien.
– Ton bonheur d'être là est assez communicatif.
– Ah bon ?
– On va bientôt danser. C'est ça qu'il te faut.
– Non, sûrement pas. Je sais pas danser.
– Tu restes tout seul depuis tout à l'heure.
– Je ne connais personne.
– Je suis Jean-Yves. Ça y est, tu connais quelqu'un.
Je souris.
– Moi, c'est Karine.
– Moi c'est Jean.
– Oh là ! Deux Jean, c'est trop !
– Jean et Jean-Yves, pour des jeunes de 30 ans, ça ne fait pas moderne.
– Bon, ça va !
Je ris. Surtout que je m'appelle Jean-Pierre.
– C'est de la faute de nos mamans, c'est elles qu'il faut blâmer.
– Moi c'est mon père qui a choisi Jean.
– Ah.
– Il était saoul ?
– C'est possible.
On rit.
– Il est alcoolo.
– Excuse-moi, je savais pas.
– On est lourds, là. Désolée.
– Non, pas de soucis, c'est lui qui est malade, moi j'y suis pour rien.
– Tu travailles où, Jean ? On t'a jamais vu.
– Je suis le chauffeur de Barthélémy.
– Ah, c'est toi !
– C'est toi qui remplaces Michel.
– Oui.
– Un autre alcoolo.
– T'es horrible de dire ça.
– Mais c'est vrai.

Ils me font rire, on dirait des gamins. Ils se vannent, c'est cool.

J'ose :
– C'est moi qui l'ai fait picoler pour avoir sa place.
Ils me regardent. Ils savent pas quoi dire. Ils rient.
C'est parti.
– Je l'ai fait boire et ce con s'est foutu dans le ravin.
– Il a fini dans le ravin aviné.
– Dans la fosse. C'est vrai.
– C'est pas faux.
Ils n'arrêtent pas, que des vannes et des jeux de mots pourris. On rigole trop. Ça faisait longtemps que j'avais pas ri comme ça.

J'ose :
– Tout à l'heure, j'ai vu une dame qui faisait une pipe à un mec dans les toilettes.
– C'est pas vrai !
– Si je vous jure.
– T'es sûr qu'elle ne fumait pas un cigare.
– Un cigare à moustache.
La barre de rire.
Mimi vient me voir. Il est saoul. Je le vois direct. Le trans le suit.
– Jean, je voulais te présenter

(On est passés au tutoiement le jour où je lui ai dit que j'avais adoré le disque de la Callas qu'il m'avait prêté.)

Géraldine, depuis le temps que je t'en parle.
Journée historique, j'ai le droit d'approcher le trans. Elle me regarde. Jolie, visage carré, longue chevelure blonde, pas trop de bijoux, petite chemise ouverte comme il faut sur ses faux nichons, pantalon qui lui évite de se raser les jambes tous les jours.

– Bonsoir.
– Bonsoir. Ça me fait plaisir de vous rencontrer.
– Moi aussi. Barthélémy me parle souvent de vous. Vous allez venir dîner à la maison un de ces jours.
– Oui.
– Ça vous ferait plaisir ?
– Oui.
– Je t'avais dit, c'est un taiseux, mon Jean.

Je suis SON Jean. Il me prend pour qui, il se permet pas ça quand elle est pas là. C'est elle qui lui a dit qu'elle voulait que je touze avec eux aussi. Je vois plus le troisième, alors ça va être moi maintenant. Il me kiffe le trans. Je regarde ses mains, elles sont super grosses, c'est un mec je suis sûr. Pas mal fait. Si je savais pas que c'était un trans, j'aurais pu me faire avoir.
– Barthélémy me dit ça tout le temps. Que je parle pas beaucoup, alors il dit que je suis taiseux.
– C'est comme ça qu'ils disent au Québec, non ?
– Exactement.
– Je vous présente Jean-Yves et Karine.
– Vous vous connaissez depuis longtemps ?
– Cela fait une heure.
– Super !
– Faites attention à MON Jean.
– Je suis grand.
– Il est trop mignon ! Regardez-le, il n'aime pas quand on lui montre un signe d'affection.
Il est trop bourré, le Mimi. Faut pas me parler comme ça.
– Bon, allez, amusez-vous bien, on va rentrer, nous.
– Bonne soirée, Barthélémy.

Moi je dis rien, je fais le taiseux. Il m'a saoulé. Il me fait la bise pour partir. Il me prend pour qui, je t'embrasse pas Mimi. Je suis pas une grosse pédale, putain, combien de fois faudra que je te le dise, je vais trop te péfra un jour, tu vas pas comprendre, putain, d'où il me fait la bise, j'embrasse pas Mimi, ça fait vingt-cinq ans qu'on se connaît, d'où tu permets de m'embrasser, ça me vénère. J'en reviens tellement pas que je dis rien, je me laisse faire, il m'embrasse quatre fois en plus, la bise des bons potes, jamais j'ai embrassé un mec, chez moi on se serre la main, j'espère surtout que c'est pas le nouveau code entre nous, j'ai pas envie de me faire embrasser par Mimi tous les matins et tous les soirs. Le trans me fait la bise aussi, elle pue le parfum, parfum de pute pour masquer son odeur de mec. Je me retrouve comme un con. Jean-Yves et Karine restent avec moi.

– Elle est belle, sa femme.

– Oui, je trouve aussi. J'adore son parfum.

Je dis rien.

– Je le trouve chouette, Barthélémy. Vous avez bien l'air de vous entendre.

– Je crois.

– Le taiseux !

– Mais non, mais je sais pas quoi dire. Oui, je crois qu'on s'entend bien.

– Il doit être content d'avoir un chauffeur qui a le même âge que lui. Vous discutez beaucoup ?

– Surtout lui.

– Tu me fais rire, tu as l'air trop drôle.

– Ah bon ?

– T'as l'air de débarquer d'une autre planète.

– C'est peut-être ça.

Karine me kiffe trop. Elle me mate. Jean-Yves me sourit aussi. C'est la soirée, tout le monde veut touzer avec moi. Ils me prennent pour qui ? Pourquoi y'a que ça au conseil général ? Ils avaient l'air sympas, j'ai pas envie de baiser avec eux, moi. Elle à la limite, pas mal, pas de seins mais beau petit cul. Bien maquillé, du genre à se raser la chatte en ticket de métro. Lui, longs cheveux noirs en queue-de-cheval, tout en noir, genre le mec qui écoute du métal ou du hard, tous les deux fument vachement de pétards, j'en suis sûr, ça se voit direct, lui fume tellement qu'il arrive plus à baiser, il comate sur le canapé alors qu'elle voudrait se faire niquer mais lui il bande pas trop, ça se voit, petite queue, longs cheveux petite queue. Sauf Mimi = cheveux longs, grosse queue.

– Ça te dit d'aller boire un verre quelque part ?

– OK.

Karine se fout de ma gueule, en fait je me rends compte que ouais, je parle pas beaucoup. Elle s'en fout, elle veut juste que je la baise.

72

Place des Terreaux. On passe devant la pizzeria. Putain, elle est fermée, moi qui flippais de passer devant. C'est depuis que je suis parti ou quoi ? Ils vont pas me faire croire qu'ils ont jamais retrouvé de pizzaiolo ? C'est ouf ce truc.

J'ose :

– Je savais pas que cette pizzeria était fermée, j'y allais de temps en temps.

– Si, ça fait un bail.

– T'as un mec qui s'est fait descendre dedans.

– Ah bon ?

– Si, je te jure, nous on vit juste à côté, y'avait eu un de ces bordels, cette-nuit-là, tout le quartier était bouclé.

– Vous habitez dans le centre ?

– Oui, juste derrière.

– Et toi ?

– Non, moi je suis loin, je suis en banlieue.

– Où ?

– Je suis à Vaulx-en-Velin.

– C'est pas vrai ?

– Ça craint là-bas !

– Non, c'est super-calme là où je suis.

– Y'avait eu des émeutes !

– Ah bon ?

– C'est super-dangereux comme ville.

– Tu me dis ça alors que c'est en bas de chez toi qu'un type s'est fait buter. Moi, y'a personne qui est mort dans mon quartier.

– Comment il t'a cassé !

– Non, je voulais pas…

– Tranquille, c'est bon, tu vas pas t'excuser. Je suis pas du genre à me vexer pour si peu.

– Attends, elle va nous ressortir le couplet sur sa vie de Cosette, qu'elle en a chié avant.

– Mais ta gueule, toi !

– Ta vie de quoi ?

– De Cosette. Tu connais pas ?

– Non.

– C'est pas grave, on s'en fout.

– C'est un personnage des *Misérables*.

– Un bouquin de Balzac, mais c'est chiant, c'est juste une expression, pour dire qu'elle a une vie de malheureuse, parce que Cosette, c'était une pauvresse.

– OK.

Karine se fout toujours de ma gueule.

– Le taiseux, c'est pas son truc la causette.

Ils se marrent tout le temps mais des fois je capte pas tout.

*

On se retrouve dans un bar anglais. Grosses bières, grosse rigolade, grosse déconne. Bonne soirée. Je crois que j'ai deux nouveaux potes.

73

C'est ce que je craignais. 8 heures pile-poil. Non seulement j'ai droit au touchage de burnes habituel, mais en plus je me coltine les quatre bises de Mimi. Géraldine me fait coucou de la fenêtre en peignoir. C'est trop la famille. J'aime pas la famille. Quatre bises, putain. Il a une sale gueule ce matin. Gros cernes sous les yeux, petite nuit.

J'ose :

– Petite nuit ?

– J'ai pas les yeux en face des trous. J'ai trop picolé hier soir.

– C'est normal, c'était important comme soirée.

– Oui, mais j'aurais dû faire gaffe, j'ai mal aux cheveux.

On bouge au conseil général.

– Géraldine t'a trouvé très sympa.

– C'est vrai ?

– Oui, elle veut qu'on fasse un dîner dans la semaine.

– D'accord.

Le traquenard. Je vais aller dîner chez Mimi. Je connais déjà leur maison par cœur, je l'ai tellement matée derrière mon arbre. Je connais toute la déco, presque tous les objets, il va falloir assurer mon gars, va falloir jouer l'étonné alors que tu sais tout.

– Je vais au sport ce midi. Tu veux m'accompagner ?

– C'est payant ?

– Non, je t'avais dit, je peux inviter des gens pour leur faire découvrir le club.

– Mais j'ai pas de tenue.

– Il y a un Décathlon juste à côté, tu t'achètes juste un jogging premier prix.

– OK.

– Tu vas voir, il y a un hammam, quand t'es naze comme aujourd'hui, c'est vraiment ce qu'il y a de mieux.

– Jamais fait.

– Non, jamais ? C'est pas vrai ?

– Bah si.

– Tu vas adorer.

Je sais plus c'est quoi, le hammam, c'est avec de la vapeur ou c'est juste que tu crames sous la chaleur dans un petit chalet ?

*

Petit club, que des mecs. Assez bourge. Quand Mimi me disait que c'était un club familial, il voulait dire un club où y'a que des bourges. Pas de mélange. Que des mecs. Ou une meuf, je crois, je suis pas sûr, au fond de la salle, elle a des bras deux fois comme les miens. Mimi connaît tout le monde, c'est le président du conseil général. Il me fait faire le tour, une salle moyenne avec les appareils de cardio, vélos, rameurs, escaliers, que des mecs, un couloir, des vraies plantes vertes sous des puits de lumière, parquet en bois, grande salle de muscu, appareils de ouf, j'ai jamais vu ça, les gadjos sont méga baraqués, ils me regardent tous, je suis pas bourge et ils m'ont jamais vu, je suis un intrus, heureusement Mimi est avec moi, un nouveau couloir, piscine, jacuzzi, sauna et hammam. Les vestiaires sont super grands, c'est clean, douches collectives, serviettes propres pour tout le monde. Je paye pas, je peux venir pendant un mois autant de fois que je veux.

– Merci.

– T'inquiète, ça me fait plaisir.

Il fait son grand seigneur, il m'apprend la musique, il m'apprend le cinéma, il m'apprend les livres, maintenant il m'apprend le sport. Il joue au grand frère.

Je sais pas pourquoi je fais tout ça sans broncher, mais au fond de moi j'ai un truc qui me dit que je dois accepter ça pendant un moment et qu'un jour, je te jure, Mimi, tu vas pas comprendre ce qui va t'arriver. Je sais pas comment, mais je le sens. Mimi, ça fait vingt-cinq ans que tu me gaves, que ça monte en moi, un jour ça va tomber, tu vas pas comprendre. Je sais ce que j'ai fait à Michel, je suis pas débile, je sais que tout ça a un sens, je sais pas quoi, je sais pas pourquoi, mais un jour tu vas pas comprendre. Pour l'instant, je fais le mec sympa. Obéissant, à l'écoute, pas causant, taiseux, je m'écrase.

Mais un jour c'est moi qui vais t'écraser MIMI.

*

Les mecs font ça toute la journée ou quoi, ils sont super musclés, ils ont pas un gramme de graisse. Moi je suis le plus gros. Le vélo, ça suffit pas, j'ai du bide, les seins qui pendent. Les autres, ils ont des pectoraux de malade, les bras qui font deux fois les miens, pas de poils, moi j'en ai plein. Ils se rasent tous ou quoi ?

OK, j'ai compris. Que des mecs. Musclés. Rasés. Et tatoués. Club de pédés. J'aurais dû m'en douter. Club familial mon cul. Putain, le guet-apens. C'est un gros truc de cul. Tous tatoués. Y'en a pas un sans tatouage. Pédé = tatouages. Je savais pas. Ils ont tous plus ou moins le crâne rasé. Le cliché. Ils soulèvent de la fonte toute la journée et entre deux douches, ça se bourre dans les vestiaires. En famille, je comprends. Je flippe, j'ai vu que des douches collectives, ça me revient, putain, y'a pas de cabines. Le traquenard. Mimi veut trop me voir à poil. Il a attendu tout ce temps pour ça. Il pense qu'à ça. Le premier jour où j'ai bossé pour lui, il m'avait dit comme ça *je vous inviterai dans mon club familial*, il a mis un an à se décider. Il en pouvait plus. Maintenant qu'on se tutoie, maintenant qu'il me tape la bise, maintenant que son trans veut me faire à bouffer. Je comprends. J'aurais dû la jouer plus méfiant. Je suis trop naïf par moments. Mimi détonne lui aussi : tous les autres son rasés, lui, il a ses grands cheveux blonds. Il est en tee-shirt, je vois pas de tatouage. Même s'il est pas mal baraqué, laisse tomber, ça a rien à voir avec les Monsieur Propre de la salle. Putain, l'enculé, il avait tout planifié. Depuis les chiottes du collège, il a trop envie de revoir ma queue.

*

Je commence par le cardio. Je commence par ce que je connais : le vélo. Pas de soucis, ça, j'assure. Je me regarde sur le vélo, je commence à suer. Mimi rame un peu plus loin. Il me sourit de temps en temps. Du coup je lui souris. J'ai hyper chaud. Un autre mec tatoué fait du vélo à côté de moi. Il me lance des regards trop chelou. Il me veut quoi celui-là, vas-y, je te regarde pas moi, pédale, c'est bon, laisse-moi tranquille.

Il me sourit et il me fait un signe de la tête genre on se connaît. Rien à foutre de ce gars-là. Ce qui me saoule maintenant, c'est d'avoir dépensé 19 euros pour un jogging, alors que j'en ai au moins trois à la maison. Tout ça parce que Mimi avait décidé que je devais venir au sport avec lui aujourd'hui, ça pouvait pas attendre, tu m'étonnes, ça fait un an qu'il attend ça, là, il peut plus se retenir, il attend qu'une chose, qu'on ait fini pour aller se laver dans les douches collectives et me voir à poil, enculé, c'est trop grillé ta technique, bande de bâtards c'est pour ça que vous mettez pas de clim, on meurt de chaud là-dedans, c'est juste pour que je sue comme un porc et que je sois obligé d'aller à la douche, l'autre à côté me fait encore son coup du regard dans le miroir, j'ai rien demandé, je suis là parce que mon boss a voulu que je vienne, les caprices des patrons, c'est un truc que je peux pas supporter, ils se croient tout permis, ils se la pètent, ils te disent tu viens au sport et toi tu viens parce que tu veux pas être viré, technique de bouffon, il me sourit l'autre con.

J'ose :

– On se connaît ?

– Non, je ne crois pas.

– Comme vous me regardiez…

– Il fait chaud, hein ?

– Oui.

OK, il veut trop me pomper sous les douches. Elle pédale la pédale. Ils ont tous des cyclistes ou des combinaison en lycra. Que des trucs moulants. L'autre bouffon pédale, à chaque coup de pédale ses couilles et sa petite queue – je vois bien qu'elle est petite – passent de l'autre côté, ça se balade, ça le fait trop triper de me mater, moi, on voit rien à cause du jogging, j'ai pris un truc noir ample, pas un shorty moulant de fiotte, qu'est-ce que tu crois, à côté ça se ballotte, Mimi non plus ne porte pas de cycliste, il porte un short ample, il a des super mollets, ça se voit qu'il fait le mont Ventoux, il se rase les jambes, comme tous les cyclistes, je sais ça, mais lui c'est juste qu'il kiffe pas les poils, il aime avoir des jambes lisses comme celles des meufs, il doit kiffer se toucher les jambes et porter des talons, Mimi en robe, ça doit le faire triquer un max ça, c'est le truc qui le fait juter direct ça, le genre travelo.

– Ça va ?

– Oui, ça va.

Mimi me sourit. Il sue vachement. Il me fait un clin d'œil dans le grand miroir. Je suis tombé où moi ?

Je fais encore cinq kilomètres. Mimi se lève de son rameur, il sue de partout, surtout du cul, il a bien fui du cul, c'est normal, c'est tellement ouvert, il s'approche de moi en se détendant les muscles.

– Tu veux faire un peu de muscu ?

– Oui.

– Viens alors.

Je me fous sur un banc, les jambes écartées. Je tire sur une corde qui entraîne des poids. Je commence doucement. Heureusement que j'ai pas pris plus lourd, j'aurais eu l'air malin, là c'est au minimum et je galère un truc de malade. Mimi est à côté de moi, il soulève beaucoup plus que moi. Il me gave, un jour je ferai mieux que toi, je te jure, t'auras l'air tout pourri à côté de moi, là c'est normal que tu sois plus baraqué que moi, tu viens là tout le temps, moi c'est la première fois, tu kiffes de me voir galérer, tu contrôles tout, tu kiffes de m'apprendre trop de trucs, d'avoir toujours le dessus, ça va pas durer, profite Mimi, y'a un moment où tu vas moins rigoler.

– C'est dur, hein ?

– J'ai pas l'habitude.

– T'es au minimum, là !

– Je sais.

Tu vas t'en manger une mon gars.

– Excuse, je disais pas ça pour te vexer.

– Je suis pas vexé. C'est la première fois que je fais de la musculation. Si j'en faisais tout le temps, je serais comme les autres.

– Exactement.

Mimi soulève à fond. Les muscles de ses jambes se tendent, tout son corps est en contraction, il soulève, il y arrive, il recommence, à chaque fois que la fonte redescend, les muscles de Mimi se détendent, ça lui fait écarter les cuisses et ça laisse entrevoir son slip blanc en dessous, quel exhib, quelle pute, il me montre son slibard, qu'est-ce que j'en ai à foutre moi de son slob blanc, il remonte la fonte, il redescend la fonte, écartement de cuisses, slip blanc moulant, je vois vite fait la forme de ses grosses couilles, celles qui sont tellement grosses que ça le gêne pour marcher et qu'il est obligé de se les refoutre en place tout le temps, pédé, Mimi, je m'en branle de voir tes couilles, déjà c'est pas normal que je sois là, ça déborde du cadre de mon taf, je vois pas pourquoi je dois venir dîner chez toi, je vois pas pourquoi je dois baiser avec toi et ton trans, ça rentre pas dans mes fonctions, je suis juste là pour te conduire dans ta Laguna, pas pour faire le gigolo.

– Tu veux essayer le hammam ?

– OK.

Je le suis. Il roule du cul de plus en plus, il mouille du cul de plus en plus.

– Faut se doucher avant pour retirer la sueur.

Voilà, c'est ça, t'en peux tellement plus d'attendre que tu me racontes nimportenawak pour me foutre à poil le plus vite possible. Je fais quoi maintenant, putain, comment je me suis fait piéger comme un bleu.

Je le suis, il parade, on retraverse tout le club, il roule, il mouille. Le mec est toujours sur son vélo, il me fait un petit signe genre ça y est, tu vas passer à la casserole mec, je te jure Mimi, si tu me touches dans les douches, je te bute.

J'ose :

– Il n'y a que des douches collectives ?

– Oui… ça te gêne, je suis désolé, je n'avais pas pensé à ça !

Prends-moi pour un con.

– Non, ça ne me gêne pas.

– Je m'en fous, moi, tu sais. C'est comme à la piscine ou à la plage.

Qu'est-ce qu'il me parle lui ! Il vit dans quel monde ?

– OK. Je m'en fous.

– Tout le monde à poil, au moins comme ça, y'a plus de barrière, plus de chauffeur, on s'en fout.

– OK, pas de soucis.

Quel fumier.

C'est lui qui se dessape en premier. Putain l'enculé, comme il est bien gaulé, cul hyper musclé, il me tourne le dos, c'est pour quoi, tu veux que je te ramone le trou tout de suite, tu peux te toucher mec, ça arrivera pas. Je retire mon jogging, je retire mon tee-shirt, je retire mon slip. Juste au moment où un autre gars arrive. Forcément, ils se sont passé le mot, dès que Mimi me traînait aux douches, tout le monde rappliquait, bande de connards, le mec, lui, pas de soucis, en deux secondes, il est à poil, musclé mais alors mini-bite, la honte, ah ouais quand même, là je compatis mec, on dirait qu'il a pas de burnes, trop laid, je me douche, c'est pas si terrible, c'est comme à la maison, je me douche pas en slip à la maison, j'ose pas me retourner, je voudrais bien voir s'il a toujours sa grosse bite de la mort, il attend que ça, je fais durer le suspense, je le sens qu'il se retourne pour me la montrer, je fais genre j'en ai rien à foutre, je la vois direct, elle est énorme, putain, cet enculé, elle fait au moins 12 au repos, on a l'air malin, surtout l'autre mec avec sa microbite, Mimi se la pète encore plus, il adore la montrer, c'est normal, moi si j'en avais une comme ça, je la montrerais tout le temps, mais tu comprends pas Mimi, je m'en fous de ta tige, OK, t'en as une grande, super, tant mieux pour toi, maintenant c'est pas ce qui compte, moi elle est plus petite, mais j'en ai fait miauler plein des meufs moi, tu la fais miauler ta Géraldine toi ? Il a une tige d'acteur porno l'enculé.

– Viens, je vais te montrer le hammam.

Je m'essuie, je me rhabille.

– Non, te rhabille pas, mets juste ta serviette autour de la taille.

– OK.

Je le suis. On va vers le hammam, on traverse à nouveau tout le club en serviette, le mec à vélo me sourit, il est trop relou lui.

On entre dans le hammam. Grosse fumée, je vois rien. Tout de suite la chaleur de ouf, c'est hyper étouffant, je sais pas si je vais tenir. On s'assoit. Moi en bas. Lui en haut. Évidemment. Il peut pas s'en empêcher. Juste à la bonne hauteur. Trop de fumée alors je vois rien, mais je suis sûr qu'il écarte bien les jambes pour me montrer sa queue et ses boules. Je respire, je cherche ma respiration, c'est hyper étouffant, j'ai le cœur qui bat vachement vite.

– Il fait chaud.

– C'est trop chaud ?

– Je sais pas, j'ai pas l'habitude.

– Tu vas transpirer tout de suite, c'est super bon pour le cœur et pour la peau.

– J'ai du mal à respirer.

– Respire doucement. Faut se détendre. Souffle bien. Tu peux t'allonger si tu veux.

– Non ça va, je reste comme ça.

Je m'allonge pas avec toi, Mimi.

La fumée se dissipe un peu, j'avais raison, il est méga exhib. Il me la fourre sous le nez. J'ai le cœur qui bat vite mais je commence à trouver ma respiration. Je me sens bien. Il s'allonge. Il retire sa serviette. Il ferme les yeux. Il est à poil devant moi ce bâtard. Sa queue pend vers moi. Gros gland décalotté. À chaque fois qu'il respire, elle bouge un peu. Putain, en plus, moi, je commence à triquer. C'est pas le moment. J'imagine que Clara débarque à poil dans le hammam et se fout à quatre pattes devant moi, elle commence à se caresser les seins, elle est super moite, sa peau est brillante, elle se caresse les seins et puis descend une main vers sa petite chatte épilée, elle me regarde avec un air de salope, la queue de Mimi bouge encore, je m'en fous, je pense à Clara, elle descend sa main, elle commence à se caresser les lèvres avec un doigt, elle gémit, elle se caresse en faisant des petits ronds, je vois son clito qui gonfle, elle se le titille en me matant, moi je bande comme un ouf, elle gémit comme une chatte, elle s'enfonce doucement un doigt, elle kiffe trop, elle fait des petits va-et-vient, elle se doigte trop bien, c'est la meilleure doigteuse du monde, on voit bien l'index qui entre et qui ressort tout humide, elle mouille trop, ça a l'air super facile, trop lubrifié, elle entre deux doigts, elle gémit un peu plus fort, putain, les couilles de Mimi font au moins deux fois les miennes, Clara commence à remuer son bassin, elle fait des petits mouvements, elle avale ses deux doigts en entier, j'imagine comment elle touche le fond de son petit trou, ça doit la faire mouiller un peu plus, elle ressort ses doigts humides et se caresse les nichons avec et se lèche les doigts, elle me les fait lécher aussi, c'est bon, trop bon le goût de mouille, je kiffe trop, putain comment je bande, je respire bien, c'est trop agréable ici, j'ai trop envie de me branler, je le ferais si Mimi était pas là, en même temps, il ferme les yeux et avec la vapeur on voit rien, je fais ça discretos, je me touche juste le gland, je le caresse, je mouille vachement, je suis super excité, Clara, pompe-moi, je vais te cracher sur la gueule, je me compresse les burnes.

– Je vais me doucher, tu viens ?

– Euh… oui. J'arrive.

Je peux pas bouger pour l'instant, je bande trop, ça va être trop grillé.

– Je reste encore cinq minutes.

– Si tu veux, mais faut pas qu'on tarde, tu dois me déposer au conseil général.

Casse-moi mon délire, putain. Lui, c'est je t'offre un hammam parce que tu es mon ami et après c'est direct une boulette qui te fait bien comprendre que t'es que son putain de chauffeur.

– OK, alors j'arrive.

Il se lève, à poil, il est à poil debout, il remet sa serviette, pendant dix secondes j'ai sa grosse pine sous le nez, à cinquante centimètres de moi. Salope. Il se casse. Je reste. Faut plus que je me touche. Putain, mais je suis super excité. Trop envie de juter. Je me branle vite fait. Je jute. Mon foutre s'étale par terre mais avec la vapeur on voit pas.

Je retourne à la douche. Mimi se savonne la queue. Moi, je me refous à poil. C'est trop grillé que je viens de juter, ma queue est encore rouge et surtout elle est vachement plus grande que tout à l'heure, je me retourne, je veux pas que Mimi se monte la tête et qu'il croie que c'est lui qui m'a fait bander, sinon, là, c'est mort, il va plus me lâcher. Mimi se savonne le cul, il écarte bien ses fesses pour se nettoyer le trou, putain, je ferais jamais ça devant des gens, c'est ouf de faire ça, il se nettoie le trou, il se fout un doigt on dirait, il se doigte son trou de balle, l'enculé, il se rince, il me sourit, il se casse.

– Je suis désolé, mais faut qu'on se grouille.

– OK, j'arrive.

Je me lave vite fait.

*

– Ça fait du bien ?

– Oui. J'ai bien aimé le hammam.

– Le hammam, c'est parfait pour faire un break. Même cinq minutes, tu te vides.

Tu crois pas si bien dire.

– Oui. Merci de m'avoir invité.

– Arrête ! Maintenant, tu peux y aller sans moi.

– OK.

– Ils ferment à 22 heures en plus. Tu peux y aller après le boulot. Toi, tu n'es pas obligé de rentrer.

– Pourquoi ?

– Tu n'as pas une femme qui te fait des scènes quand tu rentres tard.

– Non, c'est vrai, je suis seul.

– Pardon, excuse-moi, je ne voulais pas dire ça.

– C'est rien.

Il est mal, il s'approche de moi. Il me caresse le bras. Genre bon chien, gentil ce chien, bien mignon. Putain, il se lâche. Il a attendu un an avant de m'embrasser, mais en une semaine il me touche, me caresse, me montre son slibard, se fout à poil devant moi, fait bouger ses couilles sous mon nez. C'est quoi la prochaine étape ?

*

Le hammam m'a tué. Je suis naze. Je m'endors à 22 heures.

74

Je suis à la bourre, c'est la première fois en un an. Impossible de me lever ce matin. J'ai pas entendu le réveil. J'arrive devant la maison. Je klaxonne, il sort, Géraldine me fait coucou par la fenêtre, elle sort sa tête.

– Bonjour.

– Demain soir, ça t'irait ?

– Quoi ?

– Pour le dîner ?

– Oui, d'accord.

Ce soir, je dîne pour la première fois chez Jean-Yves et Karine. Demain soir chez Mimi. J'ai une vie sociale de ouf.

– Je suis désolé, j'ai pas entendu le réveil.

– C'est pas grave. Ça va ?

Bises.

– Hier soir je me suis endormi à 22 heures. C'est le hammam.

– C'est vrai ? C'est bon signe, ça t'a fait du bien. Tu peux en faire tous les jours.

– Si après je suis en retard tous les matins…

– N'importe quoi.

Il se marre. Il se marre vachement avec moi Mimi, je le fais rire.

*

Mimi a une réunion. Je suis dehors, je l'attends, je me fais bien chier aujourd'hui, en plus j'ai tellement envie de pioncer, je crois que je pourrais dormir toute la journée. Je sors de la bagnole, je fume une clope, je retourne dans la Laguna, je ressors, je fume une autre clope, j'écoute un sketch de Foresti sur Rires et Chansons, trop marrante, celle-là, mais le boudin que c'est, laisse tomber. Comment j'ai pas d'énergie, je bâille tout le temps, je m'en grille une autre, j'ai rien d'autre à foutre, ça, c'est le côté vraiment relou du taf. Y'a des moments où tu te fais méga chier, je comprends pourquoi l'autre Michel s'est mis à picoler, si t'as des soucis, si ta meuf te fait chier à la maison, ce taf-là, c'est mortel, t'as tellement de temps pour penser que y'a un moment où tu pètes les plombs, c'est obligé, il a dû se mettre à picoler pour pas trop penser. Papa, c'était ça aussi, je suis sûr. Maintenant il peut plus boire, vu qu'il peut plus bouger et que faudrait qu'il menace Maman avec un gun pour qu'elle lui apporte une bibine, il boit plus et maintenant il déprime à fond, la gueule qu'il avait la dernière fois, pauvre vieux en même temps, comment tu l'as bien mérité mon salaud, Maman en profite, elle sait que tu vas pas tenir encore longtemps comme ça, alors elle t'en fait bien baver, après tout ce que tu lui as fait, tu l'as pas volé. Et Laurent, je le vois jamais, il me rappelle jamais, ça fait au moins deux ans que je l'ai pas vu. Il est avec ses gosses, sa meuf, rien à foutre de nous, ça me manque pas en même temps, chacun sa life, la famille, tu la choisis pas, tu m'étonnes, comment j'en aurais fait gicler deux ou trois là-dedans, j'aurais fait gicler tout le monde, sauf Guillaume, on s'est bien marrés quand même, qu'est-ce qu'il faut que j'apporte chez Jean-Yves et Karine, je fais pas souvent de dîner, moi, je vais pas débarquer avec des fleurs, elle va croire que je la kiffe, laisse tomber, déjà que tout le monde touze ici, je vais pas les chauffer avec trois tulipes, non, je vais amener du pinard ou de la bière, qu'est-ce qu'on va se raconter pendant tout une soirée, dans un bar c'est pas pareil, y'a du monde, y'a de l'ambiance, là on va se mater dans le blanc des yeux, putain, si je me fais chier, je me casse, je sais pas ce que je vais pouvoir leur raconter, j'espère qu'ils vont pas trop me poser de questions sur ma famille, je m'en fous je réponds pas, non, ça va bien se passer, si ça se passe mal, je me casse, j'ai encore envie d'une clope, putain, en ce moment comment je clope, c'est abusé, c'est même pas que j'aime ça, Michel se bourrait la gueule, moi je fume, ça occupe le temps, pendant ce temps-là tu penses moins à ta petite vie de merde.

1. J'ai vraiment envie de déménager, faut que je trouve un truc plus sympa, je kifferais d'avoir un balcon, j'ai de la thune de côté, je dépense rien, je pourrais prendre un truc bien.

2. Faut que je prenne l'air. J'ai pas pris de vacances depuis je sais pas combien de temps, là, faut que je bouge, j'ai trop envie de revoir la mer.

– On y va ?
– Oui. Excuse-moi, j'étais dans mes pensées.
– Amoureux ?
– Non.

Mimi s'assoit devant maintenant. Sauf quand il doit réviser un discours ou passer des coups de fil importants.

– Tu cherches quelqu'un ou pas ?
– Non.
– Tu aimes bien être tout seul ?
– Non, j'ai dit que je cherchais pas, j'ai pas dit que je voulais rester seul.
– Mais si tu cherches pas, comment tu vas faire ?
– Je trouverai un jour.
– J'ai envie de dormir, c'est atroce.

– Tu peux te mettre à l'arrière si tu veux.

– Non, ça va aller. Dis-moi…

– Quoi ?

– Tu aimes vraiment ce que tu fais ? Je veux dire, ça te plaît d'être chauffeur ?

– Oui, ça va.

– Moi, ça me gêne un peu.

– Tu veux me virer ?

– T'es con !

– On devient potes quand même.

– Et ?

– T'es d'accord, on devient potes, en tout cas, moi, je t'aime beaucoup et ça m'ennuie que tu travailles pour moi.

– Ah bon ?

– Mais oui, tu trouves pas que c'est bizarre ? T'es mon ami et en même temps t'es mon chauffeur !

– Tu trouves que je travaille mal ?

– Tu le fais exprès ou quoi ?

– Non.

– Tu m'énerves quand t'es comme ça !

– Je dis rien !

– Mais justement. Y'a un moment pour être taiseux et un moment pour discuter, Jean. T'es limite autiste des fois.

– …

– Je ne veux pas te virer, je veux savoir s'il y a autre chose que tu voudrais faire. Il y a plein de jobs différents au conseil général. Dans d'autres services, tu ne serais pas obligé de travailler directement pour moi. Tu comprends ?

– Je veux rester comme ça.

– Tu veux rester comme ça ?

– Oui, ça me va bien.

– OK. T'es bizarre des fois.

– …

– Bon, eh bien, dépose-moi à mon bureau, alors.

– OK.

75

J'ai les vitres ouvertes, je passe le bras à l'extérieur, je kiffe bien, elle est géniale cette caisse. T'es trop bien assis dedans, le cuir est hyper doux.

C'est là. Ils se font pas chier Karine et Jean-Yves, ils ont de la thune, c'est carrément une maison. C'est ouf.

*

– C'est super grand !
– Ça fait 120m^2 en tout.
– Vous l'avez bien aménagée.
– C'est Karine qui a fait la déco.
– Ouais, mais c'est toi qui as fait toutes les étagères.
– Non, franchement, c'est super bien.
– On va prendre l'apéro dans le jardin.
– Vous avez un jardin ?
– Oui, viens voir.
– Donne-moi ta veste, je vais l'accrocher au portemanteau.
– Je savais pas quoi apporter, j'ai pris une bouteille de vodka.
– Carrément !

– C'est pas bien ?

– Si, super, moi je vais pas boire trop, on est en semaine et je me lève tôt.

– Je suis désolée, Jeannot, mais moi je ne bois pas de vodka, c'est trop fort pour moi.

– Merde.

– T'inquiète, c'est super sympa, je vais la mettre au congélo.

On est en tee-shirt dans le jardin, ils ont fait un barbecue, c'est ça que je veux moi aussi, je veux ça, une maison et un jardin.

– Bien sûr que tu pourrais acheter.

– Nous, on a pris un crédit sur vingt ans, toi, vu que t'es tout seul, tu le prends sur vingt-cinq ou trente, mais tu t'en fous, t'as ton jardin, tu es chez toi, tu fais tous les travaux que tu veux.

– J'ai jamais pensé à ça.

– Mais c'est le seul truc à faire.

– Après que toutes les banques ont fait faillite avec la crise, tu vas pas boursicoter, ça serait complètement crétin.

– Et puis je comprends rien à la Bourse, moi.

– C'est débile, laisse tomber.

– Faut investir dans la pierre, c'est la seule chose qui va jamais perdre de la valeur.

– Je vais réfléchir.

– Si tu veux de l'aide, demande à Karine, c'est elle qui s'est occupée de tout ça, elle est à fond.

– Il se fout de moi… mais c'est vrai, j'adore ça, visiter des maisons, imaginer comment tu peux les décorer, même négocier, j'adore.

– Elle est dingue.

– Non, mais en vrai, si ça te branche, on monte un dossier, je t'aiderai.

– C'est gentil.

J'ai jamais pensé à ça. Personne n'a jamais acheté dans la famille. Je serais le premier. Trop la classe.

*

On fume des clopes dans le jardin, on boit du vin, je me sens hyper bien, Jean-Yves est super marrant, il fait que des jeux de mots pourris, elle, elle se marre tout le temps, elle est cool, on fait des grillades sur le barbecue. Trop bien. Il fait super chaud ce soir, ça fait longtemps que je me suis pas senti aussi bien. Je sais pas s'ils vont vouloir finir la soirée au pieu, mais là j'y pense pas, je profite.

J'ose :

– Barthélémy voudrait que je change de boulot.

– Ah bon, mais pourquoi ?

– Il pense que vu qu'on est amis, c'est pas bien que je reste son chauffeur.

– Vous êtes vraiment potes ?

– Je sais pas.

– Moi, je sais qu'il t'aime beaucoup.

– Je crois.

– Mais quoi ? Ça le met mal à l'aise que tu bosses pour lui ?

– Je sais pas

– Moi, je pense que c'est un truc de hiérarchie. Chauffeur, c'est un peu comme si tu étais son homme de ménage ou son jardinier, je ne sais pas, je dis n'importe quoi, mais ça doit être quelque chose comme ça.

– Moi, j'aime bien mon taf.

– Tu lui as dit ?

– Oui.

– Et ?

– Il s'est un peu vexé je crois.

– Il te proposerait un autre boulot ou quoi ?

– Oui, il me virerait pas comme ça, il pense que c'est mieux si je fais autre chose au CG.

– Un boulot où tu ne serais pas avec lui toute la journée.

C'est ça, il a compris qu'il me baiserait jamais alors il lâche l'affaire.

– Je pourrais faire quoi d'autre ?

– Attends, des postes au CG, il y en a plein.

– Tu sais faire quoi ?

– C'est pas ça la question, Jean-Yves ! C'est plutôt qu'est-ce qu'il a envie de faire ?

– Franchement j'en sais rien. Moi, ça me va, ça. La paye est bien.

– Si t'es bien là, tu restes là, c'est tout.

– Ouais.

*

Karine a fait une tarte. Trop bonne.

– C'est hyper bon.

– Merci.

On fume un gros spliff. C'est trop le kif.

76

Putain, comment je sue comme une bête. Le club est vide à cette heure-là. Mimi a un rendez-vous qui dure minimum trois heures. C'est lui qui m'a proposé d'aller au sport en l'attendant.

J'ai pris un short, c'est moins chaud que le jogging de la dernière fois. Je connais personne, mais je m'en fous, je pédale à fond et après je vais aller soulever de la fonte.

Je soulève de la fonte. Je galère, c'est hyper dur, je me mate dans le grand miroir. À chaque fois que la fonte redescend, mes jambes se détendent et s'écartent, je vois mon slip dans le miroir, ça me fout la gaule. Je suis le seul, je bande bien, j'écarte au maximum les cuisses, trop beau de voir mes muscles comme ça et de voir mon slibard à chaque fois. Je bande à fond. Je sais pas pourquoi, mais ce club, il me fout toujours la gaule.

Je fais un hammam juste cinq minutes, je me tripote un peu, j'écrase mes couilles, je me branle, je suis tout seul, je jute par terre.

J'arrive dans les douches. Putain. Un malabar et un autre musclé se roulent une grosse gamelle. Je te jure, j'en étais sûr, tous les musclés, rasés et tatoués, c'est trop le baisodrome ici. Ils sont super gênés les mecs, je dis rien mais putain ça me dégoûte, j'ai envie de leur foutre une raclée, ils peuvent pas faire ça dans le sauna ou dans le hammam, non, ça les fait kiffer de faire ça devant tout le monde, je serais venu cinq minutes plus tard, ils étaient en train de se pomper, putain, quelle bande d'enculés, ils sont hyper gênés, moi, je dis rien, je me fous à poil, je me douche, ça les regarde s'ils sont du genre à se faire bourrer le trou de balle, moi, je m'en mêle pas, j'ai rien vu, ils se lâchent, ils prennent une douche comme si de rien n'était, l'un des deux bande encore un peu, l'autre, celui qui fait la femme, est super mal, il se savonne vite fait et se casse illico, l'autre bandeur reste un peu, moi je le regarde pas, je vois juste qu'il trique encore un peu, comment je leur ai cassé leur plan, ils avaient trop envie de juter, moi c'est fait, il me mate ou quoi l'autre, putain, je te jure qu'il me mate, il a tellement envie de juter qu'il laisse béton l'autre et qu'il veut s'occuper de moi, vas-y lâche-moi mec, tu me saoules, je suis là pour faire du sport, c'est juste ma pause de taf, ils se roulaient une grosse pelle, JP vous a cassé votre délire, t'es dèg mec, tu bandes encore mais tu peux pas te branler, je prends mon temps, tu dois attendre, je vais te faire redescendre la sauce mec, c'est bon, ça me saoule, je me casse, vas-y, branle-toi, maintenant tu peux, faut que je pisse. Je pisse dans l'urinoir, le mec croit que je suis parti, bingo, j'en étais sûr, il se branle direct, pas de pudeur le type, il se branle dans les douches collectives, je te mate mec, tu crois que t'es tout seul, trop bon, petite tarlouze, vas-y lâche-toi, c'est bon la branlette, hein, j'arrive pas à pisser, je rebande un peu, je kiffe trop de voir sans être vu, ça, c'est comme ça depuis que je suis gamin, je kiffe, le mec se branle, il jute, putain le mec, cte jute de ouf, il pousse même un râle, il a tous les muscles qui se tendent et qui se détendent, enculé, t'as bien pris ton pied, moi je me branle bien, merde, il vient pisser, il me sourit l'enculé, il avait bien vu que j'étais là, il mate ma tige, il fait semblant de pisser à côté de moi, il attend que je jute, je fais quoi, là, je peux pas me retenir, mais il va croire que c'est lui qui me fait juter, merde, je jute, putain, le mec mate bien, il est même pas discret, je ferme les yeux deux secondes, l'enculé, il me mate, je le regarde deux secondes vite fait, il me sourit, il me touche avec sa grosse main, il me caresse les einss, il descend sa main le long de mon ventre, il me touche la queue, je me casse, il m'a pris pour qui cet enculé, je suis pas une tarlouze moi, putain, comme j'ai envie de le buter.

– Reviens, mec.

Je reviens pas, t'es ouf ou quoi ? Si je reviens, je te tape mais tu vas pas comprendre, bâtard, fils de pute, tu profites juste du moment où je suis dans les vapes après la jute pour me peloter, trop facile mec, je te jure, si je te croise encore une fois ici, je te bute.

*

Je me sens hyper mal. J'attends Mimi dans la Laguna. Qu'est-ce qu'il fout putain. J'en étais sûr, c'est un club de pédés. Jamais j'y retourne, même pas en rêve. Je me sens trop mal là-dedans, si je le recroise l'autre enculé, je te promets, je lui défonce la gueule.

– Tu n'es quand même pas resté là ?

– Non, je suis allé au sport.

– Cool. C'était bien ?

– Ouais.

– Faut qu'on se dépêche, je dois être dans un quart d'heure à la préfecture.

– OK.

– Tu as l'air bizarre. Tu es tout pâle.

– Je crois que j'ai la crève.

– Tu ne me fais pas ça aujourd'hui, Géraldine te prépare un festin.

– Je serais là. T'inquiète.
– Allez, on se magne.

Trop de vie sociale. Deux dîners en deux jours, je vais pas tenir le rythme. Ça me gave déjà.

77

C'est Géraldine qui m'ouvre la porte. J'ai acheté des tulipes à un Paki dans la rue. 3 euros, je me suis pas ruiné. J'ai aussi du vin. Je refais pas la connerie de la veille avec la vodka qui m'avait coûté 15 euros.

*

Je fais oh, ah, c'est beau chez vous. Je mens bien. Je connais tout par cœur. Ça me fait bizarre, je découvre tout d'un autre point de vue. Ça me rappelle quand j'étais accro au « Loft » avec cette bonnasse de Loana, c'était toujours les mêmes plans, toujours les mêmes caméras, mais le jour où ils ont foutu Castaldi dans la piscine, on avait tout vu d'un autre angle, parce que t'avais des cameramen, du coup on voyait les éclairages et toutes les autres caméras accrochées sur les murs, c'est là que tu te disais, ouais, en fait, y'a des cam partout, c'est méga éclairé, ils peuvent jamais oublier qu'ils sont dans une émission de télé, alors la bonnasse, quand elle pompe Jean-Édouard dans la piscine, elle sait que tout est filmé, trop exhib, je kiffe. Là ça me fait pareil. Je rentre dans le loft.

– C'est super grand !

– Ça fait 140 m² en tout.
– Vous l'avez bien aménagé.
– C'est Géraldine qui fait la déco.
– Oui, mais c'est toi qui as fait toutes les étagères.
– Non, franchement, super bien.
– On va prendre l'apéritif dans le jardin.
– Vous avez un jardin ?
– Oui, viens voir.
– Donne-moi ta veste, je vais l'accrocher au portemanteau.

Géraldine me montre le jardin, je vois direct où je me cachais, impossible qu'ils m'aient grillé une fois. Trop loin, trop bien planqué.

Il fait frais, on commence l'apéro dans le jardin mais on rentre.

Je remarque direct un cadre sur la bibliothèque où on voit Géraldine avec le troisième larron, le mec de Mimi.

J'ose :
– C'est qui, il me semble que je l'ai déjà vu.
– C'est mon frère.

Putain, Mimi couche avec le frère de sa femme, avec son beau-frère, trop dégueu. C'est comme le club, c'est familial.

– C'est le frère de Géraldine, mais c'est aussi mon meilleur pote.
– Où est-ce que tu l'aurais déjà vu ?
– Je ne sais pas, sa tête me dit quelque chose. Non, j'en sais rien, je dois confondre.
– Je suis contente que tu viennes enfin à la maison.
– C'est sympa.
– Le taiseux fait son timide.
– Non, c'est pas vrai.
– Tu as le droit de te taire, du moment que tu te sens bien chez nous.
– Je suis bien.
– Ça te plaît ?

– Ouais, c'est chaleureux.
– C'est gentil. Ça me fait plaisir que tu dises ça.
– Je te ressers du champagne ?
– Oui, merci.

J'ose :
– Excusez-moi de demander ça, mais vous n'avez pas de télé ?
– Tu trouverais ça dingue qu'on n'ait pas de télé ?
– Non, je sais pas, je demande.
– Bien sûr que si, on a une télé.
Ce connard me caresse l'épaule, il veut que je me retourne, il fait son malin, il me sourit, il me fait quoi là, il va me faire un strip ou quoi ? Il prend une télécommande, ça sent de plus en plus le plan cul. Il appuie sur une touche. Le truc de ouf, un écran géant se déroule du plafond. Vidéoprojecteur de ouf. J'en reviens pas.
– Vous avez un home cinéma !
– Ne le lance pas là-dessus, sinon Barthélémy va nous parler de ça toute la soirée.
– C'est mon nouveau joujou.
– Tu as acheté ça quand ?
– Il y a quinze jours.
– C'est génial. J'avais vu ça dans des magasins, mais jamais chez des gens.
– On pourra regarder un film après, si tu veux.
Je vois bien où tu veux en venir.
– Ouais, carrément.
– Ah là, je reconnais bien les mecs, tu leur mets un gros gadget entre les mains, et ils s'amusent comme des gamins, vous êtes tous pareils.
Calme-toi. C'est juste un vidéoprojecteur, c'est pas un gode.
– Bon, je vais préparer l'entrée.
– C'est canon ce truc.
– C'est chouette, hein ?
– Je peux te demander combien tu as payé ça ?

– C’est beaucoup moins cher qu’avant.

– C’est-à-dire ?

– Le projecteur plus l’écran, le mécanisme, enfin, tout, j’en ai eu pour 1300 euros.

– C’est quand même cher.

– Si tu prends un emprunt sur un an, ça te fait 150 euros par mois, c’est pas la mort.

Enculés de bourges.

*

– J’ai envie d’acheter une maison.

– C’est vrai ?

– Oui, je crois.

– Tu as raison.

– Si je le fais pas maintenant, je le ferai jamais.

– La pierre, c’est la seule chose dans laquelle il faut investir.

– Ça, c’est sûr que tu ne perdras jamais d’argent.

– Il est très bon, ton poulet, chérie.

– Oui, Géraldine, c’est super bon.

– Merci.

– Mais tu as fait une simulation ?

– Non, j’ai décidé ça hier.

– Hier ?

– Oui, j’en ai parlé avec Karine et Jean-Yves, tu sais, mes potes.

– Oui, je vois bien, le chevelu un peu gothique sur les bords.

– Il est super sympa.

– Je disais pas ça pour ça.

– Ils ont acheté, eux, ça m’a donné envie.

– Mais tu ne veux pas attendre d’être avec quelqu’un ?

– Si j’attends ça, je suis pas près d’être proprio.

Ils se marrent. Je les fais rire, j’ai de l’humour. Et du second degré.

– Non, je sais pas. Si je trouve quelqu'un, je verrai, je revendrai peut-être.

– Tu pourras prendre quelque chose de plus grand.

– Oui, voilà.

– Non, t'as raison, c'est courageux de faire ça tout seul.

– Arrête, il aime bien être tout seul, mon taiseux !

– C'est vrai ?

– Ça ne me dérange pas.

– Je trouve qu'il a raison de se faire des projets, tu n'es pas toujours obligé de te marier ou de te caser.

– Vous l'avez bien fait, vous.

– Oui, mais nous, en fait, nous sommes très conformistes.

– N'importe quoi.

– Moi je trouve pas que vous soyez conformistes.

– Ah bon ?

– Tu es le plus jeune président de conseil général de France, ça veut dire que tu es le seul dans ce cas, le seul sur 65 millions. C'est dingue.

– Arrête, Jean, il ne va plus se sentir.

– J'ai déjà les chevilles qui enflent.

– Je t'avais dit !

J'ose :

– Mais vous, vous avez acheté ?

– Non, nous, non seulement on est conformistes, mais, en plus, on des parvenus

– C'est-à-dire ?

– T'es con de dire ça.

– Mais c'est vrai !

– Mes parents ont pas mal d'argent. C'est eux qui m'ont fait construire cette maison.

– Faut pas avoir honte, c'est bien. Au moins vous êtes à l'abri.

– Tu as raison, Géraldine n'assume pas du tout d'avoir des parents bourges.

J'ose +++ :
– Et toi, tes parents, ils étaient comment ?
– Normaux.
C'est ça, connard !
– On n'avait pas trop d'argent, mais on ne manquait de rien.
C'est ça.
– Mes parents mettaient tout leur argent dans des voyages.
– C'est pour ça que tu es parti autant.
– Oui, ça, c'était super.
– Pourquoi, le reste n'était pas super ?
– Si…
– Barthélémy ne parle jamais de sa jeunesse.
– C'est pas ça, je ne suis pas du tout quelqu'un qui regarde en arrière, je vais de l'avant, c'est pour ça que j'ai très vite voulu faire de la politique.
– Tu as des frères et des sœurs ?
– Non, fils unique. Toi, tu as des frères, c'est ça ?
– Cinq frères.
– Ta pauvre mère.
– Ouais.

*

Géraldine a fait une tarte aux fraises. Délicieuse. Je sais pas si j'ai déjà mangé une tarte aux fraises aussi bonne.
Je lui dis pas, ça lui ferait trop plaisir.

On mange. Ils me posent encore plein de questions sur mes frangins, sur ma famille, sur mon enfance, ça commence à me faire chier. J'ai la parade.
– Je suis pas quelqu'un qui regarde en arrière, je vais de l'avant.
Mort de rire, je les fais trop marrer.
– On te saoule avec nos questions.
– Non, je sais pas, j'ai pas l'habitude.

– Comment ça ?
– Je sais pas... les gens me posent pas de questions d'habitude.
– Pourquoi ?
– J'en sais rien, les gens s'intéressent pas à moi.
– Il nous fait sa Cosette.
– C'est le roman de Balzac.
– Non, c'est Victor Hugo.
– Ah, je croyais.
Comment il me raconte n'importe quoi, Jean-Yves.
– Jean, t'es un gars hyper touchant.
– Ah bon ?
– Ouais, je trouve. T'es tellement naturel.
– Je suis normal.
Je leur fais pitié ou quoi ? Géraldine a presque la larme à l'œil. J'ai pas beaucoup de potes, c'est rien, on va pas en faire un plat.
Mimi se lève et me serre dans ses bras. Putain, il me fait quoi, là, c'est l'heure de passer à la casserole ou quoi, ils ont trop programmé leur plan, eux. Je sais pas quoi faire. Il me serre fort contre lui et me dit que je suis son ami.

Je dis rien, je bouge pas.

Elle se lève. Elle s'approche, putain, ça y est, c'est le moment. Elle me caresse le visage avec ses grosses mains de trans.
– Tu es vraiment un mec bien.
Elle me dit ça, pourquoi elle me dit ça, elle est débile ou quoi, elle veut que je la saute, elle a qu'à le dire normalement, on dit pas *tu es vraiment un mec bien* pour sauter un mec, ça fait trop petit garçon, puberté zéro, je suis pas ton fiston ma grande, je vais te défoncer, tu vas voir, les filles, avec moi, elles miaulent, elles s'endorment pas, jamais.

– Quelqu'un veut un café, une tisane ?

– Oui, moi je veux bien un pisse-mémé. Tu veux quelque chose, mon taiseux ?

– Non, c'est bon, merci. Je peux fumer une clope ?

– On va dans le jardin, alors.

– OK.

– Attends, je prends des plaids, il fait frais.

– OK.

*

On est allongés sur les transats, je regarde le ciel étoilé, il fait super froid en fait, mais au moins je suis plus à l'intérieur à esquiver leur plan cul à deux balles. Je fume des clopes, je suis bien. Sauf que Mimi parle tout le temps.

– Tu vois, après la crise, on aurait pu croire que ça aurait changé, mais non, ils recommencent les mêmes conneries qu'avant, on repart droit dans le mur, cette crise, toute la misère qu'elle a engendrée, la peur, les angoisses des gens, les millions de chômeurs, la Bourse, les inégalités, la violence qui s'est propagée l'année dernière, ça n'a servi à rien, c'est ça le plus fou. Sarko parlait de moralisation du capitalisme, mais ils n'ont rien fait, personne n'a rien fait, il y a toujours autant de parachutes dorés, tous les jours on apprend que des grands patrons se sont tirés avec l'argent que leur a donné l'État, on devrait faire des lois, ces mecs sont des voleurs, on peut pas laisser faire ça, sinon, quel exemple on donne aux jeunes.

Comment il me saoule. Si t'es pas content, deviens président de la France, au lieu de râler tout le temps, putain. Si Sarko et les autres avaient pu faire quelque chose, ils l'auraient fait, ça dépend pas de notre pays tout ce bordel, c'est un truc mondial, tout le monde s'en branle de la France, la France, tu la suces ou tu la quittes, tout le monde suce la France, avant c'était les renois et les reubeus, maintenant c'est ces enculés de chinetoques qui vont tous nous bouffer, et dans deux ans, c'est nous qui boufferons avec des baguettes. C'est eux qui ont le pouvoir, ces enculés. Putain, il continue, il s'écoute parler, c'est horrible, j'en peux plus. Géraldine fait que remuer la tête, elle a aucun avis, dès que Mimi dit un truc, elle est d'accord, elle fait oui, c'est ça, t'as raison. Je me fais chier là, c'est mortel. Ils sont là à boire leur tisane, la boisson de pédale.

1/ Je vais acheter un vidéoprojecteur.
2/ Je vais partir en vacances.
3/ Je vais acheter une maison.

Je le regarde, il parle toujours.

J'ose +++++ :
– C'est quoi, cette cicatrice que tu as à l'oreille ?
Il dit rien, il réfléchit. Bingo.
– Ma mère m'avait percé l'oreille quand j'étais petit… je me la suis arrachée en retirant mon pull.
– C'est pas vrai ?
– Si.
– Je savais pas que c'était possible de se l'arracher si facilement.
– La preuve.

C'est lui le taiseux maintenant. Il reste dans ses pensées. J'abuse, il doit penser à moi gamin en même temps que je suis là, adulte, dans son transat et sous son plaid.

78

Le vendeur m'explique qu'en prenant une carte Fnac, je paye rien maintenant, que c'est débité tous les mois. Je signe, j'ai une carte, j'achète le même vidéoprojecteur que Mimi, le même écran, 1 300, comme Mimi. Je suis trop content.

*

Je suis naze, ça m'a pris l'après-midi pour tout installer. J'appuie sur la télécommande, l'écran descend. Tout fonctionne bien, trop de la boulette. Je mets un film dans le lecteur DVD, l'image est énorme, je m'affale sur mon canapé.

*

L'image fait 1 m 50 sur 1 m 20, c'est trop immense. J'ai l'impression d'être dans la chatte de Clara Morgane. Je me rapproche, je suis dedans, je suis avec elle, les boules du mec qui s'écrasent sur ses lèvres sont grosses comme ma tête, les boules de la mort, quand il jute, c'est comme si c'était une douche de foutre, je m'approche encore, je touche l'écran, je caresse Clara, je lui caresse les seins, je touche sa chatte, j'enfonce mes doigts à l'intérieur, elle ouvre bien la bouche, elle miaule, je jute sur elle, merde, mon jus dégouline sur l'écran. Je nettoie.

79

C'est dimanche, il fait super beau, je fais du vélo, je suis trop bien, je pédale, je sens mes muscles qui se contractent, y'a un petit vent, je sue, j'en bave pour grimper une côte, grave, mais en haut je suis trop content, en haut, je sors mes boules et ma queue par la jambe du short, trop bon le vent sur mes boules, je vois des gens qui se baladent un peu plus loin, je remballe pas le matos, je reste comme ça, la queue à l'air, ils me voient pas, je passe à quelques mètres, maman, papa, fistons, ils font une rando, je fonce le matos à l'air, ils se rendent compte de rien, trop bon, je fonce, je dévale la pente, j'ai pas besoin de pédaler, ça roule tout seul, je me branle un peu, je jute en roulant, je récupère mon foutre, je lèche ma main, ni vu ni connu.

*

Le dimanche soir, le club est bondé. Maintenant qu'ils ont réussi à me faire cracher 600 euros pour un abonnement d'un an, j'y vais, je laisse pas filer la thune comme ça.

Je suis en train de soulever de la fonte, comme un ouf, je progresse. Mimi en revenait pas la dernière fois, je commence à prendre du muscle, j'ai presque plus de bide. Encore un peu, c'est vrai.

– Excusez-moi, mais faudrait mettre un slip sous votre short, ou bien mettre un body, mais là, ça ne va pas.

– Pardon ?

Il me dit tout bas :

– Vos parties dépassent de votre short.

*

Je suis dans mon hammam pépère, quand je pense qu'il sait toujours pas qui je suis, il me reconnaît pas ou alors il fait semblant comme moi. Mimi, moi je sais qui tu es. Je suis tout seul dans le hammam, il fait super chaud d'un coup, je transpire comme un ouf, y'a de la fumée partout, je vois à peine mon corps, ça me donne trop envie de me branler un peu, je dénoue la serviette, je serre fort et je comprime mes boules dans la main, trop bon.

– Bonjour.

Putain, c'est qui ce connard, je peux jamais être tranquille. Le mec s'assoit sur le banc en face de moi, je vois pas, y'a trop de fumée, la fumée se dissipe.

– C'est toi, Jean ?

– Barthélémy ?

– Je ne te voyais pas.

– Moi non plus.

Il est à poil, il se jette sur moi, m'embrasse, je suis son meilleur pote, toujours obéissant, toujours OK avec lui, il me serre contre lui, moi je bande encore grave, alors je garde mes distances.

– Ça va ?

– Ouais.

J'étais tranquille peinard.

– Tu es là depuis longtemps ?

– Ouais, j'allais partir.

– Tu as fais quoi ?
– Muscu.
– Moi j'ai nagé, il fait trop chaud pour faire du sport.
– Non, moi, seulement de la muscu.
– Ça me fait plaisir de te voir.
– Ouais.
– Dis-moi, j'ai un truc à te demander.
– Quoi ?
– Ça te dirait de venir en vacances avec nous ?
– Vous allez où ?
– On retourne dans les Alpes, je vais me faire le mont Ventoux.
– Vous louez une maison ?
– Non, les parents de Géraldine ont une baraque là-bas.
– Super.
– Tu veux ?
– Ouais. Ça peut être cool.
– Génial, tu vas voir la maison est extra. J'ai tellement besoin de vacances.
– Moi aussi.

Je sais que c'est un traquenard, ils ont toujours pas réussi à me baiser, ils en peuvent plus d'attendre, ils se disent que ça sera plus facile en vacances, ils sont trop dans leur truc, ils lâchent jamais l'affaire, putain, moi je dis ouais, parce que je réussirai encore à éviter leur plan foireux et que ça va me faire des vacances pas chères, je vais pas dépenser une thune, et vu que je dois acheter une maison à la rentrée, ça m'arrange. C'est juste pour la thune.

80

Je répare mon vélo sur le bord de la route. Mimi arrive, il sue comme une bête.

– Tu as crevé ?
– Je suis dégoûté !
– Je continue, je suis bien parti.
– Vas-y, c'est bon, je répare.
– On se retrouve à la voiture en bas !
– OK !

L'enculé, il va y arriver, ce salaud. Moi ça fait dix fois que j'essaie et ça fait dix fois que je plante, je pars trop vite je crois, j'ai pas encore assez d'entraînement, lui, il fait ça tous les ans, ce bâtard, je vais y arriver un jour, je te jure, si j'avais pu m'entraîner avant, j'y arriverais aussi. Vas-y, casse-toi, c'est ça, ouais, montre-moi bien ton cul.

Je redescends.

*

La baraque est mortelle, on bouffe super bien, y'a un chien marrant qui vient nous emmerder tous les soirs pour avoir une grillade, il est plein de puces, trop moche mais il nous fait marrer. Je dors super mal, j'ai pas l'habitude du noir total. Cette nuit, c'est pire, y'a presque pas de lune. Je suis super stressé. Mimi et Géraldine sont trop sympas avec moi, ils croient toujours que je vais passer à la casserole avant la fin du séjour. Moi, le seul truc qui m'importe, c'est lui foutre une branlée au mont Ventoux, je vais y arriver, je te jure. Eux, ils pensent qu'à ça, c'est de l'hallu. Ils croient toujours au père Noël, ils baisent dans la chambre à côté, je les entends, elle soupire, lui il râle, ils font semblant de baiser pour que je les rejoigne, ils ont besoin d'un peu de piment dans leur couple à la con, ils veulent trop que je vienne m'occuper d'eux, elle jouit assez fort, je bande, je jute dans les draps. Encore raté Mimi, je suis pas venu.

*

Elle descend avec un tee-shirt à moitié transparent. Je vois ses einss, quelle grosse pute, trop bien réussie, ton opération, elle a la gueule dans le pâté, je suis toujours levé le premier, je fais le petit-dèj, je suis obligé, ils me font rien payer, je peux faire ça. Elle me fait la bise, elle a super mauvaise haleine, elle se jette sur le café, Mimi descend toujours en slip bien moulant, il est trop fier de me montrer sa grosse bosse dès le matin. Il reste toute la journée en slip. En slip moule-burnes au petit-dèj, en slip de bain à la piscine, en caleçon le soir. Le soir, c'est pire, avec son caleçon, je vois toujours ses couilles qui dépassent à un moment. Trop exhib le Mimi. Ils aiment lire *Libé* le matin alors je le prends quand je vais acheter le pain au village, le matin j'aime bien, ils lisent, ils sont pas réveillés alors ils ferment leur gueule. Ça me repose, sinon ils parlent tout le temps, ils sont bavards c'est mortel.

– J'ai envie d'aller à la plage.

– Vas-y si tu veux, moi je bouge pas, j'ai trop la flemme.

– Ça vous branche pas ?
– Non, mais vas-y si tu veux, y'a pas de soucis.
– Je rentrerai ce soir.
– Super, t'as raison.

Ils sont taiseux, le matin.

81

– Vous êtes dingue !

Dingue de toi, tu m'étonnes, tes nichons, ça m'a fait monter tu peux même pas imaginer. Je te prends par la main, je t'agrippe, tu te fais désirer. Viens là, bébé. Viens, approche-toi, tu vas adorer.

Je la fais monter dans la Laguna, je la jette sur le siège, elle pousse des petits cris.

– Aïe !

Ouais, c'est bon. Chiale pas beauté, je sais, c'est trop bon. Moi aussi ça m'arrive de chialer tellement c'est bon. Je te déchire ton petit shorty. Miam. Putain, t'es bien velue ma belle. J'aime bien ça, j'ai jamais aimé les petites chattes épilées. Le ticket de métro, c'est tellement ado. Là, c'est beau, ça fait femme. C'est épais, c'est doux comme quand tu touches de l'herbe. T'appuies et tu sens les brindilles qui se plient sous ta paume. Là, c'est pareil. Les beaux poils bruns qui se plient sous ma paume et qui se collent aux lèvres humides. Miam. Tu gueules déjà, prends ton temps bébé, monte pas trop vite, laisse-moi le temps. Tu cries, putain la vache, ça t'excite ! Mais ferme-la, au bout d'un moment ça me casse les oreilles. Le côté truie qu'on égorge, ça va deux minutes. Tu la fermes, je te dis, sinon les vioques vont rappliquer. Arrête de pleurer, putain ! C'est chiant. Concentre-toi sur ce que tu fais ! Arrête de pleurer ! Tu me cherches ! Bah ouais, mais fallait pas me chercher comme ça, si tu recommences, je t'en colle une autre. Tu veux quoi, tu préfères le cul ou la chatte ? Tu dis rien, mais moi je suis sûr, le cul. Tu vas déguster mais c'est comme tu veux, moi, je fais comme tu me dis. Vas-y, je t'écarte bien le petit trou. Je te colle mon gros gland. Miaule bien. Ça va me faire décharger ça. Trois bons coups dans ton petit cul. Putain, je vais décharger. Ça monte. Je la sens la purée qui monte dans ma tige. Putain tu m'as bien chauffé. Tout dans ton cul. La vache, trop bon. Ils sont doux tes seins. J'aime bien les caresser. J'adore ça après l'amour. J'ai toujours fait ça comme ça, les filles adorent qu'on les papouille après la jute. Y'en a qui fument des clopes, moi c'est les caresses, je suis un doux. Je te caresse partout, je sens mon jus qui coule de ton petit trou. Tu dis plus rien là, t'as eu ce que tu voulais. T'as été géniale bébé.

*

– Tu veux encore un peu de melon, JP ?
– Oui, s'il te plaît.
– Je te ressers du rosé ?
– OK.
– Alors, il y avait du monde ou pas ?
– Horrible, mais je me suis trouvé une petite trique super tranquille.
Ils se marrent comme des baleines. Je comprends pas.
– Tu as dit trique ?
– Et ?
– C'est crique, pas trique !
– Merde, le con.
On rit trop.

82

C'est déjà le dernier soir. Ils sont verts. Ils ont pas réussi. Ils doivent trop avoir les boules de m'avoir payé les vacances, ils ont rien eu.

– J'ai envie de me faire un bain de minuit !

Je la regarde. C'est quoi ?

– Oh oui, moi aussi, on va dans la piscine.

Normalement, on se baigne jamais la nuit dans la piscine.

Je les suis.

Ils se dessapent complément et ils plongent. Putain, c'est maintenant, ils sont à poil, ils vont baiser dans la piscine devant moi, y'a pas moyen.

– Jean, tu ne veux pas plonger, c'est trop bon.

– Non, c'est bon merci, je reste là, je finis mon verre.

Je mate. Ils s'embrassent, ils crient, ils jouent comme des débiles, je les mate tous les deux à oilpé. Géraldine sort la première, j'avais déjà vu ses nichons mais c'est la première fois que je vois sa chatte. Assez poilue mais pas trop. Elle se jette sur sa serviette et s'enroule dedans. Elle a un gros cul en fait, pas mal de cellulite, c'est flasque. Mimi la suit, sa grosse tige se balance à chaque pas. Lui, il s'essuie pas, il s'allonge sur le transat à poil, juste à côté de moi. J'ai envie de rentrer chez moi, de trouver une maison, j'en peux plus, quinze jours de discussions, quinze jours de politique, quinze jours de petits-dèj, quinze jours de grosse queue de Mimi, j'en ai trop marre, je suis super naze. J'ai envie de me branler devant mon écran géant.

83

Je visite une maison. Trop moche, trop près des voisins, je veux pas vivre dans un lotissement, je veux qu'on me foute la paix. Je veux pas de jardin mitoyen sinon c'est mort. Je dis non à l'agent immobilier. Genre gros type, moustachu, super velu, on dirait un singe. Le mec, il doit faire du rugby tous les weekends pendant que sa boniche fait à bouffer. Je lui dis non, je veux en voir d'autres. Je remonte dans sa bagnole, comment ça pue le tabac froid, il doit fumer la pipe. Il me dégoûte.

*

– Alors, tu as visité une première maison ?

– Oui.

– Et alors, raconte.

– Je n'ai pas aimé du tout.

– C'était comment ?

– Un lotissement, je ne veux pas vivre dans un lotissement.

– Tu as raison, c'est affreux, tous ces jardins mitoyens, tu n'es jamais chez toi.

– Et puis je n'aime pas mon agent immobilier.

– Moi, j'en connais un qui est vachement sympa, je te présente, si tu veux.

– Oui, ça serait cool.

– Normal.

– Merci, Jean-Yves.

84

– Géraldine est enceinte.
– C'est pas vrai !
– Si, je te jure !
– Tes content ?
– T'es con ou quoi, bien sûr que je suis content !
– C'est génial alors !

Et ça y est, il en profite pour me prendre encore dans ses bras, il me serre super fort, je sais pas quoi faire, je le serre pas moi, je suis pas pédé, il est super ému, putain merde, il me fait quoi là, il chiale, tu chiales Mimi, ça faisait longtemps que je t'avais pas vu chialer.

– Pourquoi tu pleures si t'es content ?
– Je suis ému !
– Ah, OK !
– Tu es le premier à qui je le dis.
– D'accord.
– Merde ! Tu entends ce que je te dis, je vais être papa !
– Oui, j'ai entendu !
– Cache ta joie !
– Je sais pas quoi dire.
– Tu es content pour nous ?
– Oui.

Il me serre encore plus fort, il me serre contre lui, on dirait qu'il se frotte contre moi, il va pas me rouler une galoche en plus, je sens ses larmes qui coulent dans mon cou, putain, mouche-toi mec, tu me morves dessus, c'est crade. Il me serre un peu plus, il se branle contre moi ou quoi, arrête ça tout de suite, j'ai une demi-molle, je bande, tu le sais, tu vas croire que c'est pour toi que je bande, mais n'importe quoi, j'ai envie de pisser, ça m'appuie sur la vessie, ça me fait bander.

– Tu viens trinquer à la maison ce soir ?

– OK.

*

Putain, les enculés, ils vont avoir un môme, c'est pas un trans cette pute, un trans, ça fait pas de môme, putain j'ai les nerfs, moi j'ai même pas de meuf, pourquoi il réussit tout avant moi, putain Mimi, un jour je vais te buter, je te promets, tu te la pètes toujours, tu me nargues tout le temps, un jour ça va te tomber dessus, tu vas pas comprendre, j'ai envie de les buter tous les deux, putain je suis trop vénère, il la baise vraiment, mais si ça se trouve il est même pas de Mimi, le gamin, elle doit se faire sauter à droite et à gauche, Mimi, il peut pas bander devant elle, il bande devant moi comme dans les chiottes du collège, il bande que pour mon cul, il bande que pour mes couilles, que pour mes lèvres, il bande que pour moi, c'est pour ça qu'il fait tout ça pour moi, le job, les vacances, la musique, les livres, les films, les dîners, le bain de minuit, c'est pour moi qu'il fait tout ça, c'est pas pour cette pute, il peut pas juter en elle, impossible, un pédé, ça bande pas pour une meuf, tu bandes pour moi, c'est ça, tu la niques de temps en temps en pensant que c'est mon cul que tu exploses, c'est pas elle qui te fait bander, c'est pour moi que tu te remets les couilles en place tous les matins, c'est pour moi que tu enfilais ton slibard moule-burnes au petit-dèj, c'est pour moi que tu laissais dépasser tes couilles à l'apéro, c'est pour moi que tu t'allongeais à poil dans le transat, c'est pour moi que tu t'allonges à poil dans le hammam, c'est pour moi que tu écartes les jambes et que tu me montres ton slibard quand tu soulèves de la fonte, c'est pour moi que tu bandais dans les chiottes du collège, ça me rend dingue, les gadjos comme toi qui assument pas leur life, t'es qu'une grosse fiotte Mimi, faut que tu te l'avoues à ton âge, ça me fait pitié, j'ai même pitié pour cette grosse pute qui croit que tu l'aimes, j'ai envie de tout bousiller, trop envie de taper dans quelque chose, je tape dans la vitre

BAM

merde, je tape trop fort, elle se casse en morceaux, je saigne, je flippe, j'en ai rien à foutre, je saigne, je vais te briser une chaise sur ta gueule comme Papa m'avait fait, je vais te péter les dents, je vais t'enculer pour que tu réalises enfin que t'es qu'une tarlouze. Je vais faire ça, tu peux pas te voiler la face toute ta vie.

*

Je vais t'enculer Mimi, je vais t'enculer tellement fort avec ma pine que tu vas bander et que tu vas juter comme jamais, tu vas enfin voir la vérité en face, tu vas finir par te rendre compte, t'es qu'un pédé Mimi.

*

– Bon, on trinque !
– Oui !
– Merci d'être là, mon taiseux !
– C'est normal.
– Au futur bébé, alors !
– Au futur bébé.

Elle chiale, il la console, il la serre, il la caresse, il pense à moi, il la caresse encore plus fort, il imagine que c'est ma peau qu'il caresse.

– Jean, on veut te demander quelque chose.
– Quoi ?
– Géraldine et moi, on voulait te demander si tu voulais… être le parrain.

N'importe quoi.

– Oui.

Ils me sautent dessus. Ils me serrent. Je ne sais pas ce que j'ai, je me sens mal, je me sens super mou d'un coup.

– Qu'est-ce qu'il y a ?
– Je ne me sens pas bien.
– T'es tout blanc. Assieds-toi.
Je tombe sur la chaise, j'ai plus aucune force, je m'écroule.
– Donne-lui un verre d'eau.
– Bah alors, mon taiseux, qu'est-ce qu'il t'arrive ?
– Je ne sais pas.
– T'as bu trop vite ou quoi ?
– Non…
– C'est Géraldine qui est enceinte, c'est elle qui est censée avoir des malaises !
Je sais pas ce que j'ai. Je me sens super mal, j'ai envie de dégueuler. C'est la première fois que ça m'arrive. Je chiale. Je peux plus m'arrêter.

– Jean, qu'est-ce qu'il y a ?
– Pourquoi tu pleures comme ça ?
Je peux plus parler, je chiale, je sais pas pourquoi, je pense à Papa et Maman qui se détestent, je pense à tout ce que j'ai pas, je pense à vous, je peux plus m'arrêter de

chialer. Ils sont à côté de moi, ils me regardent, ils se regardent, ils savent pas quoi dire, ils sont scotchés, elle m'essuie les larmes, il me serre dans ses bras, il aime trop se coller à moi, j'ai pas rêvé, il le refait encore, je chiale comme un gamin, je pense à rien, j'ai même pas honte, je sais pas ce qui se passe, mais je sais que c'est grave, il y a un truc qui vient de s'effondrer en moi, je sais pas ce que c'est, mais je sais que c'est grave.

Ils me soutiennent jusqu'à la chambre d'amis. Je m'affale. Mimi s'allonge à côté de moi. Géraldine nous laisse tranquilles.

– Tu veux pas me dire ce qui se passe, je t'ai jamais vu comme ça.

– Je ne sais pas ce qui se passe.

– Tu peux me parler, tu as des soucis ?

– Non.

– Tu as une peine de cœur ?

– Non, j'ai personne.

– Tu ne veux pas être le parrain ?

– Si.

– Bah, alors, dis-moi ce qu'il y a.

Je suis naze, je m'endors presque. Il se penche sur moi, il m'embrasse la joue. Il se colle contre moi en me caressant les cheveux, tu vois que c'est moi que tu kiffes Mimi.

*

Je fais semblant de dormir. Je fais même des faux ronflements. Mimi est toujours collé à moi. Géraldine entre dans la chambre.

– Il va mieux ?

– Il dort.

– Il t'a dit quelque chose ?

– Non.

– C'est bizarre.

– Je ne l'ai jamais vu comme ça.
– Il m'a foutu les boules.
– Il ne se confie jamais, il doit garder trop de trucs en lui.
– Il devrait voir une psy. Faut qu'il arrive à cracher le morceau un jour.

Ils parlent de quoi ? Quel morceau ?

– Ça me rend triste de le voir comme ça.
– C'est notre taiseux ! On a le même âge, mais j'ai l'impression que c'est encore un gosse.
– C'est ça. C'est exactement ça.
– C'est quand on lui a demandé d'être parrain.
– C'est pas triste, ça, c'est une bonne nouvelle.
– Il n'en parle jamais, mais ça doit le miner d'être seul tout le temps.
– Oui.
– Il a déjà eu des rapports, tu crois ?
– Je pense.
– Pourquoi il ne se tape personne, c'est bizarre quand même.
– Il doit plaire aux filles pourtant.
– Moi, je t'ai dit, je crois qu'il est homo.

Comment je vais te niquer ta mère Mimi.

85

Ça dure au moins depuis deux semaines. Deux semaines que je me traîne comme un zombie, je chiale dès que les gens ont le dos tourné, je chiale dès que Mimi quitte la Laguna pour un rendez-vous, je chiale dès que j'éteins la lumière, je panique, je trouve plus ma respiration, je me mets à trembler, j'ai une sale gueule, Mimi me demande tout le temps de lui parler, de lui raconter ce qui ne va pas mais je dis rien parce que je sais pas ce qui se passe. J'ai tout le temps la gerbe, dès que j'éteins la lumière, je me sens oppressé, je pense à ma respiration, j'écoute ma respiration, ça me donne envie de vomir, j'ai plus le courage de rien, alors je m'affale par terre, je me mets à trembler. Je me calme, je m'endors et puis je me réveille.

*

Je vais voir le médecin. Je vais jamais voir le médecin d'habitude, mais là, je sais que c'est grave, j'ai un truc qui se passe en moi qui est grave, un cancer ou un infarctus, je suis sûr.

Il me dit que j'ai des soucis, je lui dis que j'ai des soucis depuis que j'ai cette maladie. Il me dit que je n'ai rien, que j'ai simplement des soucis. Il veut me donner des antidépresseurs, je lui demande pourquoi, il me dit que je suis déprimé, super, 25 euros, merci.

*

Je suis pas déprimé. Je suis juste super fatigué. J'arrête jamais. Je bosse même les week-ends. Je me couche super tard, je jute au moins deux fois par jour, ça doit fatiguer, j'ai plus 15 ans non plus, je me fatigue en pensant tout le temps, je suis naze, ça arrive à tout le monde.

*

Je prends les antidépresseurs. Au moins je suis moins angoissé, je tremble plus, je gerbe plus. Je dors mieux. Je vais mieux.

86

Je me détends dans le hammam. Mimi est allongé sur le ventre, il m'offre son cul, il veut que je le lui bouffe, tu vois que c'est moi que tu kiffes, pas cette grosse pute, tu penses à quoi, tu restes sur le ventre pour pas me montrer que tu bandes, vas-y, dis-le, tourne-toi, montre-moi ta grosse queue, assume que tu bandes dès que t'es avec moi, assume-le, putain, tu me saoules, dis-le une bonne fois pour toutes, les choses seraient claires, tu serais pas obligé de rester sur le ventre comme un con.

– Avec Géraldine, on a pensé à une fille qu'on pourrait te présenter.

– Ah bon ?

– Oui, je pense qu'elle pourrait te plaire.

– C'est qui ?

– Te fous pas de ma gueule !

– Pourquoi ?

– Elle s'appelle Claire.

– Et ?

– C'est la cousine de Géraldine.

– Ah bon ?

– Elle s'est fait plaquer par son mec il y a quelque temps, elle cherche un nouveau copain.

– Tu veux me caser avec une désespérée ?

– T'es con ! Non, elle est chouette, très mignonne, elle a cinq ans de plus que nous. Je ne sais pas, mais on s'est dit que ça pourrait coller.

– Tu crois ?

– Moi, je l'aime beaucoup, cette fille.

– Pourquoi pas, alors.

– On pourrait faire un dîner, non ?

– D'accord.

Il veut me caser, il me teste, je dis ouais, même si c'est un cageot, je vais la baiser, comme ça tu seras fixé mon gars, tu comprendras enfin que y'a pas moyen. Tu te retournes, ça y est tu bandes plus, il t'en a fallu du temps pour débander, tu me kiffes trop, t'es obligé de faire la conversation pour penser à autre chose, même au repos, elle est tellement grosse et ses boules rebondissent sur sa cuisse.

87

Je visite une nouvelle maison. C'est pas du tout ce que je recherche, c'est encore un lotissement. L'agent immobilier qui est pote avec Jean-Yves me dit que c'est pas un lotissement mais pour moi c'est pareil. Je lui dis non.

Il a une autre maison à me montrer.

*

– Venez, je vais vous ouvrir. Bon, vous allez voir, il y a pas mal de travaux à faire, mais c'est vraiment une maison de caractère.

– OK.

Déjà, c'est pas un lotissement. Y'a des arbres autour de la maison, c'est super calme, c'est en bout de rue en bout de village. 15 km de Lyon. 10 km de Bourg-Neuf. C'est nickel.

Il me fait entrer. Je kiffe direct les deux arbres. Petites marches, vieille porte et marquise au-dessus. C'est dégueu mais je kiffe. On entre dans la maison. Papiers peints immondes, grosses fleurs, à gerber.

– Ne faites pas attention à la décoration.

Il me fait rire, ce con, faites pas attention à la déco, je vois pas comment ! Immonde.

– Cette maison appartenait à des retraités. Ils l'ont construite eux-mêmes dans les années 50.

– Pourquoi ils vendent ?

– Le monsieur est décédé il y a quelques années et la dame est morte il y a trois mois. Ils ont toujours vécu dans cette maison, c'est pour ça que la décoration n'est pas au goût du jour. Regardez plutôt la lumière !

Tu m'étonnes, tu entres dans une grande pièce, y'a des baies vitrées partout, le soleil tape direct, la pièce est super lumineuse.

– Les enfants cherchent à vendre, mais ils ne trouvent pas d'acquéreur.

– Pourquoi ?

– La maison n'a pas de vrai jardin, je vais vous montrer.

– Moi, j'aimerais un jardin.

– Vous pouvez quand même mettre une table et dîner dehors avec des amis. Je crois que cette maison a de grandes possibilités. Et puis elle ne ressemble à aucune autre.

Je sais pas quoi penser de cette remarque.

Une chambre, aussi ensoleillée que le salon, des W-C, une cuisine vieillotte genre rustique atroce, un escalier, lambris, ambiance chalet de montagne à gerber, une autre chambre super grande, soleil pareil qu'en bas, tout exposé plein sud, le pied, des grandes fenêtres, une grande salle de bain, grande baignoire, une petite pièce pour faire un dressing, rien à foutre, j'ai rien comme fringues. C'est super moche, mais je sais pas pourquoi je kiffe, je sais pas pourquoi, je sens que je peux être super bien ici. La chambre est immense, je crois que je pourrais mettre le vidéoprojecteur pile-poil face au lit, putain, Clara, comment on va se branler au pieu, trop bon.

– Venez, je vais vous montrer la cave.

On continue, il veut se faire un plan cave, tu rêves, mec.

Grand parking pour ma bagnole, je pourrais mettre la Laguna à l'abri, j'aime pas la laisser dehors, quand il fait froid ou super chaud, ça abîme la peinture. Un grand atelier, le vieux faisait du bricolage.

– Et puis là vous avez un abri, je sais, c'est un peu étrange.

– C'est quoi ?

Pièce en béton, pas de fenêtre, trop flippant, entre la chambre froide et la cellule. Je sais pas, ça me fout les boules ce truc.

– Les propriétaires avaient construit cet abri au cas où les communistes les envahiraient.

– C'est vrai ?

– Oui, c'était en pleine guerre froide. C'est les enfants des propriétaires qui m'ont raconté tout ça.

– C'est angoissant comme truc.

Je me sens hyper mal, crise d'angoisse, tremblements, je montre rien, je prends juste un Xanax en loucedé. J'ai du mal à respirer.

– Vous pouvez vous en servir comme garde-manger ou pour stocker de la nourriture en cas de nouvelle crise, je ne sais pas.

Il se marre, il a fait sa blague pourrie, il trouve que c'est drôle, la crise, lui. Si Mimi était là, il te raconterait comment cette crise elle est dévastatrice. Connard.

– OK.

– Nous remontons ?

– Je vous suis.

Je refais un tour. C'est vrai qu'il n'y a pas de jardin, mais la terrasse est trop cool. Sous un grand arbre. Je me vois bien recevoir Jean-Yves et Karine à dîner. Ça le ferait.

C'est dans mes prix. Je vais réfléchir. Il me dit de sauter sur l'occasion, que le prix de la maison est vraiment bas. C'est une offre rare. Il me sourit, il a envie de me niquer, je me casse. Je ferai une offre si j'en ai envie.

88

Je pédale à fond, je sue comme une bête, mais j'ai vachement plus de souffle qu'avant, je vois la différence, la salle de sport, le vélo, la piscine, je suis plus le même, j'ai presque plus de bide, c'est cool. Je pédale à fond, je le vois plus tellement, il est loin devant, je redonne un gros coup, il va pas me laisser à la traîne comme ça, il peut pas me battre tout le temps sur tout. Je le vois au loin, avec son tee-shirt jaune, il fonce, putain, il a une santé de fer l'enculé, je pédale à fond. Putain, j'arriverai jamais à le rattraper. Mimi, un jour, tu vas pas comprendre quand je vais te tomber dessus comme ça par surprise.

89

Géraldine me sert du poisson.

– Ça sent super bon.

– Merci.

C'est vrai, ça sent super bon, ça fume quand on ouvre les papillotes, c'est trop bon.

– Tu as retrouvé de l'appétit ?

– Oui.

– Tu te sens mieux ?

– J'étais vraiment super fatigué.

Mimi me mange du regard.

– Tu as été voir un médecin au final ?

– Oui.

– Et ?

– Qu'est-ce qu'il t'a dit ?

– Que je faisais une dépression.

– C'est vrai ?

– Il t'a dit ça ?

– Oui, mais ça va, pas de soucis.

– Il t'a donné des trucs ?

– J'ai du Xanax que je prends quand ça ne va pas.

– Mon taiseux, merde alors.

– Non, je te dis, là, ça va mieux.

– Mais ça se voyait que tu n'étais pas bien.
– Je crois que je réfléchis trop.
– Déjà, le fait que tu en parles comme ça, c'est bon signe.
– J'ai pas honte.
– Tu as raison.
– Tu ne veux pas te faire aider par un psy, en plus du traitement ?
– Je ne crois pas. Je sais d'où ça vient.
– C'est vrai ?
– Oui, c'est des trucs que je traîne depuis que je suis môme. Mon père était alcoolo et frappait ma mère. Je crois qu'il en faut pas plus pour être déprimé, des fois.
– Mon Jeannot…
– Pas de pitié surtout ! Tout va bien et en plus j'ai une nouvelle importante à vous dire.
– Quoi ?
– J'ai trouvé !
– Quoi, une copine !
– Non, ça, c'est pour après. J'ai trouvé une maison.
– C'est pas vrai ?
– C'est génial !
– Mais où ?
– Pas très loin, à dix kilomètres d'ici, un petit village qui s'appelle Hoqueterre.
– Je vois très bien où c'est !
– C'est minus !
– Oui mais c'est mignon.
– Je ne savais pas que tu visitais à nouveau.
– C'est bien, ça veut dire que tu te projettes.
– Mais tu as tous les papiers, c'est signé ?
– Oui.
– C'est génial !
– Je suis content.
– Qu'est-ce qu'il se passe Chat ?
– Il bouge, le coco, il vient de me donner un coup de pied.

– C'est vrai ? Tu veux t'allonger ?
– Non, non, ça va, c'est passé.
– Tu m'as fait peur.
– Depuis que je suis enceinte, Barthélémy est toujours inquiet.
– C'est normal, je m'inquiète pour ma petite femme.
– Bon, on trinque à toi, alors.
– À toi et à ta maison !
– Oui.
– Tchin.
– Tchin.
– Regarde-moi dans les yeux, Jeannot, ça porte malheur !
– Et on croise pas.
– À la tienne.

*

Mimi me raccompagne à la voiture.
– Quand est-ce que tu veux déménager ?
– Je ne sais pas encore.
– Tu nous dis, moi je viendrai t'aider.
– C'est gentil, mais ça va aller, je vais faire ça tranquillement.
– T'es con, je peux venir t'aider.
– Non, je te jure, je n'ai rien comme affaires. J'ai un matelas et quelques conneries, je vais faire ça progressivement. Je vais louer un camion.
– Je réalise que je ne suis jamais venu chez toi.
– Tu ne perds pas grand-chose. Je vous inviterai dans la nouvelle maison. Il y a une terrasse avec des arbres.
– J'ai hâte.
– Bon, j'y vais, bonne nuit.
– Bonne nuit, mon taiseux.

Il m'embrasse, il me serre fort contre lui, il se frotte, il me colle, il va me rouler un patin, il se frotte, alors moi je trique un peu, je sens mes couilles qui remontent. Entre les deux joues, il me frôle les lèvres, il a trop envie de me rouler une grosse gamelle, il en peut plus, il se lasse pas, il vit dans son trip, il va être papa, comment il essaye de se persuader qu'il est pas pédé. C'est barge, c'est un cas quand même, il devait attendre ce moment depuis le début du dîner, le moment où il allait me raccompagner à la voiture, le moment où il allait me faire la bise, me serrer, se frotter la tige, me frôler la bouche, enculé, pourquoi tu fais ça, pourquoi tu restes avec cette putain si t'as tellement envie de moi, tu me chauffes tout le temps, un jour je vais te tomber dessus, tu vas pas comprendre, le pauvre gamin, il démarre pas bien sa life avec un père tarlouze, ça sent la visite chez le docteur dans trente ans et une ordonnance avec du Xanax prescrit dessus. Pauvre gosse, pauvre Géraldine, tu me fais plus pitié qu'autre chose, ce que te fait Mimi, c'est le pire du pire, au moins il te tromperait avec une secrétaire ou même avec une pute, ça serait rien, c'est la vie, mais là, il pense qu'à moi, tout le temps, il a tout le temps envie de me baiser, tout le temps, dès qu'il est avec toi, dès qu'il te baise, si ça arrive, il pense à moi pour juter, il pense à ma tige, il pense à me rouler une pelle, il pense à me bouffer le cul, il pense à ma queue dans son petit trou de balle, il pense à la jute qui coulerait sur sa gueule, ma pauvre fille, y'a que comme ça qu'il te baise Mimi, il peut pas faire autrement, il jute en pensant à moi.

– Jean !

– Quoi ?

– Si ça ne va pas, tu appelles, hein ?

– Oui.

– Non mais sérieusement. Tu ne peux pas tout gérer tout seul. Les amis, c'est fait pour ça.

– OK.

– Et appelle Géraldine pour lui dire que tu veux bien être le parrain, ce n'est pas à moi de lui dire.

– OK.
– Allez, rentre bien, fais attention. À demain.
– Salut.

Il se croit trop dans un film de bourrin, genre je pars, je le mate dans le rétro, il me fait un signe de la main, il attend que je sois loin pour rentrer à la maison, c'est nimportnawak, il va pas se mettre à chialer non plus, on dirait une pauvre meuf qui regarde son mec qui part pour la guerre du Vietnam dans une bouse de film avec Tom Cruise. Je trique, ça fait longtemps que je me suis pas vidé dehors. Je me branle en conduisant, la lune est super lumineuse, je m'arrête, je jute dans mes mains, je lèche mes doigts, je repars.

90

Je décolle le papier peint, c'est super long, chiant, dégueu, je déteste l'odeur du papier mouillé qui tombe par terre en petites boules.

*

Je repeins le lambris en blanc, j'ai vu ça un soir sur M6 dans une émission à la con, ça fait tout de suite moins vieillot.

*

Je jette presque tout, j'en ai rien à foutre des trucs. Je veux tout recommencer. Je vide les placards, je jette, je balance, je garde :

Quelques photos de Papa et Maman.

Mes albums de photos d'école.

Mes DVD.

Ma boîte en fer avec les centimes de francs et la boucle d'oreille de Mimi.

Un carton de fringues que Stéphanie a laissé. Je me souviens de cette robe, c'est moi qui lui avais payée. C'te pute, c't'ingrate.

Les CD que Mimi m'a gravés.

Mes fringues.
Mes trucs de salle de bain.
Les haltères que je me suis payés le mois dernier.
Le reste, je balance. J'achèterai un nouveau matelas. Je balance le clic-clac, trop moche, trop plein de taches de foutre.

*

J'ai fait seulement dix allers et retours. Tout est là, dans la pièce principale. La lumière de ouf qu'il y a. Quand j'ouvre les baies vitrées, j'ai l'impression d'être dehors sur la terrasse, trop bon. Faut que Papa et Maman viennent un jour. Putain, je suis le premier à être proprio. Je vous ai bien niqués, je refais pas les mêmes conneries que vous. J'ai fini de tout apporter, je ferme la porte, je branche le poste, je mets le morceau d'opéra que Mimi préfère. Je kiffe pas trop, mais là, avec les fenêtres ouvertes, ça le fait bien, la voix de la nénette, c'est une grosse, Bartoli, elle s'appelle, ça résonne dans toute la baraque, elle gueule en même temps que le vent entre dans la pièce, je suis trop bien, sous la moquette, il y avait du parquet super beau. Il est vieux, je le trouve canon, je suis allongé dessus, j'ai ciré avec de la cire d'abeille, ça sent super bon, je fais pas souvent ça, mais je caresse le parquet, c'est le mien, c'est-à-dire qu'il est à moi, j'ai ce parquet, je l'ai jusqu'à la fin de mes jours, c'est un truc de ouf, je suis trop bien, je me fous à poil, il fait super bon, je peux rester à poil tout le temps maintenant, y'a personne dans la rue, y'a personne dans ce patelin, personne peut voir à travers mes baies vitrées, c'est décidé, je reste à poil tout le temps, je vais bronzer de la teub, il fait super bon, trop bon, ça fait combien de temps que je me suis pas senti aussi bien, je veux plus prendre de Xanax, c'est bon, je suis là, je suis chez moi, putain je bande, je vais sur la terrasse en bandant, je me promène en bandant, je traverse la maison, je vais au premier, je bande toujours, trop cool, elle se plaît bien ici ma tige, elle est trop contente, elle regarde partout, je cours, je saute, je mate ma teub toute raide qui rebondit, trop beau, bon petit morceau, bien épais, bien nerveux, je retourne sur la terrasse

AHHHHHHHHHHHHHHHHHHHHHHHHH
HHHHHHHHHHHHHHHHHHHHHHHHHHH
HHHHHHHHHHHHHHHHHHHHHHHHHHH
HHHHHHHHHHHHHHHHHHHHHHHHHHH
HHHHHHHHHHHHHHHHHHHHHHHHHHH

ça fait trop de bien de gueuler un coup comme ça, j'en avais besoin, je bande trop, putain, je pourrais tourner dans des films de boules, tiens, c'est ça que je vais faire en premier, faut que je réinstalle le vidéoprojecteur, j'ai envie de me mater un petit film, je reste à poil, je monte l'escabeau à poil, je perce des trous avec la perceuse, j'ai plein de plâtre qui tombe sur ma tige, elle est toute blanche, putain, elle débande toujours pas, je trouve que j'ai trop de poils sur les couilles, je vais me raser, je prends un rasoir, j'ai jamais fait ça, ça me fout une trique de la mort, je mets de la mousse à raser sur mes boules et je rase, je vais doucement, je veux pas me couper, je rince, je saigne un peu, je me suis quand même coupé, je rince encore, elles font deux fois plus grosses maintenant, je rase un peu au-dessus, je rase tous les poils qui montent sur la teub, j'en ai presque jusqu'au milieu, je rase autour de la base et je rase tout, pendant que j'y suis, je m'en fous, je kiffe bien la sensation, putain, je flippe, ça fait pas trop petite teub d'enfant, non, putain, je la mate dans une glace que j'ai pas encore eu le temps de fixer, je le ferai tout à l'heure, je te jure, c'est un truc de dingue, on dirait trop qu'elle est plus grosse qu'avant, ça fait nickel, je la kiffe trop comme ça, je remonte sur l'escabeau, je rebande, un truc de ouf, je finis de percer, j'installe l'écran, avec la télécommande je vérifie, tout marche super bien, OK, j'installe le vidéoprojecteur, une heure après c'est bon, je branche tout, oh Clara en quatre mètres sur trois c'est beaucoup plus grand qu'avant, mortel, je vais me faire des branlettes de la mort, je me branle devant le film, je serre le gland, j'appuie fort sur mes boules, je me touche le trou, c'est pas désagréable, je me caresse le trou, je me fouille le trou, je jute grave.

91

Dès qu'ils entrent dans le restaurant, je vois que Mimi s'est laissé pousser la moustache. Une semaine que je l'ai pas vu, c'est quoi ce look de Village People Mimi ? Géraldine me fait la bise, elle est énorme, elle va pas tarder à accoucher, elle a une paire de nibards, son décolleté va exploser. Des einss de ouf. Ils ont réussi à me persuader, j'ai dit oui, ce soir ils me présentent Claire, la cousine. Pas mal, ni moche ni belle, comme ça, de loin, mais moi, je vois que la moustache de Mimi. Faut que je me concentre, faut que je fasse genre je suis super intéressé par ce qu'elle me raconte, alors que cette moustache, c'est pas possible.

– Claire travaille pour l'association Désirs d'Avenir.

– Tu sais, l'association de Ségolène Royal.

– Ah oui, d'accord.

– Oui, mais ce n'est pas mon travail, je suis journaliste avant tout.

– Claire écrit dans le magazine *60 millions de consommateurs*, tu connais ?

– Non, c'est quoi ?

– On ne va pas parler de moi et de mon travail toute la soirée.

– Jean, tu veux un apéro ?

– Oui, je veux bien une bière.

– Alors une bière, deux Martini et une Badoit s'il vous plaît, monsieur.

– Merci.

– Tu as mis une belle chemise, mon Jeannot.

– Te fous pas de ma gueule salaud !

Je les fais marrer.

– Claire, tu en es où avec l'appartement, alors ?

– J'ai trouvé un vendeur, ça y est.

– Super.

– Oui et non, j'en voulais 320 et j'ai vendu à 302, ça fait presque 120 000 Balles en moins.

– Tu parles encore en francs ?

– Non, c'est juste pour les grosses sommes.

– C'est chiant, mais ça te fait quand même une belle plus-value.

– Ah bah oui, heureusement, je l'avais acheté il y a dix ans.

– Combien ?

– 120.

– C'est super !

– C'est pas grave, ça me va très bien comme ça.

– Vous avez trouvé ailleurs, alors ?

– Tu peux la tutoyer !

– Non, je cherche encore. Depuis que je suis séparée de mon mari, je cherche un nouvel équilibre.

– Jean aussi vient d'acheter une maison.

– C'est vrai ?

– Oui. C'est mon premier achat.

– On ne l'a toujours pas vue, cette maison, tu nous invites quand ?

– Je veux finir les travaux avant.

– Il a toujours un truc à finir… On n'a jamais vu l'appartement d'avant non plus !

– Mais j'ai rien, je n'ai même plus de canapé.

– Jean est lui aussi à la recherche d'un nouvel équilibre.

– C'est vrai, je n'y avais même pas pensé, Claire cherche une maison et Jean vient d'en trouver une, c'est dingue, les hasards.

Tu veux pas non plus que je la bourre là, tout de suite, devant vous non, putain, ils sont lourds, je peux pas, de toute façon, autant de loin ça allait encore à peu près, autant maintenant qu'elle est à côté de moi, je vois que :

Sa molaire manquante quand elle rit.
Son grain de beauté recouvert de poils sur la joue.
Son alliance qu'elle a toujours. Grosse pute.

Même pas en rêve je la ramène chez moi. Putain, ils me saoulent avec leur plan foireux, ça doit gratter cette moustache, t'as trop envie de venir me chatouiller le trou de balle avec ta moustache Mimi. C'est ça, t'es ouf, toi !

*

– Alors, tu en penses quoi ?
– De Claire ou de ta moustache ?
– Quel salaud !
Mort de rire !
– Tu n'aimes pas ?
– Je sais pas. On dirait un porno des années 70.
– Le petit con !
On rigole en fumant notre clope sur la terrasse du resto.
– Non, mais Claire, elle te plaît ?
– Je ne sais pas.
– Attends, c'est une super fille, elle est cultivée, politiquement, elle est géniale, elle est super jolie quand même.
– Je sais, mais je ne sens pas le truc.
– T'es chiant, tu veux pas te caser.
– Mais si, je veux bien.
– Alors essaye, je suis sûr que tu lui plais.
– Non, je ne sais pas, je n'ai pas le coup de foudre.

– Tu es super difficile, c'est pour ça que tu restes tout seul.

– Attends, tu te la ferais, toi ?

– Moi ? Non, mais je suis déjà marié.

– Mais tu ne te la ferais pas non plus.

– Tu es vraiment compliqué.

– Je sais. Mais je ne prends plus de comprimés.

– C'est bien. Mais tu trouves ça vraiment moche, ma moustache ?

– Je m'en fous, mais si tu veux être réélu, tu rases ça tout de suite.

– Je rêve, mon taiseux qui commence à me vanner !

– Je suis en forme, je te dis.

– Je suis content. C'est moi qui me prends la tête en ce moment.

– À propos de quoi ?

– Non, ça va, mais j'ai hâte que le bébé arrive, Géraldine est super chiante…

– Tu vas la quitter ?

– Mais non, ça va pas la tête ! C'est juste que c'est pas facile. Elle n'en peut plus, là, c'est tout.

– OK.

– On va les rejoindre.

– OK.

On les rejoint, non, Claire ne me plaît pas du tout. Je la trouve même laide, je préfère encore la moustache de Mimi.

92

Je me laisse juste la moustache pour voir l'effet que ça fait. Affreux. Je me rase.

*

Après le hammam, on va vers les douches collectives. Mimi va encore me montrer sa grosse queue et ses grosses boules.

– Tu te rases, maintenant ?

– Quoi ?

– J'ai vu que tu te rasais le pubis, ça te gratte pas ?

Putain, pris en flagrant délit, il mate mon zob. Je sais pas quoi dire, je vais pas lui dire que je la trouve plus grosse comme ça.

– J'ai eu des morpions.

Il fait une grimace, mort de rire. J'ai rien trouvé d'autre.

– C'est vrai ?

– Je te jure.

– Tu as chopé ça où ?

– Je ne sais pas. Peut-être dans la nouvelle maison ou ici, dans une des serviettes du club.

– C'est dégueu, je prendrai une des miennes la prochaine fois.

– Ouais.

– C'est horrible, ce truc, ça gratte.

– J'en ai jamais eu, mais j'ai eu des poux quand j'étais gamin.

Je m'en souviens pas.

– Je sais ce que c'est, c'est horrible.

– Maintenant j'aime, je vais rester tout le temps comme ça.

– Ah oui ?

– Ouais.

– Remarque, c'est plus propre.

– Je trouve aussi.

93

Les voisins ont alerté la police parce qu'ils entendaient des cris. Les flics ont découvert que Maman frappait Papa. Papa a été placé dans une maison de retraite, Maman n'a plus le droit de le voir. Elle va peut-être passer en jugement. Moi, je m'en occupe pas, j'ai dit à Guillaume que je voulais plus monter, qu'il avait qu'à s'en occuper. Je veux plus les voir, je suis loin, on se reverra aux enterrements.

94

Karine est enceinte, Jean-Yves flippe, mais il est content. Je leur ai promis de les inviter un jour dîner à la maison.

95

Ma petite Maman, t'as fini par lui foutre sa raclée. Et c'est toi qui te fais choper, c'est vraiment dégueulasse. Je mets le disque de Renaud dans la platine.

La doudou, elle s'en fout, au mois d'août, elle met les bouts.

Ça me donne trop envie de chialer.

Je le remets encore une fois.

La doudou, elle s'en fout, au mois d'août, elle met les bouts.

Encore.

La doudou, elle s'en fout, au mois d'août, elle met les bouts. La doudou, elle s'en fout, au mois d'août, elle met les bouts. La doudou, elle s'en fout, au mois d'août, elle met les bouts. La doudou, elle s'en fout, au mois d'août, elle met les bouts. La doudou, elle s'en fout, au mois d'août, elle met les bouts.

Comment elle te reste dans la tête, cette chanson.

96

Mimi monte dans la Laguna, il est super naze, gros cernes, il a un peu la crève. Il parle plus depuis deux jours, il a l'air contrarié, je sais pas quoi lui dire. Là, il est carrément derrière, il fait semblant de relire des dossiers, mais je vois bien que c'est bidon.

– Tu ne veux pas me parler ?

– Je te jure, ça va.

Il me ment mal. Je le connais par cœur. Ça me fait chier de le voir comme ça, je sens bien qu'il y a un truc grave.

– C'est Géraldine ?

– Quoi, Géraldine ?

– C'est Géraldine et le bébé ?

– Je ne sais pas, elle va accoucher la semaine prochaine, ça ira peut-être mieux après.

– Vous allez être contents.

– Je ne sais pas, je me demande si on n'a pas fait une connerie.

Enfin, tu te poses la question.

– Pourquoi ?

– J'ai peur, c'est tout.

– C'est normal.

– Pourquoi ?

– Ça va changer ta vie pour toute ta vie.
– Rassure-moi, c'est ça.
– Mais c'est vrai.
– Jean, tu m'invites à prendre un verre chez toi ?
– Quoi, ce soir ?
– Oui, maintenant, comme ça on parle un peu et je vois enfin ta maison.
– Mais j'ai rien, moi.
– Me fais pas chier, tu me fais quoi, là, pourquoi tu ne veux pas me montrer ta baraque, putain, tu caches quoi ?
– T'es dingue, toi, je cache rien ! C'est juste que c'est le bordel.
– C'est ça.
– Oui.
– Je m'en fous, tu m'emmènes chez toi.

C'est le grand soir, il va me déclarer sa flamme ce connard, il pète un plomb, t'imagines, ça fait combien d'années qu'il se cache, ça fait combien d'années qu'il pense qu'à une chose, viens, mec, t'as raison, tu vas voir, chez moi tu vas enfin t'avouer la vérité Mimi, tu vas hurler, mec, je vais te défoncer ta petite chatte, tu vas gueuler comme jamais, c'est maintenant, je le sens, il est trop mal, il en peut plus, Mimi, vas-y, libère-toi, ça sera mieux pour tout le monde, tu vas me pomper, tu vas kiffer, *La doudou, elle s'en fout, au mois d'août, elle met les bouts*, tu vas bien me bouffer les burnes, tu vas me les lécher, tu vas me lécher le gland, tu vas me bouffer les couilles, tu vas me les presser dans ta main, *La doudou, elle s'en fout, au mois d'août, elle met les bouts*, je bande trop, putain, tu vas voir Mimi, tu vas voir ce que tu kiffes vraiment, tu vas me bouffer le cul, tu vas rentrer ta langue dans mon trou de balle, tu vas bien le bouffer, tu vas rentrer ta langue bien au fond, tu vas te coller, tu vas me bouffer partout, tu vas me bouffer les einss, tu vas me retourner, tu vas coller ta grosse queue sur mon cul, tu vas frapper ton gland sur mon cul, tu vas bien mouiller, tu vas me cracher sur le trou, tu vas me doigter, putain, je bande trop, il voit pas, il est derrière, il fait la gueule, il flippe, il sait que c'est maintenant, il sait que dès qu'il va franchir la porte de ma maison, il va pas pouvoir se retenir, t'en as trop envie, tu penses plus à Géraldine ni à ton gosse, tu penses qu'à mes couilles rasées, *La doudou, elle s'en fout, au mois d'août, elle met les bouts*, tu te rappelles comment tu les matais dans les douches, tu penses qu'à mon gland, tu penses qu'à me balader ta grosse pine sur la gueule, tu penses qu'à étaler ta mouille sur mes lèvres, t'as trop envie de m'embrasser, de me rouler une pelle de la mort, t'as trop envie de me prendre, t'as trop envie que je te prenne, de sentir mon gland glisser dans ton trou, trop envie de miauler, faut que je pense à autre chose, *La doudou, elle s'en fout, au mois d'août, elle met les bouts*, je vais juter dans mon slip en conduisant alors que Mimi est derrière, putain, ça m'excite encore plus, t'as trop envie de sentir mon jus dans ton cul, que je ressorte ma bite et de la sucer encore à fond pour me refaire bander une deuxième fois, *La doudou, elle s'en fout, au mois d'août, elle met les bouts*, merde je jute, putain, c'est trop bon, je montre rien, j'en ai plein le slip, j'espère que ça se verra pas, que ça va pas faire de taches sur mon pantalon, putain, comme j'ai déchargé, j'ai pas perdu le contrôle, il s'est aperçu de rien, t'aurais vu, Mimi, t'aurais été à l'avant, tu m'aurais trop sucé, t'aurais trop miaulé, je freine, on est arrivés.

97

Je flippe quand j'ouvre la porte, je flippe de trouver du linge sale par terre, que les DVD soient par terre, que ça soit trop le bordel, que ça pue, que ça pue le foutre, que la cuisine soit dégueu, j'ouvre, non, ça va, c'est pas mal rangé en fait, il fait super beau, le soleil décline, la salle à manger est tout orangée, j'ouvre les baies qui donnent sur la terrasse.

– Mais c'est super joli !
– Tu trouves ?
– Oui, je n'imaginais pas ça comme ça.
– Tu imaginais ça comment ?
– Moins joli.
– Merci.
– J'en reviens pas, t'as tout repeint, c'est beau… et la lumière, c'est extraordinaire.
– C'est ce que je préfère.

Je cache comme je peux mon fute avec ma veste, j'ai vu qu'on voyait des taches.

– Attends, je reviens.

Je fonce dans la chambre, je change de futal, j'enfile un jean, je laisse le slip plein de foutre sous l'oreiller. *La dou-*

dou, elle s'en fout, au mois d'août, elle met les bouts. Putain, elle me prend la tête, cette chanson.

– Excuse-moi, je voulais me changer, mon pantalon me serrait trop.

– Tu as un truc à boire ?

– Je vais voir, je crois que j'ai de la bière au frigo.

Je vais voir, putain, j'ai le cœur qui bat à deux cents à l'heure, limite je vais me faire une crise d'angoisse, faut que je contrôle, Mimi va me faire sa déclaration.

Je reviens avec deux bières. Mimi est assis sur une des chaises de la terrasse, il fume une clope, il est pensif, ça va pas, il cherche ses mots, il sait pas comment me le dire, dis-le normalement, Mimi, cherche pas à faire des grandes phrases, dis-le, ça va tellement te faire du bien, dis : JP, j'ai trop envie de te baiser. Je lui file sa bière. Il l'ouvre, il boit, j'entends qu'il a la bouche sèche, je le regarde, je lui fais un sourire, je suis OK, je t'écoute.

– Dis-moi.

– Je me sens mal, mon taiseux.

– Je sais, parle-moi.

– Tu me promets que tu ne le répètes à personne.

– Je te jure.

J'ose :

Je m'avance vers lui, je fais tout comme il me fait lui, je m'approche au plus près, je l'enlace et pose ma main sur son épaule, je lui caresse ses longues boucles blondes, il est doux, je lui caresse le visage, il a la peau douce, c'est un truc de ouf, je me colle à lui, je trique déjà à moitié.

– Je te jure, Barthélémy, vas-y, parle-moi.

– J'ai déconné.

– Comment ça ?

– Je suis un enfoiré avec Géraldine.

DIS-LE ENFOIRÉ !

– Tu es homo ?
– Mais non, t'es con, pourquoi tu me dis ça ?
– Je sais pas.
– Mais non, je suis pas homo, c'est bizarre que tu dises ça.
– Dis-moi, alors.
– J'ai trompé Géraldine.
– Merde, avec qui ?
– Sa cousine Claire.
– Quoi, celle que tu m'avais présentée ?
– Oui.

Putain, je sais pas ce que je fais, je me lève, j'ai un truc de ouf en moi, un truc qui m'envahit, je prends ma chaise et je la lui fracasse sur la gueule. Il tombe raide.

98

– Faites-moi un peu de place, c'est super chaud.
– Waouh ! Ça a l'air trop bon Jeannot.
– J'ai trouvé un livre sur les soupes. C'est la première fois que j'en fais.
– Ça sent bon.
Je sers d'abord Karine, honneur aux demoiselles.
– Franchement, t'es trop bien installé, mec !
– Merci.
– On a attendu longtemps pour être invités, mais on n'est pas déçus.
– C'est trop bon.
– C'est vrai, c'est réussi ?
– Vachement.
– Laisse tomber, elle trouve tout délicieux en ce moment !
– Le salaud !
– Elle dévore.
– Bah, faut bien que je nourrisse aussi le bébé.
– Tu dois accoucher quand ?
– Fin février.
– Tu flippes ?
– Moi non, Jean-Yves oui.
– C'est vrai, j'assume, j'ai super peur.
– Tu as peur de quoi ?

– Je sais pas, de ne pas assurer quand le bébé sera là.
– Il sera super, comme papa.
– Moi aussi, j'en suis sûr.
– C'est quoi, alors ?
– Carottes et coriandre.
– Super bon.
– T'es un vrai chef, Jeannot, j'aurais jamais pensé. Jean-Yves, tu pourrais lui demander des leçons.
– Non, c'est bon, je donne pas de leçons, je fais ça pour moi, j'allais quand même pas vous recevoir avec des cordons bleus ou des trucs dégueu.
– C'est adorable.

*

Ils regardent partout. J'ai enfin acheté un nouveau canapé, je suis allé chez Ikea, j'ai trouvé des cadres avec des photos de zèbres, une table, des chaises, j'ai poussé le bouchon jusqu'à acheter de la vaisselle, je suis super équipé, j'aime bien, c'est agréable de ne plus vivre dans un truc dégueu, sans rien, sans meubles. Jean-Yves et Karine sont étonnés, ils pensaient que j'étais une craspouille. J'ai fait le ménage, j'ai fait le dîner, j'assure.

*

On prend le café dans le nouveau canapé.
– Mais, tu as pas de télé ?
– Si.
– Elle est dans ta chambre ? Je l'ai pas vue.
Je me lève, je frime un peu, j'ai le droit pour une fois. J'appuie sur la télécommande, l'écran se déroule, j'allume le vidéoprojecteur.
– Le salaud !
– T'as acheté ça quand ?
– Je ne sais plus, il y a un mois ou deux.
– C'est génial.

– On regarde un film ?
– Si vous voulez !
– Tu as quoi ?
– À part les films de cul, j'ai surtout des comédies. Mort de rire.
– On peut se mater *Retour vers le futur* ou les *Gremlins* ou *SOS fantômes*.
– Comment j'adorais ces films quand j'étais gamine.
– C'est vraiment les films-cultes de notre génération.
– Moi, je suis partant pour *Ghostbuster*, je l'ai jamais revu.
– Karine, tu es OK ?
– Super.
– Attendez, je vais éteindre la lumière, on se croira plus au cinéma.
– Cool, je suis trop contente.
– C'est bien, comme ça, le petit voit nos films-cultes.

Le générique commence, on chante tous les trois la musique du générique.

*

– Comment c'est tout naze.
– Ça a vieilli.
– Les effets spéciaux sont vraiment tout pourris.
– Je suis dégoûtée.
– Tu l'as acheté ?
– T'es dingue, toi, je l'ai téléchargé.

*

– Et tu la vois, sa femme ?
– Des fois.
– Elle doit être dans un état !
– Ah bah, c'est horrible.

– Toi qui étais copain avec lui, t'as pas une idée de ce qui a pu se passer.

– Non, franchement.

– C'est dingue, de disparaître comme ça, du jour au lendemain.

– Surtout quand tu vas devenir papa !

– La veille, il m'avait dit qu'il avait eu une liaison avec une autre fille.

– Tu crois que c'est pour ça ?

– Attends, si tous les mecs qui ont des relations adultères disparaissaient dans la nature, toutes les villes seraient désertes.

– Non, là, il s'est passé un truc plus grave.

– Moi, c'était mon meilleur ami, je ne sais pas pourquoi, mais je ne m'inquiète pas plus que ça. Il s'est pas fait enlever, il s'est juste fait la malle pour recommencer un truc à zéro.

– Tu crois ?

– Je suis sûr.

– Si c'est ça, c'est super égoïste.

– Ouais.

– Sa pauvre femme et son gamin.

– Et puis disparaître comme ça, c'est le pire, ta famille peut même pas se dire qu'elle fait le deuil ou un truc comme ça. Non, là, elle ne sait rien.

– Tu dois toujours imaginer qu'il va revenir un jour.

– C'est horrible, moi, ça me donne des frissons. Jean-Yves, tu te barres pas deux jours avant que j'accouche, hein ?

– Si j'avais voulu me barrer, je l'aurais fait avant... mais maintenant que tu m'en parles, je vais peut-être...

– Arrête !

– Le salaud !

– Et toi, ça va, Jeannot, tu gères ?

– Franchement, c'est bizarre, je te dis, je suis pas trop inquiet, mais c'est surtout super difficile de ne plus le voir du tout. On était tout le temps ensemble, j'étais super ami avec Géraldine, on était partis en vacances tous les trois, ça faisait comme une famille.

– Surtout que, la tienne, laisse tomber.

– Tu m'étonnes, je crois qu'on avait reconstruit un truc un peu comme ça.

– Mais tu sais c'est qui la meuf avec qui il avait une liaison ?

– Excuse-moi, mais j'avais promis de pas le répéter, en plus maintenant ça sert à rien de savoir.

– Je comprends.

– Moi, le truc qui me fait le plus chier, c'est de me taper le nouveau président.

– Chopin !

– Putain comme il est con, lui.

– Et puis prétentieux.

– C'est sûr que tu dois moins te marrer avec lui.

– Attends, je te jure, il ne me parle jamais, c'est à peine s'il me regarde quand il me dit bonjour. Il se met à l'arrière, il téléphone ou il pionce.

– Il pionce ?

– Et il ronfle, c'est horrible.

– Arrête, je l'imagine trop bien en plus, la bouche ouverte comme ça, avec un filet de bave.

– Les socialos gagneront jamais les élections avec lui.

– Moi, je m'en fous, c'est un strauss-kahnien, on avait proposé le porte-parole de Désirs d'Avenir, ils nous ont rembarrés, laisse tomber.

– Ils ont la haine contre Ségo.

– Moi, je l'aime bien maintenant, cette femme.

– Ouais, moi aussi, j'étais pas convaincu, mais maintenant je trouve qu'elle a fini par se trouver.

– Elle était pas prête pour la présidentielle, c'est tout.

– On verra en 2012.

– En tout cas, au CG, on est mal, en plus t'as vu, en face, le jeunot qu'ils nous ont mis.

– Il est encore plus jeune que Barthélémy.

– 29 ans, il a ?

– C’est ouf.
– Ils vont les prendre à la maternelle bientôt.
– On se roule un splif avant de se rentrer.
– Ouais.
– Si tu me ramènes, OK.
– Allez, on roule. Jeannot, t’as des feuilles ?

On finit le pétard, on est bien tous les trois. C’est comme une petite famille. Ils se barrent.

99

Je débarrasse la table. Je mets tout dans l'évier.

*

Je fais réchauffer de la soupe et je fais griller du pain.

*

La soupe est chaude, je place l'assiette sur un plateau. Je sors de la salle à manger, je descends, je traverse le box, je traverse l'atelier, j'enfonce la clef dans la grosse serrure de la porte de l'abri. Je pose le plateau par terre. Mimi dort sur son matelas. J'allume la lumière, elle se réveille, elle plisse les yeux, elle fait la grimace, elle est mignonne. La robe de Stéphanie lui va super bien. Elle est un peu petite, alors ça lui fait comme une minijupe. Je lui mets rien en dessous, alors ses grosses couilles dépassent, c'est trop mignon. Elle a fini son livre, faut que je pense à lui en rapporter un demain, Mimi se redresse, la robe se relève en même temps, maintenant je peux voir ses grosses couilles et sa grosse tige, elle est super belle. Elle me regarde, elle a l'air tranquille, elle dormait bien, elle me sourit, elle est trop contente de me voir, c'est long, les journées ici, toute seule, je comprends, t'inquiète, un jour, je te sortirai, je te laisse encore les mains attachées derrière, je te fais pas encore confiance, tu pourrais aller retrouver Géraldine et lui faire croire qu'elle te manque, alors qu'au moins, maintenant, les choses sont claires pour elle, tu restes là, je te détacherai tes poignets plus tard, quand j'aurai bien confiance en toi, je m'assois à côté de toi, par terre, je te laisse ton matelas, chacun son territoire. Pourquoi tu me regardes comme ça, tu as faim, regarde, je t'ai préparé une soupe aux carottes, tu kiffes ça, les carottes, non, t'es belle Mimi, tu es douce Mimi, dès que je te vois comme ça, assise sur ton matelas, les couilles et la queue à l'air, dans ta belle petite robe, tes cheveux blonds magnifiques, je te kiffe, putain, c'est immédiat, tu le sais d'ailleurs, tu le sais que je te kiffe, tu m'as tellement aguiché, si tu m'avais pas aguiché comme ça, j'aurais même pas pensé que je pouvais te plaire. C'est ouf, notre histoire, je te vois là, je bande direct, je sors ma queue.

– Arrête.

Mais non, j'arrête pas, c'est ça que tu aimes le plus chez moi, c'est ma queue et mon petit trou, alors moi je te fais plaisir, je te refuse rien, t'es ma petite Mimi, trop mignonne trop douce, je retire mon pantalon, je retire mon slip, je m'assois sur ta gueule, c'est ce que je préfère en fait maintenant.

– Bouffe !

Elle fait rien au début, mais après elle me bouffe, elle rentre sa langue bien profond. C'est délicieux, elle avait faim ma Mimi. Après, je colle ma gueule sur sa grosse queue, des fois elle se met à bander, elle me kiffe, là elle dort un peu, faut que je la bouffe bien pour qu'elle raidisse un peu.

– Pourquoi tu fais ça ?

Je la gobe entière, je la pompe, putain, c'est surtout son gland, à Mimi, qui est délicieux.

Merde, tu bandes pas, Mimi. Tu fais pas beaucoup d'efforts. Pleure pas, bébé.

– Pourquoi tu pleures, c'est trop bon.
– T'es un barge…
C'est toi qui es barge de moi, ma Mimi, ma petite Mimi d'amour. Je colle mes burnes sur ta belle gueule, je colle super fort mes boules sur ton visage, ça appuie et ça me fait juter direct, je te jute sur la gueule et dans les cheveux, j'agite les dernières gouttes dans la soupe.

J'ai bien juté, t'es la meuf idéale ma Mimi. C'est tout ce que j'attendais. J'ai envie de te fouiller avant de remonter, je te retourne, c'est juste comme ça pour te caresser la chatte deux minutes, je t'écarte bien les fesses, je te nettoie avec une lingette, t'es pas très propre, je te caresse le trou avec mes doigts, j'en rentre un, tu gémis, c'est bon, je sais, tu kiffes trop, j'en rentre deux, je les promène bien à l'intérieur, c'est bon, c'est super doux, t'as la chatte super douce, Mimi, tu le sais, dès que je te doigte, ça te fait bander un peu, c'est beau, tes petits gémissements, tu pleures un peu, je sais pas, ça m'excite un peu plus, entre mon jus qui devient transparent sur ta gueule et tes larmes qui s'y mélangent, c'est beau, ça me fait un truc de ouf, je me sens trop bien, je ressors mes doigts, je les nettoie à la lingette, ils ne sont pas très propres. Je m'allonge sur toi. Je pose ma tête sur ta tige et j'embrasse tes couilles plein de fois, tu es vraiment une belle fille Mimi.

– Pourquoi tu fais ça ?
– Je sais que tu m'aimes.
– Fais-moi sortir, s'il te plaît, je veux voir mon bébé.
– Non.
– Mais on était amis. Tu étais mon meilleur ami.
– Je sais que tu veux me baiser depuis le début.
– C'est dingue…
– C'est toi qui es dingue, te mentir et mentir à tous tes proches pendant toutes ces années.
– Tu dis n'importe quoi.
– Non, moi je sais. Je te connais.

– Tu ne me connais pas du tout.
– Si, je suis celui qui te connaît le mieux.
– Si tu me connaissais, tu me laisserais pas moisir ici.
– Je connais ton secret.
– Lequel ?
– Tu m'aimes depuis que t'as 5 ans.
– N'importe quoi. Je ne te connaissais même pas.

Quand je sors sa boucle d'oreille de ma poche et que je la lui montre, il fait une tête, j'ai jamais vu ça. C'est ça vraiment jouir.

– À demain. Mimi.

Elle me regarde, elle chiale comme une petite adolescente trop amoureuse.

La porte blindée se referme en un gros BAM.

Je ferme à double tour.

Je replace l'étagère métallique devant la porte.

J'entends encore l'écho.
BAM
BAM
BAM
BAM

100

Je transpire comme une bête, je pédale à fond, des bagnoles me klaxonnent pour m'encourager, j'ai pas besoin de ça. J'y vais à fond. Mon cœur bat tellement fort que j'ai l'impression qu'il va sortir de ma poitrine. Je lâche pas l'affaire. Je souffle. Ça s'arrête jamais. Putain, je me décourage pas. Je pense à Mimi pour me donner du courage. Je vais y arriver, je suis jamais monté si haut, putain, j'y crois pas, j'arrive enfin en haut. Putain, je suis trop fort.

*

Je reprends mon souffle devant le mémorial de Tom Simpson, je pose ma gourde parmi toutes les autres. Je regarde le panorama, c'est trop beau. T'avais raison, Mimi, le sol de granit ressemble vraiment à un paysage lunaire.

Remerciements

Elise Griffon, ma sœur, ma Mémé Edmée.
JC Giannesini, mon frère, mon île de beauté.
Louise Narboni, mon délicieux courant d'air.
Fanchon Cottarel mon fou rire, ma glycine sous le soleil.
Olivier Nicklaus, ma Superbe.
Philippe et Micheline Brelot, ma lumière et ma fée Ségolène.
OWN Thierry Rondenet, Hervé Yvrenogeau et François Dumont. Bruxelles en force !
Pierre Paga et Bertrand Houdin, Sonia le Puloc'h, Marion Doyen.
Pascale Risterucci, pour le Cinéma, pour le Perche, pour la Corse. Pour tout, et ce, malgré les défauts de ses qualités.
Gwen Gouiffes, Denis Gombert, Claire Anouchian pour leur bienveillance et leurs encouragements.
Christophe Honoré.
Karina Grandjean et Karim Dridi, mes patrons trop canons.
Elisabeth Samama pour ses cojones ! (Tu/Vous m'as /m'avez scié sur ce coup là !)
Carole Saudejaud.
Nickie Athanassi, pour son soutien indéfectible (jusqu'à la mort !)
Emmanuel Bonnet et « Mon agent et compagnie »
Patrice et Laurence, pour leur patience, leur amour et leur sponsoring... J'ai une chance folle d'avoir des parents comme vous !
Suzanne, ma biche adorée.
Et bien évidemment Mr. Edmond, le plus beau, le plus gentil et le plus doux des lévriers Afghans, sans qui ma vie n'aurait aucun sens.

Photocomposition Nord Compo
Villeneuve-d'Ascq

« Pour l'éditeur, le principe est d'utiliser des papiers composés de fibres naturelles, renouvelables, recyclables et fabriquées à partir de bois issus de forêts qui adoptent un système d'aménagement durable.

En outre, l'éditeur attend de ses fournisseurs de papier qu'ils s'inscrivent dans une démarche de certification environnementale reconnue. »

CET OUVRAGE
A ÉTÉ ACHEVÉ D'IMPRIMER
SUR ROTO-PAGE
PAR L'IMPRIMERIE FLOCH
À MAYENNE EN MAI 2011

Dépôt légal : mai 2011
N° d'imprimeur : 79750
36-33-3025-8/01
Imprimé en France

guía de

homeopatía

Andrew James

p

Copyright © PARRAGON 2002

Diseño y creación en colaboración con la Bridgewater Book Company Ltd.

Todos los derechos reservados. Ninguna parte de esta obra puede ser reproducida, almacenada o transmitida de ninguna forma ni por ningún medio, sea éste electrónico, mecánico, por fotocopia, grabación o cualquier otro, sin la previa autorización escrita por parte de la editorial.

Copyright © 2004 de la edición española: Parragon
Queen Street House, 4 Queen Street,
Bath BA1 1HE, RU
Traducción del inglés: Olga Delgado
para Equipo de Edición, S.L., Barcelona
Redacción y maquetación: Equipo de Edición, S.L., Barcelona

ISBN: 1-40540-246-6

Impreso en China

NOTA
No se recomiendan el autodiagnóstico y el autotratamiento para trastornos graves o crónicos. Consulte a médicos profesionales o cualificados. Pregunte a un experto antes de someterse a un autotratamiento mientras esté bajo prescripción facultativa. Si los síntomas persisten, consulte a su médico.

DEDICATORIA
El presente libro está dedicado a Tom y Mary.

AGRADECIMIENTOS
Los editores quieren agradecer la cesión de las fotografías a:
A–Z Botanical Collection Ltd: 47ar., 50ar., 53ar.; *Jon Arnold Images* (www.jonarnold.com): 54ab.; *Corbis UK Ltd*: 8, 25ar., 28ar., 29ab., 32ar., 33ar., 52ar., 59ar.; *Getty Images*: 12dcha., 19ab., 24ab., 32ab.; *Natural History Museum Picture Library, Londres*: 43ar.; *NHPA*: 30ar.; *Science Photo Library*: 38ab., 39ar., 40ab., 45ar., 51ar., 54ar., 55ar., 59ab.; *Harry Smith Horticultural Photographic Collection*: 46ar., 57ar.

Sumario

Introducción

La homeopatía es una de las muchas terapias alternativas y complementarias que existen hoy en día. Este tipo de terapias tienen un enfoque "holístico" con respecto al tratamiento del paciente. El término "holístico" procede del griego "holos", que significa "todo". La idea fundamental es que la persona es un "todo" y, por tanto, deben tenerse en cuenta todos los aspectos del individuo –físico, mental y emocional– a la hora de seleccionar el remedio que se va a aplicar.

El objetivo de este libro es presentar los tratamientos homeopáticos más comunes y describir sus efectos. De esta forma, el lector podrá escoger el remedio que más le convenga para su dolencia en particular,

Su propio médico puede recomendarle algún homeópata u otro médico que recete tratamientos homeopáticos.

o bien utilizar la homeopatía como complemento a otros tratamientos médicos convencionales.

Sin embargo, es imprescindible aclarar que este libro no pretende ser un sustituto de la medicina convencional. Si le preocupa su salud, debería consultar a un doctor antes de prescribirse usted mismo algún remedio. Si está actualmente sometido a tratamiento facultativo, consulte a su médico antes de autoprescribirse algún remedio homeopático.

A pesar de que este libro brinda al lector la oportunidad de entrar en contacto con la autocuración a través de la homeopatía, es preciso destacar que existen también otras vías de acercamiento a esta disciplina. En el Reino Unido, hay varios hospitales homeopáticos del Servicio Nacional de Salud, los cuales ofrecen tratamientos impartidos por médicos cualificados. El acceso de los pacientes a este tipo de hospitales ha de ser refrendado previamente por los respectivos médicos de cabecera. Asimismo, existen médicos homeópatas que trabajan en el sector privado. Los homeópatas terapeutas, que no tienen el título de medicina convencional, también trabajan en el sector privado. Algunas compañías de seguros incluyen en la actualidad cobertura y tratamientos de este tipo.

La popularidad de la homeopatía ha crecido mucho en los últimos años y muchas de las farmacias grandes suelen tener una amplia selección de medicamentos homeopáticos. Algunos farmacéuticos también tienen una formación en esta disciplina, por lo que pueden asesorarle a la hora de elegir algún remedio en particular. En supermercados, tiendas de alimentos biológicos o de productos naturales e incluso a través de Internet es posible conseguir muchos de los remedios homeópáticos más comunes.

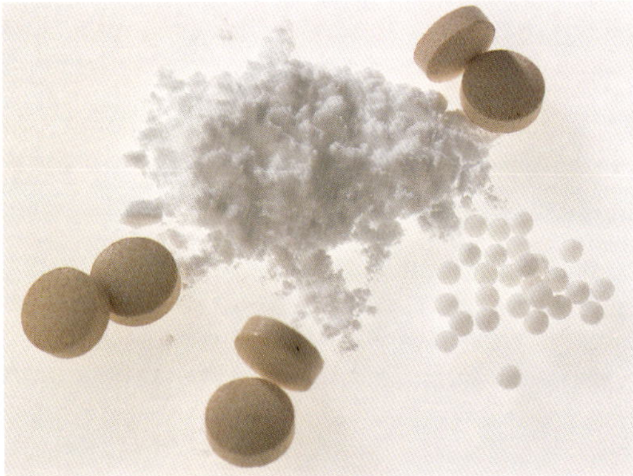

Hoy en día los remedios homeopáticos se pueden adquirir fácilmente. Muchas farmacias grandes ofrecen productos de homeopatía.

Algunas dolencias pequeñas, como los resfriados, pueden ser tratadas en casa con éxito utilizando la homeopatía.

¿Qué es la homeopatía?

La homeopatía utiliza sustancias muy diluidas para estimular el poder curativo del propio organismo. Su principio básico es tratar "lo similar con lo similar". Esto significa que se tratan los síntomas del paciente con cantidades infinitesimales de las sustancias que causarían el mismo síntoma a una persona sana. Esta práctica contrasta con la medicina alopática convencional, en la que prevalece el tratamiento de "a lo similar su opuesto", es decir, que una enfermedad es tratada con una sustancia que se opone a ella.

La primera persona que puso en práctica el principio curativo de similitud, también conocido como "ley de los semejantes", fue el médico griego Hipócrates (460-377 a. C.). El método de Hipócrates era contrario al pensamiento de la época, el cual sostenía que los dioses eran la fuerza dominante detrás de cualquier enfermedad y que la curación se conseguía tratando a la persona con una sustancia que tuviera el efecto opuesto en una persona sana.

El médico alemán Samuel Hahnemann (1755-1843) fue el fundador de la homeopatía moderna. Hahnemann demostró el principio de que "lo igual cura a lo igual" con sus experimentos con quinina, conocidos por ser un tratamiento efectivo contra la malaria. Así, al tomar quinina, Hahnemann desarrollaba los mismos síntomas de la malaria, mientras que si no la tomaba estaba en perfecto estado de salud. Los efectos de una dosis de quinina duraban horas.

Samuel Hahnemann fue el precursor de la homeopatía.

Samuel Hahnemann experimentó de la misma manera con otras sustancias en su propia persona. Así pues, probó más de 100 remedios homeopáticos durante toda su vida y en el año 1811 publicó los resultados de sus experimentos en el *Organón de la medicina racional.* Hahnemann creía que los remedios actuaban activando la "fuerza vital" de la persona, o sea, el potencial autocurativo del propio cuerpo. Habiendo experimentado con muchas personas voluntarias, concluyó que las características de cada individuo eran de gran importancia a la hora de seleccionar el tratamiento. Asimismo, descubrió que un cierto "tipo" de personas manifestaban síntomas distintos de la misma enfermedad, por lo que dedujo que el tratamiento de la dolencia también debía ser diferente.

El médico estadounidense James Tyler Kent (1849-1943) continuó el trabajo emprendido por Hahnemann y concibió remedios específicos en función de las características emocionales y físicas del individuo. Estos "tipos" de persona fueron conocidos como "tipos constitucionales".

Dilución del remedio y potenciación

La tintura madre se prepara a partir del material original.

Una gota de tintura madre se diluye en 99 gotas de alcohol y agua.

El remedio se agita vigorosamente, sometiéndolo a sucución. Así se obtiene la potencia 1c.

Usando la potencia 1c, se repite el proceso hasta conseguir la potencia deseada.

Se añaden unas cuantas gotas a pastillas de lactosa.

Remedios homeopáticos

Los remedios homeopáticos pueden elaborarse con muchas sustancias distintas. Los materiales más frecuentes son flores, plantas, raíces, árboles, venenos, minerales y metales, aunque también se utilizan algunos insectos.

Con el fin de reducir al máximo los efectos secundarios, Hahnemann utilizaba la menor cantidad posible de una sustancia para conseguir el efecto curativo. Y fue así como se dio cuenta de que cuánto más diluida estaba la sustancia en el remedio, mejores resultados obtenía. Cada dilución era agitada vigorosamente, según un proceso llamado "sucución" o "susución". Así pues, al contrario de lo lógicamente sería de esperar, cuánto menor era la cantidad de sustancia, mayor era su potencia y efectividad.

El proceso de diluir el remedio todo lo posible para hacerlo efectivo se denomina "potenciación". En primer lugar se consigue un extracto de la sustancia mediante alcohol o agua. Las potencias principales se expresan con las letras: x, c y m. La letra "x" indica que para el remedio se ha diluido una parte de la tintura madre en 9 partes de agua; la letra "c" indica que una parte de la tintura madre se ha diluido en 99 partes de agua; y la letra "m", indica que una parte de la tintura madre se ha diluido en 999 partes de agua. Así, una potencia 1c, consiste en una parte de tintura madre en 99 partes de agua; una potencia 2c ha sido elaborada tomando una parte de la dilución anterior, en este caso 1c, y diluyéndola en 99 partes de agua. Las potencias más frecuentes son: 6c, 12c y 30c.

Cuando se consigue la potencia deseada, se aplican unas cuantas gotas de la sustancia a unas pastillas de lactosa (azúcar de la leche). Estas pastillas han de mantenerse en un lugar oscuro y seco.

Para las propuestas de autotratamiento que se incluyen aquí, se suelen sugerir potencias de 30c, ya que ésta es la potencia más común y asequible. Para conseguir los mejores resultados, consulte a un homeópata, que le podrá prescribir potencias mayores en función de la primera revisión y del problema en cuestión. Esto es especialmente importante si la dolencia tiene un componente emocional o psíquico importante.

Uso de los remedios homeopáticos

Los remedios homeopáticos que se toman por vía oral pueden tener distintos formatos y están disponibles en farmacias y distribuidores homeopáticos. Las pastillas homeopáticas se encuentran también en farmacias grandes y en tiendas de dietética y de productos naturales.

Pastillas o comprimidos duros

Éste es el formato más habitual. En general, las pastillas deben chuparse o masticarse ligeramente hasta que se disuelvan por completo en la boca. Este proceso suele tomar algunos minutos. El formato en pastillas o tabletas está especialmente indicado para personas mayores y niños.

Pastillas o comprimidos blandos

Este formato de pastilla se disuelve de forma instantánea en la lengua. Están indicadas sobre todo para bebés, niños pequeños y adultos, y evitan el acto de chupar o masticar.

Gránulos

Se trata de pastillas pequeñas, esféricas y duras. Suelen tardar más tiempo en deshacerse en la boca que las pastillas ordinarias. Este formato es el más común en los botiquines de primeros auxilios porque son más pequeñas que las pastillas y ocupan menos espacio.

Las pastillas o comprimidos son el formato más frecuente en que se presentan los remedios homeopáticos

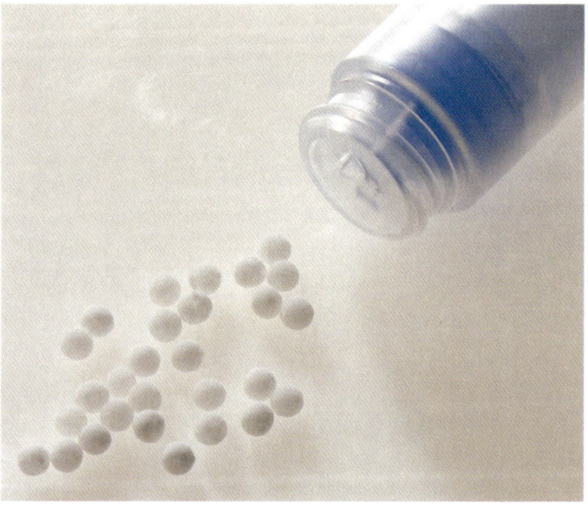

Los gránulos son pequeñas pastillas de forma esférica que se disuelven lentamente en la boca. Se trata de un formato muy adecuado para incluir en el botiquín de primeros auxilios.

Polvo

El formato en polvo suele ser prescrito por los homeópatas para tratamientos de una sola dosis o de varias dosis de un remedio de potencia más elevada (por ejemplo, de 200c o superior, o de 1m o superior). En general, se suministran envueltos en papel y, al igual que los comprimidos blandos, se disuelven de forma instantánea en la lengua. Asimismo, se puede machacar una pastilla, envolviéndola primero en un papel y luego aplastándola con una cuchara de metal. El polvo que se obtiene queda dentro del envoltorio, al que se le puede dar forma de

El dolor de espalda es una dolencia crónica que puede ser tratada con varias pastillas al día.

embudo para ingerir mejor el remedio; también así se consigue una absorción rápida.

Este método puede utilizarse en caso de primeros auxilios, o cuando se tenga que administrar el remedio a niños pequeños, bebés o niños que se nieguen a tomar pastillas.

Frecuencia del tratamiento

Una vez que se haya escogido el remedio, la siguiente consideración es la frecuencia de las tomas. La distinción principal se establece entre enfermedades crónicas y enfermedades agudas. Una enfermedad aguda tiene un crecimiento muy rápido al principio, pero dura poco, mientras que las dolencias crónicas son de larga duración y crecimiento gradual.

Para un trastorno agudo, como por ejemplo una herida o un dolor de estómago, debe tormarse una pastilla cada una o dos horas durante las primeras seis tomas (puede reducir las tomas si la dolencia se alivia antes). Si la dolencia no se alivia después de seis tomas, continúe con una o dos pastillas dos o tres veces al día hasta que los síntomas se aplaquen. En cuanto observe que la dolencia comienza a aliviarse, deje de tomar el remedio.

Si la dolencia es crónica, como por ejemplo el síndrome del intestino irritable, la fatiga crónica, la artritis o la depresión, entonces tómese una pastilla dos veces al día hasta que mejore su estado. En cuanto la dolencia desaparezca, deje de tomar el remedio de inmediato.

Puede parecer algo extraño abandonar el tratamiento justo cuando la dolencia empieza a aliviarse, ya que estamos acostumbrados a los medicamentos convencionales, como los antibióticos, que se han de tomar durante un período preestablecido. Sin embargo, en homeopatía, continuar un tratamiento una vez que empieza la mejoría no aporta beneficios.

Si observa que un determinado remedio no le alivia tras habérselo estado tomando durante el tiempo suficiente, debería probar con otro remedio. Siempre que pueda, tenga en cuenta su remedio constitucional. A menudo, la selección del remedio comporta varios ensayos y errores.

Un resfriado fuerte es un trastorno agudo que puede ser tratado tomando una pastilla cada 1-2 horas.

Tipos constitucionales

La homeopatía trata al individuo como un "todo", es decir, tiene en cuenta tanto su estado físico, psíquico y emocional, como su enfermedad o trastorno. Conocer el tipo constitucional de una persona permite juzgar qué remedio es el más adecuado para ella. Esto es especialmente importante si tenemos en cuenta que dos personas con el mismo problema pueden tener una sintomatología distinta. Así, es posible que distintas modalidades homeopáticas (influencias) puedan mejorar o empeorar las dolencias en cada caso. Por este motivo, los tratamientos deben ser diferenciados aunque se trate de la misma dolencia.

En la prescripción de los remedios se tienen en cuenta los factores mentales y emocionales de cada tipo constitucional. Esto incluye aspectos como los miedos de cada persona, por ejemplo la aversión a los animales, a las arañas, a la oscuridad, a las tormentas de relámpagos y truenos, a la soledad, al robo, a la agresión, al fracaso, a la muerte o al envenenamiento. Asimismo, se observan las características temperamentales del individuo: si suele llorar, estar alegre o enfadado, si es seguro, perezoso, perfeccionista, apacible, delicado, cuidadoso, optimista, irritable, agresivo o

Conocer el tipo constitucional de una persona puede aportar un conocimiento profundo de su problema.

Conocer los miedos y ansiedades de cada persona puede ayudar a revelar su estado emocional y psíquico.

rencoroso. Además, es necesario examinar si ciertos factores afectan al individuo y si éstos tienen un efecto en el trastorno que padece. Por ejemplo, ¿cómo responde al ruido? ¿Reacciona emocionalmente a la música? ¿Cómo está por la mañana: despierto y alerta o apagado e insensible? ¿Prefiere la soledad o la compañía? ¿Qué tiempo prefiere, frío o cálido? ¿Qué prefiere, una atmósfera húmeda o seca? ¿Habla con otras personas sobre sus problemas o se los guarda para sí mismo? ¿Tiene preferencias muy marcadas con respecto a la comida y a la bebida?

Los factores físicos también son importantes. Estos aspectos incluyen si el paciente es alto o bajo, gordo o delgado, de extremidades largas o cortas. ¿Tiene ojeras? ¿De qué color tiene el cabello y los ojos? ¿Tiene el cabello grueso y rizado o fino y lacio? ¿Cómo es la textura de su piel? ¿Y su tipo de ropa preferida? ¿Cómo es su forma de vestir, formal o informal? ¿Tiene arrugas en el entrecejo?

Una vez que se ha averiguado el tipo constitucional de cada persona, es más fácil seleccionar el remedio adecuado. Por ejemplo, considere a una persona que sufre dolor de garganta y un resfriado. Los mejores remedios para sus síntomas físicos como el dolor de garganta y el resfriado son los remedios A, B y C. El mejor remedio para los aspectos emocionales de la persona con dolor de garganta y resfriado son el B o el C. Y el mejor remedio, teniendo en cuenta la constitución, es el B. Así pues, el remedio B ha de ser el más adecuado para la persona en cuestión.

Sin embargo, no es imprescindible calcular el remedio de esta manera. Si se hubiera prescrito el remedio A teniendo en cuenta únicamente los síntomas físicos de la persona, éste tendría un efecto sobre el paciente, aunque menor que en el caso del remedio B, que se ajusta a todos los aspectos del individuo en cuestión.

Algunos de los tipos constitucionales se describen en las siguientes páginas.

Tipo Argent. Nit.

Aspecto. De tez pálida. Parece mayor de lo que es debido a la tensión y a las preocupaciones.

Aspectos mentales y emocionales. Alegre e impresionable. A menudo, ansioso y preocupado. Siempre con prisas y tiende a ser impulsivo. Le resulta difícil controlar las emociones. Ríe, llora o pierde los nervios con facilidad. Rápido de pensamiento y bueno en la resolución de problemas. Tiende a la extroversión para esconder sus sentimientos.

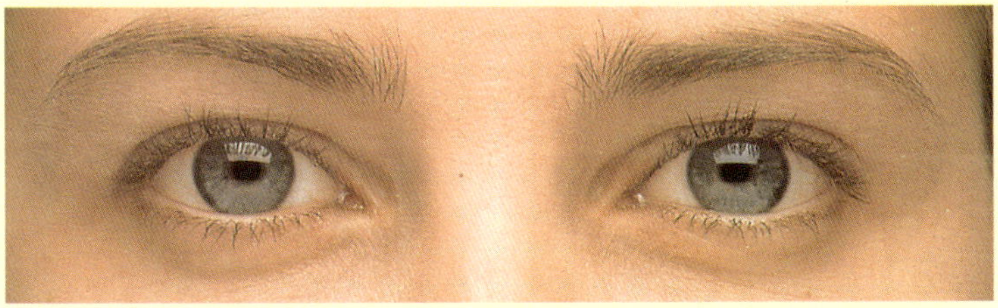

Debilidades físicas. Sistema nervioso. Sistema digestivo. Ojos. Los trastornos suelen aparecer en el lado izquierdo del cuerpo.

Factores de la dieta. Le gusta el chocolate, los dulces, la sal y el queso. No le gustan los alimentos fríos.

El niño Argent. Nit. No para de ir arriba y abajo y no puede estarse quieto. Con tendencia al nerviosismo, puede padecer dolor de estómago cuando se estresa. Tendencia a reaccionar mal frente a situaciones nuevas como cambiar de escuela. Tendencia al insomnio, debido a la ansiedad, y enuresis nocturna.

El tipo Argent. Nit. suele tener la conjuntiva muy delicada.

Tipo Arsen. Alb.

Aspecto físico. En general, delgado. Suele ir acicalado y vestir "con estilo". Rasgos faciales finos y la piel sensible y delicada. Posibles arrugas en la frente y el entrecejo.

Aspectos mentales y emocionales. Persona nerviosa. Perfeccionista en casa y en el trabajo. Puede ser crítico e intolerante. De convicciones fuertes. A veces tiene gran miedo a la soledad. Comportamiento obsesivo-compulsivo, en particular en lo referente a la limpieza y al orden; esto puede esconder una mentalidad acaparadora. Puede desestimar planes y proyectos si piensa que no van a funcionar en un 100 %. De naturaleza pesimista, necesita reafirmaciones constantes.

Las bebidas calientes y los alimentos dulces son los favoritos de las personas del tipo Arsen. Alb.

Debilidades físicas. Sistema digestivo. Piel. Sistema respiratorio (asma, resfriados y tos).

Factores de la dieta. Le gustan los alimentos con grasa, las comidas y bebidas calientes, en particular el café, los dulces, el alcohol y los alimentos ácidos. No le gusta tomar grandes cantidades de líquido.

El niño Arsen. Alb. Muy sensible y nervioso. El ruido le suele poner de mal humor. Se cansa y agota tras períodos de mucho esfuerzo. Sufre pesadillas debido a una imaginación muy activa. Con la edad, aumenta su agilidad física y mental. Tendencia a la preocupación desmesurada por el bienestar de los padres. Mantiene la habitación limpia y ordenada. No le gusta el desorden ni desordenar.

Tipo Calc. Carb.

Aspecto físico. Con sobrepeso o tendencia a engordar. Perezoso y de aspecto abotargado y cansado. Tendencia a adoptar malas posturas.

Aspectos mentales y emocionales. Impresionable, sensible y silencioso. Tendencia a ser arrastrado por un miedo profundo al fracaso. Suele darle demasiadas vueltas a un problema determinado. Puede enfadarse mucho o ser muy cruel con los animales y los niños. Necesita motivación para triunfar en las tareas. Tendencia a depresiones suaves cuando está enfermo. Necesita reconocimiento para mejorar su estado.

Debilidades físicas. Oídos, nariz y garganta. Sistema óseo (muchos lo manifiestan en dolores de espalda). Sistema digestivo: tendencia al síndrome del intestino irritable e hinchazón. Piel. Dientes. Agotamiento; tendencia al síntoma de fatiga crónica. Tendencia a la depresión.

Factores de la dieta. Le gustan los lácteos, los huevos, los dulces, la sal, los postres, el chocolate, los carbohidratos, las bebidas frías y los helados. No le gustan las carnes grasas, los alimentos cocidos ni la leche caliente.

El niño Calc. Carb. Rellenito o con sobrepeso. Plácido y tranquilo. Tez a menudo pálida. Habla y camina despacio y los dientes son de desarrollo lento. Puede caerse fácilmente. Miedo a la oscuridad y tendencia a levantarse por la noche debido a pesadillas. Suele ser perezoso y necesita estímulos para realizar los deberes del colegio.

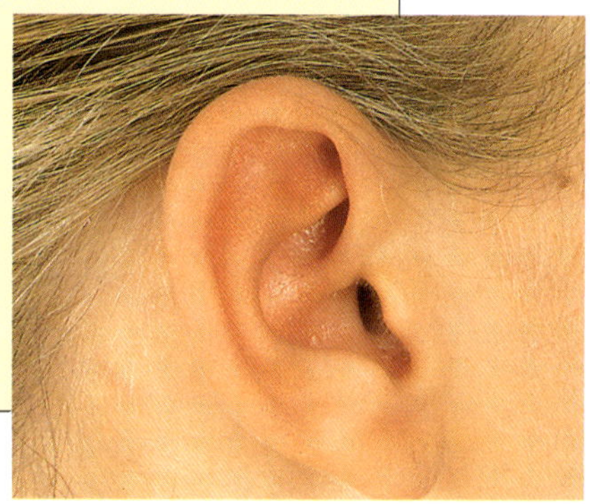

Los oídos, la nariz y la garganta son zonas débiles para el tipo Calc. Carb.

Tipo Graphites

Aspecto físico. Tendencia a tener sobrepeso y con mucho apetito. Se ruboriza fácilmente. Puede tener una aspecto desaliñado y dejado. Puede tener una piel áspera y seca que se cuartea y desescama con facilidad. Cabello seco, generalmente oscuro. Cuero cabelludo con caspa.

Aspectos mentales y emocionales. Trabajador, se toma tiempo para hacer las cosas bien y resolver los problemas. Una concentración excesiva en una tarea le puede causar irritabilidad. Le cuesta cambiar de actitud y de rutina. No está en forma a primera hora de la mañana. Tendencia a los cambios de humor. Puede desanimarse y llorar y luego impacientarse.

Debilidades físicas. Piel, uñas. Metabolismo lento. Entre las dolencias comunes se cuentan la "boqueras" –llagas en las comisuras de los labios–, el agotamiento, el mal aliento, las hemorragias de nariz, los orzuelos y los mareos en coche.

Factores de la dieta. Le gustan los alimentos ácidos y sabrosos y las bebidas frías. Le desagradan los alimentos dulces, la sal, el marisco y las bebidas calientes.

El niño Graphites. Sensible al frío, se resfría con facilidad. Tímido, indeciso y ansioso. No le gustan los viajes largos, ya que a menudo se marea.

A las personas de tipo Graphites les gustan las comidas saladas, como las ensaladas o las verduras, más que los dulces y los postres.

El tipo Ignatia

Aspecto físico. De constitución delgada. Tendencia a ojeras oscuras. Puede tener una expresión de gran cansancio y tics en los ojos y en la boca. Labios secos, cabello oscuro o castaño. Suspira a menudo.

Aspectos mentales y emocionales. Es el más nervioso de todos los tipos constitucionales. Tendencia a cambios de humor rápidos y extremos. Puede cambiar rápido de la depresión a la euforia, y del llanto a la risa. Tendencia a reprimir el dolor. Le puede costar acabar una relación y percibe esto como una debilidad. Frecuente adicción a la nicotina y a la cafeína.

Debilidades físicas. Sistema nervioso. Los *shocks* emocionales pueden ser la causa de innumerables problemas físicos. Los problemas frecuentes incluyen la tristeza con tendencia a la histeria en los duelos, que puede conducir a la depresión; resfriados y tos; estreñimiento; así como rechinar los dientes (bruxismo).

Factores de la dieta. Le gusta el café, los alimentos ácidos y sabrosos, los productos lácteos y los carbohidratos. Le disgustan los alimentos dulces.

El niño Ignatia. Muy nervioso. Excitable y sensible. Tiene dificultad para actuar bajo estrés. Percibe la separación o el divorcio de sus padres como algo muy difícil de sobrellevar, y lo manifiesta con rabietas, llanto y bajo rendimiento en la escuela. Prefiere la compañía a la soledad. Tendencia a sufrir dolores de cabeza, resfriados y dolor de garganta. Responde bien a las reafirmaciones y la seguridad.

A las personas del tipo Ignatia les encantan los productos lácteos.

Tipo Lachesis

Aspecto físico. Puede ser enjuto y abotargado. Expresión fuerte y determinada. De tez más bien pálida y con tendencia a las pecas. Ojos profundos y vivarachos. Suele humedecerse los labios con la lengua.

Aspectos mentales y emocionales. Muy ambicioso y creativo. Suele tener la mente abarrotada de pensamientos. Celoso y posesivo. Hablador. Posible sensibilidad al ruido. De ser religioso, tendencia a verse a sí mismo como un gran pecador. Suspicacia ante desconocidos.

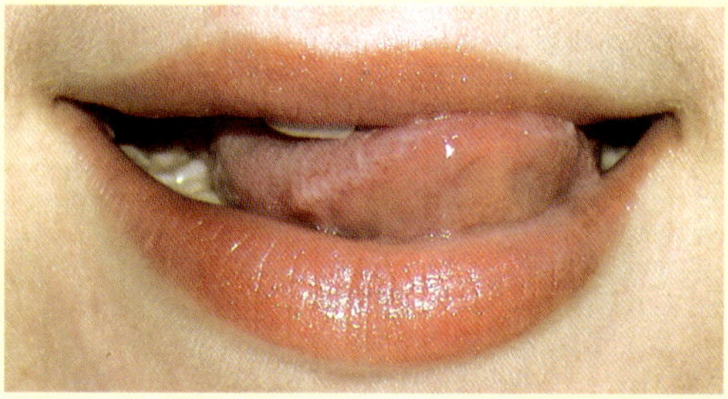

Debilidades físicas. Circulación. Sistema nervioso. Los problemas más frecuentes incluyen venas varicosas, hiperactividad, problemas en la menopausia, dolor de garganta, asma, sueño ligero e insomnio, palpitaciones y ataques de pánico. Tendencia a padecer problemas en la parte izquierda del cuerpo. Los problemas físicos pueden empeorar si trata de dormir o permanecer quieto.

Factores de la dieta. Le gusta el café, el alcohol, el marisco, las bebidas frías, los alimentos ácidos y sabrosos y los carbohidratos. No le gustan las bebidas dulces.

El niño Lachesis. Rencoroso, posesivo y peligroso si se enfada. Hiperactivo. Celoso de los hermanos, especialmente de los recién nacidos. Tendencia a padecer pesadillas. Tendencia a la falta de concentración y a la hiperactividad.

Los tipos Lachesis tienden a humedecerse los labios con la lengua con frecuencia.

Tipo Lycopodium

Aspecto físico. Alto y delgado. Arrugas de preocupación en la frente. Suele parecer mayor de su edad real. Tics en la cara. Cabello fino en los hombres. Les disgusta llevar ropa ajustada.

Aspectos mentales y emocionales. Tendencia a la exageración. Suele crear dramas a partir de una nimiedad. Inseguro, odia los cambios. Evita el compromiso. Ansioso frente a los desafíos. Gran miedo a la soledad y a la oscuridad. Olvidadizo. Encuentra pequeños errores desproporcionadamente irritantes. No soporta ser contrariado.

Debilidades físicas. Los problemas más comunes incluyen trastornos digestivos, piedras en el riñón, problemas de próstata, dolores de cabeza, dolor de garganta y alopecia en los hombres. Tendencia al síndrome de fatiga crónica. Predominan los problemas en la parte derecha del cuerpo.

Factores de la dieta. Le gustan los alimentos dulces, las bebidas calientes, la cebolla, el ajo y el marisco. No le gusta el queso o las carnes de sabor fuerte.

El niño Lycopodium. Básicamente inseguro y tímido, aunque puede ser dominante con otros niños. Le gusta estar dentro de casa más que afuera. Le gusta leer y es un estudiante bueno y voluntarioso.

En los hombre del tipo Lycopodium el cabello suele volverse gris y se tiende a la calvicie.

Tipo Merc. Sol.

Aspecto físico. Corpulencia mediana. La piel de la cara puede ser brillante o húmeda debido a la transpiración, con una aspecto grisáceo y translúcido. El cabello suele ser oscuro o castaño.

Aspectos mentales y emocionales. Suele tener una batalla interior con sus emociones. El resentimiento, la ansiedad y la falta de confianza en los demás suelen causarle sentimientos de inseguridad. Le disgustan las críticas dirigidas contra su persona, así como recibir órdenes de otros. Tendencia a explosiones de rabia y enfado. Con la edad, tiene problemas de memoria.

Debilidades físicas. Los problemas más comunes incluyen: dolor de garganta, inflamación de las glándulas y agotamiento. También son frecuentes los problemas de sensibilidad en la piel y la alergias. Tendencia a padecer el síndrome de fatiga crónica. Puede sufrir trastornos afectivos estacionales (TAE).

Factores de la dieta. Le gustan las bebidas frías, los carbohidratos y los cítricos. No le gustan los alimentos demasiados sazonados.

El niño Merc. Sol. Comportamiento irritable. Tímido y precavido. Tendencia a tartamudear. Susceptibilidad a padecer trastornos de oídos, nariz y garganta.

A las personas del tipo Merc. Sol. les suele afectar el tiempo y pueden padecer trastornos afectivos estacionales.

Tipo Nat. Mur.

Aspecto físico. En mujeres, cuerpo en forma de pera; en hombres, constitución robusta o delgada. La piel suele ser grasa y congestionada con tendencia a hincharse. Ojos enrojecidos y húmedos. Labios rojos y agrietados. Cabello castaño u oscuro.

Aspectos mentales y emocionales. Tendencia a reprimir emociones como el miedo, la soledad o la ira, lo que puede conducir a la depresión. Represión de los sentimientos de dolor o pérdida de algún ser querido. Tras la ruptura de una relación, puede caer en el desánimo y la depresión. Incapaz de llorar. Tendencia a sufrir en silencio y a no pedir ayuda cuando la necesita. Profesional triunfador, competitivo y con una buena posición social.

Debilidades físicas. Sistema nervioso. Los problemas más comunes incluyen depresión, síndrome premenstrual, problemas de piel, llagas bucales, resfriados, palpitaciones y dolores de cabeza.

Factores de la dieta. Le gusta las bebidas frías, los alimentos ácidos o aromáticos y le entusiasma la sal y la mayoría de carbohidratos. No le gusta el café ni el pan.

El niño Nat. Mur. Pequeño para su edad. De desarrollo lento. Buena conducta. Le gustan los animales. Excelente en la escuela, pero si se le critica, puede sentirse muy herido. Tendencia a los dolores de cabeza cuando está bajo presión.

Las personas del tipo Nat. Mur. son serias y voluntariosas. Suelen ser profesionales buenos y competitivos.

Tipo Nux Vomica

Aspecto físico. Delgado, sobre todo en la juventud. Aspecto avispado. Puede parecer estresado y tenso. Envejece de forma prematura. Tendencia a las ojeras. Se ruboriza con la ira o la emoción.

Aspectos mentales y emocionales. Tendencia a la adicción y a la autoindulgencia. Le suelen entusiasmar el alcohol, la comida y los estimulantes como el café y el tabaco. Puede ser adicto al sexo. Le cuesta relajarse. Puede ser muy ambicioso e impaciente. Intolerante y crítico, exige la perfección a los demás. Lo peor que le puede pasar a un persona del tipo Nux Vomica es fracasar. Intolerantes y críticos, exigen la perfección a los demás.

La persona Nux Vomica puede hacerse excesivamente dependiente del alcohol y de los estimulantes.

Debilidades físicas. Tendencia a padecer trastornos digestivos debidos a la resaca y al desenfreno. Migrañas y dolores de cabeza, hernia y alergia. Se recupera durmiendo.

Factores de la dieta. Le gustan los alimentos con grasa y calóricos, el queso y la leche, el alcohol, el café y los alimentos condimentados. Le disgusta el efecto de algunas especias fuertes en la comida (a pesar de disfrutar mientras las ingiere).

El niño Nux Vomica. Irritable. Se aburre con facilidad. Tendencia a la hiperactividad y problemas de concentración. Puede coger berrinches. En la adolescencia, suele ser competitivo. Tendencia a la adicción al alcohol y a las drogas; le gusta ser rebelde.

El tipo Phosphorus

Aspecto físico. Alto y delgado con extremidades largas. Les gusta vestir bien y con estilo. Quizás con aspecto de artista o creativo. Piel fina. Cabello castaño u oscuro.

Aspectos mentales y emocionales. Necesita mucho amor y atención. Muy divertido, pero necesitado y exigente. Le gusta ser el centro de atención. Necesita simpatía cuando está enfermo o enfadado. Expresivo, afectivo, muestra las emociones con facilidad. Necesita ser reafirmado, en particular respecto a su aspecto e imagen. Gran atención o concentración inmediata. Desafiante, especialmente hacia el otro miembro de la pareja.

Debilidades físicas. Sistema nervioso, en particular, miedo e hipersensibilidad. Problemas de circulación. Vértigo. Resfriados y tos. Pulmones débiles. Dolores de cabeza. Tendencia a problemas en la parte izquierda del cuerpo.

Factores de la dieta. Le gustan la sal y los alimentos condimentados, ácidos y con sabores fuertes, así como las bebidas carbónicas, el alcohol, los quesos suaves y los dulces. No le gustan en absoluto el pescado ni la fruta.

El niño Phosphorus. Alto y delgado con extremidades largas. Nervioso. Le gusta estar con gente y ser el centro de atención. Gran miedo a la oscuridad.

A las personas del tipo Phosphorus les gustan los quesos suaves y los platos condimentados, ácidos y de sabores fuertes.

Tipo Pulsatilla

Aspecto físico. Puede tener un ligero sobrepeso. Aspecto agradable y cariñoso. Puede parecer más joven de su edad real. Bastante cabello y piel con un matiz rosado. Suele tener los ojos azules. Se ruboriza fácilmente. A menudo descansa con las manos detrás de la cabeza.

Aspectos mentales y emocionales. Tímido, se ruboriza con facilidad. Amable y agradable, hace amigos fácilmente. Indeciso y poco positivo. Llora con facilidad, en particular por los niños, los animales, las tragedias de las noticias o los melodramas. También ríe con facilidad. Evita la confrontación. Ama a los animales. Pueden rerimir la culpabilidad y la ira. Ocasionalmente, tendencia a un comportamiento obsesivo o compulsivo.

Las personas del tipo Pulsatilla suelen descansar con las manos detrás de la cabeza.

Debilidades físicas. Todos los problemas femeninos relacionados con la reproducción. Catarros. Síntoma del síndrome del intestino irritable. Problemas de piel. Venas varicosas. Orzuelos. Los síntomas físicos pueden fluctuar y cambiar rápidamente.

Factores de la dieta. Le gustan los dulces, la comida y las bebidas frías. No le gustan los alimentos con grasa (en especial la crema de leche y la mantequilla) ni los muy condimentados y calóricos.

El niño Pulsatilla. Tiene miedo a la oscuridad y no le gusta irse a la cama. Sensible a los cambios de tiempo. Llorón y quejicoso cuando esta cansado. Tendencia a los resfriados y a la tos.

Tipo Sepia

Aspecto físico. Delgado y alto. Suele sentarse con las piernas cruzadas. Le gusta tener un aspecto atractivo y elegante. Cabello castaño u oscuro, a menudo con ojos castaños.

Aspectos mentales y emocionales. Puede ser irritable y se ofende enseguida. Tendencia a ser agresivo con los que quiere. No puede soportar mucho estrés e intenta escapar a las presiones de los plazos límite. Suele sentirse mejor después de haber llorado, pero le desagrada que otros le vean hacerlo. Evita las multitudes, pero teme quedarse solo. Odia que le contradigan y es de fuertes convicciones.

Debilidades físicas. Todos los problemas relacionados con la menopausia. Dolores de cabeza y migrañas. Problemas en la piel. Otros trastornos frecuentes incluyen el estreñimiento, las hemorroides, el síndrome de fatiga crónica y la depresión. La situación suele mejorar con el ejercicio físico. Los problemas físicos suelen aparecer en la parte izquierda del cuerpo.

Factores de la dieta. Le gustan las especias y la comida condimentada, los cítricos, los dulces y el alcohol. Le desagradan los productos lácteos, en particular la leche, las carnes grasas y de sabor fuerte, y las comidas con mucha grasa.

El niño Sepia. Glotón. Tiende a padecer estreñimiento y enuresis nocturna. Taciturno. Sensible al frío, suele cansarse enseguida. No le gusta la soledad.

Las personas del tipo Sepia temen quedarse solas, pero tampoco gustan de las multitudes.

Tipo Silicea

Aspecto físico. En general, delgado y con una frente amplia. La cabeza puede parecer desproporcionadamente grande respecto del cuerpo. Rasgos delicados y finos, casi como las figuras de porcelana. La piel y los labios parecen grises y pueden estar agrietados. Las palmas de las manos suelen sentirse sudadas al tacto y a menudo tiene las uñas quebradizas.

Aspectos mentales y emocionales. Durante la juventud, bastante inseguro. Tendencia al agotamiento mental. Puede sentirse abrumado y apesadumbrado. No soporta la responsabilidad. Suele sentirse indeciso a la hora de embarcarse en nuevos proyectos o cambiar de trabajo o domicilio. El miedo al fracaso se suele manifestar con el trabajo excesivo. Ese temor también puede afectar las relaciones personales. Suele rechazar con pertinacia el consejo de los seres queridos para esconder sus verdaderos sentimientos.

Las uñas de las personas del tipo Silicea pueden ser ásperas y quebradizas. Las heridas en la pie pueden tardar mucho en curarse.

Debilidades físicas. Problemas en el sistema nervioso; en particular, le afectan las novedades. Agotamiento. Curación y convalecencia lentas. Enfermedades respiratorias, incluidas las infecciones de pecho, y poca resistencia frente a los resfriados y la tos. Estreñimiento. Problemas de piel. Dolores de cabeza. Sensibilidad al frío.

Factores de la dieta. Les gustan las comidas frías como las ensaladas y las verduras crudas. Le desagradan los productos lácteos, en particular el queso y la leche. Tampoco le gustan las comidas muy condimentadas.

El niño Silicea. Pueden ser de tamaño inferior a los niños de su edad, de aspecto pequeño, a parte de la cabeza, que puede parecer en proporción más grande que el cuerpo. Sensible al frío. Poco deportista, debido a su escasa resistencia física. Puede ser tímido. Habitualmente, ordenado y de buena conducta..

Tipo Sulphur

Aspecto físico. Puede ser delgado y con una postura deficiente. Puede parecer desaliñado. El cabello, áspero y seco. Tendencia a tener la piel y los labios enrojecidos.

Aspectos mentales y emocionales. Mente desordenada. Puede ser crítico. Le gusta discutir. Suele carecer de voluntad y de autoestima. Suele dejar los ideas o proyectos inacabados.

Debilidades físicas. Tendencia a problemas de piel y circulación; hemorroides y estreñimiento, pies calientes y ardientes; olor corporal.

Factores de la dieta. Le gustan los dulces, las comidas con grasa, los estimulantes como el café y el chocolate. Le agradan el alcohol, las comidas especiadas y de gustos fuertes, los cítricos, las ensaladas y el marisco. Le desagradan los productos lácteos, en particular la leche, y los huevos. Suelen disgustarle las bebidas calientes.

El niño Sulphur. Aspecto desaliñado. Tendencia a la hiperactividad durante la tarde-noche. No le gusta bañarse, ducharse o lavarse las manos. Tiene un apetito saludable.

Las personas del tipo Sulphur disfrutan de alimentos ácidos, como los cítricos.

Remedios homeopáticos

En las páginas siguientes se presentan los remedios homeopáticos principales y se indican su prodedencia, su uso en el tratamiento y algunos consejos. Antes de continuar, lea acerca de las modalidades y sepa lo que debe hacer y lo que debe evitar.

Modalidades

Las modalidades son influencias que pueden empeorar o mejorar los síntomas del paciente. Constituyen una guía valiosísima para aproximarse al máximo en la elección del remedio homeopático más conveniente. A continuación se mencionan las modalidades principales:

- **Modalidad física:** se tiene en cuenta la respuesta del paciente ante el movimiento, la posición del cuerpo, el tacto, el descanso, el esfuerzo, el ruido y los olores.
- **Temperaturas:** el calor, el frío, la calidez, el viento, la humedad y la estación del año pueden afectar a los síntomas de la persona.
- **Tiempo:** los síntomas pueden hacerse más visibles durante el día o durante la noche, por la mañana, al mediodía o por la tarde. Incluso pueden llegar a variar de hora en hora.
- **Dieta:** los alimentos, las bebidas, los estimulantes y el alcohol pueden afectar al paciente y a su enfermedad.
- **Modalidades localizadas:** los síntomas pueden ser más intensos en la parte izquierda o derecha del cuerpo. Los zurdos y los diestros pueden experimentar síntomas distintos.

Lo que debe hacer

- Límpiese la boca de restos de comida y bebida, y manténgala limpia al menos durante unos 20 o 30 minutos antes de tomar el remedio.
- Utilice una pasta dentífrica homeopática, como la caléndula, ya que así tendrá la seguridad de no introducir sustancias que puedan contrarrestar el efecto del remedio.
- Guarde el remedio en un lugar seco y oscuro.
- Compruebe la fecha de caducidad antes de usarlo.
- Mantenga las pastillas fuera del alcance de los niños.
- Guarde los remedios lejos de perfumes fuertes o de aceites esenciales.

Lo que debe evitar

- No se trague la pastilla, deje que se disuelva completamente en la boca.
- No beba café ni fume mientras toma el tratamiento.
- No coma caramelos para el resfriado de menta, hierbabuena o mentol, ya que pueden interferir en la acción del remedio. Tampoco se debe utilizar una pasta dental de sabor a menta o a hierbabuena para cepillarse los dientes.
- No utilice aceites esenciales de alcanfor, eucalipto, mentol, hierbabuena o romero.
- No toque las pastillas con los dedos. Utilice la tapa para llevárselas a la boca, ya que el sudor de los dedos o de la palma de la mano podría absorber el remedio antes de ingerirlas.
- No se ponga perfume o loción para después del afeitado hasta que hayan pasado al menos 30 minutos tras ingerir el remedio.

Aconite

Este remedio homeopático se obtiene de una planta tóxica del mismo nombre utilizada desde hace siglos para tratar las infecciones y para envenenar las flechas de caza.

Uso y tratamiento

El Aconite es útil en los supuestos indicados a continuación.

Aspectos mentales y emocionales

• Ansiedad y miedo • Sentimientos de finitud y pesimismo, especialmente si van acompañados de enfermedad • Fuerte miedo a la muerte, a la oscuridad o incluso a los fantasmas • Agorafobia y pánico • *Shocks* • Preocupación y estrés por el futuro • Pesadillas • Ataques de pánico • Imaginación vívida • Infelicidad • Tensión física y emocional que agota la energía de la mente y del cuerpo.

El Aconite suele utilizarse para tratar los ataques de pánico. También puede usarse cuando la persona se enfrenta a una dura prueba.

El acónito (Aconitum napellus) *es el material de donde se obtiene el remedio homeopático Aconite.*

Aspectos físicos

• Dolores de cabeza con sensación de calor y pesadez • Escozor y picor de ojos • Garganta y nariz irritadas o problemas de oídos • Tirantez y opresión en el pecho • Resfriados, tos y gripe • Problemas para do rmir • Nerviosismo • Palpitaciones • Tics nerviosos en los ojos • Quemaduras solares, cuando van acompañadas de temblores y fiebre.

Modalidades

- **Mejora:** con el aire fresco y cálido
- **Empeora:** en la tarde y noche.

Consejos para el tratamiento

Este remedio es muy útil para tratar trastornos que aparecen de forma repentina.

Remedio imprescindible en un botiquín homeopático de primeros auxilios.

Apis Mel.

El remedio homeopático Apis Mel. se obtiene de la abeja de la miel (se utiliza todo el insecto). El propóleos, un tipo de sustancia resinosa secretada por las abejas para reparar las celdas de su panal, ha sido utilizado durante siglos cono antibiótico natural.

Uso y tratamiento

El remedio homeopático Apis Mel. es útil en los supuestos indicados a continuación.

Aspectos mentales y emocionales

• Memoria deficiente • Celos • Insatisfacción • Crisis de llanto • Apatía e indiferencia • Quejas constantes • Miedo a la muerte.

Aspectos físicos

• Torpeza • Dolores de cabeza: punzantes y pulsátiles • Fiebre acompañada por ausencia de sed y piel sensible al tacto • Escozor y picor de la piel • Todos los problemas de ojos con escozor y picor • Artritis, cuando hay sensación dolorosa de quemazón • Cistitis y otras infecciones del tracto urinario que causan picor al paso de la orina • Picaduras de insectos • Tos constante y espasmódica.

El remedio homeopático Apis Mel. se utiliza a menudo para ayudar a sobreponerse de las crisis de llanto.

El remedio homeopático que se extrae de la abeja melífera proporciona una serie de sustancias de aplicación médica.

Modalidades

- **Mejora:** con agua fría y un ambiente fresco; con la aplicación de compresas frías.
- **Empeora:** al presionar y al tacto; con el calor.

Consejos para el tratamiento

El Apis Mel. es un excelente remedio para tratar las quemazones y picores que responden bien a un tratamiento con un producto fresco. Es útil para una piel inflamada y escocida, especialmente tras la picadura o mordedura de algún insecto. Eficaz para cualquier tipo de inflamación repentina o hinchazón de la piel.

Remedio imprescindible en un botiquín homeopático de primeros auxilios.

Argent. Nit.

El remedio homeopático Argent. Nit. se obtiene del nitrato de plata (un compuesto de plata). En grandes cantidades es venenoso. Es cáustico y antiguamente se utilizaba para cauterizar heridas.

Uso y tratamiento

El remedio homeopático Argent. Nit. es útil en los supuestos indicados a continuación.

Los cristales de nitrato de plata se extraen de la acantita, uno de los principales minerales de plata.

Aspectos mentales y emocionales

• Aprensión • Miedos • Nerviosismo • Imaginación hiperactiva • Miedo a salir a escena • Fobias, en particular claustrofobia y miedo a las arañas u otros insectos • Estrés y prisa • Miedo a hablar en público o a tratar con gente • Miedo a los exámenes.

Aspectos físicos

• Diarrea causada por la ansiedad y la tensión • Pesadillas • Contracciones musculares dolorosas debido a la constante tensión • Dolores de cabeza causados por mucha concentración • Flatulencia • Temblor y debilidad en músculos y extremidades • Palpitaciones y opresión en el pecho • Ojos irritados y cansados • Síndrome del intestino irritable.

Modalidades

• Mejora: con el aire fresco y la presión.

• Empeora: en situaciones altamente emocionales; con la concentración; con el calor.

Consejos para el tratamiento

El remedio homeopático Argent. Nit. ayuda a aliviar la aprensión y la ansiedad. De utilidad cuando existe miedo ante un acontecimiento que se avecina como, por ejemplo, un examen o una entrevista. Ayuda a controlar los nervios, tanto antes como durante el acontecimiento.

El remedio Argent. Nit. puede utilizarse para superar miedos y fobias. También ayuda a reducir las pesadillas y la hiperactividad de la imaginación.

Arnica

El remedio homeopático Arnica procede de la árnica, *Arnica montana* (también conocida como veneno de leopardo), una planta herbácea utilizada desde el siglo XVI como remedio para contusiones, dolores musculares y reumatismo.

Las flores de la planta Arnica montana *se utilizan como remedio para los* shocks *físicos y emocionales.*

Uso y tratamiento

El remedio homeopático Arnica es útil en los supuestos indicados a continuación.

Aspectos mentales y emocionales

• Irritabilidad • Nerviosismo e hipersensibilidad • Incapacidad para mantener la concentración en una misma tarea • Olvidos frecuentes e indiferencia • Agorafobia • Todo tipo de *shocks* • Duelo.

Aspectos físicos

• Convalecencia posquirúrgica • Dolores de parto y alumbramiento • Dolor muscular • Contusiones • Hematomas • Dolor de espalda y de articulaciones • Torceduras • Ojos morados • Accidentes y caídas • Cabeza sensible, ardiente y dolorosa • Ojos cansados • Conmoción cerebral • Hemorragias nasales • Dolor muscular en el pecho tras un resfriado fuerte • Esfuerzo excesivo • Vértigo.

Modalidades

- **Mejora:** descansando tumbado.
- **Empeora:** con el movimiento; con el tiempo frío y húmedo.

Consejos para el tratamiento

El remedio homeopático Arnica es un remedio clave para todas las formas de dolor muscular y para las contusiones. También es muy eficaz para su aplicación tópica –siempre que no haya herida abierta– mediante cremas, ungüentos o en compresas con tintura. La árnica es uno de los remedios más conocidos y famosos.

Remedio útil recomendado para su incorporación en un botiquín homeopático de primeros auxilios.

La Arnica es un remedio eficaz contra el impacto físico y emocional del parto.

Arsen. Alb.

El remedio homeopático Arsen. Alb. es un derivado del arsénico, un veneno metálico.

Uso y tratamiento

El Arsen. Alb. es útil en los supuestos indicados a continuación.

El trióxido de arsénico es un compuesto que se utiliza para tratar síntomas muy diversos.

Aspectos mentales y emocionales

• Inquietud • Angustia y ansiedad • Sentimientos de desesperanza • Hiperreactividad a las enfermedades • Excitación • Hipocondria • Perfeccionismo manifestado por un comportamiento obsesivo-compulsivo • Incapacidad de enfrentarse a los problemas • Inseguridad • Miedo a la oscuridad • Miedo al envenenamiento • Tics nerviosos • Ideas obsesivas • Celos • Adicciones, incluidas la adicción al alcohol y al tabaco • Miedo a la soledad • Miedo a la muerte • Miedo al ahogo o la asfixia.

Aspectos físicos

• Problemas de piel y cabello, como la soriasis y la caspa • Intoxicación alimentaria • Vómitos • Agotamiento • Dolores de cabeza • Úlceras bucales • Retención de líquido • Formas suaves de asma • Dolor de garganta, especialmente si hay dificultad al tragar • Calambres • Sueño alterado e inquieto • Dolor de angina de pecho.

Modalidades

• **Mejora:** con bebidas calientes; con el calor; con el movimiento.
• **Empeora:** con el tiempo frío y húmedo.

Consejos para el tratamiento

Es un remedio muy útil para tratar los problemas digestivos. También es muy bueno para calmar la ansiedad y el nerviosismo. Actúa sobre todos los órganos y tejidos del cuerpo.

El remedio Arsen. Alb. actúa sobre las mucosas de los sistemas respiratorio y digestivo. También se puede utilizar para tratar las adicciones como, por ejemplo, la del tabaco.

Aurum Met.

El remedio homeopático Aurum Met. Se obtiene del oro adecuadamente molido hasta convertirlo en polvo fino.

Uso y tratamiento

El remedio homeopático Aurum Met. es útil en los supuestos indicados a continuación.

El remedio homeopático Aurum Met. se elabora a partir del oro puro molido hasta convertirlo en un polvo fino.

Aspectos mentales y emocionales

Tendencia a la adicción al trabajo • Tendencia al perfeccionismo, que conduce a la insatisfacción • Enfados severos causados por las críticas hacia la propia persona • Infelicidad extrema • Depresión, que en ocasiones conlleva ideas de suicidio • Obsesión por la enfermedad y la muerte • Trastornos ocasionados por el miedo • Ideas obsesivas • Tendencia a criticar a todos los que le rodean • Incapacidad para compartir sus preocupaciones con los demás y, en su lugar, darle vueltas al problema en soledad • Tendencia a las pesadillas • Ansiedad desencadenada por ruidos fuertes.

Aspectos físicos

• Enfermedad por depresión • Enfermedades del corazón, problemas circulatorios y sanguíneos • Dolores de cabeza • Dolor en el pecho y dificultad para respirar • Problemas de senos y sinusitis • Catarro • Problemas de oído, nariz y garganta • Dolor en articulaciones y úlceras en la piel • Trastornos afectivos estacionales (TAE).

Modalidades

- **Mejora:** con el aire fresco y el movimiento.
- **Empeora:** con el estrés emocional y la tensión; por la noche; en el invierno.

Consejos para el tratamiento

Un buen remedio para aplicar cuando otros han fallado, sobre todo en casos de depresión, cuando parece que "no hay luz alguna al final del túnel".

El trabajo excesivo y el estrés pueden ser tratados con Aurum Met. Este remedio homeopático se utiliza para ayudar a combatir problemas muy variados: desde la depresión hasta las enfermedades cardíacas.

Belladonna

El remedio homeopático Belladona procede de la planta venenosa del mismo nombre, una hierba muy popular en la Edad Media que se utilizaba en rituales mágicos.

A pesar de que todas las partes de la planta belladona (Atropa belladona) *son venenosas, en homeopatía sólo se utilizan las hojas y las flores.*

Uso y tratamiento

El remedio homeopático Belladona es útil en los supuestos indicados a continuación.

Aspectos mentales y emocionales

• Ira repentina • Sentimientos de culpabilidad • Estrés • Depresión desencadenada por excitación • Accesos de cólera acompañados con enrojecimiento y congestión de la cara.

Aspectos físicos

• Todos los dolores donde haya ardor, calor, enrojecimiento y estremecimientos • Gripe, resfriados y tos • Dolor de garganta • Dolor de oídos que empeoran al mojar o enfriar la cabeza • Dolores de parto • Cistitis • Todas las infecciones que producen inflamación • Dolor al salir los dientes • Furúnculos • Insomnio.

Modalidades

- **Mejora:** al sentarse.
- **Empeora:** con el ruido y el movimiento.

Consejos para el tratamiento

Es un remedio excelente para los dolores agudos, especialmente cuando van acompañados de estremecimientos y sofocos.

Remedio imprescindible en un botiquín homeopático de primeros auxilios.

El remedio homeopático Belladona se utiliza para controlar los accesos de cólera y violencia.

Bryonia

El remedio Bryonia se usa para el tratamiento de la ira y de la ansiedad, así como para aliviar los dolores de cabeza violentos.

El remedio homeopático Bryonia se obtiene de las raíces de una planta trepadora, la brionia o nuez blanca, que crece en Europa central y meridional. Los romanos utilizaban las brionias para curar los resfriados y las heridas.

Uso y tratamiento

El remedio homeopático Bryonia es útil en los supuestos indicados a continuación.

Aspectos mentales y emocionales

• Ira, irritabilidad y nerviosismo • Memoria deficiente • Miedo a la muerte • Preferencia por la soledad, sobre todo en los malos momentos.

Aspectos físicos

• Dolores de cabeza punzantes y pulsátiles • Artritis y reumatismo • Sequedad de ojos y labios • Garganta muy seca y dolorida • Tos seca e irritante • Estreñimiento • Gripe • Neumonía • Pleuresía con un intenso dolor de pecho • Cólico.

Modalidades

- **Mejora:** con el descanso y la quietud; con un ambiente frío.
- **Empeora:** con cualquier tipo de movimiento; con vientos fríos.

Consejos para el tratamiento

El remedio homeopático Bryonia es mejor utilizarlo en cuanto aparecen los primeros síntomas de dolor. La Bryonia es más efectiva en los resfriados que presentan síntomas de mucha sed y sequedad de garganta.

El remedio homeopático Bryonia se obtiene de las raíces de la planta Bryonia alba, *las cuales se trocean y muelen hasta conseguir una papilla.*

Calc. Carb.

El remedio homeopático Calc. Carb. se obtiene del carbonato cálcico contenido en las conchas de las ostras.

Las conchas de las ostras que producen perlas están compuestas de carbonato cálcico. El remedio homeopático Calc. Carb. se elabora a partir de la trituración de este mineral hasta convertirlo en polvo.

Uso y tratamiento

El remedio homeopático Calc. Carb. es útil en los supuestos indicados a continuación.

Aspectos mentales y emocionales

• Miedo a la oscuridad, a la muerte, a la locura y al mal augurio • En los ancianos, miedo a un infarto • Ansiedad que puede causar palpitaciones • Depresión con cansancio y letargia • Memoria deficiente • Cansancio y lentitud de pensamiento • Obsesión con los problemas • Ansiedad por las críticas • Hipocondria • Pobreza de espíritu • Celos • Pereza • Miedo a la enfermedad.

Aspectos físicos

• Dolor de dientes, huesos y articulaciones • Fracturas que tardan mucho en curarse • Dolor de espalda • Problemas digestivos • Síndrome del intestino irritable • Estreñimiento • Síndrome premenstrual • Congestión nasal • Pólipos • Tos seca, irritante y con cosquilleo en la garganta • Obesidad • Trastornos alimentarios, en particular la bulimia • Síntoma de fatiga crónica • Verrugas • Dolores de cabeza causados por el estudio o pesadez de cabeza • Ojos, sensibilidad a la luz • Pérdida de audición • Ojeras oscuras • Gusto ácido en la boca • Encías sangrantes • Calambres • Congestión nasal • Debilidad en las rodillas • Piel de aspecto poco saludable.

El remedio homeopático Calc. Carb. se utiliza para combatir la ansiedad, el miedo, la depresión y el sentimiento de desvalimiento extremo.

Modalidades

• **Mejora:** con tiempo cálido.

• **Empeora:** con tiempo frío y húmedo; con el esfuerzo.

Consejos para el tratamiento

El Calc. Carb. es excelente para tratar las fracturas de huesos que tardan en curarse.

Calc. Phos.

El remedio homeopático Calc. Phos. se obtiene de la sal mineral fosfato cálcico.

El remedio homeopático Calc. Phos. es un polvo que se consigue por medio de un proceso químico.

Uso y tratamiento

El remedio homeopático Calc. Phos. es útil en los supuestos indicados a continuación.

Aspectos mentales y emocionales

• Infelicidad y descontento con la vida, posiblemente enraizados en la infancia • La pérdida de relaciones que puede desencadenar una enfermedad • Tendencia a la irritabilidad • Estado de gran inquietud • Dificultad en mantener una rutina • En búsqueda constante de nuevos estímulos • Memoria deficiente.

Aspectos físicos

• Roturas, fracturas y dolor de articulaciones • En adolescentes y niños, crecimiento lento de huesos y dientes • Agotamiento y fatiga • Trastornos digestivos • Problemas recurrentes de garganta.

Modalidades

• **Mejora:** con tiempo cálido, seco y soleado.
• **Empeora:** con tiempo frío y húmedo; por el estrés y las preocupaciones.

Consejos para el tratamiento

Un buen remedio para acelerar la curación de fracturas de huesos y de cualquier problema de huesos o articulaciones que presentan un restablecimiento lento. Puede aliviar los "dolores de crecimiento" de niños y adolescentes. Bueno para la convalecencia.

El fosfato cálcico está presente de forma natural en nuestros dientes, proporcionándoles dureza y rigidez. El remedio homeopático Calc. Phos. se puede utilizar para combatir las caries dentales.

Cantharis

El remedio homeopático Cantharis se obtiene del escarabajo cantárida, un insecto de color verde brillante conocido desde hace siglos por sus propiedades venenosas e irritantes.

El remedio homeopático Cantharis se obtiene del escarabajo cantárida. Este insecto segrega una sustancia llamada cantaridina, que es irritante.

Uso y tratamiento

El remedio homeopático Cantharis es útil en los supuestos indicados a continuación.

Aspectos mentales y emocionales

• Adicción al sexo • Irritabilidad e ira, que pueden desembocar en accesos de rabia y violencia • Gritos de rabia • Ansiedad severa.

Aspectos físicos

• En todos los estado en los que exista ardor, quemazón, picor y dolor • Cistitis y todas las infecciones del tracto urinario • Quemaduras • Diarrea con sensación de quemazón o escozor • Picaduras y mordeduras de insectos • Dolor de garganta con sensación de ardor o escozor • Ojos, dolor y picor • Ardor y dolor de estómago • Quemaduras solares e inflamación de la piel.

Modalidades

- **Mejora:** con la fricción suave.
- **Empeora:** por el contacto y el movimiento.

Consejos para el tratamiento

El remedio homeopático Cantharis es excelente para combatir la cistitis, especialmente cuando la situación se agrava sin previo aviso.

Remedio imprescindible en un botiquín homeopático de primeros auxilios.

El remedio homeopático Cantharis se puede utilizar para el tratamiento de problemas que presenten síntomas de quemazón, escozor y ardor, incluidas las quemaduras solares.

Carbo Veg.

El remedio homeopático Carbo Veg. se obtiene del carbón vegetal hecho con madera de haya, abedul o chopo. Antaño, el carbón vegetal se utilizaba para absorber los gases y aliviar la flatulencia.

Las maderas de haya, abedul y chopo se queman parcialmente para elaborar el carbón vegetal, de peculiares características.

Uso y tratamiento

El remedio homeopático Carbo Veg. es útil en los supuestos indicados a continuación.

Aspectos mentales y emocionales

• Pérdida de memoria • Miedo a los extraños • Claustrofobia • *Shock* agudo • Cansancio mental extremo • Sentimiento de debilidad mental y emocional.

Aspectos físicos

• Circulación deficiente • Venas varicosas • Indigestión • Flatulencia • Sentimiento de hinchazón abdominal (incluso habiendo comido muy poco) • Dolor de cabeza después de comer en exceso • Tos • Ronquera y sequedad de garganta • Hemorragias nasales • Enfermedades prolongadas, que conducen al agotamiento.

Modalidades

- **Mejora:** con el aire fresco.
- **Empeora:** con comidas ricas en grasa; por la tarde noche; al acostarse.

Consejos para el tratamiento

El remedio homeopático Carbo Veg. es muy bueno para aliviar la sensación de agotamiento y fatiga. Remedio también útil para la convalecencia después de una operación o enfermedad. Bueno para acelerar los restablecimientos lentos. Bueno para aliviar dolencias o estados crónicos.

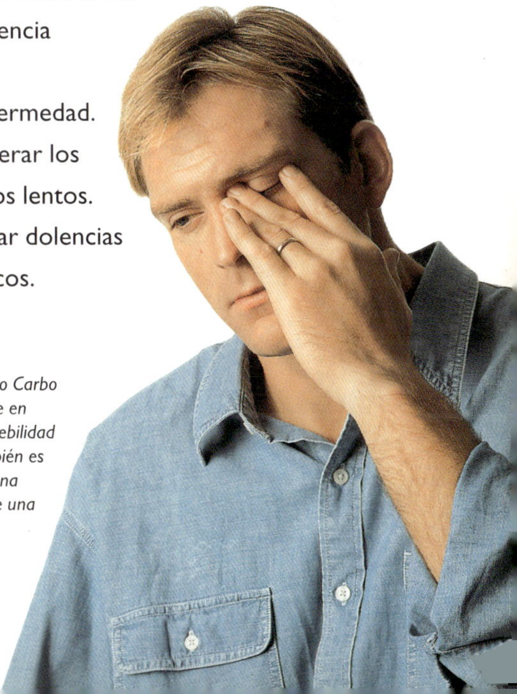

El remedio homeopático Carbo Veg. suele administrarse en caso de agotamiento, debilidad y falta de energía. También es útil para tomarlo tras una operación o después de una enfermedad.

Chamomilla

El remedio homeopático Chamomilla se obtiene de la planta fresca de manzanilla. La manzanilla se ha utilizado durante siglos por su efectos sedantes, suavizantes y curativos, en particular para el tratamiento de los problemas de la piel.

Uso y tratamiento

El remedio homeopático Chamomilla es útil en los supuestos indicados a continuación.

El remedio homeopático Chamomilla se obtiene del jugo de toda la planta fresca de Matricaria recutita *en flor.*

Aspectos mentales y emocionales

- Mal humor e ira al sentirse enfermo
- Irritabilidad y estado quejoso
- Impaciencia
- Hipersensibilidad, que puede desembocar en maltrato a las personas queridas
- Insatisfacción.

La Chamomilla es un buen remedio para la gente que sufre de insomnio o tiene pesadillas de las que despierta gritando.

Aspectos físicos

- Dolor de oído
- Dolor dental
- Insomnio
- Cualquier problema de la piel, incluido el eczema
- Inflamaciones de la piel
- Desvelos, insomnio y cólicos en los niños
- Diarrea
- Tos, especialmente la tos nocturna.

Modalidades

- **Mejora:** con el buen tiempo.
- **Empeora:** con el calor; con los vientos fríos o el aire fresco; con estados de mal humor.

Consejos para el tratamiento

El remedio homeopático Chamomilla es adecuado para niños y bebés. Para estos últimos, sobre todo a la hora de acostarlos, ya que las molestias al salirles los dientes o por los cólicos hace que los bebés se inquieten, lloren y no duerman. La Chamomilla los tranquiliza y les facilita el sueño.

China

Estas hojas son de quina, un árbol cuya corteza contiene importantes elementos curativos.

El remedio homeopático China se obtiene de la quina, una planta que contiene quinina: uno de los primeros remedios investigados por Samuel Hahnemann.

Uso y tratamiento

El remedio homeopático China es útil en los supuestos indicados a continuación.

Aspectos mentales y emocionales

• Indiferencia y apatía • Agotamiento nervioso • Desesperación • Miedo a los reptiles • Arrebatos de ira • Rencor • Accesos de llanto • Depresión • Trastornos de la alimentación, como la bulimia • Falta de concentración • Sentimiento de estar al borde del abismo • Hipersensibilidad • Alcoholismo • Dificultades de expresión.

Aspectos físicos

• Pérdida de líquidos corporales debido a sofocos • Sudor abundante • Retención de líquidos • Tobillos hinchados • Dolores de cabeza • Mareos • Tics nerviosos • Hemorragias nasales • Zumbido de oídos (acufenos) • Problemas digestivos, incluidos la diarrea y el vómito • Problemas de vesícula • Sensación de frío • Temblores • Fatiga, incluido el agotamiento posviral • Síndrome de fatiga crónica • Piel sensible al contacto • Cuero cabelludo delicado.

Modalidades

- **Mejora:** con el calor y las horas de sueño.
- **Empeora:** con la pérdida de líquidos corporales; con el frío y la sequía.

Consejos para el tratamiento

El remedio homeopático China es bueno para aliviar el sentirse "quemado" debido a un exceso de trabajo o a traumas emocionales que producen agotamiento y debilidad. También es un buen remedio para la convalecencia.

El remedio homeopático China es útil para el tratamiento de la irritabilidad y de los estallidos inesperados de ira.

Coffea

El remedio homeopático Coffea se obtiene de la cafeína contenida en los granos de café sin tostar.

Los granos tostados del café se obtienen de las bayas de los cafetales, Coffea arabica. Los granos de café también se utilizan para elaborar el remedio homeopático Coffea.

Uso y tratamiento

El remedio homeopático Coffea es útil en los supuestos indicados a continuación.

Aspectos mentales y emocionales

• Hiperactividad e incapacidad para descansar la mente • Insomnio • Sobreexcitación en niños • Ansiedad y sentimientos de irritabilidad • Sobrecarga sensorial • Sentimiento de culpabilidad, especialmente por los hijos • Problemas en las relaciones que provocan trastornos psicosomáticos como dolores de cabeza o migrañas.

El remedio homeopático Coffea se utiliza para tratar la actividad mental excesiva, incluidas la hiperactividad y la sobreexcitación en los niños.

Aspectos físicos

• Sensibilización al dolor • Dolores de cabeza • Dolores faciales y neuralgias • Palpitaciones causadas por la ira o el estrés • Piel que reacciona de forma hipersensible • Migrañas.

Modalidades

• **Mejora:** con el calor.

• **Empeora:** al aire libre y con los olores fuertes.

Consejos para el tratamiento

El remedio homeopático Coffea es bueno para combatir el insomnio causado por una actividad mental excesiva, especialmente si va acompañado de incapacidad para relajarse.

Drosera

El remedio homeopático Drosera se obtiene de una pequeña planta que atrapa insectos con sus hojas.

Uso y tratamiento

El remedio homeopático Drosera es útil en los supuestos indicados a continuación.

Aspectos mentales y emocionales

• Sentimientos de inquietud y ansiedad frente a la soledad • Miedo a los fantasmas • Dificultad de concentración • Manía persecutoria • Tendencia al parloteo • Presentimientos de noticias malas o desagradables.

Aspectos físicos

• Resfriados, especialmente cuando van acompañados de tos violenta • Resfriados que no se curan, acompañados de espasmos • Resfriados acompañados de náuseas y vómitos • Tos ferina • Dolor en las articulaciones; en adolescentes, dolores de crecimiento en las piernas, si van acompañados de síntomas de rigidez.

Modalidades

• **Mejora:** estando fuera, al aire libre; con estiramientos del cuerpo y de las extremidades.

• **Empeora:** por la noche, o estando tumbado bastante tiempo; después de ingerir bebidas y comidas frías; tras haber hablado mucho rato.

Drosera rotundifolia *es una pequeña planta que se encuentra en las zonas pantanosas y en los brezales. Para la elaboración del remedio* Drosera *se utiliza toda la planta en flor.*

Consejos para el tratamiento

El remedio homeopático Drosera es excelente para combatir la tos y los resfriados, sobre todo la tos seca con náuseas.

El remedio homeopático Drosera *es bueno para los dolores articulares y, en los adolescentes, para los dolores de crecimiento. Los síntomas se pueden aliviar también con estiramientos al aire libre.*

Gelsemium

El remedio homeopático Gelsemium se obtiene del jazmín de Virginia o jazmín amarillo.

La planta trepadora Carolina jasmine *crece en algunas zonas de Estados Unidos. Las raíces frescas de esta planta se utilizan para la elaboración del remedio homeopático Gelsemium.*

Uso y tratamiento

El remedio homeopático Gelsemium es útil en los supuestos indicados a continuación.

Aspectos mentales y emocionales

• Miedos y fobias, cuando van acompañadas de temblores y estremecimientos • Miedo al dentista o, en general, a los médicos • Miedo a la soledad • Ansiedad por acontecimientos que se avecinan como, por ejemplo, reuniones • Somnolencia y abotargamiento mental • Ataques de pánico • Aversión a los insectos y a los reptiles • Dificultad para dormir.

Aspectos físicos

• Gripe • Dolor de garganta con amígdalas irritadas • Dificultad al tragar • Fatiga, agotamiento y somnolencia • Tos y resfriados • Escalofríos • Estornudos con la cara congestionada y ardiente • Inflamación y dolor de ojos • Migrañas y dolores de cabeza, sobre todo en la base del cráneo o en la parte posterior de la cabeza • Debilidad y pesadez en las extremidades • Diarrea, que empeora con la ansiedad.

Modalidades

- **Mejora:** con el descanso y la quietud; después de ir al lavabo.
- **Empeora:** con tiempo frío y húmedo.

Consejos para el tratamiento

El remedio homeopático Gelsemium es el mejor para la gripe. También es excelente para la tos, los resfriados y los dolores de garganta, especialmente si van acompañados de escalofríos y fiebre.

Remedio imprescindible en un botiquín homeopático de primeros auxilios.

El remedio homeopático Gelsemium se utiliza para el tratamiento de las fobias que producen temblores. El remedio actúa sobre la médula espinal y el sistema respiratorio.

Graphites

El remedio homeopático Graphites se obtiene del mineral grafito, que se suele utilizar en la fabricación de lápices.

Uso y tratamiento

El remedio homeopático Graphites es útil en los supuestos indicados a continuación.

Aspectos mentales y emocionales

• Impaciencia, inquietud, sobre todo si es de tipo nervioso o ansioso • Sentimientos de culpabilidad provocados por nimiedades • Depresión • Indecisión • Timidez • Depresión posmenopáusica • Bulimia.

Aspectos físicos

• Eczema, especialmente en la zona posterior de las rodillas, en las muñecas y dentro o fuera de las orejas • Dermatitis de contacto, sobre todo en las palmas de la manos y entre los dedos • Soriasis • Piel seca y agrietada, con dolor • Picor o erupciones cutáneas del cuero cabelludo • Dolores provocados por un resfriado • Problemas de estómago • Calambres • Estreñimiento • Orzuelos • Problemas en las uñas • Sabañones • Ciclos menstruales erráticos • Dolores de cabeza matutinos.

Modalidades

• **Mejora:** comiendo.
• **Empeora:** con el calor.

El remedio homeopático Graphites se puede utilizar para una gran variedad de trastornos, incluidos los problemas de estómago y los dolores de cabeza matutinos.

Consejos para el tratamiento

El remedio homeopático Graphites se utiliza en los primeros síntomas de los problemas de piel, en particular el eczema y la dermatitis, sobre todo cuando hay supuración. En estos casos, el remedio debe aplicarse tópicamente mediante un ungüento o crema homeopática.

Remedio imprescindible en un botiquín homeopático de primeros auxilios.

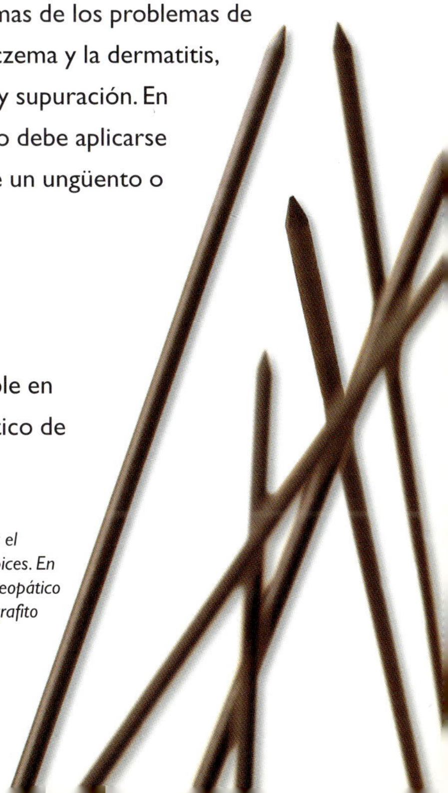

El grafito es un tipo de carbón y el componente principal de los lápices. En la elaboración del remedio homeopático Graphites se tritura el mineral grafito hasta obtener un polvo fino.

Hamamelis

Hamamelis es un remedio homeopático que se elabora con la corteza, las ramitas y las raíces de la planta *Hamamelis virginiana*.

Uso y tratamiento

El remedio homeopático Hamamelis es útil en los supuestos indicados a continuación.

El remedio homeopático Hamamelis se elabora triturando conjuntamente las ramitas, cortezas y raíces de la planta Hamamelis virginiana.

Aspectos mentales y emocionales

• Depresión leve; la persona se siente mejor a solas • Irritabilidad e inquietud, especialmente en presencia de otras personas.

Aspectos físicos

• Venas varicosas • Varicocele (varices en los testículos) • Piernas pesadas, cansadas, entumecidas y con picor o bien con dolor y sensación de quemazón. • Ojos morados • Hematomas • Orzuelos • Hemorragias nasales • Prurito leve en la piel • Picaduras de insectos, si van acompañadas de picor e irritación cutánea • Quemaduras leves • Acné y pieles grasas • Hemorroides.

Modalidades

• **Mejora:** al aire libre; con la lectura, la actividad mental y la conversación.

• **Empeora:** con el calor, la humedad caliente y la presión; con el movimiento.

Consejos para el tratamiento

Utilice el remedio homeopático Hamamelis al primer síntoma de varices o hemorroides, o cuando perciba que éstas empeoran. El tratamiento puede completarse con la aplicación tópica de una crema o ungüento sobre las zonas afectadas.

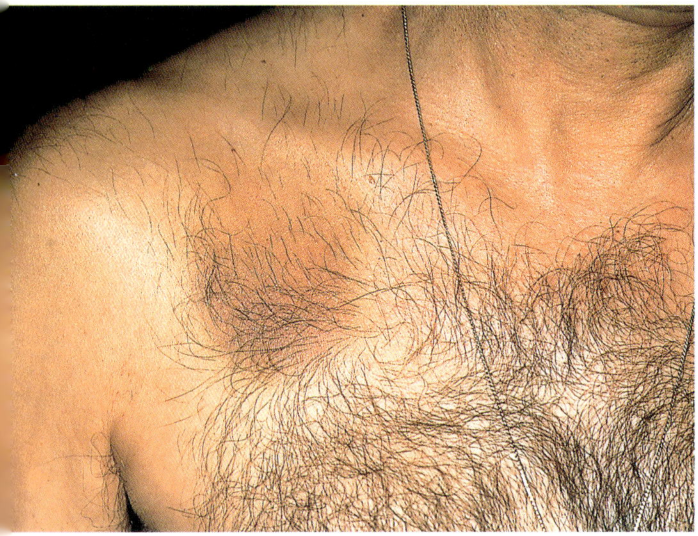

El remedio homeopático Hamamelis es excelente para el tratamiento de las hemorragias, tanto internas como externas. Se puede utilizar para aliviar los hematomas causados por golpes.

Hepar sulph.

El remedio homeopático Hepar Sulph. se obtiene del sulfuro cálcico.

Uso y tratamiento

El remedio homeopático Hepar Sulph. es útil en los supuestos indicados a continuación.

Aspectos mentales y emocionales

• Irritación por cosas triviales • Tendencia a ofenderse con facilidad • Hablar rápido cuando se está ansioso • Reacción desmesurada con el enfado • Tendencia a accesos de tristeza y depresión.

Aspectos físicos

• Todo los problemas de piel que presentan pus y son de lenta curación • Úlceras y llagas en la piel • Acné y furúnculos • Dolor de oídos • Dolor de oídos acompañado de dolor de garganta • Catarro • Tos que reseca e irrita la garganta • Úlceras bucales • Gripe con sudoración y estornudos • Labios resecos y agrietados • Transpiración con mal olor corporal, incluso utilizando desodorante.

Modalidades

• **Mejora:** con el calor; tapando la zona; manteniendo la cabeza caliente.

• **Empeora:** con el contacto y el frío.

El remedio homeopático Hepar Sulph. se prepara químicamente mezclando carbonato cálcico (procedente de las conchas de las ostras) y azufre..

Consejos para el tratamiento

El remedio homeopático Hepar Sulph. es bueno para acelerar la curación. Bueno para limpiar las infecciones y las supuraciones.

El remedio homeopático Hepar Sulph. puede utilizarse para tratar las infecciones que causan el dolor de oídos. Ayuda en la eliminación de pus de las zonas infectadas.

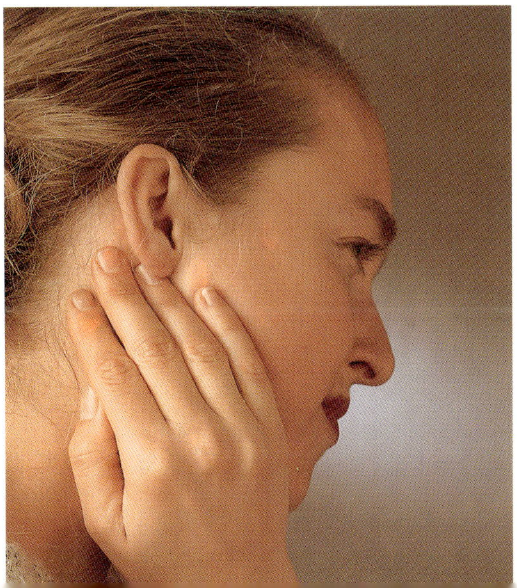

Hypericum

El remedio homeopático Hypericum se obtiene del hipérico o hierba de San Juan.

Las hojas y las flores del hipérico (Hypericum perforatum) *producen un jugo rojo que se utiliza para la elaboración del remedio homeopático Hypericum.*

Uso y tratamiento

El remedio homeopático Hypericum es útil en los supuestos indicados a continuación.

Aspectos mentales y emocionales

• Depresión con cansancio y letargia • Depresión después de una operación o herida • Vértigo • *Shock* producido por haber sufrido daño físico o por un trauma emocional • Estrés y ansiedad acompañados de espasmos y sensación de opresión en el cuerpo.

Aspectos físicos

Neuralgia • Heridas producidas por objetos afilados (cristal, uñas, etc.) • Fracturas astilladas • Todo tipo de lesiones, especialmente las producidos por aplastamiento • Conmoción cerebral • Dolores punzantes • Dolores pulsátiles • Daños o heridas en pies, manos y columna vertebral • Lesiones leves en los ojos • Dolor crónico de espalda, con sensación de que sube y baja por la espalda • Asma, cuando se está en ambientes húmedos • Dolor de muelas producido por intervenciones odontológicas • Diarrea • Hemorroides con dolor y sangrado.

Modalidades

• **Mejora:** al descansar la cabeza hacia atrás; con un suave masaje.

• **Empeora:** con el tiempo frío, lluvioso y neblinoso.

Consejos para el tratamiento

El remedio homeopático Hypericum es bueno para curar heridas y daños en la piel, en particular cuando existe riesgo de infección.

Remedio imprescindible en un botiquín homeopático de primeros auxilios.

El Hypericum se utiliza para tratar el dolor nervioso después de una herida.

Ignatia

El remedio homeopático Ignatia se obtiene de las habas de San Ignacio, un arbusto cuyo nombre científico es *Ignatia amara*.

Uso y tratamiento

El remedio homeopático Ignatia es útil en los supuestos indicados a continuación.

Aspectos mentales y emocionales

• Estados emocionales graves • *Shock* • Ira • Dolor • Incapacidad para expresar emociones • Histeria • Insomnio • Llanto fácil y repentino • Culpabilización y compasión hacia uno mismo • Preocupación • Pena posterior a un divorcio o a la ruptura de una relación • Cambios de humor repentinos e imprevistos • Agotamiento por exceso de trabajo • Comportamiento obsesivo-compulsivo • Hipocondría • Celos • Ideas obsesivas.

Aspectos físicos

• Dolores de cabeza causados por estrés emocional y tensión • Tos y dolor de garganta • Dificultad para tragar • Tics nerviosos en la cara desencadenados por la ansiedad • Problemas digestivos, especialmente después de un *shock*, o dolor si van acompañados de una sensación de "hundimiento" • Antojos por comidas raras cuando se está enfermo • Diarrea • Desvelos, sobre todo cuando hay aflicción.

El remedio homeopático Ignatia se elabora a partir de las semillas de los frutos de Ignatius amara. *Las semillas se trituran hasta convertirlas en polvo.*

Modalidades

• **Mejora:** con el calor y el sol; con el cambio de postura.

• **Empeora:** con el aire frío; con el enfado; por la mañana.

Consejos para el tratamiento

El remedio homeopático Hypericum es ideal para aliviar los problemas emocionales. También es bueno para aliviar los problemas muy cambiantes, para los cambios de humor y los duelos, así como para cualquiera de los trastornos físicos que los acompañan.

Kali phos.

El remedio homeopático Kali Phos. se obtiene del fosfato potásico.

Uso y tratamiento

El remedio homeopático Kali Phos. es útil en los supuestos indicados a continuación.

Aspectos mentales y emocionales

• Agotamiento total • Reacciones de hipersensibilidad y nerviosismo a causa del estrés • Frustración debido a la falta de positivismo • Timidez y rendición o abandono por ansiedad • Nerviosismo en el trato con la gente • Depresión, incluida la depresión posviral • Pesadillas • Pérdida de concentración y memoria deficiente • Miedo a padecer un ataque de nervios.

El remedio homeopático Kali Phos. se puede utilizar para tratar el dolor del cuello y de la parte alta de la espalda, así como los dolores de cabeza tensionales.

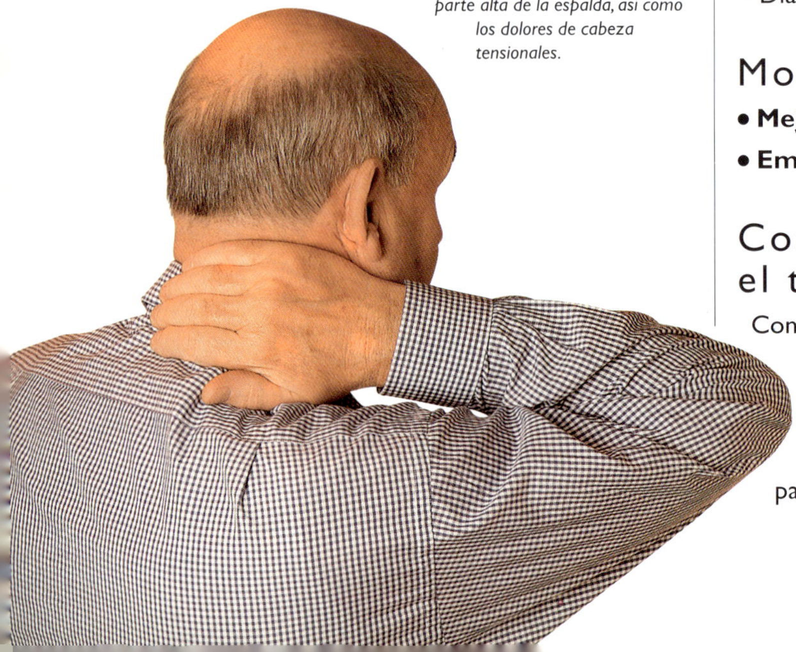

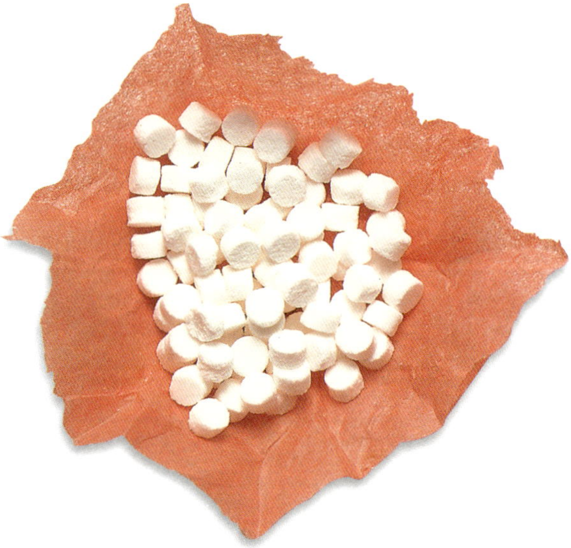

El remedio homeopático Kali Phos. se prepara químicamente a partir del carbonato potásico, derivado de la potasa, y del ácido fosfórico diluido.

Aspectos físicos

• Debilidad de las extremidades • Dolor de cuello y parte alta de la espalda • Dolores de cabeza tensionales • Mareos al levantarse desde una postura sentada o arrodillada • Síndrome de fatiga crónica • Mucosidad por resfriados o catarros • Tos con expectoración • Diarrea • Cistitis.

Modalidades

- **Mejora:** con el calor y el movimiento.
- **Empeora:** con la preocupación.

Consejos para el tratamiento

Conocido como "el gran tranquilizador nervioso", el remedio homeopático Kali Phos. es excelente para el tratamiento de todas las formas de agotamiento, en particular el causado por el estrés.

Lachesis

El remedio homeopático Lachesis se obtiene del veneno de la serpiente surucucú.

El remedio homeopático Lachesis se obtiene del veneno desecado de la serpiente surucucú.

Uso y tratamiento

El remedio homeopático Lachesis es útil en los supuestos indicados a continuación.

Aspectos mentales y emocionales

• Hipersensibilidad • Parloteo incoherente y obsesivo • Nerviosismo e inquietud • Ideas y opiniones obsesivas, especialmente relativas a la religión • Miedo a ser atacado o robado • Suspicacia frente a personas desconocidas • Celos y suspicacia respecto a las personas queridas • Aversión a mezclarse con la gente • Ira reprimida • Pesadillas • Irritabilidad • Ira después de la rotura de relaciones • Adicciones, incluidas la del alcohol, el tabaco y otras drogas • Síndrome premenstrual • Depresión posmenopáusica • Ataques de pánico.

Aspectos físicos

Dolores de cabeza, en particular al despertar • Cara hinchada o abotargada • Dolor de estómago cuando se ansían estimulantes • Dolores de garganta constrictivos • Asma • Dolor de angina de pecho • Palpitaciones y opresión o constricción en el pecho • Sofocos • Abotargamiento • Venas varicosas • Hemorroides • Varicocele (venas varicosas en los testículos) • Flebitis y trombosis • Problemas de la menopausia.

Modalidades

- **Mejora:** al aire libre; con la comida y las bebidas frías.
- **Empeora:** cuando se intenta dormir; con el contacto; con la ropa ajustada.

Consejos para el tratamiento

El remedio homeopático Lachesis es excelente para los problemas circulatorios. También es bueno para el estrés extremo, sobre todo si va acompañado de dolor y opresión en el pecho.

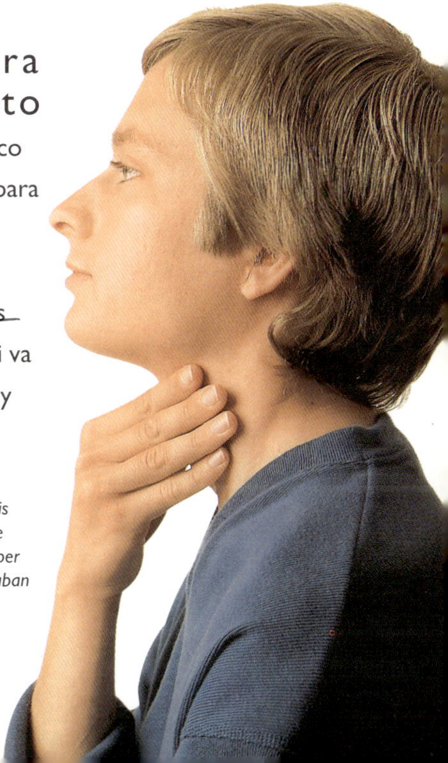

El remedio homeopático Lachesis alivia la inflamación y el dolor de garganta, permitiendo poder beber líquidos que previamente resultaban difíciles de tragar.

Ledum

El remedio homeopático de Ledum se obtiene del romero silvestre, también llamado té de los pantanos o té del labrador.

Uso y tratamiento

El remedio homeopático de Ledum es útil en los supuestos indicados a continuación.

Aspectos mentales y emocionales

• Desvelos con sudoración nocturna • Impaciencia • Timidez.

Aspectos físicos

• Sensaciones de calor e hinchazón desencadenados por el estrés • Heridas • Picaduras con hematomas e inflamación • Rasguños y cortes • Mordeduras • Prevención de la infección de cortes, picaduras o mordeduras • Lesiones en los ojos • Dolores artríticos y reumáticos que afecten a las tobillos, rodillas y parte inferior de las piernas • Sensación de ardor y calor en las extremidades.

Modalidades

- **Mejora:** con las compresas frías.
- **Empeora:** por la noche; con el calor.

El remedio homeopático Ledum puede aliviar los desvelos y sudores nocturnos.

*El remedio homeopático Ledum se obtiene de las flores frescas del romero silvestre (*Ledum palustre*) desecadas y molidas.*

Consejos para el tratamiento

El remedio homeopático Ledum es ideal para las heridas producidas por objetos punzantes. Puede prevenir cualquier infección causada por mordeduras, picaduras y cortes.

Remedio imprescindible en un botiquín homeopático de primeros auxilios.

Lycopodium

El remedio homeopático Lycopodium se obtiene del polen de la caminadera, una hierba perenne.

Las espigas florecidas de la caminadera producen un polen amarillo del que se obtiene el remedio homeopático Lycopodium

Uso y tratamiento

El remedio homeopático Lycopodium es útil en los supuestos indicados a continuación.

Aspectos mentales y emocionales

• Falta de confianza • Miedos sexuales • Ansiedad y miedo a las entrevistas o a hablar en público • Sensibilidad • Despiste • Irritación causada por asuntos triviales • Aversión a ser contrariado • Sentimiento de estrés con las personas desconocidas • Miedo a los fantasmas, a la muerte y a la oscuridad • Aversión a la soledad • Miedo reprimido • Agorafobia • Síndrome de fatiga crónica • Ataque de nervios • Bulimia.

Aspectos físicos

• Trastornos digestivos, incluidos la indigestión, el síndrome del intestino irritable, las náuseas, las úlceras, el dolor por apetito, la sensación de gran saciedad después de haber comido poco, la flatulencia y el estreñimiento • Impotencia • Dolor de garganta • Tos seca • Cansancio extremo después de un resfriado o una gripe • Problemas de vejiga urinaria y riñones, incluidas las piedras en el riñón • Problemas de próstata • Caída del cabello • Piernas cansadas por la noche • Pies y manos fríos • Dolor de cabeza localizado sobre los ojos • Dolor de hombros • Venas varicosas • Eczema crónico.

Modalidades

• **Mejora:** con la comida y movimiento.
• **Empeora:** con el calor y en los lugares cerrados y poco ventilados.

Consejos para el tratamiento

El remedio homeopático Lycopodium es el primero que se recomienda para los trastornos digestivos.

El remedio homeopático Lycopodium ayuda a curar trastornos digestivos, en particular la indigestión.

Merc. Sol.

El remedio homeopático Merc. Sol. se obtiene del óxido negro de mercurio.

Uso y tratamiento

El remedio homeopático Merc. Sol. es útil en los supuestos indicados a continuación.

Aspectos mentales y emocionales

• Lentitud y pereza mental • Desconfianza de las personas • Miedo a ser robado y denigrado • Memoria deficiente • Fatiga y debilidad mental y emocional • Síndrome de fatiga crónica • Inquietud y ansiedad • Inseguridad profunda • Suspicacia • Susceptibilidad frente a las críticas • Temperamento agresivo repentino • Falta de voluntad • Tendencia a la arrogancia • Represión emocional.

Aspectos físicos

• Tartamudeo • Babeo mientras se está durmiendo • Cansancio en las extremidades y sentimiento de debilidad en todo el cuerpo • Olor corporal • Dolores causados por cortes o quemaduras • Problemas de la boca y de las encías • Úlceras bucales • Mal sabor de boca, especialmente gusto metálico • Dolor de garganta • Resfriados • Conjuntivitis con supuración • Tos espasmódica • Dolor en las articulaciones • Catarro • Problemas del cuero cabelludo como erupciones o formación de costras • Llagas de cama.

El remedio homeopático Merc. Sol. se obtiene de disolver el mercurio líquido en ácido nítrico, lo que comporta la formación de un precipitado de color negro grisáceo.

Modalidades

- **Mejora:** con el descanso a temperatura moderada.
- **Empeora:** por la noche; con el calor o los cambios de temperatura.

Consejos para el tratamiento

El remedio homeopático Merc. Sol. es excelente para las dolencias de la boca, especialmente para las úlceras bucales y los problemas de encías.

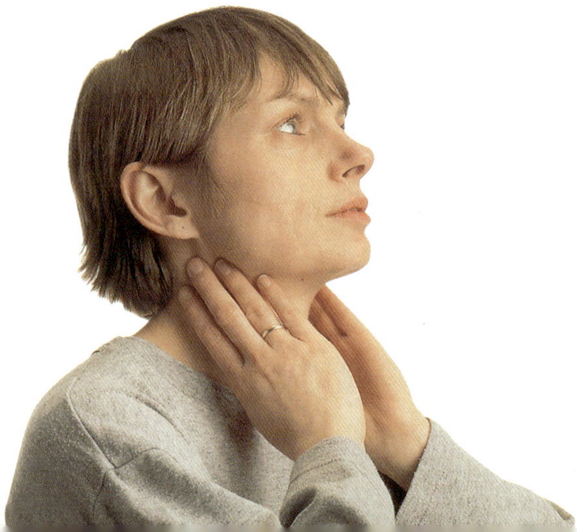

El remedio homeopático Merc. Sol. se puede utilizar para tratar los problemas de la boca y de la garganta, incluida la gingivitis, la halitosis y la amigdalitis.

Natrum mur.

El remedio homeopático Natrum Mur. se obtiene de la sal común o cloruro sódico.

Uso y tratamiento

El remedio homeopático Natrum Mur. es útil en los supuestos indicados a continuación.

Aspectos mentales y emocionales

• Ansiedad y depresión causada por dolor reprimido • Miedo reprimido • Agorafobia • Miedo a las tormentas con aparato eléctrico • Hipocondria • Nerviosismo • Culpabilidad • Anorexia • *Shock* • Baja autoestima • Síndrome premenstrual • Cambios emocionales repentinos e inesperados • Resentimiento • Tendencia a enfurruñarse y a ocultar los sentimientos.

Aspectos físicos

Insolación • Migraña • Cansancio ocular • Resfriados • Labios agrietados y secos • Úlceras bucales • Encías inflamadas • Furúnculos y verrugas • Anemia • Estreñimiento • Dolor de espalda • Menstruaciones irregulares • Caída del cabello • Piel y cabellos grasientos • Resfriados y tos • Palpitaciones.

Modalidades

• **Mejora:** con el aire fresco.
• **Empeora:** con el calor y la luz solar; al despertar.

La sal común es el compuesto del que se obtiene el remedio homeopático Natrum Mur. Se consigue con la evaporación del agua salada, que deja una costra de sal.

Consejos para el tratamiento

El remedio homeopático Natrum Mur. es bueno para las personas que tienden a escarbar en el pasado; excelente para tratar traumas emocionales como la ansiedad o la depresión causada por pérdidas, dolor o separaciones.

El remedio Natrum Mur. puede aliviar el miedo a las tormentas. Los síntomas de ansiedad pueden empeorar con el mal tiempo.

Nux vomica

El remedio homeopático Nux vomica se obtiene de la estricnina, un veneno que se extrae de las semillas del árbol *Strychnus nux vomica*.

Las hojas, la corteza y las semillas del árbol Strychnos nux vomica *contienen estricnina, pero el remedio homeopático Nux vomica suele extraerse de las semillas desecadas.*

Uso y tratamiento

El remedio homeopático Nux vomica es útil en los supuestos indicados a continuación.

Aspectos mentales y emocionales

• Tendencia a la autoindulgencia • Necesidad impetuosa de estimulantes como el alcohol, el tabaco o las comidas ricas en grasas o azúcares • Naturaleza adictiva • Miedo al fracaso • Tendencia a discutir • Tendencia a la crítica • Miedo a las arañas y a los escarabajos • Temor a la muerte • Depresión • Insomnio • Hiperactividad • Frustración.

Aspectos físicos

• Problemas digestivos como la indigestión o el ardor de estómago • Intoxicación alimentaria • Vómitos • Estreñimiento • Diarrea • Calambres estomacales • Dolores en la parte inferior de la espalda • Hipo • Dolores de cabeza y migrañas • Alergia • Resfriados y gripe • Nariz obstruida • Dolor muscular agudo • Fragilidad • Náuseas matutinas y retortijones durante el embarazo.

El remedio homeopático Nux vomica suele utilizarse para tratar las ansias imperiosas de ciertas cosas, como por ejemplo de comidas ricas en grasas o azúcares.

Modalidades

- **Mejora:** durmiendo.
- **Empeora:** por la mañana.

Consejos para el tratamiento

El remedio homeopático Nux vomica es excelente contra la resaca. Asimismo, ayuda en la digestión y estimula el apetito.

Remedio imprescindible en un botiquín homeopático de primeros auxilios.

Phosphorus

El remedio homeopático Phosphorus se obtiene del mineral que se encuentra en los fosfatos y en la materia viva. El fósforo se encuentra en los huesos, dientes y fluidos corporales.

El fósforo es un mineral de color amarillo que se obtiene de los fosfatos y de la materia viva.

Uso y tratamiento

El remedio homeopático Phosphorus es útil en los supuestos indicados a continuación.

Aspectos mentales y emocionales

• Hipersensibilidad • Imaginación excesiva • Tendencia al enfado • Miedo a la oscuridad y a la muerte • Miedo reprimido • Ideas obsesivas • Fatiga • Deseo ardiente de seguridad • Preocupación innecesaria por la salud • Pesadillas e insomnio • Tics faciales • *Shock* • Pobreza de espíritu • Episodios de clarividencia • Preferencia por la compañía y miedo a la soledad.

Aspectos físicos

• Tos seca y dura, sin expectoración y con opresión en el pecho • Baja resistencia a las infecciones • Dolor de garganta con ronquera • Neumonía • Bronquitis • Sensibilidad al frío • Asma • Hematomas • Hemorragias nasales • Encías sangrantes • Menstruaciones abundantes • Dolores de cabeza • Vértigos • Orzuelos • Ataques de pánico • Agotamiento y fatiga • Intoxicación alimentaria • Ardor de estómago • Dolor de espalda con sensación de ardor y calor • Caspa • Debilidad en las extremidades.

Modalidades

- **Mejora:** con el aire libre cálido; con el contacto y la fricción suave.
- **Empeora:** con el sobreesfuerzo; por la noche.

Consejos para el tratamiento

El remedio homeopático Phosphorus es el ideal para aliviar los problemas de salud desencadenados por el miedo y la ansiedad. Sirve para tranquilizar el sistema nervioso.

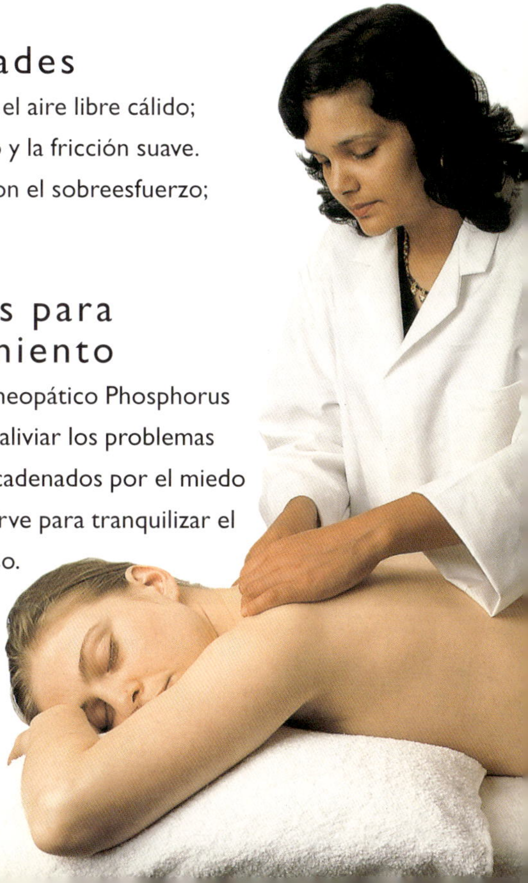

El efecto del remedio homeopático Phosphorus puede ser reforzado con el masaje.

Pulsatilla

El remedio homeopático Pulsatilla se obtiene de la pulsátila común negruzca, también conocida como flor de Pascua de los prados, una planta originaria de Rusia, Escandinavia, Dinamarca y Alemania. Para su elaboración se utiliza la planta en flor.

Para la elaboración del remedio homeopático Pulsatilla se utiliza el jugo obtenido al triturar las flores de la pulsátila común negruzca (Pulsatilla nigricans).

Uso y tratamiento

El remedio homeopático Pulsatilla es útil en los supuestos indicados a continuación.

Aspectos mentales y emocionales

• Tendencia a los accesos de llanto incontrolados • Temperamento tranquilo • Miedo reprimido • Depresión • Comportamiento obsesivo-compulsivo • Miedo al sexo contrario • Miedo a los fantasmas y a la oscuridad • Tendencia al llanto causado por dolor emocional • Bulimia.

Aspectos físicos

• Resfriados y tos • Catarro • Mucosidad abundante de nariz • Conjuntivitis • Problemas digestivos • Síndrome del intestino irritable • Problemas menopáusicos y menstruales, en especial acompañados de depresión • Dolor en la parte inferior de la espalda • Dolores de cabeza • Venas varicosas • Artritis • Orzuelos • Incontinencia.

El remedio homeopático Pulsatilla es útil para aliviar la depresión y los accesos de llanto.

Modalidades

• **Mejora:** con el llanto y la comprensión; con el aire fresco; con el ejercicio físico suave.

• **Empeora:** con el calor; con las comidas ricas en grasas o azúcares.

Consejos para el tratamiento

El remedio homeopático Pulsatilla actúa de forma efectiva sobre el estado mental de la persona.

Rhus tox.

El remedio homeopático Rhus tox. se elabora a partir de la pulpa compuesta por las hojas trituradas de ejemplares no florecidos de la hiedra venenosa zumaque.

El remedio homeopático Rhus tox. se obtiene de las hojas frescas de la hiedra venenosa llamada zumaque.

Uso y tratamiento

El remedio homeopático Rhus tox. es útil en los supuestos indicados a continuación.

Aspectos mentales y emocionales

• Irritabilidad • Depresión • Pensamientos de suicidio • Falta de alegría vital • Ansiedad • Miedo a ser envenenado • Ansiedad nocturna.

Aspectos físicos

• Problemas de piel, incluido el eczema, las dermatitis y las ampollas • Quemazón, escozor, picores e inflamación de la piel • Resfriados • Escoceduras causada por los pañales • Ciática • Varicela • Gripe • Dolor y escozor de ojos • Dolor muscular • Rigidez • Dolor de las articulaciones • Dolor de espalda • Artritis y reumatismo • Torceduras y distensiones • Dolor de mandíbulas • Bloqueo del hombro • Neuralgias • Restablecimiento postoperatorio • Tenosinovitis.

Modalidades

• **Mejora:** con el movimiento; con un ambiente cálido y seco.

• **Empeora:** con el descanso y la inmovilidad; con el frío y la humedad.

Consejos para el tratamiento

El remedio homeopático Rhus tox. es excelente para aliviar los dolores musculares. El eczema y otros problemas de piel responden bien al Rhus tox cuando otros remedios fallan.

Remedio imprescindible en un botiquín homeopático de primeros auxilios.

El remedio homeopático Rhus tox. puede aliviar las tenosinovitis que suele producirse al pasar muchas horas trabajando con el teclado del ordenador.

Ruta grav.

El remedio homeopático Ruta grav. se obtiene de la ruda, una planta herbácea llamada *Ruta graveolens*. En su elaboración se usa el jugo de la planta antes de que florezca.

Uso y tratamiento

El remedio homeopático Ruta grav. es útil en los supuestos indicados a continuación.

Aspectos mentales y emocionales

• Insatisfacción personal • Depresión • Crítico respecto de los demás y de uno mismo • Ansiedad.

Aspectos físicos

• Dolores en huesos y músculos • Dolor profundo • Artritis y reumatismo • Dolor profundo y penetrante de la parte inferior de la espalda • Tenosinovitis • Lesiones en los ligamentos, tendones y cartílagos • Dolor de ciática • Dolor de pecho y costillas causado por la tos • Tensión y cansancio de ojos debido al esfuerzo excesivo • Dolores de cabeza, especialmente aquellos que son causados por la lectura • Estreñimiento.

Modalidades

• **Mejora:** con el movimiento.
• **Empeora:** con tiempo frío y húmedo; al estar tumbado.

Para la elaboración del remedio homeopático Ruta grav. se utiliza el jugo de la planta ruda (Ruta graveolens) *antes de que florezca.*

Consejos para el tratamiento

El remedio homeopático Ruta grav. actúa sobre el periostio (membrana que recubre los huesos) y los cartílagos, por lo que es excelente para articulaciones que se mueven mucho como, por ejemplo los tobillos y las muñecas. Asimismo, es ideal para el tratamiento de las tenosinovitis: inflamación de la membrana sinovial de las articulaciones.

El remedio homeopático Ruta grav. se puede utilizar para aliviar los dolores profundos y el reumatismo. El tiempo húmedo o lluvioso pueden empeorar los síntomas de este tipo de trastornos.

Sepia

El remedio homeopático Sepia se obtiene de la tinta del molusco cefalópodo del mismo nombre.

La sepia, un molusco cefalópodo, utiliza la tinta oscura para protegerse de sus enemigos. Los pigmentos de esta tinta son los que, precisamente, se utilizan para la elaboración del remedio homeopático Sepia.

Uso y tratamiento

El remedio homeopático Sepia es útil en los supuestos indicados a continuación.

El remedio homeopático Sepia se recomienda para aliviar los sofocos durante la menopausia.

Aspectos mentales y emocionales

• Depresión menopáusica • Agotamiento y lentitud mental • Sentimiento de debilidad • Tendencia al llanto • Estrés y ansiedad • Sentimiento de incapacidad para afrontar los problemas • Miedo a las enfermedades • Ideas obsesivas • Irritabilidad • Dolor emocional, especialmente debido a rupturas o a separaciones.

Aspectos físicos

Síndrome de fatiga crónica • Problemas de la menopausia, incluidos los sofocos y las sudoraciones nocturnas • Trastornos ováricos, vaginales y uterinos, incluido el prolapso de útero • Menstruaciones abundantes • Aftas • Dolor de espalda • Flatulencia y estómago y abdomen delicados • Dolores de cabeza y migrañas • Estreñimiento • Hemorroides • Venas varicosas • Caída del cabello • Cansancio • Mareos • Pies sudorosos.

Modalidades

• **Mejora:** durmiendo; con ambiente cálido; con el ejercicio físico suave.

• **Empeora:** por la mañana; con un estilo de vida sedentario.

Consejos para el tratamiento

El remedio homeopático Sepia es excelente para la mujer porque contribuye a aliviar los problemas de la menopausia. También es bueno contra el agotamiento.

Silicea

El cristal de roca es un tipo de cuarzo. Tradicionalmente, tanto el cuarzo como el sílex se han utilizado en la elaboración del remedio homeopático Silicea.

El remedio homeopático Silicea se obtiene del principal componente de la mayoría de rocas y tallos de plantas, la sílice. El silicio también se encuentra en los dientes, el pelo y los huesos. El remedio homeopático Silicea se obtiene sobre todo del cuarzo y del sílex.

Uso y tratamiento

El remedio homeopático Silicea es útil en los supuestos indicados a continuación.

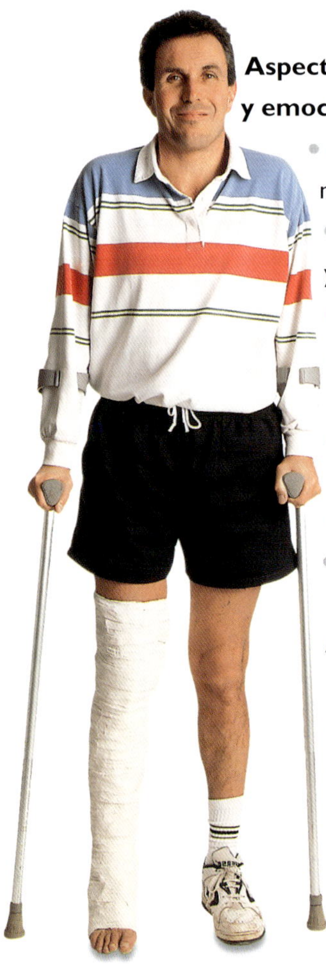

El remedio homeopático Silicea se puede utilizar para acelerar la curación de las fracturas de huesos.

Aspectos mentales y emocionales

• Falta de seguridad en sí mismo • Miedo al fracaso • Falta de positivismo y timidez • Ansiedad ante la inminencia de hechos importantes • Agotamiento tras períodos de intensa concentración • Miedo a actuar • Obsesión con los detalles • Obstinación • Miedo al compromiso.

Aspectos físicos

• Sistema inmunológico débil • Sistema nervioso débil • Lentitud en la curación, en particular las fracturas óseas • Tos, resfriados e infecciones respiratorias recurrentes • Infecciones de oídos • Dolor de garganta con espasmos • Inflamación de las glándulas • Catarro • Infecciones de la zona torácica, especialmente las relacionadas con la tuberculosis • Furúnculos • Dolores de cabeza, especialmente los desencadenados por el frío • Dolor de huesos y articulaciones • Anorexia y nutrición deficiente en general • Piel poco sana, incluido el acné • Boqueras (llagas en las comisuras de la boca) • Encías sensibles • Estreñimiento • Pies y cabeza sudorosos.

Modalidades

- **Mejora:** con el calor.
- **Empeora:** con tiempo frío y húmedo; con la sequía.

Consejos para el tratamiento

El remedio Silicea se recomienda a las personas poco resistentes a la enfermedad y que se recuperan con lentitud tras una infección.

Staphysagria

El remedio homeopático de Staphysagria se obtiene de las semillas de una planta que se conoce como la flor de la espuela de caballero. Antiguamente, los griegos y los romanos la usaban como remedio curativo.

El remedio homeopático de Staphysagria se obtiene de las semillas de la planta Delphinium staphysagria.

Uso y tratamiento

El remedio homeopático de Staphysagria es útil en los supuestos indicados a continuación.

Aspectos mentales y emocionales

• Emociones reprimidas, en particular la ira • Ataques de nervios • Obsesión por las enfermedades, los síntomas y los problemas emocionales • Tendencia excesiva a la soledad • Susceptibilidad frente a las críticas sobre la propia persona y tendencia al enfado causado por las mismas • Resentimiento y celos • Hipersensibilidad • Adicción al sexo • Adicción al trabajo • Consumo excesivo de alcohol.

Aspectos físicos

• Traumas postoperatorios • Crecimiento de la próstata • Problemas de la piel • Dolores de cabeza • Flatulencia • Problemas del crecimiento dental • Neuralgias • Inflamación de los ojos.

Modalidades

• **Mejora:** con el calor.

• **Empeora:** con la represión de las emociones; con el contacto.

Consejos para el tratamiento

Se recomienda para tratar las emociones y la ira reprimidas, así como los problemas derivados de dichas represiones.

El remedio homeopático de Staphysagria se recomienda para el tratamiento de la rabia reprimida.

Sulphur

El remedio homeopático Sulphur se obtiene del azufre.

Uso y tratamiento

El remedio homeopático Sulphur es útil en los supuestos indicados a continuación.

El remedio homeopático Sulphur se obtiene del polvo denominado flor de azufre que se extrae del mineral azufre.

Aspectos mentales y emocionales

• Memoria deficiente • Incapacidad para pensar con claridad • Falta de tacto o atención con los demás • Pereza • Irritabilidad • Egoísmo y egocentrismo • Tendencia a la discusión • Tendencias agresivas • Claustrofobia • Miedo a la altura (vértigo) • Bulimia • Insomnio • Depresión posmenopáusica • Alcoholismo • Adicción al tabaco • Falta de voluntad • Pesadillas.

Aspectos físicos

• Quemazón, escozor y picor de la piel • Eczema, dermatitis y soriasis • Aftas • Irritaciones causadas por los pañales • Catarros • Pies sudorosos, ardientes y con picores • Trastornos digestivos • Estreñimiento • Diarrea • Indigestión • Pérdida de apetito • Hemorroides • Dolor en la parte inferior de la espalda • Gota • Dolor de cabeza • Conjuntivitis • Enrojecimiento, dolor y escozor de ojos • Olor corporal • Problemas de la menopausia, como los sofocos y los mareos • Caída del cabello • Cuero cabelludo seco y con picores • Labios secos • Dolores de garganta • Rigidez de tobillos y rodillas.

Modalidades

• **Mejora:** al aire libre cuando el tiempo es cálido.

• **Empeora:** por la mañana temprano y por la noche; con tiempo húmedo y frío; al lavarse; con posturas sentadas o erguidas mantenidas durante períodos prolongados.

Consejos para el tratamiento

El remedio homeopático Sulphur es útil para el tratamiento de los problemas de la piel, en especial para los problemas de irritación, picor o escozor (como el eczema). Este remedio también es efectivo para los tratamientos de desintoxicación.

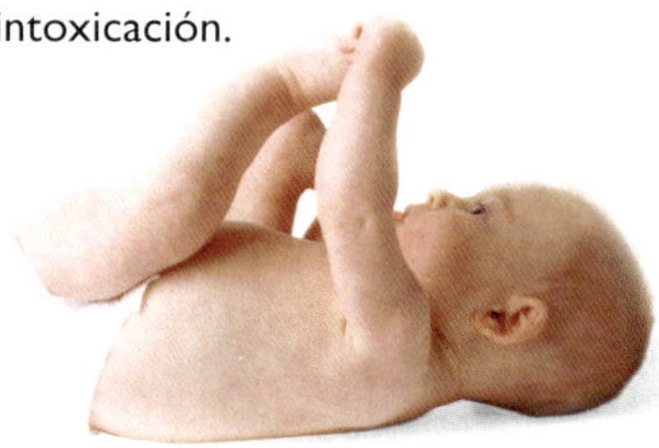

El remedio homeopático Sulphur es eficaz para aliviar las irritaciones y escoceduras causadas por los pañales.

Thuja

El remedio homeopático Thuja se obtiene de las hojas y ramas de una conífera perenne conocida con el nombre de cedro blanco.

Una vez molidas, las hojas y las ramas de la conífera Thuja occidentalis *se utilizan para la elaboración del remedio homeopático Thuja.*

Uso y tratamiento

El remedio homeopático Thuja es útil en los supuestos indicados a continuación.

Aspectos mentales y emocionales

• Anorexia • Ideas distorsionadas sobre el propio cuerpo • Miedo a los extraños • Tics faciales • Ideas obsesivas • Ansiedad • Tendencia al llanto • Dislexia • Paranoia • Desvelos nocturnos • Falta de autoestima • Carácter manipulable y débil.

Aspectos físicos

• Pólipos y verrugas • Problemas de la piel • Piel muy grasa • Acné • Transpiración acompañada de olor fuerte • Dolores de cabeza • Pólipos en la nariz • Orzuelos • Problemas en las uñas • Hemorroides • Pérdida de apetito • Frío constante • Infecciones de la uretra y de la vagina • Problemas de la menstruación, incluidos los retortijones.

Modalidades

- **Mejora:** con el movimiento.
- **Empeora:** con el frío y la humedad; por la noche.

Consejos para el tratamiento

El remedio homeopático Thuja es el que primero se recomienda para tratar las verrugas y los pólipos. Además, se puede aplicar localmente para reforzar el tratamiento por vía oral.

El remedio homeopático Thuja, además de ser eficaz para el tratamiento de las verrugas, los pólipos y otros problemas de la piel, también puede combatir la pérdida de apetito.

Zinc. Met.

El remedio homeopático Zinc. Met. se obtiene del metal de zinc.

El zinc es un metal azulado que una vez molido sirve para la elaboración del remedio homeopático Zinc. Met.

Uso y tratamiento

El remedio homeopático Zinc. Met. es útil en los supuestos indicados a continuación.

Aspectos mentales y emocionales

• Fatiga mental • Memoria deficiente • Desasosiego • Depresión • Alcoholismo • Irritabilidad • Nerviosismo • Incapacidad de quedarse quieto.

Aspectos físicos

• Agotamiento • Piernas agitadas • Cansancio debido a la falta de sueño • Debilidad y agotamiento • Pesadez de cabeza • Sabañones • Calambres • Venas varicosas • Síndrome de fatiga crónica • Bulimia • Sensibilidad al ruido • Anemia.

Modalidades

- **Mejora:** con el movimiento intestinal; con la reafirmación emocional.
- **Empeora:** después de las comidas.

Consejos para el tratamiento

El remedio homeopático Zinc. Met. es bueno para combatir la falta de vitalidad o para el tratamiento del agotamiento. También es eficaz para tratar la sensación constante de frío.

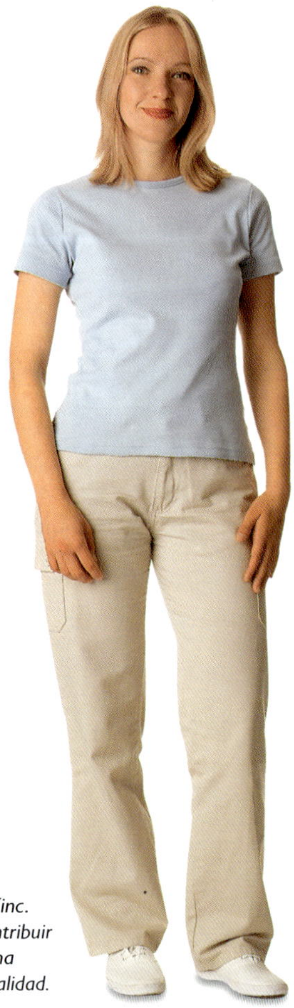

El remedio homeopático Zinc. Met. puede contribuir a que la persona recupere su vitalidad.

Aplicaciones tópicas

Algunos remedios homeopáticos tienen un formato que permite su aplicación directa sobre la piel. Se trata de las aplicaciones tópicas, un tratamiento ideal para reforzar la toma por vía oral del remedio homeopático. Las aplicaciones tópicas también se pueden usar de forma independiente como tratamiento de primeros auxilios. Los tratamientos tópicos se presentan en distintos formatos, tal y como se detalla en el recuadro inferior.

Formas de tratamientos tópicos

Cremas: de absorción rápida.
Ungüentos: de textura más grasa que las cremas; recomendados para áreas de tratamiento extensas.
Tinturas: remedios líquidos listos para diluir en agua; para cortes y rozaduras. Diluir según instrucciones.
Ungüentos para masajes: remedios preparados con un aceite de soporte vegetal, listos para poder ser aplicados directamente.
Aerosoles: mezcla lista para su aplicación; útil para las picaduras y mordeduras de insectos (ej. el aerosol de pelitre).

Los siguientes remedios son los más asequibles para las aplicaciones tópicas. Además del nombre del remedio, se incluye un breve comentario de sus indicaciones, aplicaciones y usos.

Arnica: dolores musculares, contusiones y hematomas. Torceduras y distensiones. Después del deporte o del ejercicio físico. Dolores de las articulaciones. Dolor e inflamación de la espalda. Pies cansados e hinchados. Primeros signos de tenosinovitis. Bloqueo de hombros. Inflamación y dolor de cuello. Quemaduras de sol (evitar la aplicación sobre heridas abiertas).

Calendula: piel sensible, seca, irritada, agrietada o inflamada. Acné. Dermatitis de contacto. Eczema. Sarpullidos. Resfriados. Escoceduras al afeitar. Quemaduras solares. Puede utilizarse en niños contra irritaciones y rozaduras leves de la piel como, por ejemplo, las producidas por los pañales. Buena para limpiar cortes y heridas. Se puede utilizar como crema facial hidratante o como bálsamo para después del afeitado.

Graphites: eczema. Dermatitis de contacto. Soriasis. Eczema varicoso. También puede ayudar en la prevención del eczema en zonas de venas varicosas donde la piel está muy seca, translúcida y delgada. Para pieles muy secas, que presentan picor y dolor. Piel dolorida, alrededor de la nariz durante los resfriados. Utilizar como hidratante facial para combatir el eczema, la dermatitis o las reacciones alérgicas de los cosméticos.

Hamamelis: para la piel que duele, pica o escuece. Venas varicosas. Flebitis. Hemorroides. Pesadez y dolor en piernas y pies, en particular después de pasar largo tiempo de pie. Aplicar siempre con mucha suavidad alrededor de las varices. No utilizar sobre heridas abiertas.

Hypericum: para cortes, heridas, escoceduras, rascadas y rozaduras. Resfriados. Piel irritada, inflamada y que pica. Astillados. Irritación de las uñas (padrastros, uñas mordidas, dolor en general). Labios agrietados y doloridos. Ampollas. Hemorroides que duelen y sangran.

Rhus tox.: dolor muscular, especialmente debido al ejercicio físico. Tenosinovitis. Dolor en las articulaciones, incluido el codo de tenista y las lesiones de rodillas. Artritis y reumatismo. Ciática. Eficaz para utilizar después de Arnica una vez que el hematoma se ha reducido. No aplicar sobre la piel si hay heridas abiertas.

Ruta grav.: rigidez y dolor profundo en tendones, ligamentos, articulaciones y músculos. Tenosinovitis. Ciática. Dolor de pecho y de costillas causado por la tos. Buena para el tratamiento de tobillos y muñecas en deportistas. No aplicar sobre la piel si hay heridas abiertas.

Thuja: verrugas. Pólipos. Uñas quebradizas y débiles.

Botiquín de primeros auxilios

Un botiquín homeopático de primeros auxilios es un buen recurso para tener en casa, en el coche o durante las vacaciones. Asegúrese de que está siempre a punto. Quizás decida comprar un pequeño botiquín o caja donde tener los remedios homeopáticos listos para su uso.

Muchas farmacias y distribuidores de homeopatía tienen a la venta botiquines de primeros auxilios bien provistos. Algunos de ellos incluyen más de 18 remedios, dispuestos en pequeñas botellas o viales. Eche un vistazo a los remedios de esta sección y decida cuáles son los que más le interesan. Es posible que haya utilizado ya alguno de los remedios y que sepa cuáles son los que más le convienen por su tipo constitucional.

BOTIQUÍN DE REMEDIOS HOMEOPÁTICOS

Los 10 remedios homeopáticos que se comentan a continuación bastarían en la mayoría de situaciones que precisan de unos primeros auxilios.

Aconite

Pánico. Dolor. Miedo. Para los primeros síntomas del resfriado, dolor de garganta y fiebre. Incapacidad para relajarse. Ansiedad. Como ayuda para inducir al sueño tras un largo viaje. Cualquier dolencia de aparición repentina.

Apis. Mel.

Para picadas y mordeduras. Retención de líquidos e inflamación. Hinchazón de piernas y pies cansados.

Arnica

Shock. Lesiones. Contusiones y hematomas. Dolor de cuello, espalda, articulaciones y hombros. Se recomienda la aplicación tópica de Arnica mediante cremas o ungüentos para contusiones, torceduras, distensiones o quemaduras solares (no aplicar sobre la piel si hay heridas abiertas).

Cantharis

Cistitis crónica. Dolor ardiente y punzante. Picaduras y mordeduras de insectos. Quemaduras

Gelsemium

Dolor de garganta. Resfriados y tos. Gripe con temblores.

Graphites

Alergias, reacciones y rasgaduras de la piel debidas a las inclemencias del tiempo o a los detergentes en polvo. Reacciones a los productos químicos de las piscinas. Eczema. Dermatitis. Se recomienda la aplicación tópica de Graphites para aliviar el eczema, la dermatitis y las irritaciones y escozor de la piel.

Mezcla de Hypericum/Calendula

Tintura para la limpieza de cortes y heridas. Ungüento o crema para la aplicación tópica sobre heridas, cortes, rascadas, así como para picadas y mordeduras de insectos.

Ledum

Heridas punzantes. Esquirlas, astillas. Picaduras y mordeduras.

Nux vomica

Intoxicación alimentaria. Mareo de viaje. Empachos. "Jet lag". Resaca. Consumo excesivo de comidas ricas en grasas o azúcares.

Rhus tox.

Dolores musculares. Rigidez y esfuerzo excesivo. Dolor de espalda y de articulaciones. Dolor muscular. Eficaz para después del esquí, el excursionismo u otras actividades vacacionales. La aplicación tópica de Rhus tox. está indicada para dolores musculares después del deporte o de un esfuerzo físico.

Direcciones y websites útiles

Si no encuentra determinados productos en las tiendas especializadas próximas a su domicilio, solicite información a las asociaciones que se incluyen más abajo.

Sociedad Española de Medicina Homeopática
Colegio Oficial de Médicos
Pasión 13, 3
47001 Valladolid
www.semh.org

Instituto Homeopático de Catalunya
Avda. Josep Tarradellas, 80-82, entlo. 3ª
08029 Barcelona
Tel: 34 93 4306479
www.instituthomeopatic.com
e-mail: gasparin@netbcn.com

Portal de homeopatía
Referencias a asociaciones de homeopatía, practicantes y distribuidores de remedios homeopáticos
www.homeopatia.net/index_enlaces.htm

Asociación Médica Española de Homeopatía y Bioterapia
Rafael de Riego 9, 2°A
28045 Madrid
Ap. Correos nº 225 Zumárraga – Guipúzcoa
Tel: 34 94 3725635
www.amehb.com/

Comité Europeo de Homeopatía
Información de los distintos ámbitos de la homeopatía en la Comunidad Europea: practicantes, centros, escuelas de instrucción, estatutos de la práctica homeopática, etc.
www.homeopathyeurope.org/

Distribuidores de productos homeopáticos
DHU (Deutsche Homöopathie-Union)
Iberia Laboratorios S.A
www.dhu.es/

Laboratorios Boiron
www.boiron.es/

Labcatal
www.labcatal-iberica.com/iberica.html

Farmacias de productos homeopáticos
Coliseum
Gran Vía de les Corts Catalanes, 606
08007 Barcelona
Fax: 34 93 3175181

Bonanova
Plaza Bonanova, 6
08022 Barcelona
Tel: 34 93 4178032
www.lasguias.com-f.bonanova
e-mail: m.soler.005@recol.es

Aparisis
Muntanya 77-79
08026 Barcelona
Tel: 34 93 4362830

Miserachs
Roger de Llúria, 51
08009 Barcelona
Tel: 34 93 3497840

Escartín
Sant Antoni Maria Claret, 40
08025 Barcelona
Tel: 34 93 4584346

Nota: muchos homeópatas prefieren no facilitar su dirección y teléfono en listines públicos. Compruebe siempre que su homeópata está cualificado. La recomendación personal es siempre la mejor manera de encontrar un buen homeópata.

Índice